队长

是您教给我的苦痛

将我带回您的身边

中岛敦

初禾

著

幺队

YAODUI

长江出版社
CHANGJIANG PRESS

目录

Contents

目录

Contents

第一章

穿军礼服的少将

初春，林间靶场里枪声阵起，反器材重狙的轰鸣在群山间回荡，雨后还有些湿润的土地震颤着，一个个小型目标被接连摧毁。晴空之下，是一片浓重的硝烟。

邵飞一身丛林迷彩，趴在屋顶的击发位上，抵在脸侧的是一架重型狙击步枪。

自然上翘的唇角已被紧抿成一条线，布满血丝的双眼紧盯着1公里外的目标。他的肩膀已有些颤抖，扣住扳机的食指红肿发麻——重狙训练已经进行了4个小时，重狙的恐怖后坐力好像要将他肩背与手臂的骨骼震碎，半边脸已失去知觉，巨响如同冲击波一般，从太阳穴贯穿脑际，震得耳膜与整个大脑跟着发麻。

邵飞揩掉鼻尖的汗，喉结上下一动，拉出干涩的痛感。就连咽喉，似乎也有了呛人的硝烟味。

他屏气凝神，用听觉、触觉感受着风力风向，细致入微地调整参数，最后眸光一定，毫不犹豫地压下扳机。

又是一声地动山摇的震响。

击发的瞬间，枪体猛然后坐，擦着他的脸颊撞向他的右肩。他狠皱起眉，冷汗滑过俊美却带着最后一丝稚气的眉目。

目标被成功摧毁，一声哨响，上午的训练结束。

邵飞挪开重狙，挣扎着站起来，摸了摸已肿的右脸，靠在栏杆上向下张望。二中队的战友在不远处朝他挥手，嘴里不知说着什么。他探着身子听了半天也没听清，置气地拍了一把栏杆，自言自语道："啧，又听不见了。"

每次重狙训练之后，他几乎都会假性失聪，倒不是真听不见，而是耳鸣外加心理作用的原因，别人叫再大声他也听不清。

好在这个过程不会太长，大约十多分钟这种情况就能得到缓解。

邵飞烦躁地揉了揉耳朵，将两个耳塞扯出来扔在地上，扛起大狙，拖着半边发麻的身子，一瘸一拐地下楼。

一同练习狙击的队友已经在楼下等着了，个个生龙活虎，虽有疲态，也不若他残了一半。

同寝的陈雪峰从他手中接过大狙，扶着他左手，冲他左边耳朵大吼："还能走不？不能我背你！"

"去你的，我右边耳朵听不见，你想把我左边也吼聋？"邵飞骂完往陈雪峰肩上一斜，"起驾，去食堂。"

队友们一阵起哄，几个手贱的还趁他没力气，在他脑袋上削了几把，然后合力扶着他，热热闹闹地往食堂走。

靶场离食堂太远，刚走一半，邵飞浑身那股麻劲儿就散了，从陈雪峰手中要回枪自己扛着，活动活动腰身，两条大长腿迈得平地起风。

同期战友艾心在后面喊："飞机，稳着点儿，别扯着了。"

邵飞回过头，哼了一声，下巴微昂起来，正午的阳光透过树荫洒在他堪称俊美的侧脸上，描摹出他挺拔的鼻梁与硬气的下颌。

这张脸放在糙爷们儿成群的军营里，无疑是耐看的，而邵飞天生脸小，又给这份耐看平添几分精致与清俊。

枫鹰盛产才貌俱佳的特种兵，例如副队长洛枫与兵王宁城，又如年纪最小的邵飞。

两年前，枫鹰在"虹夜"行动中遭受重创，精英一二中队损失惨重。次年年底，邵飞以集训各项考核第一的成绩，戴上枫鹰的臂章，被分入百废待兴的精英二中队。

在二中队里，邵飞是个令人无法忽略的存在。

他优秀，长相出众，靠着本事拼入枫鹰，喜欢和队友闹，有点儿小聪明，身高腿长，偶尔模仿礼仪兵的步子，没有分毫娘气，性感也说不上，倒有种少年人的可爱与张扬。

他也的确算是少年，入队那会儿19岁，整个集训队伍数他最小，进了二中队便是老幺，是队里人人宠着的宝。

入队第一年，枫鹰尚在重建中，邵飞表现的机会不多。倒是大队长宁珏慧眼识珠，说他年纪小、潜力大。他记得那时副队长洛枫在一旁说风凉话，那桃花眼往上一挑，笑他锋芒毕露，看似乖巧，实则一身的傲骨都快从背后戳出来了。

他当即皱眉，没给洛枫好脸色看。洛枫哈哈大笑，倒也不介意他的放肆。

二中队一直没有队长，以前的队长折在任务中，这两年一直由宁珏亲自带队。

经过一年的磨砺，新兵们渐渐成熟，年底，"二中队即将迎来新队长"的说法也不胫而走。

新队长是谁——这是枫鹰上下讨论得最火的话题。有人说从二中队里挑，有人说从一中队里调。

在枫鹰的队史里，一、二中队历任队长相互较劲，队员之间也干过好几次架。若二中队的队长要从一中队调，队员们是绝对不同意的，艾心等人甚至推邵飞当队长，名为"幺队"，老幺的幺，队长的队。

邵飞知道自己不可能当队长，但听着别人这么叫，心头还是美得不行。

新年后全队训练狙击，抽三人专练难度极大的重狙。邵飞摆着幺队的谱，主动申请了重狙训练。

当别人还在练习轻狙时，他已经趴在屋顶，承受一次次碎骨般的重击。

一支中队必须有至少一名优秀的重狙手，他不仅足够优秀，也足够有担当。只是每天晚上回宿舍脱掉衣服上药时，他都会痛得咬牙拧眉。

右肩和右肘的皮早破了，红着肿着，今儿擦药明儿又破，纱布压根儿不管用，血淋淋的一片，光是看看就叫人心疼。

陈雪峰给他涂药，他忍得眼眶泛红，嘴角一抽一抽的，整张脸生动得耀眼。

皮糙肉厚的艾心老是从隔壁跑来开他玩笑，说："小飞机啊，你要是个姑娘多好。长这么水灵，脸蛋儿细皮嫩肉的，眼睛一红啊……"

他一脚踹过去，一边吸鼻子一边骂："小飞机？信不信老子撂翻你！"

陈雪峰笑着拍了拍他额头："你就这张脸看着讨喜，以后哪家妹子稀罕你？"

他哼了哼，虎视眈眈地盯着艾心，唇角一撇。

艾心一记拖鞋飞过去，笑骂道："有你这么当队长的吗？还想打队员？"

一句话，又将重点引到队长人选上来了。

邵飞上半身没穿衣服，腰背挺直，健美的腹肌与腰肌上还附着刚从浴室带出来的热气，脊线光滑玲珑，在后腰收出一股尚未显山露水的力道。他站起身来，偏着头在伤口上吹了两下，眉间挤出一道竖纹："开年都半个月了，队长人选怎么还没定下来？"

一周后，风声从后勤走漏。

据说二中队的队长人选定了，既不是一中队的谁，也不是邵飞，是特种作战总部空降下来的少将！

总部，少将，这俩关键词让所有人都亢奋了。大家认定，这一定是位牛气哄哄的大人物！

然而几天后，新来的少将让队员们大跌眼镜。

下午的训练还没开始，二中队的宿舍区就炸了。艾心踩在马扎上，脸上的横肉皱得拧巴起来："我看到那个少将了，直升机送来的，一身军礼服！"

邵飞心里咯噔一下，眉间阴沉："军礼服？"

"是啊！军礼服！武装带被太阳一照，刺瞎我的眼，长靴那么高，都到膝盖了！"艾心一边比画一边说，"哪个特种兵像他这么穿？而且这都3月了，他肩上居然还披了一件军风衣！"

向来稳重的冉林都忍不住皱了皱眉："咱们枫鹰从来没人这么穿。其他特种部队也没谁穿军礼服。"

陈雪峰说："可不是吗？我们一年四季几套迷彩挨着换，连常服都没机会穿，哪来的军礼服军风衣啊！这人不会是礼仪兵吧？"

邵飞眉梢一动，看了陈雪峰一眼。

艾心又道："你还别说，这人个儿蛮高，长相也不赖。"

陈雪峰："和咱飞机比呢？"

"那哪能比啊？"艾心说，"那人一看年纪就不小了，和宁队差不多，成熟款，哪有咱飞机水灵。"

邵飞莫名心烦，起身走去走廊，在栏杆上趴着。

队里来了个身份不明的新队长，穿得还跟特种部队"水土不服"，他自然跟队员们一样不忿。但比起艾心和陈雪峰，他的不忿又多了一些。

他有自知之明，知道自己年纪小资历浅，平常被喊喊"幺队"就差不多了，不可能真当上二中队的队长。如果空降来的是一名可靠的前辈——比如宁珏那样的特种兵，他绝对没有二话。

但穿军礼服的少将是什么玩意儿？

照艾心的说法，这人看起来跟宁队差不多岁数。宁队在禁毒一线干了十多年，军功卓越，军衔才到上校，这人怎么会是少将？

邵飞正烦躁着，又听后勤传来小道消息，说这少将虽然名义上待在特种作战总部，但干的都是文职工作，业务能力不行，所以一直在闲职上混着。

邵飞家境贫寒，被年长7岁的哥哥邵羽与年迈的外婆拉扯大。他13岁那年，在北方当兵的哥哥没了，外婆因悲伤过度撒手人寰，本就一贫如洗的家彻底垮了。如果不是哥哥的战友每季度按时打一笔钱过来，邵飞很可能撑不下去。后来念书与入伍，邵飞皆是靠自己的勤奋与努力，每一步都走得问心无愧。所以对那种纨绔子弟，他嘴上不说，心里总归是瞧不上的。

这种人要当他二中队的队长，他胸腔里就像憋了一股浊气，难受得发紧。

下午，狙击训练照旧进行。

邵飞的击发位置较高，从高处远远看见一行人朝靶场走来。他眼睛尖，瞧见一个披着军风衣的身影时，表情顿时一滞。

来了！

和那少将一道前来的还有大队长宁珏，看样子有点陪同少将检阅部队的意思。

邵飞心里极其不舒服，呸了一声，认定宁队是因为军衔被这少将压了一头，不得不低头作陪。

他转着大狙的光学瞄准具，对准少将观察起来。

对方戴着军帽，额头与眉眼皆隐在阴影中。邵飞只能看见那人的半个鼻梁、唇部与下颌。

单薄的唇，冷硬的下颌，即便还未看到眼，那人也给人一种疏离与高高在上的感觉。

邵飞更加不舒服，忽地又觉得似曾相识。目光往左边一挪，见宁珏正浅笑着说什么，眼角晕出包容与温和。

邵飞胸中生出一道火，"啪嗒"一拉保险，枪口瞄准离少将不到200米的目标，食指重重一扣，巨大的响声中，目标轰然炸裂，浓烟滚滚，煞是惊人。

他捂着伤痕累累的肩膀闷声吃痛，本以为少将会被吓得屁滚尿流，对方非但没有丝毫惊慌，还抬起头，遥遥看着他黑漆漆的枪口。

他看清了对方的长相。

少将目光深邃，眸底浮着无畏无惧的云淡风轻。

方才那种似曾相识的感觉不见了，邵飞确定自己从未见过这人。

少将在宁珏的陪伴下绕着靶场转了一圈，和几名老兵说了些话，来到重狙训练专用的楼栋前，虚着眼向上望了望。

邵飞没往下看，接连打了五发子弹，睨着少将的军风衣，不屑道："去你的！"

不知是什么原因，少将到达枫鹰之后没有立即上任，成日穿着招摇的军礼服、军风衣在营里闲逛，偶尔还会戴一双矫情的白手套。

他的头发有些长，不似军中最常见的板寸。一顶军帽扣在头上，帽檐遮住些许阳光，在瘦削的脸颊上投下一道似柔非柔的阴影，给本就极深的眼眸捎上几许神秘。

邵飞被这双眼看过一次，只觉对方眼中藏刀，还是那种削得极薄的刀片，嗖嗖两下，冷不丁就被戳个正好。

这人叫萧牧庭，34岁，住在高级军官的单人宿舍里。

二中队没人待见他，照邵飞的话说，这人连名字都透着一股娘气儿。

初来乍到，萧牧庭在靶场转悠了一圈，从趴在地上的战士们身边走过，长靴的鞋底几乎与战士们的脸平齐。艾心当晚就在寝室跟邵飞抱怨道："你在屋顶上是没感觉到，咱们是卧姿据枪，全扑在泥坑里，他倒好，从咱们身边走过，知道那场面像啥吗？简直是皇帝出巡，咱们这些小老百姓在道路两旁跪了一大片，就差没亲吻他长靴踩过的大地了！"

邵飞盘腿坐在床上，冷着脸道："萧牧庭到底什么来头？连宁队都没升将军，这人才30多岁，他凭啥？"

"我听后勤说……"艾心往门外看了看，压低声音道，"他靠爹！"

陈雪峰打断道："欸，这话可别乱说。"

"又不是我一个人说，"艾心提高嗓门儿，"一中队的'傻缺'们还拿这事儿涮咱们呢，说我们二中队以后就不用出任务了，专心伺候人家就行。"

"放他的屁！"邵飞拧起眉，"这话是谁说的？"

陈雪峰打圆场："都是开玩笑，飞机你也别当真。一中队那帮人你又不是不知道，嘴贱，说说而已。"

邵飞心里烦，懒得多说，蒙上被子就睡。

艾心又和陈雪峰闲扯了一阵，说三中队的战友在行政楼看见萧牧庭与宁珏、洛枫在一起，宁珏还帮他拎了好一会儿风衣，出门时毕恭毕敬地将风衣给他披上，似乎有种讨好的意味。

邵飞险些咬碎后槽牙，恨不得将这纨绔一脚端在地上，暴打一顿。

萧牧庭成了整个枫鹰话题度最高的人。邵飞听见"萧牧庭"三个字就烦，但别人一说，他又忍不住竖着耳朵听。

关于萧牧庭为什么会来枫鹰，最靠谱的解释是——萧家想让他在野战部队镀一层金，以便往上面走得更远。而最好的野战部队，自然是特种部队，枫鹰正是其中的佼佼者，肩负缉毒与反恐重任，获取军功的机会尤其多。萧家一定是看中了这点，才将萧牧庭塞过来。

他也不用跟着战士们出生入死，捞着一个精英中队长的名头就行，有功自个儿揣着，有过上面的副队和大队长顶着。

往后战士们在枪林弹雨里拼杀，牺牲了、重伤了，他毫发无损地坐在办公室里跷着二郎腿喝茶，用纯白的手套掸一掸军风衣肩头的灰。

"呸！"邵飞实在听不下去了，却又不得不承认，这的确是最合理的推断。

最近几天，萧牧庭来靶场的次数多了，没让别人陪着，一个人背着手在战士们的击发位附近走来走去，不与战士们搭腔，但时不时会停下来，沉默地看完一人上膛、瞄准、击发的全过程。

艾心被他看过，陈雪峰也被他看过。

艾心说："这人一站在我后面我就不自在！他看毛啊？狙击他会吗？他们文职军官说不定连手枪都打不好，看老子狙击做什么？看完了一句话不说就走，干什么？装领导体恤下属也好歹留下一句'不错'啊！"

邵飞在屋顶练习重狙。萧牧庭生得金贵，一身军礼服又那么干净熨帖，大约是爬不惯危楼一般的作战专用楼，一次也没上来瞧过邵飞。

邵飞听艾心如此一说，心头倒有些痒，想瞧瞧这花架子少将到底是怎么个看人法，第二天没扛重狙，随便拎了个轻狙，和练习普通狙击的战友趴在一起，对着 600 米远的胸环靶"啪啪"就是两枪。

上午 10 点多，萧牧庭才姗姗来迟，不知是不是睡懒觉刚起。

邵飞瞥了他一眼，见他没披风衣，单穿一套军礼服配长靴，礼裤紧紧收入长靴中，勾勒出有力的腿部线条。他换了一条暗色的武装带，宽肩窄腰，两腿笔直，纨绔之气几乎爆表，手上竟然还握着把折扇。

邵飞"喊"了一声，收回钉子一般的目光，猛力扯出弹匣扔掉，换新弹匣的声音在突然安静下来的靶场显得相当突兀。

萧牧庭循声望来，眉目淡然。

邵飞能感觉到那目光，微一蹙眉，熟练地调整据枪的姿势，一声枪响，800 米处的啤酒瓶应声碎裂，玻璃碴与里面的红色液体飞溅，像一场不动声色的示威。

他没再看萧牧庭，只听到一阵不急不缓的脚步声离自己越来越近。

那脚步声不似作战靴踩在地上的急促，也不若长靴落地的利落，像什么人正饶有兴致地闲庭信步，却又没有闲庭信步的拖泥带水。

脚步声停在他身后，他知道萧牧庭正注视着自己。

太阳还未升至天顶，暖融融的春光铺洒在背上。萧牧庭这一站，恰好挡住倾泻而下的阳光，投下一段凉薄的阴影。

邵飞心脏紧了一下，有点明白艾心当时的话了——这人一站在我后面我就不自在。

说不出是一种什么感觉，不过是被挡掉了些许阳光，邵飞心头竟然生出一股难以形容的慌张，连同据枪的手掌也紧了一下。

他喉结轻轻一滑，心不在焉地瞄准500米处的劫持人质隐显靶，代表着劫匪的竖版靶不停晃动，他咬住下唇，想集中精力做狙击修正，却发现自己感知不到此时的风力风向。

糟糕！

他拧着眉，眼皮一抬，注视着目标附近的矮草，期望从树叶、野草，甚至云的飘动中推断出正确的修正值。

然而矮草的确在动，他却心中一慌，担心在萧牧庭眼皮底下失手，反倒更加缩手缩脚。

身后没有任何响动，萧牧庭投在他身上的阴影纹丝不动，他咬了咬牙，食指压下扳机时悄然一抖。

子弹飞出，正中人质右眼。

他半张着嘴，拿起望远镜哑然地看着自己的"杰作"。

他已经很久没有误射人质了，如今却直接打在人质眼睛上。

身上的阴影似乎又凉了几分，他想要转身，手肘一撑，竟发觉自己像中邪一般动弹不得。

突然，小腿上传来不轻不重的触感，好似被人踹了一下。

他像被解了穴一般侧翻过身，迎上萧牧庭的目光。

萧牧庭背着光，负手而立，身姿显得尤其颀长，神情却被罩在阴影之中。

邵飞翻身而起，才发现这纨绔少将竟然比自己高出几分。

萧牧庭的眼神他看不懂，对视片刻，萧牧庭面无表情地说："重狙都玩得转的人，怎么换一杆枪，就不知道应该怎么射击了？"

邵飞气得大步上前，鼻尖几乎撞在萧牧庭的下巴上："你什么意思？"

周围的兵全站了起来，陈雪峰迅速跑过来，与艾心一左一右拉住邵飞。

萧牧庭右手一抬，折扇顶住邵飞的下巴："射术不精还不让人说？"

艾心立即道："萧队您别生气！邵飞他很厉害的，这次是因为您来了，他想在您面前表现一番，紧张加激动，这才失了水准！要不这样，邵飞再给您表演一次？"

邵飞撞开艾心："你多什么嘴？"

陈雪峰抓住他的手臂，压着声音道："飞机，别在这犯浑！"

萧牧庭收回折扇，往后退了两步，又看向邵飞："邵飞是吧？今年多大岁数？"

艾心生怕邵飞炸出一句"关你屁事"，立马抢答道："他姓邵名飞，今年20，是咱二中队的老幺！"

邵飞心头窝火，横眉竖目地瞪着萧牧庭，只见对方轻扯唇角，不咸不淡地说："真年轻，难怪肝火旺。"顿了顿又说，"行吧，你们继续练，我看看就走，时间也不早了，我等会儿去跟食堂交代一声，给你们准备一锅冬瓜萝卜汤，败败火。"

邵飞皱着眉没说话，艾心嬉皮笑脸地敬礼："谢谢萧队！"

冉林将邵飞按回击发位上，萧牧庭又在他身边站了一会儿，长靴一转，踩着碎石悠然走远。

练习中途来了这么一个插曲，邵飞半天也没冷静下来，莽莽撞撞打了几十发子弹，成绩也有失水准。

中午，战士们成群结队去食堂，咋咋呼呼地排队打饭，一看剩下的菜，顿时傻眼。

艾心号道："咋只有一桶冬瓜萝卜汤了？连筒子骨都没有？清水煮的？"

队伍炸了，兵哥儿们围着煮饭的小兵讨说法。

小兵干不过这一个个恶棍，往后厨一躲，吼道："你们来得晚，大鱼大肉早让其他几个中队抢了，赖……赖谁？"

"放你的屁！"兵哥儿们一赛一个声大，"我们这段时间练狙击，靶场那么远，又不是没跟你们打过招呼！以前每天都有肉，为啥今天就一锅白水汤？赶紧把肉端出来，不然哥几个今儿中午就不走了！"

"没肉了！"小兵喊，"你们队长刚才过来交代，让我们煮一锅白水冬瓜萝卜汤，不放油不放盐，米饭不限量供应，你们爱吃不吃！"

邵飞头发根都竖了起来，哐当一声将饭盒砸在地上，力气之大，那不锈钢碗顿时就朝里面凹进一大块。

他下颌线条绷得死紧，像一头被激怒的年轻雄兽，转身就往食堂门口跑。

陈雪峰见势不对，立马赶上，从后面抱住他："飞机，你别冲动！"

其他队员也赶了上来："算了，人家是将军，宁队和洛队在他面前都得低头，你去出这个头干什么？"

邵飞被十几人拖着，还拼了命朝门外挤，吼道："我忍不下这口气！"

"那就喝碗冬瓜萝卜汤，败败火。"冉林走过来，脸色也不好看，"算了，别自讨苦吃。坐回去，吃完了休息休息，下午咱还得继续练。"

艾心拖着邵飞往桌边走，短短几步路，叹了七八口气。

这顿饭吃得相当憋屈，一半队员干吃了两碗白饭，碰也没碰那淡出水来的萝卜汤。

邵飞的饭盒凹了一块，他吞了几口米，脸色铁青，胃里翻江倒海，恶心得不行，险些吐出来。

陈雪峰也年轻，也火大，但到底比邵飞沉稳，帮他洗了饭盒，推着他往宿舍走，安抚道："这盒子就不要了，重新去后勤领一个。"

下午邵飞去换饭盒，向来好说话的后勤队员却摇了摇头，说饭盒是他自己砸坏的，不能换新的。

艾心一听就火了，倒是邵飞在打了几小时重狙后基本冷静下来，干笑道："没事儿，不过是凹了一块，又没破，装汤水也不会漏，能用！"

每次邵飞露出懂事的一面时，艾心心里就特别不是滋味，想了半天说："那你用我的饭盒吧，你的给我。"

邵飞用手肘撞了他一下，故意端着架子道："去你的，我还看不上你那油乎乎的破饭盒。"

艾心翻白眼："飞机……"

邵飞大气地摆了摆手："真没事儿，咱们以前搞生存训练那会儿连头盔都能埋土里蒸饭，记得吧？你和雪峰还笑我头盔臭，蒸出的饭有股酸臭味。哎，我这饭盒虽然凹了个角，但起码没酸臭味，对吧？"

说这番话的时候，他是笑着的，那精致而硬朗的小脸被落日的余晖笼罩着，更显稚气。

他的笑容很干净，眼睛也很干净，像极了高山上晶莹的雪。

艾心没继续与他争，勉强笑了笑："走吧，去食堂吃饭。咱们中午没吃好，晚上得补回来！"

然而到了食堂，他们才被告知，晚餐也是白水冬瓜萝卜汤，只是这回萧少将开恩，允许在汤里滴点儿油，撒点儿盐。

他们晚餐吃得比午饭还沉默，整个食堂都笼罩着沉甸甸的压抑，最后食堂小哥上来收拾桌凳，才发现桶里的汤一勺没动。

不沾荤腥的日子一过就是三天，战士们每天照常进行高强度的训练，尖子兵们早上和晚上还要加练。人是铁饭是钢，就算是坐在办公室摸鱼的白领，一顿不吃也会饿得慌。

第三天晚上，邵飞终于忍不了了，队上部分年轻队员也忍不了了，众人一合计，决定联名向宁珏和洛枫告状——他们不是吃不了苦受不了罪，只是不能平白忍受萧牧庭的侮辱。

新兵们没跟老兵商量，一来怕连累老兵，二来也怕老兵阻拦，一群人气势汹汹地奔行政楼而去，哪想大队长办公室里没人，副队办公室里也没人。

邵飞的目光在楼道上扫了扫，最终落在萧牧庭的办公室上，眼神一暗，径直走了过去。

那扇门关着，但门缝里透出灯光。

陈雪峰想阻止已经来不及了，只见邵飞往后退了退，抬起右腿就是一踹。

"嘭！"

门被轻易踹开，撞在墙上又反弹回来。邵飞手肘一顶，盛气凌人地站在门口，一声"萧牧庭"却卡在喉咙中。

屋里不止萧牧庭一人，闻声回头的还有宁珏与洛枫，以及专带选训队的梁正。

战士们挤在门口，个个目瞪口呆。

只见萧牧庭与洛枫、梁正人手一把扑克，正围着茶几打得热闹，而宁珏双手撑在萧牧庭身后的沙发背上，嘴角的笑意还未来得及消去。

萧牧庭抬起眼，那双极深的眸子掠过一丝薄云，叫人看不真切。

梁正脸当即就黑了，迅速起身道："邵飞，你干什么？"

洛枫也站了起来："这么多人？找你们萧队有事？"

邵飞暴喝："什么萧队！他不是我们队长！"

见邵飞都豁出去了，艾心也往屋里一挤，1米9的个头往邵飞跟前一挡："我们不承认萧牧庭少将是我们队长！"

此话一出，十几名战士全涌了进来，个个跟站桩似的，怒气冲冲地盯着萧牧庭。

萧牧庭这才站起身来，将扑克牌规规整整地放在茶几上，转向宁珏道："宁队，看来他们今儿是来找你和洛队的。"

宁珏没说话，表情温和，看向邵飞等人时，眼中并无责备的意思。

邵飞对上那沉静的目光，浑身都来了劲儿，往洛枫跟前一戳，是脑子发热也好，吐露心声也好，他竟然掷地有声地吼道："洛队，二中队不需要空降队长！兄弟们都是靠真本事拼上来的，他当队长，我邵飞第一个不服！"

艾心带着众人连声号起来："不服！不服！"

洛枫几乎要笑了："那让谁当队长你们才服气？小飞机，你？"

邵飞梗着脖子道："我比他强！"

说出这话时，邵飞在余光里瞥见萧牧庭唇角浅浅地一扬。

洛枫回过身，朝萧牧庭抬了抬眼："萧队，你队上的兵不服你，怎么办？"

这话有些煽风点火的意思，萧牧庭摘下腕表，淡然地说："看来任何特种部队都是以武力说话，谁拳头硬谁当队长，是这个理儿吧？"

宁珏笑容更深，竟然没上前阻止。洛枫更是让开一条道，双手一抬："萧队，打架不先脱衣服吗？"

邵飞没想到对方竟然主动提出过招，下意识地退了一步，眉头紧锁，既跃跃欲试，又有些忐忑。

萧牧庭当真脱下上衣，里面是一件浅绿色衬衣。

洛枫突然说："哎等等！咱们先说清楚，这个架怎么打，打了有什么结果，都别含糊。"

邵飞抿唇看着萧牧庭："近身格斗吧，谁赢谁当二中队的队长。"

洛枫吹了个口哨，连宁珏都笑着摇了摇头。

光看他们的反应，旁人还以为萧牧庭实际上是个身怀绝技的神人，能不费吹灰之力撂倒邵飞——否则洛、宁二人为什么笑得出来？

这摆明了就是想借着过招收拾收拾这帮不知天高地厚的熊兵。

萧牧庭走上前来时，邵飞甚至也有些犯怵。

洛枫站在二人中间，笑问："都准备好了？"

萧牧庭点点头，眉间浮出一丝温润。邵飞以为自己太紧张看花了眼。

洛枫退后，右手一抬："那就开始吧。"

萧牧庭摆出防守的架势，弓身盯着邵飞。邵飞不敢怠慢，闪身上前就是一记锁喉，本以为萧牧庭会利落地避开，转而攻击他的软肋，故而他早有准备，试图见招拆招，哪想萧牧庭躲闪不及，连退后的动作也显得笨拙没有章法。

邵飞先是一愣，旋即一喜，右手往下一探，直奔萧牧庭手腕而去，接着身子高高跃起，轻而易举地将萧牧庭的双手扭至身后，膝盖往对方后腰一顶，直接将人按趴在地板上。

几近完美的"一招制敌"。

萧牧庭趴在地上，衬衣脏了，撑起身子时似乎有些狼狈。

邵飞也没想到自己这么容易就撂趴一个陆军少将，站在原地出了一会儿神，这才看向洛枫道："我赢了？"

洛枫斜了萧牧庭一眼，宁珏扶他起来，低声问："没事吧？"

萧牧庭垂着眼，虽然狼狈，但并不落魄，眉间一丝尴尬也没有，跟宁珏借力时还勾了勾唇角。转向邵飞时，那浅淡的笑容收了起来，眸光深邃悠远，叫人捉摸不透。

邵飞被这道目光困住，胜利的喜悦被瞬间冲散，取而代之的是一阵从脚心翻涌而上的不安。

洛枫顿了一会儿才道："飞机一招制敌，完胜。"

房间里没人欢呼，20多岁的大头兵们警惕地盯着萧牧庭。萧牧庭重新披上外套，握在手中的武装带像一根随时会挥向邵飞的鞭子。

邵飞站着没动，浑身肌肉绷得死紧，如一头紧张自卫的年轻野狼。

但萧牧庭并未动手，只道："是，我输了。"

邵飞两眼圆睁，一对卧蚕带着虎虎生气："那队长……"

"还是我，"萧牧庭下巴微微一抬，既有睨人的意思，又不过分张扬，"二中队的队长，还是我。"

邵飞就像被当街泼了一盆馊掉的冷水，脸颊因为暴怒而泛红，血液直冲脑际，眼球充血。

明明是狰狞的表情，放在他脸上却只让人觉得生动有趣。

他吼道："凭什么？刚才说好了谁赢谁当队长！大家都听到了！你怎么能……你怎么能说话不算数？"

战士们也跟着吼起来。萧牧庭点了点头："我说话不算数，你能怎样？"

邵飞被这句话打得瞠目结舌——是啊，陆军少将说话不算数，他一个无权无势的小士兵能怎样？

心脏在胸腔里无力地跳动，方才上脑的热血尽数退潮，邵飞有种眩晕的感觉。

冲动过了，架也打了，理智才姗姗来迟。特种部队的中队长之位，怎么可能靠一场拳脚来决定？姓萧的带着总部的任命而来，岂会因为输给一个战士而让贤？归根到底，这场比试不过是纨绔公子的一个玩笑，他竟然当了真。不仅当真，他还不知见好就收，生生将对方摞在地上。

邵飞垂下头，喉咙发出低沉而怪异的声响，不服气、憋屈、难受、无能为力……无数种情绪在经络血液中冲撞，几乎将他撕裂开来。

萧牧庭上前几步，站在他跟前，做了个与那日相同的动作——抬手，用武装带挑起他的下巴。

他眼里有火，而萧牧庭的眼里却是寒潭一般的凛冽。

火被冰水包裹，顷刻间化作一缕一吹即散的烟。

萧牧庭笑的时候，薄唇像蘸了蜜的刀。

他淡然地看着邵飞道："我说话不算数，你拿我没辙。你带领二中队的兵越级打报告，目无尊长，我却有成百上千种办法收拾你。"

邵飞被罩在他凉薄的目光中，顿觉遍体生寒。

两人对峙了接近一分钟，宁珏终于出来打了一记不温不火的圆场——来到两人中间，将萧牧庭的手按了下去，又拍了拍邵飞的肩膀："差不多行了。"

萧牧庭这才将武装带束回腰间，转向洛枫道："洛队，明天正好是周五，要不就在明天下午的会议上给我正个名吧。"

洛枫笑了笑："哟，你不是说想观察一阵子再就职吗？这就观察好了？"

萧牧庭颔首，瞥邵飞一眼："虽然没观察好，但总这么吊着也不行。你看，我在你们枫鹰无名无分，被小战士联合起来越级打报告不说，还被人摔了一鼻子灰……"

邵飞眼角猛跳，一口气堵在胸口，既出不去，也散不了。

萧牧庭又道："早点儿给我个'名分'，我也好替你收拾收拾那些不听话的兵崽子。对吧，洛队？"

不听话的兵崽子们全哑了，目瞪口呆地挤成一团。

洛枫绕到萧牧庭的办公桌边，不经主人同意就拉开抽屉，从里面取出调职文件扔桌上，一边翻阅一边问："想好怎么收拾了吗？"

这话问得，就像邵飞和一众兵崽子不在场一样。

萧牧庭竟然也有问有答，笑道："暂时没想好。不过我有个要求得跟你提。"

"什么？"

"上头只把我调过来了，没给我安排事务兵。"

洛枫抬起头："哦，你想让我给你配事务兵？"说完往椅背上一靠，"我说萧队，你在总部舒服惯了吧？"

萧牧庭面沉如水，并不答话。

洛枫轻哼一声："想要谁？"

萧牧庭侧过身，朝邵飞抬了抬下巴："就他吧。"

邵飞全身的汗毛都竖了起来，难以置信地看着萧牧庭。

洛枫扫一眼邵飞，被他那紧张又愤怒的表情逗笑了，转向萧牧庭道："你眼光真好，小飞机是我二中队的尖子兵，以后是要跟着精英小组出重要任务的……调去当事务兵吧，是不是太大材小用了？"

邵飞呼吸急促，像看救星一样看着洛枫。

"尖子兵不是正好吗？"萧牧庭说，"我以前尽搞后勤工作，特战能力还比不上选训营里的新兵蛋子。正好需要一个尖子兵陪我练练，给我指点迷津。否则我一个特种部队的中队长，和人过招起手就被掀翻在地，岂不是丢了枫鹰的面子？再者，就算是事务兵，也得训练。我一向宽以待己严以律人，你们小飞机来给我当事务兵，我保证监督他完成训练，不允许他因此而偷懒。"

洛枫眼神复杂，嘴角一抖一抖的，似乎正强忍着笑。

萧牧庭清了清嗓，语气一转："而且上面让我一文职军官来当中队长，一定也是想我整顿整顿纪律。你这小飞机不仅端了我的门，还一来就给我一个下马威，加上越级打报告的事儿，该不该交给我修理？该不该让我教他做人？"

邵飞冷汗直下，气得发抖。

洛枫想了两秒："行，就让小飞机当你的事务兵吧。"

萧牧庭摇头，指正道："是教官，兼事务兵。"说完看向邵飞，小家伙的目光就像一柄淬火的剑，直勾勾地向他刺来。

洛枫起身道："那就这么定了，小飞机，你回去收拾一下，明天会后就搬去萧队的宿舍。"

邵飞浑身颤抖，声音也抖得厉害："我不！"

"你不？"洛枫半眯着眼，"服从两个字是怎么写的，忘了？"

邵飞没有忘，但无法接受。屈辱感从天而降，像一张看不见的网，将他裹得无法动弹。他高中毕业后入伍，从新兵连到野战侦察营，再到枫鹰选训队，到精英二中队，都是尖子中的尖子。他的兄长亦作为特种兵倒在战场上，铁骨铮铮。

他无法想象有朝一日自己会成为别人的事务兵。

事务兵是什么？

端茶送水，洗衣煮饭，来回跑腿……虽然事务兵也是军人，但他邵飞当兵是为了成为像哥哥一样顶天立地的军人，是为了执行只有特种兵才能执行的任务，可以遍体鳞伤，可以埋骨青山，但决不能受辱！

他满目怒意地看着萧牧庭，而萧牧庭站在他面前，笑容骤然一收。那一瞬间，他在对方眼中看到了一股不似常人的决然杀意。那种眼神不应属于一个养尊处优的文职军官！

萧牧庭薄唇一动："不懂得服从的兵，枫鹰不要也罢。"

邵飞盯着那一双眼，看到了愤怒如火，却又无力无奈的自己。

让他当事务兵，他一万个不愿意。但让他离开枫鹰，他比死还难受。低下头的时候，他像吞了热炭一样难受，眼前一黑，险些跌倒。

萧牧庭恰到好处地伸出右手，朝他手臂借去一丝力，然后很快收回，扯出一个长辈般宽容的笑，此后再无更多动作。

回宿舍的路上，邵飞浑身发冷，冷汗如开了闸似的往外涌。

次日下午，枫鹰一月一次的例行会议上，洛枫正式任命萧牧庭为二中队队长。全场鼓掌，二中队的座席中却少了一人。

邵飞病了，此时正躺在医务室里输液。

不是故意不给新队长面子，他有这个胆，却不敢视军队的纪律为无物。

事实上，他还是被萧牧庭亲自背到医务室的。

前一天晚上，他怒急攻心，辗转难眠，后半夜发烧了也不知道。早上起来他浑身酸软乏力，还硬撑着和战友一起晨训。5公里跑下来，他一脸煞白，嘴唇乌紫，又是哆嗦又是喘气。陈雪峰递给他一瓶水，他拧开刚喝一口就吐了。

艾心赶过来扶他，惊道："飞机你是不是发烧了？"

他摇头，眼皮没精打采地耷着，卧蚕发黑："我没事。"

部队里感冒发烧不是什么大病，艾心见他心情不好，一副一点就着的模样，斟酌片刻，试探着问："要不我送你去医务室吧。"

他甩来一记眼刀："不用，上午还要练习。时间耽误不起，我以后……"说着一顿，神情痛苦又无助，委屈得像个快哭出来的孩子，"我以后当了那个人的事务兵，可能就没办法跟大伙儿一起练习了。"

艾心跟着鼻头一酸，说不来宽慰的话，只好拍了拍他的肩。

早餐很丰盛，有包子、瘦肉粥、鸡蛋、牛奶、八宝粥等，邵飞却食欲全无，就着咸菜喝了半碗八宝粥，一出食堂，又吐了。

胃里没什么东西，他吐到最后，只剩酸水。

他热得难受，又觉得每个毛孔都散发出寒气，被冷与热交替折磨。他头痛钻心，腿脚发酸，走起路来跌跌撞撞，似乎随时都会摔倒。

队上几名前辈执意要送他去医务室，他死活不肯，背着重狙就往靶场冲，孰料眼睛发花，没看清砂石地上横出的一块砖头，被绊得踉跄倒地。

手掌破了，脸颊也被蹭出一道小口子。

冉林已经打算强行将他扛去医院了，跑近却发现他急匆匆地抹了抹眼。

眼角是红的，睫毛是湿的。

他坐在地上狼狈不堪地看着围拢来的队友，像一头落单的狼。

艾心将冉林拉到一旁，将邵飞之前说的话重复了一遍，叹气道："算了，由他去吧。"

靶场的几栋破旧楼房全是空架子，有的地方连天花板都没有，也没有正儿八经的楼梯，人若要去顶楼，得手脚并用，爬一条类似水管的生锈铁梯。

邵飞爬至一半时就已经摇摇欲坠，感觉天旋地转，在半空歇了一阵才继续向上爬。

来到熟悉的楼顶，他跪在击发位前架枪，推入弹匣时却陡生悲凉，鼻腔一酸，深呼吸好几次，才将涌上来的泪水压下去。

他趴在地上，泛红的右眼透过光学瞄准具看着远方的目标。

耳鸣，眼花，感知不到风力、风向，他做不出准确的修正。邵飞胡乱开了一枪，子弹擦着目标飞入苍翠的山林。

他紧咬着牙，再射。

弹匣里的子弹很快耗尽，邵飞右肩痛得锥心，耳鸣更加厉害，头沉重得抬不起来，他却慌忙取出弹匣，换上新的，生怕浪费一分一秒。

他没有注意到，萧牧庭又来了，还是一身与特战部队格格不入的军礼服，走起路来身姿威严又挺拔。

萧牧庭看了一会儿，帽檐下的眉微拧起来。

邵飞又打了几枪，声势惊人，却没有一次打中目标。

萧牧庭心中已经有了数。

看似闲散的少将走去艾心身边，踢了踢对方的脚脖子。

艾心立即撑起身子："萧队！"

萧牧庭问："邵飞是不是病了？"

"您怎么知道？"

"生病怎么不去医务室？"萧牧庭抬头看了看邵飞所在的破楼，"还来这儿胡闹？"

艾心心里七上八下："邵飞说他没事。"

"没事打得这么差？"

艾心不好接话，愣愣地戳在原地。

"继续练吧，"萧牧庭退后，转身的时候道，"我去看看。"

金贵的陆军少将抓着生锈的铁梯往楼上爬时，所有队员都望了过去。

邵飞心里着急，一双眼动也不动地盯着目标，浑身冷汗早已将迷彩打湿，风一吹，他就哆嗦着打喷嚏。

萧牧庭爬上楼顶时，恰好看到他压着胸口，一连串喷嚏打得震天响。

他是优秀的狙击手，不仅射术高超，而且极其敏感。若是平时，楼顶上来一个人，他不可能感觉不到。

但如今他耳鸣鼻塞，脑子还发出断断续续的轰鸣，加之急躁过度，全副精力都压在目标上，根本没有注意到有人正一步一步向他走来。

打完喷嚏后，他揉了揉鼻子，再次瞄准，子弹却又一次偏离目标而去。

他有气无力地骂了声，软拳砸在一地的灰尘上，正欲调整姿势，来自后背的触感却令他瞳孔猛地一收。

萧牧庭的军靴不轻不重地踩在他背脊上："对狙击手来说，在击杀目标之前，最重要的是什么？"

邵飞没力气转身，心头万分不甘。

背上的力道又重了一分，萧牧庭道："不知道？"

"知道！"他虚弱地喊，"是保护好自己！"

"你保护好自己了吗？"萧牧庭仍旧踩着他，"连身后有人都察觉不到，如果这是在任务中，抵在你背上的不是我的军靴，而是敌人的枪，你觉得你现在是活着还是死了？"

邵飞紧攥着拳头，连日来的憋屈一股脑撞上脆弱的神经，正要发作，背上的压力却陡然消失。

萧牧庭蹲在他身边，抓着他的后领将他翻转了过来，单手扶住他的额头："你发烧了。"

那声音柔和深沉，邵飞几乎以为自己听错了。

萧牧庭将他扶起来，弯腰拍了拍他腿上的灰："走得动吗？"

他下意识地点头，又立即挣脱开："我不去医务室，我还要练习！"

"不差这一天。"萧牧庭抓住邵飞的手腕。邵飞有些吃惊，触电似的往后缩，萧牧庭却抓得很稳，以命令的口吻道："下楼，去医院。"

靶场上所有战士都看到萧牧庭护着邵飞一步一步从铁梯上下来，一身干净的军礼服已经肮脏不堪，铮亮的长靴上也全是灰尘。

邵飞烧得厉害，站不住，走了几步就向前一扑。

萧牧庭将他背了起来。

双腿悬空之时，邵飞头皮一紧，软着身子挣扎。

他侧脸，眼里是萧牧庭冷硬的下颌线条。

怎么还是觉得……在哪里见过？

第二章
还算是个乖小孩

萧牧庭将邵飞放在医务室的床上，军医闻讯赶来，给邵飞量体温，开药，输液。

此时已近中午，萧牧庭在医务室待了一会儿，什么都没说就悄然离开，20分钟后回来了，他没换弄脏的军礼服，手上却提着一盒蔬菜粥。

邵飞诧异地张开嘴。

萧牧庭支起病床上的小桌板，将蔬菜粥放上去："一只手输液，另一只手能动吧？自己吃，别让我喂。"

邵飞倒吸一口凉气，连忙握住勺子——他哪里能让将军喂饭？刚才张嘴只是因为吃惊！

萧牧庭又道："有些烫，慢点吃。吃完把碗放床头柜上，下午好好睡一觉。"

下午有萧牧庭的任命大会，邵飞就算心里不乐意，也得赶去参加。

"我中午输完液就回去，下午那个……"

"这液中午输不完，听话躺着，下午的会不用参加。"

邵飞不敢相信。

萧牧庭笑了，走到他身边："怎么，觉得身为我的事务兵，不到场不合规矩？"

邵飞对"事务兵"三字仍旧十分抵触，偏开头，一双眉也皱了起来。

萧牧庭似乎并不介意他的举动，退回原来的位置，目光从细长的眼角扫出，勾出几分深意。

邵飞被看得不自在，瞄了瞄萧牧庭微扬的眼角，又像小狼缩爪子一般收回目光，心里骂道：死纨绔！

萧牧庭抬手看了看时间，又看向邵飞，笑道："好不容易讨来一个事务兵，我还没享福，人家倒先让我伺候上了。"

邵飞底子好，下午安安稳稳地睡了一觉，身子差不多就恢复了。

萧牧庭换了一身干净的军礼服参加会议，结束后带队去靶场，训了几句话后，让战士们自己练习。

邵飞4点多从医务室出来，本想径直赶往靶场，想起自己这事务兵的身份，又有些恼。

前一天晚上洛枫让他会后就搬到萧牧庭宿舍去，如今木已成舟，他若再反抗，就纯属无理取闹、不识好歹了。况且上午萧牧庭亲自将他送到医务室，还替他打来一份蔬菜粥，嘱咐他好生休息，不必参加会议。

他向来爱憎分明，拎得清事儿，瞧不上萧牧庭归一码，萧牧庭帮了自己又归一码。于情于理，他也不能再与萧牧庭对着干。

想通了这点，他快步往宿舍走，打算趁艾心和陈雪峰还没回来，将日常用品打个包，去萧牧庭那儿报到——如果等队友们训练归来，他们又少不得一番抱怨。

整栋宿舍楼都很安静，他轻手轻脚地推开门，将洗漱用具全部放进洗脸盆里，把几套迷彩塞进背囊，轮到叠得方方正正的被子时他却犹豫了一会儿。

被套与床单已经有一阵子没换了，就这么搬去少将的宿舍不免显得邋遢，说不定还有什么异味。

他想了想，转身走到柜子边，拿出干净的被套，折腾了十几分钟也没能将被子妥帖地塞进被套。

过去一个人生活时，他就最讨厌换被套，入伍后有了队友，陈雪峰总会帮他牵着两个角，两人配合娴熟，一边塞一边抖，两三分钟就能搞定。

如今少了搭档，被子就死活不听话了。

他突然有些沮丧，不安与焦灼又冒了头，站在原地出了一会儿神，方觉有人正看着自己。他抬起头，还未来得及惊讶，靠在门边的萧牧庭就扬了扬手，嘴角的笑很浅："需要帮忙吗？"

他"啊"了一声，手忙脚乱地扯住被子，将露在外面的芯儿用力往被套里塞："不用，马上就好了。队长您怎么来了？"

萧牧庭不答，抄手看了一会儿，踱进屋内，弯腰牵住被子，抖开看了看："你塞错角了吧？"

邵飞抢回来一看，脸颊一红："好像是塞错了……"

萧牧庭将芯儿扯出来，重新抖开被套，理顺后拿起被子的一角塞进去，再将那个角递给邵飞："拿着。"

"哦。"邵飞捏好，瞥了瞥萧牧庭，见人家熟练地塞好另一个角，又递了过来。

不到半分钟，萧牧庭已经塞好了被子的三个角，塞好最后一个时，一手牵着一个角，左右匀了匀，朝邵飞一抬眼："抖。"

不过一分钟，被套换好了。

邵飞将需要清洗的被套与床单叠好放进桶里，一声"谢谢"说得不情不愿。

萧牧庭说："谢谢什么？"

邵飞觉得别扭，干巴巴地说道："谢谢萧队。"

萧牧庭点了点背囊与洗脸盆："这些都是需要搬走的？"

"是。"邵飞背上背囊，左手拿起洗脸盆，右手试图捞被子。萧牧庭上前几步，抱住被子和枕头道："我来。"

邵飞忙道："我来就好。"

萧牧庭表情很淡："你拿不了这么多，走吧，记得把门关上。"

邵飞在床边愣了一会儿，等反应过来时萧牧庭已经走到门外。他立即跟上，轻轻合上门，快走几步追上去，声音比刚才大了几分："谢谢萧队！"

"嗯。"萧牧庭一身军礼服，长靴磕在地上干脆利落，若双手据枪，就是标准礼仪兵的打扮，此时却抱着被子枕头，怎么看都显得不伦不类。

邵飞心眼儿实，记仇也记好，萧牧庭打他一棒子，他对人家恨之入骨，恨不得啖骨饮血；萧牧庭给他一颗糖，他虽说不上感恩戴德，但那声"谢谢"也并不勉强。

萧牧庭的宿舍不远，门没锁，只是虚掩着，脚尖一推就开。

高级军官的宿舍其实不比队员高级多少，无非是宽敞一些，两张一模一样的单人床换成一张大床和一张小床，小床在被隔出的"客厅"里，离门和卫生间比较近，大床在靠近窗边的宝地，一旁还有书桌与书架。

萧牧庭将被子放在小床上，回头道："你整理一下吧。"

邵飞去过高级军官的宿舍，洛枫和宁珏都没有事务兵，一个把小床拆了，一个将小床当沙发。他抿了抿唇，放下背囊和洗脸盆，站在原地，有些不知所措。

萧牧庭脱下外套挂在衣架上，倒也没打算理他，在书架上找出一本书，旁若无人地看起书来。

邵飞入伍两年多，不管是以前住大宿舍时，还是后来与陈雪峰住双人间，都是大咧咧惯了的主儿，粗话说得特别溜，如今和萧牧庭共处一室，小心肝儿憋得有点慌，他想说点什么吧，又怕和不上人家阳春白雪的调儿，不说吧，胸腔里又像有个小锤子在搞事儿。他心里忐忑，整理好床铺，将衣服与洗漱用具摆好，实在没事干了，才站在外间喊道："萧队。"

萧牧庭眼皮都没动一下，侧对着他："嗯？"

"那个……"邵飞没来由地紧张起来，站得笔直，跟站哨似的，"我收拾好了，现在也没什么事，我能不能去靶场练一会儿？"

萧牧庭还是没转过头："不行。"

邵飞险些冒出一句"凭啥啊"，强作乖巧道："你……您还有什么事需要我做吗？"

萧牧庭这才放下书，瞥了他一眼，薄唇微动："过来。"

他闹不清对方想干什么，犹豫了一会儿才向前迈了几步。

书桌对着窗，萧牧庭整个人都被春日下午的暖阳笼罩着，浅绿色的军衬衣上似乎有光流动。

萧牧庭抬头，目光落在邵飞脸颊的纱布上："没事了？"

邵飞会错了意，以为萧牧庭在问他是不是无事可干了，装乖道："萧队您有什么吩咐吗？"

萧牧庭站起来，邵飞让开一条道，孰料纱布却被弹了一下。萧牧庭弹得不重，但邵飞那儿有伤，这一下子没准备，痛得紧紧拧起眉。

他吃过亏，不敢再跟萧牧庭瞎杠，忍下这口气，但愤怒浮在眸光里，嘴巴鼻子都在生气。

萧牧庭竟又抬起手，摸了摸他额头："烧退了。年轻人要懂得爱惜身体，感冒发烧后不宜过度训练，再过半个多小时就到饭点了，今天别练了。你要真闲得慌，就去帮我把盆子里的衣服洗了。"

邵飞老大不乐意，"不洗"两个字就差龙飞凤舞地写在他脸上。

萧牧庭细长的眼角勾了勾，重新拿起书，随手翻了两页："那衣服还是今天上午护你下楼时弄脏的。"

邵飞这下过意不去了，心头一挣扎，拿起少将的盆子就往卫生间走。

哗啦啦的水声传来时，萧牧庭笑着摇了摇头。

高级军官宿舍有独立的阳台，不用和战士们在天台争夺晾衣的地盘。邵飞几下就搓好衣服，正往杆子上挂，身后就传来一声低沉的质问："这叫洗好了？"

邵飞平时搓自己的迷彩就这个水平——浸水，撒洗衣粉，搓搓衣领、胳膊窝、袖口，冲掉泡沫，拧成麻花，再抖上两抖，往杆子上一挂，大功告成。

他看了看"干净"的军礼服："那要怎么洗？"

萧牧庭没笑，但也不像生气的样子："取下来，重洗。"

邵飞表情扭曲起来，被使唤的屈辱感烧遍全身，手上一抖，衣服连同衣架"啪"一声掉在地上。

萧牧庭："重洗。"

邵飞弯腰捡起衣服，愤愤不平地回到卫生间，将水开到最大，发泄似的搓起来，生怕搓不出一个洞。

早上那一跤让他手掌破了些皮，很轻的伤，选训时他每天都会摔出好几处。这伤碰水没关系，但水里有了洗衣粉，碰到就让伤口有些辣了。他忍着不适，猛力搓军礼服，洗裤子时还狠狠抓了好几把，跟捏衣服主人的肉似的。

捏完心头一阵爽，邵飞暗骂一声，总算出了一口恶气。

这回萧牧庭没再难为他，只是看到衣服上明显的麻花印时皱了皱眉，交代晾干后要熨一熨，一丝褶子都不能有。

邵飞反倒想笑了，没头没脑地问："萧队您是处女座吗？"

萧牧庭看了他一眼，取出碘酒和棉花："擦手消毒，十分钟后去食堂打饭。"

二中队的肉类供给恢复了，吃了几天素的兵哥儿们狼吞虎咽，邵飞却没时间享用，按照萧牧庭的要求打了两菜一汤，急忙往宿舍赶。

萧牧庭没有留他一起吃的意思，拿起筷子夹菜，斯文干练，瞧他还杵在桌边，下巴往门口抬了抬："还不去食堂？晚了大家又把肉抢完了。"

邵飞盯着青椒炒肉有些馋，喉结轻轻动了动，张嘴就漏出点儿吞咽口水的声音。

萧牧庭动一动眼皮："去吧，吃完就回来，屋里有些脏，晚上你拖个地，收拾一下。"

邵飞本来计划晚上去障碍耐力场跑几个来回，把白天耽误的训练补回来。听萧牧庭这么一说，他不免丧气，却不便反驳，出门时带了气，将门撂得哐当作响。

少将的碗都抖了一下。

邵飞路走到一半，想到自己灰暗的前途，顿觉气都气饱了，食堂也没吸引力了。

他打了个转儿，径直朝障碍耐力场跑去。

萧牧庭没规定他几点回去，只说晚上要做清洁，他便机灵地钻起空子，在障碍耐力场跟猴儿似的飞檐走壁，硬是将自己练得精疲力竭。天黑尽了，他才拖着两条腿往回走。

邵飞回宿舍已是9点，进门的瞬间，肚子就叫了一声。屋里黑黢黢的，他没见着萧牧庭的影儿。

邵飞看了看阳台和卫生间，确定姓萧的不在后松了口气，找出拖把和水桶，忍着饥饿做清洁。

萧牧庭回来时，他正背对着门，弯腰撅腚，嘴里吹着曲儿，屁股还跟着走调的旋律一扭一甩。

萧牧庭咳了一声，他立即转身站直，歌不哼了，腚不翘了，尴尬地扶着拖把："萧队您回来了。"

声音不大，肚子的叫声却相当洪亮。萧牧庭眉梢一动，越过他往里屋走去。

谁也没提晚饭的事。

邵飞懒得跟对方套近乎，加快拖地的速度，洗好拖把后挂在阳台上沥水，又洗了条抹布擦家具。

萧牧庭拉上窗帘，站在床边脱下军礼服，又解开衬衣的纽扣。

邵飞正擦着外屋的饭桌，听见衣服落在床上的细碎声响就管不住眼神儿了，想看看少将有没有肌肉。他脖子梗着，余光费劲地往少将身上瞄，但因为角度实在太偏，眼睛都快抽筋了，也没看得特别清楚。

他只看到萧牧庭的衬衣里面还有一件白色的紧身背心，布料勾勒着肌肉的纹路……

至于肌肉生得如何，邵飞实在看不到。

萧牧庭将换洗衣服装进塑料封口袋中，踩着拖鞋走进卫生间，关上门但没锁上，不久里面就传出花洒的水声。

邵飞蹑手蹑脚地走去床边，看着少将刚才换下的一堆衣服——军礼服、衬衣、袜子，想想被带进卫生间的还有背心和内裤，就狠狠皱起眉。

等会儿我是不是要给他洗袜子洗内裤？

下午洗外套时邵飞心里还没什么障碍，如今面临给一个男人洗贴身衣物，才发觉受到了严重侮辱。

他拿着抹布站在原地发愣，直勾勾地看着被穿过的袜子。

这种东西别说亲手洗，就连碰一碰他都觉得臊得慌。

如果萧牧庭真让他洗，该怎么办？

邵飞快把袜子盯着火，卫生间的水声悄然停止。他立即退到书架边，假意擦灰。

萧牧庭一身热气出来，上身穿了一件军中常见的宽松短袖 T 恤，下面是一条灰色的大裤衩，头上搭着毛巾，一言不发走到床边，拿起袜子和床底下的盆，又走进卫生间。

邵飞犹豫了一会儿，还是跟着走过去，站在门边一看，只见少将正弯腰洗内裤。

他心中的惊讶多过惊喜，话突然多起来："萧队，您自己洗？"

萧牧庭转过身，目光从他脸上扫过，轻而易举捕捉到他那点小心思："我倒是想丢给小孩儿洗，但小孩儿心高气傲，一定会以为我折辱了他，万一想不通，明儿跳窗明志，这责任我可担不起。"

邵飞脸上一阵红一阵白，差点冲动说出"我洗，我洗还不行吗"。

萧牧庭没继续逗他，洗完几件贴身衣物就往阳台走。邵飞尾巴似的跟着，看到萧牧庭左手臂有一条从手肘蜿蜒至手腕的伤疤。

伤疤的颜色较浅，像一条蛰伏的龙。

一个文职军官为什么会有这种伤？是聚众斗殴被砍了？还是见义勇为被砍了？

都不像……

邵飞噘嘴，思考的模样有种与性格严重不符的乖巧。

萧牧庭晾好衣服后转过身，邵飞立即收回目光，尴尬地往屋里扫了扫，指着衬衣与军礼服道："这些我洗吧。"

萧牧庭走进屋："不用，不是每天都换，下次换了再洗。"

"哦。"邵飞做完清洁不知该干什么——平时这会儿正是他和战友们插科打诨的时间，现下换了寝室，总不能调戏到少将头上。

他坐立不安，挂好抹布后进浴室冲了个澡，热气将困意蒸了出来，时间也不早了，本想上床"躺尸"，却见萧牧庭还坐在书桌边摆弄一台笔记本电脑。

领导没睡，当事务兵的自然也不能睡。

其实邵飞对事务兵没多少概念，不晓得其他的事务兵做事时是啥样，只能暗自摸索。一想皇帝没睡太监也不能睡，他便觉得萧牧庭没躺尸，自己也不能躺尸。

他想了一会儿又起了一身鸡皮疙瘩，骂自己有病，事务兵好歹是军人，哪能和太监凑一桌……

萧牧庭见他脚不是脚手不是手，叫他没事就早点睡觉。

他得了"圣旨"，立即往床上一躺，翻身背对里屋，没察觉到萧牧庭将台灯的光调暗了几分。

他打了个哈欠，忽然觉得饿，翻来覆去睡不着。

萧牧庭往小床方向看了几次，拉开书桌下的柜门，拿出两包方便面和一包真空包装的牛肉，悄无声息地走到阳台上，关上门，蹲在电磁炉边烧水煮面。

他做这一切时都没有什么声音，像个惯于在黑暗中行走的杀手。阳台上的门合着，方便面的香味飘不进屋。所以邵飞直到被拍了肩，才知道少将大人给自己煮了一锅牛肉面。

热气蒸上来的一刻，饥肠辘辘的小兵连"谢"都没来得及说，夹起面就往嘴里送。

喜闻乐见的烫嘴事故没有出现，萧牧庭像是知道他会狼吞虎咽似的，端给他之前就将面条凉了一会儿。

邵飞一分钟就吃完了两包面，满脸红润，汗水都下来了。萧牧庭在桌上放了一盒牛奶，他咬着吸管时才回过劲儿，想道声谢，萧牧庭已经关了里屋的灯，不声不响地躺在床上了。

邵飞洗干净碗筷，重新躺上床时心想：也许我以前误会萧队了？其实这人还挺好？

第二天早上，邵飞天没亮就起来了，摸黑穿好衣服，悄声出门，吸一口新鲜空气，感觉整个人都发芽了。

他是二中队的尖子兵，也是最勤奋的一个。每天早上他都会赶在起床哨吹响前起床，在腿上、腰上绑好沙包，拖着灌满沙的轮胎快走。

艾心和陈雪峰也起得早，陪着他快走。艾心看不惯萧牧庭，说这人昨天上任后打的全是官腔，没一句实在话。

"咱们二中队要这种中队长来干吗？脚不能踢手不能打，看他那样子顶多算个理论倒背如流的书呆子！"

经过昨天的事，邵飞对萧牧庭的看法有些改观，不过"看不惯"还是占了十之八九。但这会儿听艾心数落萧牧庭，他心里又有些不对味儿。

那种心情非要形容的话，就跟狼崽护食差不多——我抢的骨头我抢的肉，我坐着啃趴着啃蹦着啃都行，但你们不能啃！

萧牧庭并未出现在晨练队伍中。

7点半邵飞满身大汗回到宿舍，见他似乎刚起床，正在卫生间洗漱。

邵飞心道这少将不仅能睡，还无视起床哨，起得晚不说，还毫无愧色，不急着叠被子，反倒占着卫生间剃胡子……

邵飞的床离卫生间近，一边整理床铺，一边斜着眼往卫生间里瞟。

萧牧庭站在洗手池边，微抬起下巴，电动剃须刀发出嗡嗡响声。

邵飞不敢明目张胆地看，恰好只能瞄到他修长的颈部线条和锋利的侧脸。

他的眼皮半耷着，睡眼惺忪。这一点软就像一滴洒在黑咖啡中的香醇牛奶，柔化了眉间的凛冽，让他看上去多了一分温和。

邵飞还想再看，却在镜中对上了少将的眼。

小兵倏地一怔。

萧牧庭关上剃须刀，缓声吩咐道："去叠被子，然后到食堂打饭，一碗白粥，一碟青菜，一个鸡蛋，两个包子，8 点一刻之前送到我办公室。"

"是。"邵飞正要转身，又听萧牧庭说："以后每天早上去晨训前，先给我凉一杯开水，不要隔夜水，现烧现凉，凉得差不多了加半勺蜂蜜。"

邵飞皱起眉，有些不乐意——早上时间宝贵，现烧现凉得花多少时间啊！

萧牧庭拧开水龙头洗手，补充道："凉的过程中不能用嘴吹，唾沫星子容易被喷进去，不干净。"

邵飞偏过头嘀咕道："事儿精！"

"什么？"萧牧庭停下洗手的动作，转身看着邵飞。

邵飞甩开步子冲去里屋，撩起被子一抖，大声道："我没说什么啊，萧队您听岔了！"

被子很干净，不像普通战士那样混合着汗味儿和腥味儿，摸起来也不腻手，邵飞弯着腰，麻利地将被子叠成豆腐块，又理了理床单，整个过程不到一分钟。

萧牧庭看了一眼，换上军礼服，一言不发地推门而出。

门被轻轻合上时，邵飞努了努嘴，一屁股坐在刚整理好的床上，朝门口"啧"了声。

时间还早，不用马上赶去食堂，他往后一仰，横倒在少将的床上，盯着天花板出了一会儿神，心中空落落的，躺了一会儿，坐起来时才发觉自己背部与后脑的汗全浸在床单上了。

"糟糕！"他触电似的跳起来，看着床单上的汗渍与凹陷痕迹，脑门上涌出一股冷汗。

姓萧的似乎有洁癖。

邵飞在床边转了两圈，手忙脚乱地将床单拉整齐，估摸中午之前汗渍会消失，又想万一没消失怎么办。

犹豫片刻后，他从书架里抽出一本书，哗啦啦地朝床单扇风。

扇风起到的效果并不明显，眼见时间不早了，邵飞只得将书塞回去，蹲在床边摸了摸深色的汗渍，心一横："管他的，反正又没监控，我打死不承认就行！"

他匆匆去卫生间洗了一把脸，然后以百米冲刺的速度朝食堂跑去，10 分钟解决了 5 个包子、3 根油条和 2 碗瘦肉粥，这才排队给萧牧庭打饭。

艾心在一旁喊："飞机，等会儿来靶场吗？"

"来！"邵飞回答得干脆，但心头特没底，不知道事儿精少将会不会放他去练习。

萧牧庭这人，他越看越觉得看不透。

没接触之前，他只知道对方是个背景不得了的纨绔少爷，没什么本事，在特种作战总部混了十几年，弱不禁风，还有些爱显摆。

但和他相处下来，邵飞又觉得这人越发神秘，性格没想象中那么讨厌，似乎还挺会照顾人，时不时显露的强势有种慑人的意味。

这种压迫感与军衔、家世没有任何关系。邵飞觉不出个中滋味，只是隐隐觉得萧牧庭似乎并不简单。

8点10分，他将早餐带到萧牧庭的办公室。

萧牧庭正对着电脑敲敲打打，将早餐晾在一旁，没有马上吃的意思。

邵飞还想着要去靶场，等烦了，一脸凶恶地"关心"道："萧队，再不吃就凉了。"

萧牧庭看了他一眼，缓声道："不急。"

邵飞：老子急！

萧牧庭继续敲键盘，呷了一口茶，瞧也没瞧他。

已经8点半，邵飞忍不了了，强作客气道："那什么，萧队，如果您没有什么事，我就去靶场了，昨天一天没练成，今天得……"

"不行。"萧牧庭抬起头，有点冷漠。

邵飞又委屈又气，嗓门往上一提："为什么?！"

"你现在的身份是事务兵，"萧牧庭指了指门口，"我在什么地方办公，你就应当在什么地方站哨。"

邵飞气都捋不顺了，木头一样戳在萧牧庭的办公桌前，走也不是，留也不是。萧牧庭不再看他，将白粥端到面前："你到门口站着去，有人来先通报。"

邵飞气急，眼中冒火。萧牧庭眼皮都没抬一下："出去。"

邵飞头一次在队长门前站岗，一脸猪肝色，嘴唇抿得发白，眼眶红得吓人，和怒极的猛犬没什么差别。

洛枫从他身边经过，还故意往后一退，露出害怕的表情："飞机如果没人收拾收拾，还真得上天了。"

9点多，萧牧庭拿着一个黑色笔记本出来，什么也没跟他说，长靴在地板上敲出利落的响声，身形在转角处消失不见，接着是一阵越来越远的下楼声。

邵飞急躁得抓心挠肺，又不敢擅自离开。

临近饭点，萧牧庭回来了，手上的笔记本不见了，取而代之的是两份盒饭。

萧牧庭示意他进屋，指着茶几上的一份盒饭道："你的，趁热吃。"

邵飞戳着白米饭，食不知味，憋得难受，忍了十几分钟还是开口了："萧队，我以后的训练怎么办？我野战部队出身，枫鹰的正式队员，难道当了您的事务兵，就不训练了？那我以前的努力不就白费了吗？"

萧牧庭漫不经心地挑着饭盒里的黄豆："听宁队说，你是二中队里的佼佼者。既然是佼佼者，那十天半月不训练，又怎么会受到影响？"

邵飞一听更气，声音发抖："不是这个理。萧队，再厉害的兵也不可一日缺练，我……宁队将我看作佼佼者，我很荣幸，但我还想变得更强，执行更多更重要的任务。二中队是精英中队，没人能够懈怠，别说十天半月不训练，就是一天不训练，我都可能被别人甩下一大截！"

萧牧庭闻言一笑："你太夸张了。"

"我没有！"

"如果真如你所说，一天不训练，就被别人甩下一大截，那么那些身受重伤、卧床数月的战士，出院时不就是个废物了？"

邵飞怔了一下，想起萧牧庭左臂上那条龙一样的伤疤。

萧牧庭又道："还是你觉得只要每天勤勤恳恳地练习，你就能成为最厉害的特种兵？"

邵飞双目一凝，他还真是这么想的。

他有天赋，有魄力，肯下功夫，吃得了苦。他比所有人都起得早，每天的训练量在二中队首屈一指。照此下去，他为什么不能成为最厉害的特种兵？

萧牧庭挑完黄豆又开始挑米粒，米粒又小又黏，少将的筷子竟然能将它们挨个分开，在盖子上摆成整齐的一排，看上去如同列队的士兵。

摆好最后一粒米时，萧牧庭抬起头："你离优秀的特种兵，还差得远。"

邵飞到底没去成靶场，下午萧牧庭在办公室看文件，招呼他倒了两次茶。

第一次往茶杯里掺水时，邵飞余怒未消，双手发抖。第二次时他心情稍有平复，但瞧着萧牧庭淡漠的神情，仍是心中愤愤，放茶杯的动作重了几分，茶叶顺着开水从杯口漾出，刚好洒在他手上。

那是刚烧开的水。

邵飞痛得"咝"了一声，连忙抽出几张纸巾垫在杯底。

萧牧庭无动于衷地看着，直到他擦干净桌上的水，才说："去冲一冲冷水，顺便打一盆水回来，装满，水面与盆沿齐平，但不要溢出来。"

邵飞不解："干什么用？"

萧牧庭从文件中抬起头："你不是怕为我站岗耽误训练时间吗？你去靶场是练射击，在这儿也能练射击。虽然我没当过特种兵，但也知道你们狙击训练有一项基础训练是提高手的稳定性。你右手举盆站军姿，既站了岗，又没缺席训练。怎么，还不满意？"

邵飞无话可说，站在水池边往手上冲水时想：放屁！我早就迈过稳定那道坎儿了，现在急需的是实弹实枪实训，再举水盆有个屁用！

萧牧庭要真有本事，在靶场时就能一眼看出谁狙击有问题，并停下来指点几句。

但他没有。

他只是每天去靶场转一转，摆摆样子。

邵飞托着一盆水执勤，姿势分外可笑。脑子里一遍一遍地过着萧牧庭来枫鹰后发生的事，越想越恼，后槽牙咯咯作响，手部肌肉也跟着抽搐起来。

水与盆沿齐平，一点儿轻微的抖动都会让水洒出来。

邵飞恨得牙痒，肩头传来一阵凉意。

他知道水洒了，心里却不太在意。

以前大家没少练过托盆，水洒了重新加上就是，一般教官会骂上几句，罚他们做100个俯卧撑。

这点儿小惩罚在选训营里根本不算什么，邵飞被罚过几次，做完继续练，心里坦荡荡的。

所以现在水洒了，他也没往心里去，继续笔直地站着，继续暗骂萧牧庭。

饭点前，萧牧庭在里面叫了他一声，他去水池边倒掉水，进屋前深呼吸一口，压下满腔不爽，才推开门。

萧牧庭目光落在他右肩上："水洒了？"

他下意识想否认，余光往肩上一瞟，发现瞒不过去，只好道："嗯。"

"嗯？"萧牧庭脸色沉了几分。

他立即改口："是，萧队！"

萧牧庭的目光在他脸上扫过："刚才你是想瞒着我，蒙混过关？"

邵飞心脏紧了一下，迅速立正："报告萧队，没有！"

"前天我当着你的面跟洛枫说过，会监督你训练，并教教你怎么做人。"萧牧庭转身向墙边的书架走去，"你可能以为我只是说说，我也没想到这么快就得动手。"

书架上没有几本书，倒有很多文件夹，还有十几个擦得一尘不染的相框，相框里有的照片已经泛黄，有的照片还像新的一样——那是历届二中队队员的生活照。

萧牧庭一边找着什么，一边情绪不高地问："类似的疏忽，枫鹰的教官怎么罚？"

邵飞没想到姓萧的还会罚自己，转念一想，梁队那么凶，也只是罚 100 个俯卧撑，萧牧庭这纨绔懂什么，难不成还能罚 200 个？

就算是 200 个他也不怕，遂答道："罚 100 个俯卧撑。"

"就这样？"萧牧庭转过身，手拿一条小臂长、两指宽的竹尺。

邵飞从尾椎生出一阵寒意，见萧牧庭缓步朝自己走来，竟然没出息地往后退了一步。

萧牧庭右手拿着竹尺，朝他伸出左手："右手给我。"

邵飞双手背在身后，左手紧捏着右手，大大的眼睛因为惊讶与些许恐慌而显得更加神彩生动。

萧牧庭嘴角挂着一丝若有若无的笑："右手伸出来。"

这话就像一根无形无质的线，一头被萧牧庭拽在指尖，一头拴着邵飞的手腕。

邵飞低着头，抬起右手，手指颤抖着打开，露出手掌上刚刚结痂的伤。

他只有 20 岁，但手掌与指腹上覆着明显的茧，层层叠叠，粗糙而没有美感。

萧牧庭拉过这只手，没有欣赏的兴致，也没有怜惜的心思，竹尺毫不留情地落下，打在掌心的痂上时，发出一声脆生生的响声。

痛！

邵飞整个身子都抖了起来，泛红的双眼难以置信地望向萧牧庭，不敢相信竹尺会真的落下来。

还打得那么重！

萧牧庭平静地与他对视："痛了？"

邵飞紧抿着唇，眼中的委屈压过了愤怒，一声不吭地站着，脖子生硬地梗着，倔强的模样十分可爱。

但萧牧庭却没有放过他，竹尺一记一记地往手掌上抽，痂破了，血从掌心涌出，整个手掌红红的一片。

邵飞强忍着痛，萧牧庭每打一下，他就在心里数一下，数到 20 下后却怎么也数不清了。

他痛得大脑发麻，心脏抽痛难忍——众人皆知十指连心，而只有手掌也吃过苦头的人，才知道掌心亦连心。

他喉咙涌起一阵甜腥，压抑不住的低吼碎裂成不成调的呻吟。眼泪从眼角挤出，水汽打湿了眼眶，泪水却固执地挂在睫毛上，不肯落下。

萧牧庭放下竹尺，牵住那战栗的指尖："知道我为什么罚你吗？"

邵飞抬起左臂，用衣袖抹走睫毛上的泪，声音带着不太明显的哭腔——不甘又犟，不想承认自己在害怕。

"知道！因为水晃出来了！"

"啪"一声响，竹尺再次落在掌心，萧牧庭眉目冷峻："错。因为你明知自己没能做到最好，却抱着无所谓的态度。"

邵飞睁大眼，委屈里又多了一分困惑。

萧牧庭放开他的手，踱向书架，从常备的医药箱里取出棉花与酒精，漫不经心地给竹尺消毒，擦干净后放回原处。他转身道："你抱着侥幸心理，以为水洒了也没关系，又不是每回都洒。而且就算水洒了，也不代表你狙击时打不中目标。"

邵飞整张脸都红了，是痛，是怒，是怨，是心思被一眼看穿的惶恐。

萧牧庭又道："其实你的想法没错，水洒一次有什么关系呢？你只是个凡人，不是神，不是机器，有情绪，有状态不好的时候，洒了便洒了，加上水重来便是。况且托盆只是基础训练，托得最好的人未必是最强的狙击手，托得不怎么样的人命中率说不定更高。"

"但是我们可以换一个场景来说，"萧牧庭坐在沙发上，双手交叠于腹部，"你是为战友提供火力掩护的狙击手，开第一枪时手抖了一下，是不是能够换上子弹重来？可是你能重来，你深陷敌阵的战友也能？"

邵飞心神俱震。

萧牧庭笑了笑："你的确不是机器，更不是神。但穿上这身迷彩，以枫鹰特种兵的身份出征时，你就是神，你必须将自己当作神。"

"否则你如何保护那些将后背交给你的兄弟？"

"你的作战技能没有什么问题，但是心态亟待调整。狙击手必须沉下心，而你现在心浮气躁，连托盆都做不好。"

"我……"邵飞想争辩，萧牧庭却抬手打断他，语气比刚才柔了几分："以前带你的教官是梁正吧？"

邵飞木然地点头。

萧牧庭露出了然的神情："梁队面恶心善，他没有管教够的地方，就由我代劳好了。"

停顿片刻，萧牧庭朝邵飞招了招手："来。"

邵飞站在原地，警惕地看着他，不敢上前，又不得不上前，像一只被欺负的流浪狗。

不久前打过流浪狗的"坏人"蹲在地上，手心里放着带肉的骨头，温柔地说："来。"

那声音充满蛊惑，骨头散发出诱人的香味，流浪狗已经饿了几天，就算再挨一顿打，也不愿错过果腹的机会。

邵飞慢慢走过去。萧牧庭要捉他的手，他本能地缩回去，眼中的畏惧一览无余。

萧牧庭笑了，取出棉花、碘附、纱布、药粉，摆在沙发边的茶几上。

邵飞不安地站在沙发边，右手手背被温暖的手掌托住时，本来已经麻木的疼痛又锐利了几分。

他紧皱着眉，一副努力忍痛的模样。

萧牧庭托着他的手消毒、上药，裹上纱布之前，将浸满碘附的棉花在他掌心轻轻一按。

他终于没忍住，吃痛地叫了一声，冷汗直下。

萧牧庭问："知道痛了？"

他忍着泪，重重地吸了吸鼻子，声音又闷又委屈："知道了。"

萧牧庭替他缠上纱布，起身揉了揉他扎手的头发："知道就好，还算是个乖小孩。"

邵飞右手缠着纱布，吃饭时拿不住筷子，换成勺子也掉了几次。

萧牧庭说："换一只手，用左手拿筷子。"

邵飞将勺子换回筷子，用左手试着夹碗里的红烧肉，夹了几次都没成功。

萧牧庭问："以前没有练过左手？"

邵飞摇头，实在夹不起来，干脆往下一戳，将红烧肉穿在筷子上。

他眸光闪了闪，眼角滑出一溜耍小聪明的得意。

萧牧庭却双眉微凝，看着他将红烧肉塞入嘴里，姿势别扭地扒拉米饭。

邵飞伸筷子准备戳第二块红烧肉时，萧牧庭从他手里拿过碗，筷子也一并取走，迅速夹了几块肉、几片蔬菜放在碗里，搅了两下，将由菜叶裹着的饭抵到他嘴边。

邵飞嘴唇动了动，脸颊飞过尴尬的红。

自己要张嘴吗？会不会显得很贼？

那不张？会不会扫了少将的面子，得罪少将？

邵飞心念电转，再一低头，见唇边的筷子纹丝不动，就像被机器架着一样。

接过饭菜时，邵飞有种古怪的感觉，觉得萧牧庭的姿势不太对劲，又暂时想不出不对劲在哪。

萧牧庭没与他聊天，用饭菜堵了他的嘴，有菜有肉，搭配合理。

饭碗见底，邵飞试探着看了萧牧庭一眼。萧牧庭拿着碗起身："两天之内，右手不要沾水。"

邵飞松了口气，小声说："萧队，麻烦您了。"

萧牧庭拧开水龙头，衣袖挽至小臂，一边刷碗一边道："如果你想加练体能，就抓紧晚上的时间。"

邵飞："嗯？"

"晚上不用站岗，只要清洁做好了，衣服洗完了，你想怎么练都行。今天情况特殊，你右手派不上用场，我也不为难你，想跑圈就去吧，上器械时注意保护好手。"

邵飞一喜，站直敬了个礼："谢谢萧队！"

"先别急着走，"萧牧庭擦干净手，"饭后不宜立即运动，你半小时后再去。"

邵飞有点囧——那我现在该干啥？出去散步？还是傻坐在宿舍？

萧牧庭找出一个瓷碟、四根光滑的不锈钢签，背对着他往瓷碟里倒了些什么，然后转身冲他招了招手。

他立即走过去："这是……"

"芝麻，黑米，黑豆。"

素白的瓷碟上，是一团乍一看分不清是什么东西的黑色。

萧牧庭将两根不锈钢签递给他："坐下，用左手夹。"

"左手？我只练过右手。"

"我知道。如果你练过左手，刚才也不至于动不了筷子。"

邵飞顿觉丢脸，坐下时他下意识想用右手拿不锈钢签，还未碰上，手背就被扇了一下。

萧牧庭扇得不重，但邵飞右手在下午刚受过罪，对疼痛记忆深刻，此时他跟惊弓之鸟似的把右手缩回来，连手指都蜷了回去。

小兽缩爪子也不过如此。

萧牧庭提醒道："用你左边爪子夹，从最简单的开始。黑豆大，先夹黑豆。"

邵飞伏在桌上，左手小心翼翼地探下，不锈钢签对准一颗黑豆。

萧牧庭不动声色地看着，眼中有极轻的笑意。

"叮——"

清脆的响声从桌上溅起，黑豆滚向桌边，被邵飞一掌拍住。

他懊恼地将黑豆扔回去，一言不发，更加认真。可惜不常用的左手实在不争气，任他怎么努力，都夹不住那圆滚滚的小豆子。

他心里痒得慌，想也没想，又将不锈钢签换去右手拿。

萧牧庭这回没扇他手背，静静地瞧着他用受伤的右手夹起一颗黑豆。

他嘴角一弯，小白牙还未来得及露出来，笑意已经漫入眼底。

他看向萧牧庭，一脸"求表扬"的样子。

萧牧庭好像看见一条摇出了残影的毛茸茸大尾巴，无奈地笑道："得意什么？让你用左边爪子，你偷偷摸摸换成右边，还开心上了？"

邵飞看着不锈钢签，片刻后半张开嘴："啊……"

萧牧庭将他从凳子上赶起来："行了，时间差不多了，你去练耐力吧。"

邵飞被挫败感狠狠撞了一下，抓抓头发，出门前回头看了看，见萧牧庭一手拿着一对不锈钢签，左右开弓，准确利落地夹起两粒芝麻。

跑步时，邵飞满脑子都是那两粒芝麻。

萧牧庭不仅能夹起芝麻，还夹得相当从容，未做什么准备，甚至都没有多看一眼，就那么手腕一动，便大功告成。

夹豆子、夹大米是特种部队狙击手的拿手好戏，其他部队的兵打实弹的机会少，没谁会无聊到夹大米玩儿。

邵飞有些困惑，想不通萧牧庭一个混日子的文职军官为什么会这招。

是因为他待在闲职上太无聊，所以夹颗豆子玩儿？

邵飞脑补着萧牧庭形单影只坐在办公室泡茶夹豆子的模样，竟然觉得有几分好笑。

笑着笑着，他嘴角的弧度突然凝固。

他停下脚步，猛然发现吃饭时那不对劲的感觉是怎么回事了。

萧牧庭当时是用右手托着碗，左手握着筷！

萧牧庭不是左撇子——他亲眼见过萧牧庭用右手写字、用右手吃饭。

邵飞站在原地，紧张地自言自语："萧……萧队刚才是双手同时夹起芝麻？"

单手夹大米是优秀狙击手的必修课，而双手同时夹，则是顶尖拆弹专家的拿手好戏！

邵飞心脏狂跳，半晌才道："……不是吧？"

这个总部来的纨绔少将，其实不是文职军官，而是拆弹精英？

"你想多了，"萧牧庭坐在书桌边，"夹豆子又不难，我没作战任务，无聊了就泡一壶茶，夹豆子玩儿呗。"

邵飞又问："但您好像还知道很多特种训练方法？比如托盆？"

"这很稀奇？我好歹在特种作战总部待了那么多年，虽然实操不行，但理论过关啊，我们每年都得考试。你要不要跟我学学理论？"

邵飞问："学什么理论？"

"如何成为一个合格的弹药专家，以及……"萧牧庭嘴角的笑容平淡无奇，"一个能左右手同时射击的近战枪手。"

邵飞成了行政楼里的一道风景。

萧牧庭让他在门外站哨，但不要求他站得如松如柏，第一天让他右手托盆，第二天丢给他两双不锈钢签和一碟黑豆，让他夹豆子打发时间。

门口没有桌椅板凳，邵飞蹲着挑坐着挑都别扭，手勾着也酸，没多久就又麻又胀，别说用工具夹豆子，就是徒手抓豆子，他指尖都是抖的。

姿势换来换去，跪姿似乎最舒服。

萧牧庭从屋里出来，就见邵飞高高撅着腚，面对门跪着，手肘支在地上，满头大汗，一脸通红，鼻尖都快戳进碟子里了。

萧牧庭靴尖碰了碰碟沿："哎，你这大礼行得……"

邵飞立即直起身子，仰头不满地瞪着萧牧庭，忘了自己还直挺挺地跪着。

萧牧庭看了看碟子："这是一颗豆子都没夹起来？"

邵飞脑袋一耷："嗯……"

萧牧庭弯腰端起碟子，放在离门稍远的地方，示意邵飞换个方向，不要脸冲着门。

邵飞一时没搞明白萧牧庭的意思。萧牧庭在他屁股上踹了一下："我又不是你爸爸，哪儿能一开门就捡个便宜儿子？"

邵飞这才意识到自己还跪着，起身时腿酸，差点摔跤。

萧牧庭扶着他，收起玩笑口吻："以后别跪着夹，那姿势不容易保持平衡，而且时间长了对骨骼肌肉都会有影响。"

"那怎么夹？"

"趴着。实战中进行拆弹，大多数时候也得趴着。"

邵飞这人有个优点——知错能改。

于是他马上调整姿势，横在办公室门口，脸朝过道。

萧牧庭每次出入，都不得不从他身上跨过。

除了练夹豆子，邵飞还按照萧牧庭的要求练"爬门"。

办公室的门并非平平整整的一块，门的中间和上下各有 1 厘米的凸起花纹。那花纹有一定的倾斜度，萧牧庭对邵飞的要求就是以手指之力，将全身挂在花纹上。

"你们总爱把腰部力量、腿部力量、手臂力量挂在嘴边，往往忽略了手指力量。这项训练练的便是手指力量，如果你能在门上坚持10分钟，下次再据枪时，你会发现明显的不同。"

　　邵飞试了几次，没有一次能挂上去，回头道："萧队，您给我示范一下吧。"

　　萧牧庭摇头："我不会。"

　　邵飞将信将疑。

　　萧牧庭抄着手："我只懂理论，实际练习还得靠你自己。"

　　说完他踱入办公室，还顺手关上了门。

　　那一下午邵飞就没歇过，跟壁虎似的可劲儿往门上扑，十指发红肿胀，有几次险些将指甲磕下来。

　　"爬门"难度太大，他运气又实在欠佳，唯一一次成功挂上去时，萧牧庭刚好从里面开门，他整个人被门带着往里扑，摔下来时直接撞在萧牧庭腿上。

　　更尴尬的是，他掉下来时还下意识寻找支撑点，双手本能地往萧牧庭腿上抱，抱实了心里还松了口气。

　　萧牧庭不是故意要整他，是真有事要去隔壁找宁珏。

　　这下倒好，开门没捡儿子，腿上却挂了熊兵……

　　邵飞此时已经一屁股坐在地上了，抱了两秒人家的大腿后也意识到不对，立马松手爬起来，脸上的红不知是出于尴尬还是生气，瞪着萧牧庭道："萧队，您开门干啥？"

　　萧牧庭清楚"爬门"不易，拍了拍他的肩："继续练，晚上加肉。"

　　邵飞在少将门口搞"行为艺术"的事儿，二中队的兄弟们是知道的。

　　艾心抓着他的手，一看那上面磨破的皮和新长出的茧，就心疼得直叫唤，连声骂萧牧庭不地道，啥也不懂还瞎指挥。

　　邵飞把手浸在冰水里，痛得冷汗都出来了，缓过劲儿后却帮萧牧庭说话："哎，其实萧队懂的还挺多。"

　　陈雪峰抬了抬眉，艾心立即喊："飞机啊！这才几天你就上那老家伙的套了？"

　　邵飞一听"老家伙"就皱起眉，一捧水朝艾心脸上洒去："没规矩，萧队是少将，30多岁算什么老东西！"

　　艾心抹一把脸："他给你吃药了？"

　　"你才吃药！"邵飞一肘子撞过去，扯掉在萧牧庭跟前装乖的皮，原形毕露，"几天没挨揍，皮痒了吧你！"

　　艾心嬉皮笑脸："痒得你心爷爷都快脱了衣服蹭树了，来啊，给你心爷爷挠挠！"

邵飞身子一转，迈开长腿就要逮艾心。艾心1米9的大个子，动起来却异常灵活。两人在房间里蹦上蹦下追打了半天，晃得陈雪峰眼花。邵飞一脚踩在床上，飞身往艾心腰眼儿上踹，艾心来不及闪避，往上一挺，来了个漂亮的前空翻。

邵飞没讨到好，落地就继续追，艾心一看无处可躲，干脆往走廊上冲。

二人你追我赶，艾心单手撑在栏杆上，脚一蹬就往楼下跳。邵飞被几个战友挤到墙根，只得拔腿往楼梯跑，一边跑还一边侧着头骂："艾心！你跑个屁！老子打烂你屁……啊！"

"股"字还哽在喉咙里，"啊"就被人撞出嘴角。

邵飞怒气冲冲地抬眼，方才"怼"天"怼"地的气势瞬间被一道冷峻的目光浇得一丝不剩。

萧牧庭面无表情地看着他："我放你回来跟队友联络感情，你想……"

邵飞尴尬得眼角都红了："我们只是开开玩笑。"

少将难得来一次战士宿舍，走廊上追来打去的队员全安静了，只剩没瞧见萧牧庭的艾心在楼下喊："飞机！你来揍老子啊！躲个屁！"

邵飞眼皮直跳，又听那不要命的猪队友吼："飞机！人呢？揍你萧队去了吗？"

陈雪峰趴在栏杆上使劲朝艾心使眼色，艾心没理解上来，又号："飞机！真揍萧队去了？"

萧牧庭身子一侧，在栏杆前露了脸。

艾心险些腿软得直接跪地上。

萧牧庭的声音不急不缓，带着三分笑意："负重40公斤，10公里，现在开始。"

"是，是！"艾心转身就跑，不到5米就摔了个大跟斗，一副屁滚尿流的模样。

走廊上爆出一阵大笑，唯独邵飞笑不出来。他心虚地看了萧牧庭一眼，估摸自己又要挨罚了。

萧牧庭领着邵飞回宿舍："你这张嘴挺厉害的嘛，以前跟艾心说过要怎么我？"

邵飞脑子发木，"啊"了一声，结结巴巴地说："那个……揍。"

他在萧牧庭面前撒不了谎。

萧牧庭初来乍到那会儿，二中队里除了几名前辈，其他人全放嘴炮要揍得姓萧的生不如死。邵飞最积极，当时还跳在桌上蹦："我要第一个揍，你们都别跟我抢！"

萧牧庭在军中待了十几年，哪会不知道战士们平时就爱"揍"队长，问邵飞也就是随口逗一逗他，哪想这孩子还真承认了。

邵飞说完才反应过来自己说了啥，急忙挽救道："不，不是！萧队，不是！我没有！"

萧牧庭坐在靠椅上，笑着看他表演。

当面承认他要揍队长，邵飞急得语无伦次，脑门上挂着豆大的汗，眼睛也急红了。

结巴到最后，他心知演不过去了，索性"坦白从宽"，灰溜溜地说："萧队，我以前的确说过冒犯您的话。"

您大人不计小人过，就原谅我一次吧。

呸！

邵飞说不出后面那句，偷偷看了萧牧庭一眼，声音越说越小："我错了，您要惩罚我，就，就动手吧。"

邵飞知道"揍"这种玩笑可轻可重，"揍队长"往严重了说，被除名都不是不可能。萧牧庭要惩罚他，他只能受着。

手抖了被打手，嘴贱了理应被打嘴。

他以为萧牧庭会抽他几个耳刮子。

他等了几分钟，对面却没有动静。

一抬眼，邵飞的目光就像被什么引力拖着一样，落入萧牧庭深渊般的眸底。

萧牧庭好整以暇地坐着，嘴角勾起一缕宽容的笑，朝他勾了勾手指。

他被牵引着走近，还不由自主地弯下腰。

意料之中的巴掌没有落在脸上，萧牧庭只是象征性地拍了拍他的脸，温声道："睡前别忘了上药，过两天带你去靶场找找感觉。"

邵飞每天早上 5 点 20 起床，打着哈欠蹲在阳台上烧水，烧开后找来两个不锈钢杯，一手拿一个，将水在两个杯子里倒来倒去以加快降温的速度。

萧牧庭不让他吹，说唾沫星子会喷进去。他装得了乖，但性子没那么老实，顺服地答应下来，心头想的却是：呸，你说不吹就不吹？老子偏要吹！老子还要往里面吐口水！

然而想是这么想，实际上他一次也没敢吹过，更不敢吐口水。

因为他亲眼见识过萧牧庭有多敏感。

那天他一身臭汗躺了萧牧庭的床，离开之前明明已经将床单拉整齐了，晚上回宿舍时，被浸湿的那一块儿地方也干了。平常人肉眼压根儿看不出异常，萧牧庭却直接将床单扯起来扔进洗衣盆，一边换新床单一边说："你想坐想躺都行，但好歹把自己洗干净，别泥猴儿似的在我床上滚。"

邵飞那时刚挨了打，心头犯怵，不敢问"萧队您怎么看出来的"，只得悄悄给自己敲警钟——这人糊弄不得！

烧水凉水差不多得花一刻钟，做完后邵飞轻手轻脚地离开阳台，在凉好的水里加半勺蜂蜜，搅匀后把水杯放在书桌上，再匆匆走进卫生间洗漱，出门晨练前还给萧牧庭挤好了牙膏。

挤牙膏这事儿不是萧牧庭交代的。

邵飞入伍前看过一些电视剧，依稀记得一个小兵为了讨好队长，每天给队长挤牙膏擦鞋。

他干不出主动擦鞋这种事，而且觉得自己不是想讨好萧牧庭，只是想跟他搞好关系，于是选择了无关痛痒的挤牙膏。牙膏挤好后，邵飞就把牙刷放在萧牧庭的漱口杯上，不跟萧牧庭提，暗自夸自己明事理，会做人。

他不知道的是，萧牧庭每天起床后，几乎都会看到一柄毛刷向下栽在洗手台上的牙刷。

牙膏已经掉了，黏黏糊糊的一团。

萧牧庭叹气，刷牙之前还得先冲干净牙刷，再擦好洗手台。

几次之后，萧牧庭本想让邵飞以后别挤牙膏了，可方一开口说起牙膏，邵飞立马眼睛一亮，露出做好事不留名的得意表情。

萧牧庭微怔，旋即笑了笑，没继续往下说。

第三章
可能掉了根尾巴

邵飞这阵子忙得像打转的陀螺，晨训之后得赶回宿舍给萧牧庭叠被子、熨军装，汗流浃背地做清洁，火速冲个澡，还得冲去食堂给萧牧庭打饭，规规矩矩地把饭送到行政楼，再心急火燎地啃包子。

一个早上他忙得跟打仗一样，白天也消停不下来。

萧牧庭的理论一套又一套，每天换着法儿"折腾"他，豆子夹了，门爬了，水盆也举了，又让他端着一块光溜溜的玻璃在门外转圈。

玻璃上放着五枚钢珠，他刚开始端着玻璃走时，平均五秒就得蹲下捡钢珠。

萧牧庭不骂他，但会拿着竹尺站一旁看着，偶尔招手让他过来，竹尺象征性地抽在他手臂上。

这不像惩罚，倒像宽容的提醒。

端过几天后，邵飞基本能稳住五枚钢珠了。萧牧庭没有表扬他，从衣兜里又摸出五枚钢珠，挨个摆在玻璃上："以后端十个，掉一个打一次。"

邵飞已经不信萧牧庭会真打他了，嘟了嘟嘴，一副不情愿的模样，不高兴地端着玻璃走起来。

不到三秒，四枚钢珠落地。

他弯腰去捡，小腿的麻筋儿处却挨了重重一脚。

玻璃从他手中掉落，摔成了几个大块和一堆渣子，钢珠叮叮咚咚溅在地上。他抱着麻痛难忍的腿打滚，眼泪都快出来了。

萧牧庭站在他身旁，似乎还要抬脚踹。他心口一紧，立马滚到对面墙根，挣扎着站起来，骂人的话卡在喉咙里，他忍了又忍，低下头小心翼翼地说："萧队，我错了……"

萧牧庭冷声道："哪儿错了？"

他歪歪扭扭地站着："我不该不把上级的话当回事儿，我一定改。"

萧牧庭看了他一会儿，蹲下捡玻璃。他瘸着腿儿扭过来，急忙道："我来捡！"

"到一旁站着去，别碍事。"萧牧庭说，"毛毛躁躁，万一把手划伤了，你晚上又想偷懒不洗碗不洗衣服是不是？"

邵飞吐了吐舌头："我哪儿敢啊……您除了内衣内裤,哪件衣服不是我洗啊……"

萧牧庭拿着玻璃抬头："嘀咕什么？"

"嘀咕您真是个……好领导。"

"以为我没听清是吧？"

邵飞暗觉糟糕，嘴皮轻轻动："听清了你还问？问个屁！"

萧牧庭乐了，上前一步，将邵飞罩在阴影里："长脾气了？敢顶嘴了？"

邵飞叫苦，咋又被听见了？

"问你呢，"萧牧庭玩着手中的玻璃，"是不是敢顶嘴了？"

邵飞眼睛湿漉漉的："不敢。"

萧牧庭继续敲玻璃，眼角含笑地看着他。

他彻底蔫下去，认错道："萧队，我真错了。"

萧牧庭指着地上的玻璃碴："拿扫帚来清理干净，别用手捡。"

去靶场那天早晨，邵飞照例蹲在阳台上凉水。热气腾腾的开水在两个杯子间来回转换，他突然发现，只要自己不想动，杯中的水就没有一丝涟漪。

他瞪大眼，惊讶地看着水面。

不知从什么时候起，他的双手已经稳如最精密的机器。

萧牧庭每天都会去靶场，却从来不碰一枪一弹，负手走走看看，一身军礼服来之前啥样，离开时就啥样，别说泥土灰尘，就连些许硝烟味都没沾上。

但只要他在靶场，队员们就会练得格外卖力。

邵飞重新摸到枪时，喜形于色，爱不释手，抱着重狙吧唧就是一口。

他扛着枪爬上屋顶，据枪瞄准之时，一股奇怪的力量在体内流动，仿佛将全身的每一滴血液、每一个细胞都调动起来。

扣下扳机时，他的双手就像已经与枪体合二为一。

1公里外发出一声巨响，硝烟拔地而起，目标被成功摧毁。

他直起身子，难以置信地看着自己的双手。

练重狙至今，他命中目标的次数不计其数，但没有哪一次的感觉像这次一样美妙。

没有哪一次，在扣下扳机之时，他就知道绝对会成功！

他已有 2 个月没尝到开枪的滋味了，本以为得先打一梭子适应适应，哪知身体每一寸皮肤都留着此前训练的记忆，而 2 个月以来从萧牧庭那儿学来的"歪门邪道"又让他的手与心都悄然进步。

手更稳，心更静。

他往下看了看，以为萧牧庭一定正看着他，可找了好一会儿，才见萧牧庭正站在一名队员身后，根本没往楼上看。

他想冲萧牧庭挥手嘚瑟来着，人家却看都没看他。

吹胀的气球漏了小半点气，他回到射击位上，稳了稳心神，继续射击。

萧牧庭没让邵飞练到过瘾，离开时冲他招了招手，他一骨碌爬起来，不废话不磨蹭，狙击手秒变事务兵，跟着萧牧庭回办公室。

他有点服这两手不沾阳春水的纨绔少将了。

同萧牧庭多日相处下来，邵飞虽没有完全摸清对方的脾气，倒也没以前那么抓不到缰了。

他本就是自来熟的性子，和谁都能搭上话，最近和萧牧庭说的话也比以前多了，敢问不敢问的都问，问错了大不了立即认错。

前阵子他问萧牧庭，怎么知道床被他压过的。

萧牧庭说自己眼尖，看到床上有几颗汗水蒸干后变的盐。

他将信将疑，后来一身大汗在自己床上滚了几次，也没瞧见有什么盐。

他觉得萧牧庭忽悠他，又觉得这人特别符合一个词儿——"不明觉厉"，虽然不明白这人在说什么，但听起来让人觉得很厉害。

而邵飞从靶场练狙回来后，这种感觉更加明显。

晚上萧牧庭坐在书桌边敲电脑键盘，邵飞勤勤恳恳地洗两个人的衣服，忙完后端了张凳子坐在萧牧庭身边，特严肃地说："萧队，其实您是间谍吧？"

萧牧庭偏过头："上次拆弹专家，这次间谍，你这小脑瓜子成天都在想些什么？"

邵飞坐着也不老实，双手撑在腿间，跟多动症小孩儿似的左右晃着凳子："您懂这么多，比我们中队的几位前辈还厉害，我不信您真是总部的文职军官。"

萧牧庭撑着脸颊："可我就是啊，我不仅是文职，我还搞后勤。"

邵飞眨了眨眼："所以我觉得您是间谍！为了隐藏身份才假扮文职军官。"

"我间什么？"萧牧庭笑道，"照你的思路，我来枫鹰是当间谍，我让你当事务兵，将你绑在身边，那你就是我搞间谍工作的对象咯？"

邵飞愣了一下，抓着头发道："我没有这么想。"

"还说没有？"萧牧庭半边脸隐在阴影中，轮廓显得更加深邃，"都写在脸上了，飞机小朋友。"

邵飞还真没这么想，说又说不过人家，思索片刻后才知道自己被要了，只得生硬地转移话题，试图将对话拉到自己的轨道上来。

"萧队，您家在卫城？"

"又想问啥？"

邵飞歪了歪头，开始出卖队友："就是以前听说您是什么少爷来着，家里特别有背景。"

萧牧庭眼角向上勾了勾："情报工作做得倒不错。"

邵飞："您真是？"

萧牧庭："真是少爷？"

邵飞："呃……"

萧牧庭在他头上削了一把："呃什么呃，想说什么直接点儿。"

邵飞结巴了好一阵，才道："那什么，萧队您别嫌我烦，我再确认一次……您真的是文职军官？一点儿作战技能都不会？"

萧牧庭故作深沉："真是，真不会。"

"那您怎么调来枫鹰的啊？"

"靠关系呗。"

邵飞一脸不信："但您什么都会！"

"都说了那是理论。你说我一个纨绔，30多岁混了个少将的衔儿，作战不行，如果连理论也背不下来，我家长辈不都得被戳脊梁吗？"

邵飞哼了两声，斜着眼看萧牧庭，突然一时兴起道："那萧队，我教您实战吧！"

"你教我？"萧牧庭挑高一边眉。

邵飞正色道："上次您不是跟洛队说过吗？我跟着您，当教官兼事务兵。本职是教官，事务兵是兼任。"

萧牧庭沉思片刻："行。你想教我什么？"

"萧队，明天早上您跟我一起参加晨练吧。咱们从基础体能开始。"

"太早了，我起不来。"

"我叫您！"

萧牧庭苦笑，本想拒绝，抬眼却瞥见邵飞满是期待的眼："那我今晚早些睡，明儿一早你负责叫我起来。"

邵飞5点就醒了，摸去阳台烧开水，5点20分蹲在萧牧庭床边，准备5点半一到，就将萧牧庭拖起来。

萧牧庭侧躺着，被子盖到胸口，右手臂露在被子外面。邵飞借着阳台上的灯光，好奇地看着萧牧庭。

这人生了一张有些淡漠的脸，有种捉摸不透的温文尔雅。邵飞不由自主向前凑了凑，萧牧庭却突然睁开眼，邵飞吓了一跳，一屁股坐在地上："萧，萧，萧队，您醒了？"

萧牧庭坐起来："被你这双牛眼睛瞪着，睡了千年的木乃伊也得被吓醒。"

"萧队，我吓着您了？"

萧牧庭指了指心脏的位置："差点停跳了。"

邵飞知道自己又被耍了，端来蜂蜜水："那您喝点水压压惊。"

"放桌上吧。"萧牧庭没接，掀开被子起床，腿往床边挪时发现一束实质般的目光正烙在自己身上。

他无奈又好笑，穿上拖鞋径直往卫生间走。

邵飞扭着脖子看，直到门合上才收回目光。

不久萧牧庭从卫生间出来，换上睡觉前就准备好的T恤短裤，冲他抬了抬眼："走？"

他这才回过神，立即跟了上去。

天未亮，集体晨训还没开始。两人沿着营区慢跑，周遭的黑暗在晨曦中悄无声息地褪去。

邵飞时不时偏头看萧牧庭，萧牧庭却一次都没有看他，不声不响地跑着，既不叫停，也不喊累，挥汗如雨，但呼吸的节奏控制得有条不紊。

起床哨响，萧牧庭停了下来："你继续练，我回去了。"

邵飞有些惊讶："萧队，您不带咱们队晨训吗？"

萧牧庭拧开一瓶水从头浇下："我回去冲个澡。"

邵飞在原地站了一会儿，摸不透萧牧庭的想法。

接下去的几天，萧牧庭都和邵飞一同跑步，但从不参加集体晨训。

一天晚上，邵飞又趴在书桌边跟他建议："萧队，明天咱们练格斗吧，我教您几招。"

萧牧庭笑着摇头："你小子是想把我当人形沙包吧？"

邵飞说："那射击呢？萧队您枪法怎么样？"

"十八线枪手。"

邵飞乐了："那我们练自动步枪好吗？不去靶场，去室内射击室。晚上去，不耽误您白天办公的时间。"

萧牧庭莞尔，没拒绝也没答应。

第二天，邵飞训练做事都特别积极，中午回宿舍做清洁、洗衣服，晚饭后跟着萧牧庭在屋里转。萧牧庭转身差点撞着他，笑道："我可能掉了点儿东西。"

邵飞连忙问："什么？我帮您找。"

萧牧庭在他额头上弹了一下："掉了根尾巴。"

邵飞愣了一秒，才听出萧牧庭是在笑话他。

邵尾巴干脆开门见山："萧队，昨天说好今晚练射击，您忘了？"

"昨天哪里说好了？"

"您没摇头！"

"但我也没点头啊。"

邵飞急了："萧队，还是去练一练吧！"

萧牧庭："你很急？"

"能不急吗？"邵飞抬着眉瞪着眼，"洛队让我负责您的训练，我如果没教好，他找我麻烦怎么办？"

萧牧庭笑："你呀，其实是自己想过过枪瘾吧？"

邵飞狗皮膏药似的："萧队，去吧！"

萧牧庭看了他一会儿，目光柔软而宽容："只练1个小时。"

"好好好！"邵飞跳起来，冲去衣架处取下军礼服外套，喜形于色。

萧牧庭嘴角一抽："放回去，今晚用不着。"

室内射击室里冷冷清清，战士们都喜欢去靶场。枫鹰训练设施完善，靶场不止一个，这射击室落成几年了，却极少有人过来过枪瘾。

邵飞取来两把自动步枪，拎了一箱子弹。萧牧庭接过枪摆弄几下，换弹匣的动作利落流畅。

邵飞目不转睛地看着，生怕错过萧牧庭的任何细小动作。

前阵子萧牧庭自称只懂理论，他信了一大半，但心头仍有些毫无道理的期待。

萧牧庭站姿据枪，拉开保险，瞄准距离150米处的胸环靶。

枪声清脆，邵飞神经猛然一跳。

这姿势，这开枪速度，内行一看就知开枪的人绝非等闲之辈！

萧牧庭却略显遗憾地放下枪，侧过身道："哎，差点脱靶。"

邵飞立即奔向胸环靶，弹孔挂在左6环的边上，再偏1毫米就算脱靶。

萧牧庭露出抱歉的神色："我以前那岗位对射击没有要求……"

邵飞挤出个宽慰的表情："没事，6 环嘛，好歹比 5 环多 1 环。"

胸环靶压根儿就没有 5 环！

1 小时不长，邵飞自己打了 3 个弹匣，剩下的时间都花在看萧牧庭射击上了。

萧牧庭的姿势挑不出任何毛病，但命中率很低，环数相当难看，典型的"理论巨人，实战矮人"。

邵飞不免丧气，不肯相信萧牧庭真的只会纸上谈兵，但眼见的一切又令他不得不相信。

如果萧牧庭姿势有问题还好，他还能手把手地纠正。但萧牧庭站姿、卧姿、跪姿都堪称完美，只是差了些临门一脚的功夫，说得难听点就是"道理都懂，就是做不好"。

如此一来，他这跃跃欲试的教练就根本派不上用场。

从射击室出来，他的闷闷不乐全写在脸上。

萧牧庭却不在意，似乎根本不觉得自己多次脱靶很丢人。

这态度看在邵飞眼里，就成了纨绔标志性的玩世不恭、游戏人生。

邵飞看不起纨绔，他们永远是一副漫不经心的态度，对任何事都不上心，甚至不会因为自己技不如人而感到羞愧。

萧牧庭表现出来的正是这种漫不经心。

回宿舍的路上，邵飞沉着脸，一句话也没说。萧牧庭叫他，他也不理，假装没听见闷头往前走。

可他刚走几步，后领就被手指勾住。

萧牧庭笑："是气我打得不好，还是气你教得不好？"

"我没气！"邵飞猛地转身，白净的小虎牙露出来，瞳孔里燃着一团乌黑的火。

"叫你两声都不理，还说没气？"萧牧庭松开手，"跟我弟一个德行。"

邵飞："您弟？您有弟？"

"有弟很奇怪？"

"亲弟？"

"嗯。"

邵飞神色微变，脱口而出："那您弟真幸福。"

因为他的兄长还在。

萧牧庭似乎想到了什么，眉峰浅蹙起来。

邵飞说："我以前也有哥哥。"

但他牺牲了，我和外婆送他参军的时候，他笑得很帅，至少比我帅。被战友送回来时，他已经成了盒子里的骨灰。

萧牧庭没有问"那他现在在哪里工作"，也没说其他的话，仿佛从"以前"二字中猜出了对方已经不在人世。

邵飞深呼吸一口，知道自己有些失态，不该在队长面前说起自己的家庭，本想挤出一个笑，却见萧牧庭下巴绷着，眼中滑过一丝悲戚。

他怔了一下，不知萧牧庭为何会露出这般神态。

而他目光向下，落在萧牧庭的下巴上时，过去那种熟悉的感觉又出现了。

他真的觉得在哪里见过萧牧庭。

几秒后，萧牧庭笑了笑，招呼他回宿舍，之后没人再提起"弟弟"和"哥哥"。

邵飞与邵羽感情很深，但邵羽毕竟已经去世七年了，他早就已经从悲伤中走出来，此时想起，怀念多过伤痛，温柔轻盈。

次日晚饭后，萧牧庭主动要求去射击室。

这天萧牧庭还是打得很差劲，邵飞看了一会儿后就对他彻底失望了，正要自己练，却听萧牧庭说："捡了一个多月芝麻豆子，试试双手手枪射击吧。"

邵飞眼前一亮，立马找来手枪。

萧牧庭说："同时开枪，注意协调。"

邵飞抬起手臂，这才意识到子弹还未上膛。

萧牧庭手指向下："脚后跟上膛，甩枪上膛，你选一个。"

邵飞尚未掌握对臂力要求极高的甩枪，只好选择前者，又听萧牧庭说："动作太浮夸了，小腿往里收一收，注意要快要准。这动作不是用来耍帅的，是在双手不得空时，最便捷的上膛方法。你以前练习的时候，多半是想着怎么帅怎么来吧？"

被戳中了心思，邵飞汗颜。

"以后再单独练练脚后跟上膛，"萧牧庭道，"今晚把注意力放在射击上，尽量多练左手。"

"明白！"

射击室里枪声阵阵，邵飞平时就是快枪手，此时双手持枪也毫不含糊。萧牧庭闲散地玩着步枪，偶尔看他一眼，两人之间没有任何交流。

第一次练双枪实弹，邵飞成绩不太理想，左手多次脱靶，上靶了环数也不高，右手受到影响，环数也不如平常。

萧牧庭翻着用过的靶纸，面容平静："明天接着练。"

半个月后，邵飞左手也能命中 10 环了。

后来的一天，两人还是晚饭后一同去射击室，到了之后邵飞才发现忘带花露水了。

他是招蚊子的体质，现下已是 6 月，营区又在山沟里，蚊子成灾，花露水不带在身边简直要老命。

萧牧庭让他回去拿，他全程冲刺，回到射击室时却突然长出个心思。

他躲在门外，悄无声息地看着萧牧庭。

萧牧庭双手持枪，同时往下一甩，一声清脆的上膛声响起。两枚子弹平行射出，正中高速晃动的隐显靶匪徒眉心！

邵飞瞠目结舌。

甩枪上膛是军中绝技，而萧牧庭居然双手同时甩枪。

左右齐射在电视剧中很常见，但放在现实中却是难上加难，萧牧庭这回打的还不是固定胸环靶，而是不停换位的劫持人质隐显靶，若有分毫失误，子弹就会击中人质。

邵飞冲了进去，声音发抖："萧，萧队，您刚才……"

萧牧庭收起手枪，平静地说："回来了。"

"什么回来了！"邵飞异常激动，"您刚才打的是什么？您甩枪了！还是双手同时射击！"

"有吗？"萧牧庭淡笑，"你看错了。"

"怎么可能看错！"邵飞跑向隐显靶，站在两个靶中间，"您同时打中了两个！您到底是什么人？"

萧牧庭将弹匣退出来："我理论知识扎实，刚才恰好打中。"

"恰好两枪同时射中？恰好双手同时甩枪上膛？萧队，您别糊弄我！"

"好了，练你的手枪去。抓紧时间，别赖着我磨蹭。"

逮着如此大个新闻，邵飞哪里还练得进去，手里握着枪，余光却老往萧牧庭枪杆子上瞟。萧牧庭后来又开了几枪，中规中矩。

回宿舍的路上，邵飞重复了十多遍"萧队您到底是什么人"，萧牧庭始终笑而不答，路过补给站时进去转了一圈，买了一支小学生雪糕，剥掉包装，递到邵飞嘴边："不信堵不了你这张嘴。"

邵飞嘴唇被冰了一下，一口咬掉"小学生"的咖啡色帽子。

萧牧庭没走几步，回头一看，邵飞手里居然就只剩一根小木棍了。

"萧……"邵飞继续追问，不承想刚喊出一个字，就被自己的口水呛住了，咳了半天，脸都涨红了，抬眼一看，萧牧庭又递来一根棒棒糖，"吃完找我要，刚才买了一大把，够你吃了。"

邵飞粗着嗓门喊："萧队，不带您这样的！"

"我怎样了？"萧牧庭微抬起下巴，"我拿着调职书来枫鹰就任，本本分分地工作，结果成天被自个儿的事务兵怀疑是间谍、拆弹专家……现在还成了双枪手。想解释呢，人家小朋友不听，不解释呢，恐怕就坐实了双枪手身份。那啥，我都30多岁了，怎么着也得要点脸，小朋友如果逢人便说'萧队是个双枪手'，大伙儿跑来围观我，我一紧张，子弹全部脱靶，这脸就彻底没地儿搁了。"

邵飞叼着棒棒糖喊："萧队，您还装！"

萧牧庭面露无奈："我这事务兵知道得太多了，心眼儿也多，工作不好好做，就爱瞎想。赶明儿我跟洛队说说，换个事务兵好了。"

邵飞想都没想就吼："别换！"

萧牧庭乐了："当初你不是特别排斥给我当事务兵吗？怎么，现在我赶你走，你都舍不得走了？赖上我了？"

邵飞哑了。

3月刚给萧牧庭当事务兵那会儿，邵飞恨透了这份伺候人的工作，烦死了拿腔拿调的纨绔少将。

如今3个月过去，抵触的情绪已经在不知不觉间消逝无踪。

他不想承认，在朝夕相处间，抵触已经变换成了一种难言的依赖。

如此认知让他愧疚自责。

客观来讲，他跟着萧牧庭有很多好处。

他可以吃到高级军官的小灶，能得到一些稀奇古怪的指导，看似经常站岗，实际上训练并未被耽误。

伺候一个男人起居虽然有些掉面子，好像他是个低声下气的仆人，但萧牧庭平时只让他洗几件外套，做一做宿舍的清洁，叠叠被子。萧牧庭虽然爱使唤他，让他揉肩倒茶水，但相处久了他差不多能察觉到，那种使唤只是无伤大雅的玩笑，把他当小孩儿来逗。

他20岁，萧牧庭34岁，萧牧庭将他当作小孩儿倒也无可厚非。

往深处说，如果一直跟着萧牧庭，他往后在部队的路都会更加好走。

他很气自己有这种想法，却无论如何都打消不掉。

萧牧庭罚过他，训过他，但那一株名为依赖的苗却在他心中越扎越深。

他无法不生气。

萧牧庭看着他的背影，露出若有所思的神情。

回到宿舍后，邵飞再没提双枪的事儿，铆着力气洗衣做清洁。萧牧庭没管他，洗完澡出来穿衣服，发觉腰肌腹肌上落了一圈儿滚烫的目光。

邵飞正杵着拖把，站在书架边暗中观察他。

萧牧庭不由好笑，拿起一件白色的背心穿在身上。

说起来，这还是他第一次在邵飞面前"露肉"。

以前不那么热时，他会带着换洗的T恤去卫生间，换好再出来。今天温度太高，他索性在屋里脱光了上半身，忘了身边有个家伙正急于抓到他的把柄。

他天生肤白，平整有力的腹肌被夜晚的灯打上一晕柔光，像工匠精心雕琢的汉白玉。邵飞这下抓到他的"把柄"了，待他穿上背心才掩耳盗铃地干咳两声说："萧队，您的肌肉真……真好看。"

八块腹肌，能不好看吗……

萧牧庭笑："这回又想什么？我是不是从双枪手变身成健美先生了？"

邵飞努嘴："健美先生没您好看。"

"棒棒糖吃多了？嘴这么甜。"

"健美先生那种肌肉恶心，"邵飞争辩道，"您这种才好看。您是怎么练出来的？"

果然，小家伙又开始审讯了。

萧牧庭有点头痛，揉了揉太阳穴："以前工作闲，没事我就去健身房练练力量，去游泳馆游几个来回。"

邵飞自然不信，又怕问多了惹人烦，眼角偷偷往萧牧庭腹部瞟了瞟，还是妥协作罢了。

但妥协可以，好奇心却死活压不下去。

邵飞没给任何人讲萧牧庭双枪并射的事儿，一个人可劲琢磨。

萧牧庭在办公室里，他就推开一条小缝往里看。萧牧庭有事离开办公室，他就小心翼翼地跑进去，看笔记本电脑上究竟有什么。

电脑里全是数据性的资料，要不就是特战军演的战术布局分析。他平时不爱看这些，瞄一眼都头疼，没找到希望看到的东西，倒被萧牧庭逮过几次现场。

萧牧庭罚他去障碍场跑圈儿，他苦着一张脸照做，跑起来却跟得了奖励似的。

如此过了一周，邵飞终于憋不住了，于是跑去向二中队的战友们旁敲侧击地打听，问平时看不看得出萧队哪儿不对劲。

艾心神经大条，回忆半天道："没哪儿不对劲吧？就是最近天气热了，他来看咱们训练时不穿军礼服了，就穿一件儿衬衣和一条常服军裤，长靴换成了皮鞋，还是不穿迷彩，还是一股爱显摆的范儿。"

陈雪峰问："飞机，你觉得他哪儿不对劲？"

邵飞盘腿坐在自己"老家"的床上："我觉得他不简单，深藏不露，上次……算了，我就觉得这人吧，肯定有点什么。"

"啧，飞机，你说话能干脆点儿吗？"艾心催道，"上次什么？你这说了一长串，老子啥都没听出来。"

邵飞本想说上次看见萧牧庭双枪并射同时击中目标，又觉得他说了别人也不会信，以后风言风语一传，萧牧庭说不定还会生气，便忍了下去，只说看见萧牧庭有八块腹肌。

艾心一听就乐了，撩开衣服下摆道："特种兵谁没八块腹肌啊？"

邵飞丢去一记白眼："萧队以前是特种兵吗？"

"所以你觉得他隐瞒了什么？"陈雪峰道，"但又不知道到底是什么？"

艾心插话："听你们这么一说，我怎么觉得他像个间谍啊？"

邵飞没有否认。

但他不知道，"间谍"在自己这儿的意思是"萧队是部队中搞间谍工作的特种兵"，在艾心那儿就成了"萧牧庭是敌人埋藏在我军里的间谍"。

"萧牧庭是间谍"这谣言没多久就一传十十传百，萧牧庭倒是不怎么在意，一笑置之，洛枫却火冒三丈，顺着谣言摸源头，没费什么工夫就逮住了造谣的罪魁祸首。

邵飞站在副队办公室，头一次见洛枫如此严肃，急着要解释，却见洛枫拍桌而起："事务兵造领导的谣，你知道是什么性质吗？知道要挨什么处罚吗？"

"我……"他红着脸道，"我没有造谣！我不是那个意思……"

"那你是什么意思？"洛枫道，"派你当事务兵，你不满意，变着法儿整萧队？"

"我没有！"邵飞有口难辩，急红了眼，求助似的看向坐在沙发上喝茶的萧牧庭。

洛枫也一并看向萧牧庭："邵飞是我的兵，也是你的事务兵，这事儿影响的是你，我不护着他，你说怎么处理！"

邵飞脑子里迅速闪过"那就换个事务兵吧，这个不要了，退回原部队"，顿时心乱如麻。

萧牧庭放下茶杯："小孩儿嘴碎，又爱烦人，关两天禁闭吧，先冷静冷静再说。"

枫鹰的禁闭室比普通部队的黑屋可怕得多。

一般部队也就弄一间长宽高各 1 米 5 的小屋子，人在里面站不直躺不直，时间长了是百爪挠心般的难受。

枫鹰也有这么几间小屋子，但里面还有一张铁椅子，犯了错的战士会被绑在铁椅子上，一坐就是十几个小时。其间不给人食物，只给少量水，非得战士要上厕所才给人解绑。

邵飞被送进禁闭室，绳子将他一缠，他就与铁椅子融为一体。

禁闭室里黑黢黢的，唯一的窗户仅有小孩脑袋大，光从那儿打进来，照在离他半米远的地方。

门从外面锁上时，他松了口气。

坐在铁椅子上的感觉还不赖，虽然可以预见他坐久了会腰酸背痛，但比起洛枫那些花样百出的惩罚方式，关两天禁闭根本算不上什么事儿。

他扭了扭身子，尽量让自己坐得更舒服。逼仄的空间里传出铁椅子晃动的声响，不久又趋于宁静。

萧牧庭救了他。

他眼皮动了动，明明正在挨罚，唇角却不由自主地扬起。

萧队是站在我这边的！

内心似乎雀跃了起来，血液在体内奔流，发出涨潮般的声响。

他有些激动，嘴里呢喃着"萧队"，睁开眼却只看到浓墨一般的黑暗。

浅淡的失望悄然将心情带回原来的轨道，他呼出一口气，略有无奈地耸了耸眉，自然上翘的嘴角紧紧抿起来，目光落在水泥地板上，出了很久的神。

在铁椅子上坐了 2 个多小时后，邵飞终于难受起来。

躯干被绑在椅背上，手与扶手绑在一起，脚连着椅脚，处处严丝合缝。

背开始痛了，后腰酸胀难忍，大腿发麻，膝盖如有蚂蚁在啃，屁股被铁椅子磕得生痛……

注意力全被引到了难受的部位，酸麻痛胀的感觉被翻倍放大。

他用力扭动着身子，想赶走浑身的异样感，然而收效甚微，近乎徒劳。

迷彩 T 恤很快被汗湿，额头上淌下大滴大滴的汗水，小臂被粗糙的扶手磨出道道红痕，有的地方还见了血。

他深皱起眉，粗重的呼吸声在一室昏冥间回响，想动又动不了的感觉就像骨髓里被注入奇痒无比的毒药，药液渗入四肢百骸，痒至钻心，偏又挠不到。

一整个下午过去，他有些受不了了。

体内的水分全蒸发成了汗，他没有一丁点儿尿意。

他挣扎得越来越厉害，不仅是手臂，就连脖颈与背脊也被磨破了皮。

铁腥味在空气中蔓延，皮肉的痛楚缓解了骨头里的痒。

太阳落山，墨色的夜穿过小窗，投下沉静如水的幽暗。

邵飞的嘴唇被咬得发白，喉咙间发出干涩而压抑的低喘，像一头被捕兽夹困住的狼。

萧牧庭和宁珏站在禁闭室外，一人手里夹着一根烟，却都没有点燃。

宁珏说："交给洛枫，不过是让他写写检讨，去犬场铲屎，再来个什么不痛不痒的耐力惩罚。你倒好，看起来像在护犊子，实际上比谁都狠。"

萧牧庭笑："总部的禁闭室可不像这样，我哪儿知道你们枫鹰这么变态。"

宁珏斜他一眼："少装，总部的禁闭室不就是这个样子？你自己都被关过，还能不知道？"

萧牧庭摆出一副"信不信由你"的表情。

宁珏又说："还有'你们枫鹰'是什么？牧庭，你来都来了，还不改口叫'咱们枫鹰'？"

萧牧庭笑："还不是你和洛枫非让我来。"

"不让你来，你就在总部的闲职上继续磨？"宁珏也笑，"得了吧，我们再不去找你，你过不了多久自己也会找来了。"

萧牧庭眯了眯眼："你现在说话怎么越来越有洛枫的风格了？"

"是吗？"宁珏笑，"洛枫是副队，我成天被他逮着搞思想教育，被传染了吧。"

萧牧庭笑着摇头："上午在他办公室你是没看到，我说要把小孩儿丢禁闭室时，他脸都黑了。要不是之前当着小孩儿的面说交给我处理，我猜他一定会拍着桌说'不行，这点儿错误关什么禁闭'。"

"他就是那样，"宁珏道，"枫鹰若要排个护犊子排名，他一定排在第一位。"

"理解。"萧牧庭道，"说起来其实咱俩都是后来者，他才是枫鹰的灵魂。上一任队长牺牲后，全靠他撑下来，不容易啊。"

"嗯。最难的日子已经过了，往后咱们能替他多分担，就多分担一些。他要护犊子就让他护去，我们保持严厉就行。"

萧牧庭："你哪儿严厉了？"

宁珏笑："我是没你严厉，知道小飞机不是真造谣，还让人在里边儿吃苦。"

萧牧庭沉默片刻，轻声道："小孩儿不一样。"

宁珏明知故问："哪里不一样？"

"聪明，悟性高，有天赋，勤奋，知错就改，"萧牧庭语气柔软，"但是还不够踏实，太冲动，好奇心太强，管不住嘴，还有一些……黏人。"

他叹了口气："得尽快改过来，否则以后去了那种你我都清楚的战场，他会吃亏。"

宁珏似乎想说什么，犹豫几秒，终是没说出口。

邵飞听见门口有人说话，但说的内容听不真切。

他难受极了，嗓子眼干得快着火，唾沫里有血的味道，往喉咙里一咽，就跟钝刀子刮软肉一样。

最难受的还是身体。

后背与手臂痛麻了，后腰酸胀得几欲爆炸，臀部与大腿没了知觉，膝盖像有无数根小锤子在"叮叮当当"地敲。

他紧紧咬着后槽牙，明知无用，仍徒劳地晃着铁椅子。

门外的人走了，脚步声渐行渐远。他姿势怪异地侧偏着头，艰难地啃咬着自己的肩头。

牙齿几乎碰到骨骼，神经在疼痛中战栗，喧嚣的痒才被节节逼退。

他就这么以自残的方式，挨到了破晓。

清晨，萧牧庭拿着一个1升的饮料瓶子站在禁闭室外。

门锁里传来刺耳的声响，邵飞无力地抬起头，两眼通红。

门开了，萧牧庭弯腰钻进屋里，蹲在离邵飞半米远的地上。

邵飞两眼更红，水汽顿时模糊了眼前的光景。

在看到萧牧庭的那一刻，身体上的疼痛与奇痒全都消散殆尽，委屈却像春天的潮水，在他身体里疯涨漫延。

他捏着发白的拳头，强迫自己忍住泪水，湿意却染湿了睫毛，带血的嘴角泄出一声委屈的呜咽。

萧牧庭温柔地看着他，轻声问："难受吗？"

他浑身颤抖，咬着牙点头。

萧牧庭又道："恨我吗？"

他眸光一闪，一滴眼泪落了下来。

禁闭室里很安静，只有细微的抽泣声。

萧牧庭蹲在他身前，单手扶着他的膝盖，重复方才的问题："恨我吗？"

邵飞垂着头，艰难地动着身子，努力向前挪，喉结苦楚地滚动。

萧牧庭眼里没有任何责备的意思："恨我吗？"

恨！

怎么不恨！

邵飞抖得厉害，眼泪吧嗒吧嗒往下掉，有的甚至砸在萧牧庭手背上。

他闯过很多不痛不痒的祸，经常被洛枫教育，被罚过负重跑20公里，被罚过在犬场跟军犬挤一屋，被罚过扫厕所运垃圾，甚至被罚过清理猪粪……

但他从来没有被关过禁闭，压根儿不知道关禁闭比跑20公里痛苦这么多。

枫鹰的禁闭室已建多年，被关过的人屈指可数，洛枫舍不得让自己的队员去禁闭室。

在洛枫办公室时，他以为萧牧庭是为了护着他，才让他去禁闭室，一夜熬下来才明白正好相反！

萧牧庭没有与他站在一起，萧牧庭才是想重罚他的那个人！

萧牧庭目光转下，落在他颤抖的指尖："怎么不说话？"

"呜……"

他胸腔憋闷得受不了，分明只是想深呼吸一口气，不争气的低吟却从喉咙中挤出。

他瞪着萧牧庭，咬牙切齿，表情狰狞，出口的却是一声委屈得叫人心痛的喘息。

"不恨，"他眼睫颤抖，声音沙哑，"因为我知道……您，萧队……您是为……为我好。"

所有的恨都出自身体，而感激却来自跳动的心脏与干净的灵魂。

萧牧庭站起来，弯腰拧开饮料瓶，温和细心地抬着邵飞的下巴。

邵飞闭着眼，近乎贪婪地喝着水。

那是兑得极淡的蜂蜜水，清甜冰凉，一口灌下去，神经都活络了几分。

萧牧庭低声说："等会儿想上厕所就叫我，我今天哪也不去，在外面陪你。"

邵飞在禁闭室里待了两天，中途被萧牧庭带出来上了几次厕所，粒米未沾，离开时腿脚发软，右手下意识碰了碰萧牧庭的衣袖。

想牵住，又有些抵触。

萧牧庭拍了拍他的脸："饿了吧？"

他警惕地退后一步，微低着头，像只受伤的小野兽。

萧牧庭屈起食指与中指，不轻不重地弹了一下他的鼻尖："跟你说话呢，关傻了？队长都不理了？"

他皱着眉摸鼻尖："有点饿。"

哪里是有点饿，明明是已经饿得快晕了！

萧牧庭侧转过身，左手扶着他的背："走，带你去吃好吃的。"

邵飞跟着萧牧庭走了一阵，时不时斜着眼瞟萧牧庭的侧脸，注意力不集中，直到走至后勤楼门口，才惊道："这不是去食堂的路！"

"先换药，再吃饭。"萧牧庭指了指他手臂上的纱布，"昨天临时消过毒，今天还是让医生看看。"

上午 10 点，医务室里没人。

萧牧庭在楼道里找了两圈，谁也没见着，只得回到医务室，找出新的纱布、棉花、药水，一边给邵飞拆纱布一边说："还是得我来。"

小臂上有些伤口已经结痂，萧牧庭仔细地往上面抹碘酊。药水渗进伤口有点痛，邵飞低低"咝"了一声。

萧牧庭抬眼："痛？"

他立即摇头，两秒后又微撇起嘴，悄悄点了点头。

萧牧庭余光捕捉到了他的小动作，动作更轻，还象征性地在伤口上吹了吹。

邵飞立即缩手。

手缩至半途，又被萧牧庭拉住。

少将的声音温和又不过分低沉，带着点类似长辈的宠爱："你别乱动，早些处理好，咱们早些去吃饭。"

邵飞眨着眼，像被那温和的声音蛊惑了似的，坐得端端正正，两眼平视前方，眼珠子都不带动一下。

萧牧庭觉得好笑，快速处理完伤，刚洗干净手，就听见他肚子发出一声"波澜壮阔"的号叫。

他站在原地，尴尬得耳尖泛红。

萧牧庭踢了踢他的小腿："走吧，这回真去食堂。"

不到 11 点，食堂空空荡荡的。30 多岁的老齐挥手道："来了？坐里面去，饭菜都准备好了。"

邵飞难得进一次里厨，坐在凳子上东张西望。萧牧庭嘱咐他坐好，几分钟后亲自端来六菜一汤，有黄豆烧牛肉、酱香猪蹄、红烧鸡翅、糖醋排骨、青椒小炒肉、蒜泥娃娃菜、豆腐鲫鱼汤。

这些都不是什么山珍海味，每一份分量也不多，但邵飞眼前一亮，口水都差点流出来。

因为全是他爱吃的！

萧牧庭给他盛了一碗饭，又取来一个空瓷碟、一个空碗，将鲫鱼汤舀进空碗里凉着，又将鲫鱼夹去瓷碟里，一边剔刺一边道："本来还想麻烦老齐做白斩鸡、泡椒牛肉丝和水煮肉片，宁队说你受了伤，不该吃得太辛辣，这三样咱们就先攒着，过阵子再吃。"

邵飞更高兴了——那也是他爱吃的！

萧牧庭将小刺挑出来，温声道："你先喝碗汤，暖暖胃，饭吃不完没关系，多吃些菜。"

邵飞看着碗里炖得又白又浓的鱼汤，眼眶热起来。

萧牧庭往他碗里夹猪蹄，看出他眼睛红了："还烫吗？"

他摇头："不烫。"

"不烫就赶紧喝，喝完吃菜，等会儿饭点到了，艾心他们跑来跟你抢。"

邵飞连忙喝了一口，鲜香的热汤下肚，暖意从胃里扩散，他低声说："谢谢萧队。"

萧牧庭不答，继续用筷子剔刺。邵飞大口大口啃完猪蹄，嘴唇油光水滑，又拿起鸡翅接着啃。

萧牧庭将没有一根刺的鲫鱼推到他跟前，又盛一碗汤凉着。

邵飞吃着吃着睫毛就湿了："萧队，您对我真好……"

萧牧庭忍俊不禁，递给他几张纸，笑道："好了好了，你要煽情好歹把鸡翅放下来。"

邵飞接过纸："我没哭。"

"我说你哭了吗？"萧牧庭说，"我是让你擦擦手擦擦嘴，没让你擦眼睛……看看，都油成啥样了。"

邵飞脸颊微红，迅速在嘴唇上抹了抹，又趁萧牧庭侧过头时，做贼似的擦了擦眼角。

萧牧庭都看见了。

六菜一汤被全部消灭后，萧牧庭端着碗碟去水槽洗，里厨的小哥和邵飞都抢着要洗碗，萧牧庭却说："都别争，我来。"

邵飞走出食堂时接连打了四个嗝，气势汹汹，忍都忍不住。他打完偷偷看了萧牧庭一眼，见对方没有取笑的意思，刚松一口气，结果不到三秒，又打了一个声势更大的嗝。

这回萧牧庭笑了。

邵飞无地自容："吃完饭打嗝不是正常的生理现象吗？萧队您不打嗝？"

"我没说我不打嗝啊。"

"那您还笑我？"

"我笑你了吗？"萧牧庭眯了眯眼，"小朋友自我意识过剩啊。"

邵飞更尴尬，脖子都红了，朝前走了几步，又转过身："萧队，您剔鱼刺真厉害。"

"回去多夹夹芝麻、黑米，持之以恒，以后你比我还厉害。"

邵飞点点头，快走到宿舍时小心地重提旧事："萧队，我……我还是很想知道您以前……"

萧牧庭单手摁在他肩上，仿佛知道他会有此一问似的："不如你跟我说说，你以前是干什么的吧。"

"我？"邵飞神情诧异，"我就一普通小老百姓啊，高中毕业后入伍，怎么了？"

"不怎么。突然想听听你小时候的故事。"

邵飞抓抓头发，结巴上了："那个，我……我没啥故事……我爸我妈在我很小的时候就走了，我对他们没啥印象。我跟着外婆和哥哥生活。后来哥哥也……也走了。"

"你哥哥……"

"他也是军人，在我 13 岁时牺牲了。"

一整个下午，邵飞都和萧牧庭坐在树荫下聊天。平凡的特种小兵穿着染血的迷彩，高高在上的陆军少将穿着熨帖的衬衣，两人的差距有如云泥，隔着的距离却不过一只拳头。

邵飞从自己刚记事时说起，一路讲到组织街坊小男孩打群架，又说起自己考试不及格，不敢回家，和一帮哥们儿离家出走，被哥哥逮回去一通胖揍……几乎每一个片段都打着普通与贫穷的注脚，但萧牧庭没有从他的声音中听到一丝抱怨与阴沉。

"小学门口有很多小摊，麻辣串素的 2 毛，荤的 5 毛，特香，我闻着就馋。我没钱，我哥也没钱。放学时，很多家长来接孩子，他们一路吃着回去。我哥来接我，没钱给我买吃的。我不懂事，又哭又闹。后来有一天，他牵着我说：'哥给你买麻辣串。'我特别高兴，每一种串都要了一份，吃到打嗝，却不知道钱都是从他的午餐费里省出来的。

"小学快毕业时，我开始叛逆，想玩游戏，家里没电脑，想上网吧玩又没钱，3 块钱一个小时呢。我就站在别人后边看，管不住嘴也管不住手，老想在别人键盘上摸一把。就为这事儿，我跟人打了无数次架。我那时没现在这么高，又矮又瘦，打架也是乱来，几乎每次离开网吧时都鼻青脸肿。但是死活不长记性，下次我还敢往人家键盘上拍。我哥来网吧抓我，一点儿也不可怜我刚挨了揍，回家还揍我。

"不过不管我哥怎么揍我，我都不讨厌他。他可帅了。可惜他离开得太早，20 岁就没了，没有看着我长大成人，穿上和他一样的军装。

"我哥离开后，我外婆伤痛过度，没多久也一起去了。我年纪小，不知道以后怎么办。后来是我哥的一位战友帮助我，让我顺利读完初中和高中。我一直很想见见他，当面跟他说声感谢，但只知道他是特种部队的人——因为他与我哥在同一支部队。其他的我一无所知。我……我很担心他。"

邵飞断断续续地说着，萧牧庭眸光很深："担心？"

"两年前，他不再给我打钱，"邵飞说，"那时我 18 岁了，确实不再需要他的帮助。其实从 16 岁开始，他给我的钱我就没动过，都存在卡里。我放学后在大排档打工，能养活自己的。但我们的联系突然就这么断了，我心里很不踏实。"

顿了一会儿，邵飞说："在枫鹰选训营里，他和我哥就是我的精神支柱。"

"嗯？"

"选训营太苦了，我差点没扛下来。每次觉得自己不行了时，就想想我哥也是像我这样熬过选训营，再想往后进了特种部队，也许有机会遇见我哥的那位战友。"

萧牧庭听得出神。几秒后邵飞坐直，忽然笑起来："他一定没事的，一定是想着我长大了，才不给我打钱，绝对不是出了事！"

萧牧庭回过神来，点了点头。

邵飞说完自己，歪头看萧牧庭："萧队，您念书时成绩是不是很好啊？"

"我看起来像成绩很好的人？"

"像啊！"

萧牧庭推了推他的额头："眼神儿真差。"

邵飞又往前凑了凑："您一看就是学霸。"

"错了。"萧牧庭云淡风轻，"我十几岁时热衷组团打架、上房揭瓦，非要说的话，应该叫街霸。"

邵飞一脸不信的表情。

萧牧庭笑着摸他的头："真的。"

邵飞沉默了一会儿，目光落在萧牧庭的左手臂上："萧队，您手上的伤是当街霸时落下的吗？"

萧牧庭将衬衣的衣袖往上卷了卷，亮出那一道伤疤："这个啊，是我以前出任务时落下的。"

邵飞坐得笔直，不敢出声，生怕自己一说话，萧牧庭就不说了。

远处的犬场传来阵阵犬吠，萧牧庭回头看了看邵飞，笑道："别这么紧张，你看你，肌肉都绷起来了。"

　　邵飞以为萧牧庭那句"出任务"只是说漏了嘴，萧牧庭却道："你闹这么一回后，我考虑过了，与其一直与你打太极，不如跟你兜个底，省得你成天瞎猜。"

　　邵飞唰一下站起来，激动得两眼发光。

　　"坐下，"萧牧庭拍拍身边的位置，"想一边站军姿一边听吗？"

　　邵飞连忙坐好，目不转睛地盯着萧牧庭。萧牧庭摩挲着伤疤，声音低沉："你没猜错，我也是特种兵。你猜过的拆弹专家、狙击手，都是我在队中的角色。至于间谍，这我倒没干过，卧底算不算？"

　　"您……"

　　"我在总部待了十多年，"萧牧庭十指交叠，"更早之前在战龙特战大队，和你们宁队、洛队都认识。我的家庭也像你、艾心知道的那样，有一定的背景。至于文职、闲职，我去年的确在总部闲混了一年。"

　　邵飞听得入迷："可是为什么啊？"

　　"为什么闲混？"萧牧庭苦笑，"因为我受了一次挺严重的伤，差点没醒过来。"

　　邵飞："您……"

　　"两年前总部和枫鹰在卡兰的联合行动，你知道吧？"萧牧庭问。

　　"知道！宁队就是那次行动之后接替洛队成了队长。"邵飞问，"您是在那次行动中受的伤？"

　　"嗯。"萧牧庭点头，"我养伤、恢复，花了挺长的时间。"

　　"可是，"邵飞不理解了，"可是您伤好之后怎么没有回到作战岗位？"

　　就算不再出任务，也不至于被调去当文职军官啊，邵飞想。

　　"一方面是我家里的意思，我父亲就两个儿子。我，特种兵；我弟，特警。我受伤那一回，我父亲年纪大了，有些接受不了。另外，那次行动中，我与几位领导产生了矛盾……"

　　"您做了什么？"

　　"这你就别问了。"萧牧庭道，"总之我从作战岗位上撤了下来，名义上是文职，其实也就是闲着，闲了大半年，直到宁队和洛队让我过来。"

　　邵飞仍有疑问："但来枫鹰之后，您为什么一直穿着军礼服呢？我和其他战友都因为军礼服的事而误会您。您平时也不带我们训练。"

　　"我被禁止参与作战类的训练，不允许带兵，已经不再是特种兵。"

　　"怎么会这样？"

　　"你可以理解成是因为我在那次行动中的抗命而受到的惩罚。"

邵飞蹙眉寻思："这个惩罚有时限吗？"

萧牧庭没有明确回答，只道："快了。"

"您……您穿与特种兵身份格格不入的军礼服，是故意做给总部看？挑明不服的态度？"

萧牧庭回头笑："算是吧。"

数月相处下来，邵飞早猜到萧牧庭不简单，但萧牧庭的亲口承认还是令他喜出望外，心脏跳得有些欢快，莫名其妙骄傲起来，特想冲去艾心等人面前嘚瑟，又知道这事不能随便说。

这是他与萧队之间的秘密！

萧牧庭笑问："是不是很想跟队友们说？"

"不想不想！"邵飞斩钉截铁，"一点儿也不想，萧队您信我，我绝对不乱说。"

"如果不信你，我刚才也不会跟你说这么多了。"萧牧庭道，"来日方长，大家以后都会了解。"

邵飞有点内疚："我是不是把您缠烦了？"

"这倒没有，你就是好奇心太重。"萧牧庭说，"这是优点，也是缺点，以后你还是得静下心来，尤其是出任务的时候。"

"明白！"

萧牧庭点点头，看着时间不早了，刚想起身，又听邵飞道："萧队，您手臂上的伤疤就是那次留下的吗？"

萧牧庭微怔，眼色悄然一变："这是好几年前的伤了。"

"可以跟我说说吗？"

"很好奇？"

刚得到一个"好奇心太重"的评价，邵飞有点不好意思，垂下头，小幅度地点了点。

萧牧庭说："是在北方边界追缉一个军火走私团伙时受的伤，看着挺大一条疤，但事实上不严重。不过……"

邵飞等着下文，萧牧庭声音沉了几分："我们折了四位优秀的战友。"

几秒后，萧牧庭道："不说了，都过去了。"

邵飞"哦"了一声，想到自己的兄长，情绪不免低落。

萧牧庭起身，朝他招了招手："走吧，回去了。"

去行政楼的路上，萧牧庭没再说话，邵飞想了半天，忽然拉住萧牧庭的衣服。

萧牧庭转过身："怎么了？"

邵飞眼神认真："萧队，您对我这么严厉，是想磨我的性子，不让我将来折在任务里。您今天跟我说这么多，也是想让我定下心来，不要再胡思乱想。对吗？"

萧牧庭轻叹一口气："你明白就好。"

邵飞立正，挺胸抬头，目光如炬："萧队，您放心。今后我一定听您的话，您让我干什么我就干什么，不毛躁，不使小性子，不该管的事不管，好好磨炼心性。以后出任务我也会保护好自己，不让您担心！"

"你呀……"萧牧庭笑，"行了，我一会儿有事和宁队商量，你身上还有伤，回去休息休息，今天就别加练了。"

第四章

当您最欣赏的兵

邵飞刚在禁闭室里熬了两天，身子极度疲乏，回宿舍后躺在床上想补眠，低眼瞧见萧牧庭给他扎的纱布，唇角不由勾起。

原来萧队真是特种兵啊！

他是双枪手，拆弹专家，还当过卧底！

邵飞盘腿坐着，双手撑在小腿上，身子左右晃动，想象萧牧庭换上迷彩或是黑色的特战征衣，头发修成板寸的模样，越想越兴奋，恨不得扔掉那些军礼服、常服，明天就让萧牧庭穿迷彩！

邵飞跳下床，趿着拖鞋走到阳台上，萧牧庭的衬衣与长裤还挂在衣架上。他托着下巴，看了一会儿，觉得常服也没有以前碍眼了。

不知道实情时，他觉得萧牧庭穿军礼服、军风衣纯属爱显摆，大写的纨绔子弟。明白缘由之后，他再想想萧牧庭身着礼服长靴的样子，啧，这不特潇洒，特有范儿，特帅吗！

邵飞也不知从哪里生出一股子得意，连眉毛都抖了两下，吹着口哨回屋，两条腿甩得极其拉风。

自打跟了萧牧庭，他走路都没以前威风了。

入伍之后，他每一步走得都很顺，年纪又小，处处被人夸，日子一长，自然多出几分骄傲，走路也意气风发。但被萧牧庭抓去当了事务兵后，他的骄傲劲儿没了，心里憋屈得要死，最开始时又气又急，觉得特别窝囊，后来他跟着萧牧庭学到不少东西，愤愤不平的感觉才渐渐消失，可心里还是郁闷得很。

今儿萧牧庭亲口跟他承认，自己不是靠着父辈平步青云的闲职军官，是正儿八经的特战军人。他心头那些浊气便散了个干净。

特种兵慕强，邵飞在床上打滚儿，乐坏了——现在别说给萧牧庭洗衣服，就是给萧牧庭刷鞋洗袜子，他也乐意。

萧牧庭回来得晚，宿舍里只开着一盏台灯，邵飞摆成大字睡着了，一条腿搭在床沿外，背心撩到上腹，胸口均匀地起伏。萧牧庭动作极轻地换衣洗漱，关灯之前牵着邵飞的背心往下拉了拉，再拿起一旁的薄被给他盖上。

他刚转身走了两步，就听身后"噗"一声响，不用回头也知道邵飞又将被子踢开了。

此时已是夏天，不盖被子没有大碍，但萧牧庭还是走回去，将薄被搭在邵飞腹部和大腿上。

山区不像城市里，破晓之前山区气温很低。再过段时间，二中队的队员们就要去卫城参加全国特种兵联训比武了，萧牧庭不想邵飞因为感冒而耽误正事。

况且照顾邵飞，他也有出于内疚的私心。

萧牧庭披被子时，邵飞嘟囔了一声，萧牧庭眼神柔和，低声道："等会儿别再踢了，当心着凉。"

邵飞翻了个身，抱住被子团起来，因为翻身的动作，背心再次掀起，后背亮出一大截。萧牧庭只好又勾住背心往下拉，安顿好了邵飞后才离开。

关灯之后，萧牧庭从抽屉里拿出烟与打火机，去阳台上抽烟。

他没有太大的烟瘾，但偶尔也会抽上两根。

夜里的军营很安静，只听得见夏虫的鸣叫。

左臂上早就痊愈的伤忽然隐隐作痛，烟雾缭绕间，他仿佛又回到那个被火光点亮的冬夜。

他抱着遍体鳞伤的邵羽在雪地中狂奔，血洒了一路，最终那个年轻的生命还是在他怀里去了。

闭上眼之前，邵羽抓着他的衣服，鲜血大口大口从嘴里涌出，哭着低喃："我的小飞，我的小飞，队长，我的小飞怎么办啊……"

这么多年过去，他经历过很多生离死别，但最痛心的仍是邵羽的离世。

邵羽那么年轻，那么优秀，入队之后就跟着他，笑嘻嘻地喊"队长"，毫无保留地信任他。那年他27岁，已经立过不少功，不免志得意满。邵羽崇拜他，没事时就赖着他讨教。他也欣赏这个聪明勤奋的小兵，有次拍着邵羽的背道："下次队长带你出任务。"

若依照队里约定俗成的规矩，刚通过考核的战士不得执行重要任务。邵羽入队时是第一名，队内比武压过不少前辈，自信又有些张扬。上面的意思是让萧牧庭再带着他磨一磨性子，将浮躁的心性磨下去再让他出任务。萧牧庭却架不住邵羽那一声声满怀期盼的"队长"，将他编入重点小队，入队头一年冬天就带他出去执行任务。

在那次与军火走私团伙的枪战中，队里折了四名战士，邵羽是最年轻的一位……

七年来，邵羽一直是萧牧庭心头的刺，哪怕后来他完成过那么多艰难的任务，甚至命悬一线，差点再也醒不来，都无法忘记他的自作主张，害了一个本该前途无量的优秀军人。

萧牧庭抖落烟灰，看着左臂上的疤痕，片刻后抬起头，望着夜空闪烁的星辰，苦笑道："你弟比你还优秀，你是骄傲呢，还是更担心呢？"

邵飞睡得熟，清晨按点起来，和以前一样烧水凉水，心态却完全不一样了。将加了蜂蜜的水放在桌上时，他还傻乐着笑了两声。

这段时间萧牧庭不要求他成天跟着自己了，上午放他回二中队跟大家一块儿训练。他一归队就被队友们围起来，艾心搓着他的脸吼："飞机，姓萧的把你咋样了？有没有抽你鞭子？"

邵飞连忙拍开艾心的手，特想说"我知道萧队的身份了"，但又不能说，忍得格外辛苦，脸都憋红了："抽什么鞭子，队长是那样的人吗？"

"他都把你关禁闭室了，你居然还帮他说话？"艾心说，"你是不是傻啊？被他洗脑了？"

"狗屁！"邵飞踹了艾心一脚，"你们不懂，队长那是为我好！"

陈雪峰叹气："飞机，这儿没别人，你不用这么口不对心吧？"

"真没有！"邵飞说，"队长真是为我好，你们别瞎说。事务兵不该传领导的小话，上次那事的确是我的错，错了就该挨罚，队长的处理没问题。"

艾心瞪着眼，几秒后"啪"一声拍在他脑门上："飞机，你以前最烦别人说你是事务兵，现在咋自称事务兵了？"

"痛！"邵飞捂着额头，拼命压着想显摆的欲望，故作老成道，"我跟着队长呢，脾气比以前好了很多，这次就不跟你计较了。"

艾心额角直跳。

邵飞又"哐"了一声，还是没忍住，拔腿就追艾心："哎，艾心你别跑！爪子痒了是吧？飞爷给你挠挠！"

特种作战总部每年都要搞一次联训，枫鹰这两年抽不出队员去卫城参训，今年六支中队人员终于齐整了，才应总部的邀，让萧牧庭带二中队前往参训。

邵飞从未去过总部，和其他年轻战士一样跃跃欲试，成天兴奋得跟打了鸡血似的，可劲儿给自己加练，做梦都梦见拿了比武冠军。年长的队员则要淡定得多，该干吗干吗，把联训当成难得的休假。

邵飞和艾心、陈雪峰几人在泥坑里滚圆木，宿舍快熄灯时才回去。萧牧庭见他一副泥猴样儿，笑着让他赶紧去卫生间冲一冲，他不到五分钟就洗完了，裸着上身跑出来，一边擦头发一边问："队长，总部是不是比咱们枫鹰大很多啊？训练设施也比我们先进？联训是怎么个比法？是不是和国外的猎人训练差不多？"

萧牧庭目光落在他胸膛和腹部："破皮了？"

他低头一瞧，又将手肘转过来给萧牧庭看："不打紧，练习低桩匍匐时给蹭的，这儿有，腿上也有，不痛，也不碍事。队长，您以前也参加过联训吧？是不是特艰苦啊？"

萧牧庭站起来，从医药箱里拿出药瓶和棉花。邵飞赶紧说："不用擦药的，明早起来就结痂了。"

萧牧庭摇头，拉过他一边手腕："破皮的伤，就算不痛不痒，也要及时处理，避免感染。"

酒精浸在伤口上，又痛又痒，邵飞"嗞"了一声，不好意思地笑："谢谢队长。"

萧牧庭处理完他的手肘，又蹲下看他的膝盖和大腿。他穿着一条大裤衩，急忙跟着蹲下："队长！这我自己来！"

小小事务兵，怎么能让队长在自己面前蹲下！

邵飞如今对事务兵的身份适应得特好，伸手要抢萧牧庭手里的酒精瓶，手被不轻不重地打开。萧牧庭拍着他的小腿，让他坐好。右边膝盖的伤口有些深，萧牧庭又起身拿来药粉，弯腰撒上去："痛吗？"

邵飞："不痛！"

其实挺痛的，和在伤口泼辣椒水差不多。

萧牧庭将折扇拿起、甩开，对着伤口扇了一会儿，又往他胸口和腹部破皮的地方抹酒精。

邵飞笑神经发达，棉花刚挨着腹部就直哆嗦。萧牧庭停下来，看他一眼，他努力忍住笑："队长，我痒。那儿是我痒痒肉呢，哈哈哈哈哈哈！"

最后还是笑出来了。

萧牧庭笑着叹气，将瓶子和棉花放在他手上："那你自己擦，仔细一些。"

他接过来，三两下就涂完药，又缠着萧牧庭问："队长，您还没跟我说总部是啥样，联训艰不艰苦呢！"

"你去了就知道了。"萧牧庭说，"早点睡吧，被子盖好。"

邵飞现在就听萧牧庭的话，萧牧庭说啥他都信，让做什么他都照做。以前夏天他从来不盖被子，后半夜冻感冒了也不改，如今萧牧庭让他盖被子，他躺好就将自己裹成茧，只露出脑袋。

萧牧庭问："裹这么严实，你不热吗？"

他说："热！"

"手臂和脚露出来吧，你盖好肚子，别凉着胃就行。"

他立即伸出四肢，惬意地伸了个懒腰。

萧牧庭关了灯，没多久就听见他睡着后均匀的呼吸声。

一周后，二中队即将前往卫城。邵飞被艾心等人围住，问萧牧庭带了什么行李。

邵飞："嗯……队长今晚回去收拾，应该会带常服吧？天气太热了，队长也不能再穿军礼服吧。"

"飞机，你得给萧队做做工作啊！"艾心说，"萧队在咱大营摆摆谱就差不多了，去总部后可不能这样啊！"

"队长没怎样啊。"邵飞道，"穿常服怎么了？你看不起常服？"

"飞机你怎么回事！"艾心痛心疾首地看着邵飞，"咱们是特种兵啊大兄弟！你见哪个特种兵参加比武穿常服？"

"哦……"

"哦个屁！你想想，咱们一帮人的头儿是文职军官，够不够丢脸？其他部队的兵笑不笑咱们？飞机我跟你讲，这脸可丢大了！"

邵飞想了一会儿："这也没多丢脸吧。"

"你……"艾心右手捏成拳头，把陈雪峰往前一推，"来来来，你跟他说！"

陈雪峰："呃，飞机，艾心说得没错，文职军官带队这事儿吧，是挺丢脸的。要不你回去做做萧队的工作，让他穿迷彩？"

邵飞没答应他们，但下午在萧牧庭办公室门口站岗时，他满脑子想着萧牧庭身着特战服的样子。

帅惨了。

爷们儿就该这么帅。

第二天二中队就要出发了，萧牧庭收拾行李时，邵飞杵在一旁看。萧牧庭抬头："你有话想说？"

邵飞先是摇头，一秒后道："队长，那个……"

"嗯？"

"您这次要不……穿穿迷彩？"

萧牧庭顿了一会儿："看情况吧。"

"……哦。"

"这次联训，我父亲会来见我。"

"啊？"

萧牧庭拉好行李箱的拉链："他一看到我穿迷彩就紧张。"

去卫城的火车上，艾心又逮着邵飞问长问短，邵飞护着萧牧庭："我觉得队长穿常服很有气势，儒雅知道吗？独树一帜懂吗？别人家的队长全穿迷彩，我们队长穿常服，说明什么？说明我们队长是儒将！"

艾心："去你的吧！"

枫鹰二中队是第三支抵达总部训练基地的部队，邵飞之前觉得总部一定很气派，到了才发现和枫鹰没太大差别，甚至宿舍条件还不如枫鹰。

总部的军官领着众人放行李时，全在跟萧牧庭打招呼，看上去他们都是关系要好的旧识，有些久别重逢的意思。

邵飞想：队长人缘真好！

抵达基地的头两天队员们没有训练任务，时间自由安排。安顿好之后，队员们就结伴四处转悠，要不就是和兄弟部队的战友套套近乎。邵飞和普通队员们一起住在大宿舍，晚饭后想去高级军官宿舍找萧牧庭，行至一半，看见萧牧庭与一个上了年纪的男人站在一处路灯下。

那男人一身陆军常服，肩上却没有肩章，一只手垂在身侧，一只手不时向前摊开，头发已经花白，肩背却挺得很直，神情严肃，看上去威严而不近人情。

邵飞离得有些远，听不清他正与萧牧庭说着什么。但从对方的衣着、年龄、气场来看，那位应该是萧老爷子。

邵飞躲在一棵树后，紧张地看着他们，只见萧牧庭偶尔点点头，像是附和什么，有时似乎笑了一下。老爷子好像很不满，非常生气的样子，声音也高了几分。邵飞听见一句"你和锦程没一人让我放心"。

锦程是谁？邵飞想了想，记起萧牧庭之前提过自家弟弟，结合语境一猜，大致有了判断。

几分钟后，萧牧庭扶住老爷子的手臂，父子二人朝下一个路灯走去。邵飞没敢跟上，探着脖子看了看，作罢回寝。

基地的大宿舍是30人间，提前抵达的特战队员们抓阄选床。邵飞的上铺是个比艾心还壮的大汉，大约是认床，头一晚他翻身翻了大半宿，那床吱吱嘎嘎作响，还不时传来震动。邵飞睡不着，也跟着翻身，越翻精神越亢奋，一会儿想着即将开始的联训，一会儿思索萧老爷子跟萧牧庭说了什么，情绪在激动与担心中来回转换，心头好像有猫抓似的，他忽地坐起来，用力抓头发。

只是他头发短，抓也抓不起来。倒是动作太大，把上铺好不容易睡着的大汉吵醒了，那人伸出小半个身子，无奈地瞪着他："兄弟，你搞啥啊？这都3点了，我数了两千多只羊才来的瞌睡又被你赶走了！"

邵飞压着嗓音说了声抱歉，躺回去后踢了一脚被子。

天蒙蒙亮时，宿舍热闹起来，又一支部队到了，正排队领生活用品。邵飞整夜只睡了不到半小时，精神却格外好，一个打挺坐起来，起床洗脸、漱口、照镜子，把自己收拾得干干净净，才跑到萧牧庭的宿舍下张望。

他不确定萧老爷子是否已经离开，如果没有，是不是与萧牧庭住在同一间宿舍。院子里很安静，就他一人在站岗的哨兵面前晃来晃去，离开也不是，上楼也不是，犹豫得久了，额头竟然急出几滴汗。

萧牧庭在楼上看到他了，本想喊他一声，瞧他左转右转，又觉得好玩，生出几分逗弄的心思，悄无声息地下楼，走到他身后才轻轻咳了咳。邵飞吓了一跳，转过身时眼睛都亮了："队长！"

"怎么跑这儿来了，"萧牧庭问，"吃早饭了吗？"

"您想吃什么？我现在就去食堂给您捎来！"

"一起去吧。今天不用训练，你一大早跑来，找我有事？"

邵飞小声说："队长，您父亲在宿舍吗？"

"你昨天看到我们了？"萧牧庭倒是不惊讶，领着他往食堂方向走。

"看到了。您父亲为难您了吗？"

萧牧庭侧过头，神情仍旧是温和的："为难？"

"我听到他吼您了。"邵飞说。

萧牧庭莞尔，目光落在邵飞的下眼皮上。

邵飞的五官在军营里绝对算得上精致，眼下挂着一对小巧的卧蚕，如今这卧蚕轻微浮肿，隐隐泛青，一看就知道邵飞没有休息好。

萧牧庭不免诧异——小孩儿一夜没睡好，清早跑来他宿舍下面转圈，居然只是听到他被老爷子吼了，心里担心。

邵飞目光炯炯地盯着萧牧庭，眨都没眨一下。

萧牧庭想，这孩子总爱这么直勾勾地看着自己，几个月前用瞪的，现在用盯，喜怒哀乐全在那一双明亮的眸子里，愤怒得鲜活，期盼得也鲜活。他笑道："他只是来看看我最近过得怎么样。"

"真的？"邵飞对萧牧庭已有一种近乎本能的信任，稍稍放下心来，又问，"但他为什么凶您？"

"我跟他提了个想法，他有点儿生气。"

"想法？什么想法？"

"我跟他说想尽早重披特战征衣。"

邵飞一惊："您父亲答应了？"

"这不凶我了吗？不过算是默许了。"

"那您以后可以带着我们一起训练了？"

萧牧庭笑："我这次就得和你们一同训练。"

邵飞高兴得不知说什么好，半天才道："队长，那您以后不再装文职军官了？也不会回总部？至少短时间内不会？"

"不会。"萧牧庭说完又随便补充道，"担心我离开？"

这本是一句无关痛痒的话，因为心情不错而随口说说。哪知邵飞又像刚才那样特直白地盯着他，真诚得叫人动容。

邵飞说："是啊，队长，我舍不得您。"

"舍不得"三个字从邵飞嘴里说出来，轻得像几无重量的羽毛，但却让萧牧庭有种难以说清的感觉，也许是宽慰，也许是感动。

萧牧庭眸光微凝，片刻后笑了笑："洛队说你跟长不大的孩子似的，我看也是。"

邵飞不服气："谁是孩子？谁长不大？我下个月就 21 岁了！"

"你 21 岁也是个孩子。"

"队长，您 21 岁时啥样？在常规部队还是特种部队？"

"我那时已经在战龙了，"萧牧庭说，"还和宁队、洛队一起参加联训来着。"

邵飞忙问："和我们这个联训一样吗？"

"一样啊，宿舍都没变。破破烂烂的，几十个人挤一间，一人打呼噜，全寝睡不着。"

"真的？那您睡哪间？哪个床？"

萧牧庭笑："怎么，想去看看？"

邵飞摇头："想和睡那床的人换！"

"……"

"沾沾您的光啊，明天联训就开始了，我想拼几个第一出来。"

萧牧庭："那你更不能睡我的床了。"

"为什么？"

"我那会儿是整个联训营里成绩最差的兵。"

邵飞扁嘴："怎么可能？"

"真的，不信这趟回去了，你去问问宁队和洛队，"萧牧庭说，"我们那批队员中，数他俩最出色。我吧，就是一个纨绔大头兵，搞事儿的角色。"

邵飞："我不信。"

萧牧庭笑道："不骗你。"

"那您后来怎么厉害起来了？"

萧牧庭沉默了几秒，声音沉了几分："人嘛，有了一定的经历之后，总会改变、成长。"

初阳渐渐升高，知了开始鸣叫，邵飞似懂非懂地听着，忽然驻足说："我还是想去看看您以前睡哪儿。"

萧牧庭说："我记不得了。"

邵飞支起手肘，轻轻撞了撞萧牧庭："队长，您真小气。"

萧牧庭早过了与战士疯来打去的年纪，邵飞撞他一下，他又不能撞回去，只叹了口气，继续往食堂走。

下午，联训期间的时间安排出来了。前三周是基础、专项训练，最后一周是个人、集体考核。晚饭之前，所有参训队员和带队队长都在宿舍前的空地集合，一水的迷彩，只有萧牧庭穿着平整的常服。

艾心冲邵飞挤眉弄眼，指指其他中队的队长，又指指萧牧庭，用嘴型说："丢人！"

邵飞垂在身侧的右手悄悄支出来，握紧拳头警告似的冲艾心比了比。

艾心："我去你的啊飞机！"

陈雪峰小声提醒："你俩别闹了！"

第二天清晨，联训正式开始。几个训练区内枪炮齐鸣，烟雾阵阵，无人机在空中盘旋，教官们手持步枪，不停朝天放枪子儿。邵飞所在的小组练了一上午连环障碍，跳坑翻墙，沙坑里来，泥潭里去。中午集合吃饭时，特种兵们的迷彩早成了土黄色，一些较厚的泥被晒干后跟瓷块儿似的，大伙往食堂门口一站，活像等待分粮食的兵马俑。

不过对于从各自大队的魔鬼集训营里杀出来的特种兵们来说，如此程度的操练根本算不上辛苦。否则晚上的训练结束后，邵飞也没精力往萧牧庭的宿舍跑了。

萧牧庭刚洗完澡，开门就见一身大汗的邵飞冲自己笑。

这孩子笑起来跟个太阳似的，萧牧庭也不由得心中一乐："练完了？"

"嗯！"邵飞往门里挤，汗水蹭到了萧牧庭手臂上。萧牧庭倒了杯水递给他："练完怎么不回去洗澡？再晚澡堂关门了。"

邵飞嗓子干，仰头就喝了个干净，抹一把汗，喘着气说："我来干事务兵的活儿，您的衣服呢？"

萧牧庭指了指阳台："我都洗了。这段时间你不用管我，好好训练。"

"那怎么成？"

"我说成就成。"萧牧庭双手按住邵飞的肩，将他转了个向，"赶紧回去洗澡，别耽误时间。"

邵飞赖着不想走，快被推到门口时说："我在您这儿洗行吗？澡堂人太多，我来都来了，您让我蹭个浴室吧。"

"倒不是不行，但你的换洗衣服呢？"

"我这就回去拿！"

邵飞一溜烟跑了，十几分钟后提着换洗衣服回来，萧牧庭看他钻进浴室，没跟他计较那两句矛盾的"我来都来了"和"我这就回去拿"。

特种兵洗澡都快，邵飞没多久就出来了，却磨蹭着不想走，跟着萧牧庭走来走去，没话找话："队长，我们今天训练时您在哪儿啊？我都没找着您。"

萧牧庭："找我干什么？"

"下午练习楼房滑降，我表现得不错，"邵飞说着笑起来，"教官说我踹玻璃的动作特标准，特帅！"

萧牧庭想，敢情小孩儿是跑自己这炫耀来了。

果然，邵飞一脸期待地问："队长，您看到了吗？"

萧牧庭下午被特种作战总部的几位领导叫走了，正好没看到滑降训练，本想据实以答，又有点不忍心，笑道："看到了，明天再接再厉。"

邵飞眉头一挑，炫耀够了，开始"卖可怜"，撩起背心的衣摆，指着腹肌上的深红伤口："队长您看，磨破皮儿了。"

萧牧庭看了看，不是要紧的伤，但还是温声问："怎么弄的？"

"过障碍时在器械上蹭的，"邵飞将衣摆放下去，下巴一昂，"可痛了。"

萧牧庭忍俊不禁，想起几个月前刚见到邵飞的那会儿，小孩儿倔得很，一天训练下来身上青一块紫一块，大狙轰得他半边肩膀没知觉，还强忍着不说痛。前阵子他给邵飞擦药，邵飞说肚子是痒痒肉，一碰就笑，如今已经会主动将小伤露出来给他看，还眼巴巴地说"可痛了"。

这伤分明不算痛，邵飞只是难得寻到了依靠，笨拙地向他讨要关心。

萧牧庭知道邵飞这些年过得不容易，当初送还邵羽骨灰时的心酸感觉又涌上来了。那年邵飞还是个又瘦又矮的小孩子，站在原地怔怔地望着他，而他戴着深色的墨镜，以挡住满是血丝的双眼。

邵飞看不到他的眼，他却从邵飞假装坚强的目光中看到了痛失亲人的悲恸。

那天直到离开，他也没看到邵飞落泪。小小的身子就这么站着，怀里抱着哥哥的骨灰盒。吉普掀起一阵灰，渐行渐远，他在后视镜里看着邵飞，直到小小身影快消失在他的视野中，才见邵飞抬起右臂，捂住眉眼。

想来这么多年下来，邵飞是不会主动说痛的，因为无人可说。

萧牧庭取来酒精："我给你擦还是你自己擦？上次你说痒来着。"

邵飞接过酒精，将衣摆卷上去，一边擦一边说："队长，其实我不痛。"

"嗯。"

"我就是想给您看看我受伤了。"

萧牧庭拍了拍他的脑袋："然后让我这个当队长的心疼一下？"

邵飞一愣："啊？"

他这反应让萧牧庭有些吃不透："'啊'什么？"

"您看到我的伤会心疼？"

萧牧庭这下不知道怎么回答了。

邵飞明显很高兴，唇角扬得老高，自我解答道："那是，我是您的兵嘛！您不疼我疼谁。"

萧牧庭笑了："那你给我看这伤的本来意图是什么？"

"那个啊……"邵飞顿了一下，"是想让您知道我训练很努力，不会让您失望，也没有给您丢脸。"

他说得那么直白，那么坦率，萧牧庭心口一软，又听他说："队长，我想当您最欣赏的兵。"

邵飞走后，萧牧庭琢磨着这"最欣赏的兵"，不由笑着叹了口气。

从18岁披上军装至今，他被前辈提携过，也亲自带过兵，邵飞不一定是他最欣赏的兵，现下却是他最牵挂的兵。

因为对这孩子，他不仅有身为师长的责任，还有身为父兄的责任。

不知道当年邵飞是不是用同样的眼神巴巴地望着邵羽。

全国特种部队联训有个有意思的传统——每年都会冒出两三位特厉害的战

士。萧牧庭那年的风云人物是宁珏与洛枫，至于萧牧庭本人，彼时还是个不太成器的纨绔吊车尾，与宁珏关系不错，但与洛枫特别不对付。今年最出风头的也有两人——邵飞，以及长剑特种大队的新兵戚南绪。

这戚南绪是军人家庭出身，打小跟着兵哥们打拳练体能，入伍之初基本功与技巧就比队友高出一大截，成为特种兵后训练更加刻苦，进步飞速，据说他曾经打赢过长剑的一名中队长。

因为年轻气盛，自视甚高，戚南绪在队里人缘不怎么样。队员嫌他摆臭架子，他也瞧不上各方面都不如自己的队友。恶性循环下来，他在长剑成了孤家寡人，说话连搭句腔的人都没有。

刚到总部那天，戚南绪最后一个从车上下来，习惯性与队友们保持距离，不言不语地落在后面，脸上有种生人勿近的阴沉。恰好邵飞、艾心等人路过，自来熟地搭手帮忙拎行李。戚南绪冷声拒绝，邵飞也没多想，接过其他人的行李往宿舍走。

分房时出现了件挺尴尬的事儿，长剑的宿舍满员了，刚好多出戚南绪一人。艾心是个闲不住的主儿，推着邵飞在长剑的宿舍门口看热闹。没多久戚南绪铁青着一张脸出来，险些撞到邵飞。

戚南绪问："207在哪里？"

邵飞一肘子撞开艾心，指了指前面："就在那儿。"

戚南绪连"谢谢"都没说，就径直走了过去。艾心看好戏似的笑起来，往邵飞腰眼儿上捅了一下："这人和咱们一个寝啊？"

邵飞不解："一个寝又怎样？你吃错药了？说话这么阴阳怪气的。"

"我阴阳怪气？飞机你别冤枉好人啊。"艾心压了压嗓音，"我刚才粗略打听了一下，这个戚南绪啊，才是个阴阳怪气的。"

自从做了萧牧庭的事务兵，尤其被关过一次禁闭之后，邵飞就不怎么喜欢参与战士们的八卦扯淡了。艾心在他跟前说得眉飞色舞，他却听得兴致缺缺，懒得闲聊，只想早些收拾好，去萧牧庭那儿报到。

走进宿舍时，艾心还在说"戚南绪差点被开除"，邵飞看着自己的床铺那儿，又轻又短地"啊"了一声，艾心循着他的目光看去，眉毛一挑："哟，你俩邻床啊。"

邵飞对戚南绪没什么看法，这人傲不傲都和他没关系，何况旁人的评价不能直接与本人的真实情况画等号。

行至床边，邵飞冲戚南绪笑了笑，算是打招呼。

正常人此时要么回以微笑，要么简单自我介绍一番。戚南绪的反应却令邵飞有些无语。

这人瞪着一双眼，看起来相当生气。

说生气似乎不太准确，因为邵飞发现，戚南绪这大高个儿居然脸红了，也不知道是生气还是害羞。

客观来讲，戚南绪长得不错，小麦肤色，没有一般兵哥的糙劲儿，虽不如邵飞精致，眉间却多了几许侠气，个头也比邵飞高一些，看起来与萧牧庭差不多高。

邵飞额角跳了跳，心说不是吧，打个招呼就害羞了？

戚南绪很快别过眼，弯腰整理行李，一句话都没说。邵飞愣了几秒，有种热脸贴上冷屁股的感觉，索性转身就走。

前几日的训练里，邵飞压根儿没注意到戚南绪。两人不在同一个小组中，训练完了邵飞又心急火燎地往萧牧庭宿舍跑，掐着熄灯的点儿才回来，两腿一蹬，被子一拉，就呼呼睡大觉，和戚南绪连聊个天的机会都没有。

但邵飞机灵，隐隐察觉到有人在观察着自己，那目光有种异样的犀利，落在身上，十足地灼人。

这人一定不是萧牧庭。

邵飞倒是希望那目光属于萧队。只要想到自己的一举一动都在萧队的注视中，他那浑身的干劲儿啊，就怎么也使不完。可萧牧庭的目光他再熟悉不过，那是深沉而温柔的，就算惩罚他时会带着几分凉薄，但也绝对不会像现在这样赤裸裸。

邵飞想不通是谁在看自己，直到一周之后，戚南绪申请调组，跑来邵飞所在的三组。

前两日邵飞只是听艾心说过戚南绪"有点厉害"，如今同组了，才见识到这不合群的刺儿头有多厉害。

邵飞本是三组毫无争议的头名，耐力出类拔萃，格斗也无出其右。自打戚南绪来了，邵飞拿头名的次数就少了一半。起初邵飞还没太在意，毕竟胜败乃兵家常事，但在武装泅渡中再次输给戚南绪之后，被对方带着刺的目光一烧，邵飞顿时起了一身鸡皮疙瘩。

那目光他太熟悉了。

邵飞扔掉浸满水的背囊，面色不善地问："是你一直盯着我？"

"你才发现？"戚南绪那眼神说不出是轻蔑还是什么，"这趟是我赢了。"

邵飞难得被人挑衅，一股热气在身体里四蹿，本想教教姓戚的做人，但一看对方轻微发抖的眉间，忽觉十分好笑。

这人的表情……好像有点傲娇。

戚南绪见他无故扯起唇角，脸上那股傲娇劲儿更明显了，上前一步，重复道：

"这趟是我赢了！"

若是以前，邵飞或许一拳头就挥过去了，现在他跟着萧牧庭长了不少见识，心态比以往平稳多了，看着戚南绪的表情只觉得有趣，一丁点儿生气的感觉都没有。

于是邵飞道："哦。"

戚南绪："……"

邵飞似乎听见戚南绪发出了一声"哼"。

当晚，邵飞就把被戚南绪挑衅的事儿跟萧牧庭说了。

年轻战士之间互相竞争不是坏事，竞争得过火了打一架都不稀奇，这种事萧牧庭见得多，倒不觉得奇怪，但邵飞一说就停不下来，也不肯走，老跟着他转。

"我早看出来了，他就是想刺激我，招我跟他干架。"邵飞接过萧牧庭给他削的苹果，一咬一大口，"谢谢队长。但我肯定不上钩啊！您说特种兵遇事要冷静，不能冲动，不能鲁莽，不能一点就着，我都记着呢。"

萧牧庭看着他嘎嘣嘎嘣地嚼着苹果，明白他这又是跑来要表扬了，心下粗略一算，意识到小孩儿最近讨要表扬的次数有点多。

不过他性子沉下来的确是好事。

那戚南绪萧牧庭也知道。长剑的带队队长说起这兵就叹气，天赋确实高，但性格太独，除了长剑的大队长，谁的管教都不服，谁带他谁一肚子火。

令萧牧庭有些意外的是，邵飞竟然将戚南绪形容为"傲娇"。

他去各个训练场看自个儿队员时也见过戚南绪，只觉得对方浑身戾气，比邵飞当初的张扬有过之而无不及，却没有察觉到什么"傲娇"。

邵飞很快啃完苹果，见自己的隐晦表达得不到期待中的表扬，干脆开诚布公，睁着那双落了星星的眼睛道："队长，您说我做得对不对啊？"

萧牧庭情不自禁在他头上拍了两下，笑道："看来夹豆子训练的确能磨炼心性，咱们小飞机比半年前成熟多了。"

邵飞被队友叫惯了"飞机""小飞机"，难得从萧牧庭口中听到这个称呼，好像得到了队长的关爱，他立即笑起来："您教了我那么多，我没点儿进步怎么对得起您！"

萧牧庭怕再夸他飞机就得飞起来了，只好道："不过适当较劲也是好事，戚南绪独是独了些，但资质不错，也相当勤奋。你俩同组，相互有个良性竞争，对彼此都有益处。"

邵飞道："您的意思是下次他再挑衅，我就接招？"

萧牧庭笑："可以切磋一二。"

得了萧牧庭的允许，加之戚南绪确实有实力，接下去的训练与相处中，邵飞自然对戚南绪多了几分关注。

这人实在是太独了，没搭档也没朋友，一天难得说一句话，干什么都闷声闷气的，只有赢过邵飞时才会主动说话，用词却极其单调，不是"我赢了"就是"你输了"。

很多时候邵飞想呛回去，又觉得和幼稚的人计较，自己也显得幼稚。回头他跟艾心吐槽，艾心目瞪口呆地盯着他，半天才难以置信道："你居然用'幼稚'来形容别人？"

邵飞茫然："啊？"

艾心咧嘴："飞机，咱们队上一致认为吧，其实你也挺幼稚的。"

"滚！我幼稚个球！"

"真的，你别不承认啊，咱队数你最小，你不幼稚谁幼稚！"

"放屁，幼不幼稚和年龄有鸡毛关系？"邵飞踹了艾心一脚，"谁规定年纪小的就幼稚？就你这心态，以后七老八十了都成熟不起来！"

艾心又高又壮，挨那一脚跟给他拍灰似的："你倒是教训起我来了？再怎么说，我也比你成熟吧。"

邵飞冷笑："我懒得跟你比。"

艾心往后一退，语气夸张："哟！那你要跟谁比？"

"我谁也不比，没这闲工夫。"邵飞唇角往上一弯，"队长说我成熟了，那我就是成熟了。"

"成熟"的邵飞让人给堵了——戚南绪蹙眉挡在他跟前，左挡右拦，硬是不让他出宿舍。

眼看天色已晚，再在这儿磨磨蹭蹭下去，耽误的可是他与萧牧庭共处一室的时间。邵飞急了，抬手往戚南绪肩上一推："哎，兄弟让让啊！"

这一下他用了七成力，戚南绪往后退了一步，眉头却皱得更紧，打开邵飞的手，黑着脸道："你又去找你们队长？"

"知道你还耽误我时间？"邵飞练了半天体能半天射击，又累又热，浑身酸痛乏力，刚吃完晚饭，一身的臭汗干了，全腻在身上，巴不得马上洗个舒服的热水澡。戚南绪只穿了件黑色背心，也是满手臂满胸膛的汗。两人一个非要走，一个不让走，在拥挤的宿舍里挤在一起，汗水一糊，彼此都觉得有点恶心。邵飞喷了一声，抹了抹被戚南绪撞到的地方："你有完没完啊？糊我一身汗。"骂完他抬起手臂闻了闻，鼻子一皱嘴一咧，十足的嫌弃模样："赶紧洗澡去，一股酸味儿！"

戚南绪撩起背心擦手臂，看上去比邵飞还嫌弃，却还是不让人走，不耐烦道："中午不是说好了找个时间比一比夜间射击吗？"

"又没说今天！"邵飞瞪大眼，"你急什么？"

"不是今天是哪天？"戚南绪不悦，"你每天晚上都去找你队长，熄灯才回来，我们什么时候比？还有前天你说空了练练搏击，咱们不是只有晚上才'空'，嗯？"

邵飞这才想起之前还和人家约了搏击，顿时有些心虚，横戚南绪一眼，找借口道："明天再说，你让让，我现在热死了，再不洗澡我能熏死咱全寝室你信不信？"

戚南绪："信。"

邵飞刚要跑，小臂居然被逮住了。

特种兵最忌肢体被擒，邵飞条件反射地借力反身，顺势身体一矮，迅速抽回小臂，膝盖往上一抬，险些顶在戚南绪小腹上。

两人都摆开了架势，戚南绪道："在这儿来，嗯？"

他不知怎么养成了这个习惯，问句后面时常跟着一个升调的"嗯"，头几回听倒没什么，听久了就怪怪的，给人一种又蠢又自大的感觉。

"来个屁，明天再说！"邵飞抹掉额头上的汗，吼道，"戚南绪，你怎么跟尾巴一样啊？"

萧牧庭正在整合最近几日的训练资料，右手没来由地抖了一下。

那个成天像尾巴一样跟在萧牧庭后面的家伙，居然吐槽别人像尾巴。

戚南绪脸色阴了几分——这人似乎从来就没笑过，永远是一副不高兴的样子。他逼近一步道："你说谁像尾巴？"

"还有谁？你啊！老跟老跟，别人不知道的还以为我的尾巴成精了！"

戚南绪嘴角动了动，似乎即将发火，但他精于打架，骂人却实在欠火候，平时沉着脸一言不发的样子甚是唬人，开口说些什么时却格外丢份儿，反反复复都是那么几个幼稚句式，颇有些"开口跪"的意思。

他忍着没说话，把那句"你才是尾巴"咽了回去。恰巧艾心与陈雪峰拿着晾干的衣服回来，邵飞马上将他推过去，语速极快："你们要去洗澡吗？带绪哥一起去啊，帮绪哥占个水龙头，我这还有事儿，先走了啊！"

艾心："啊？"

戚南绪追出去："邵飞你站住！"

陈雪峰叹气："这俩什么时候关系这么好了？"

这问题恐怕连邵飞都答不上来。

尖子兵之间互相在意是最正常不过的事，戚南绪无疑是联训营里数一数二的强者，邵飞与他同在一个小组里，训练时又输给他几次，对他自然非常关注，平时也有接近他一探虚实的打算。

但邵飞觉得，戚南绪也太黏人，太斤斤计较了！

比方说，诸如滚轮胎、扛圆木、运输弹药箱这种力量训练，戚南绪一定要拿第一，拿不到第一就跟邵飞较劲，查看邵飞的轮胎、圆木、弹药箱是不是比自己的轻，撵着邵飞问窍门。

其实哪有什么窍门，无非是他状态比较好。

再比如说，戚南绪射击不如邵飞稳，虽然以站姿、跪姿、卧姿命中目标的概率都相当高，但在胸环靶精确射击中，弹着点分布比较凌乱，邵飞的弹着点分布却很是集中。戚南绪逮着邵飞问是如何做到的，邵飞没说自己上半年为了提高射击稳定性花了多大的功夫——那都是萧牧庭私底下教的，他暂时还不想分享给别人。

戚南绪问不出个所以然，就老是盯着邵飞瞧，观察邵飞据枪时的每一个细小动作，趴在邵飞身边，将眼睛看到的，全复制到自己身上来。

优秀特种兵的学习能力极强，一来二去，邵飞从萧牧庭那儿学来的姿势，几乎全被戚南绪模仿了去。两人靶位挨着，据枪时就像同一个人。

邵飞有点不爽，在其他项目上可劲儿与戚南绪抢风头，比完了少不得交流一番，加之两人都勤奋异常，经常在训练场上留到最后。

如此一来，他们连去食堂也同路了。

戚南绪以前干什么都是一个人，现在与邵飞"出双入对"的，他们不仅是对手，还当上了搭档，需要双人合作的项目配合得默契娴熟，让对方踩在肩上攀登高板墙也绝无二话，天黑之前几乎形影不离，夜幕降临后邵飞却要"单飞"。

戚南绪当然不乐意，前两天念叨了几次"你晚上不加练吗，你不担心比武考核吗"，邵飞没理他，照样往萧牧庭宿舍跑。他忍不住便干脆"动手"——不过还是没拦下来。

邵飞迈开了腿往萧牧庭宿舍跑，也不知道戚南绪跟上来了没有，钻进门赶紧落锁，吐出一口气，瞧见萧牧庭立马笑起来："队长，我又来了！"

萧牧庭放下手上的文件，笑道："你也知道是'又'啊？"

"我是您的兵啊。"邵飞跟放学回家的小孩儿似的，人家是进屋立马扔书包，他是进屋连忙脱鞋脱衣服，几秒钟的工夫浑身就只剩一条裤衩，特别不客气地哼着歌去阳台收前一天晾的衣服，回头道："队长，那我洗澡去了。"

"去吧。"萧牧庭将目光重新移回文件上，却在浴室的水声取代了方才邵飞哼的曲儿时，不由接着哼了起来。

那是首早就过气的情歌，当年的小年轻们几乎人人都会唱。部队里天天让兵们唱军歌，兵们私底下却抱着吉他唱情歌，萧牧庭当众唱过几次，还是和人合唱。

和谁来着？

萧牧庭略微分神，手指揉了揉眉心，忽地想起当年邵羽最喜欢哼这首歌，拉着他还有其他队友一起唱，唱完转身一周致谢，动作夸张搞笑，引来一阵倒彩。

邵飞会唱这首歌，大约是小时候跟邵羽学的。

萧牧庭看了看浴室门，以为邵飞想起兄长了，再一想却暗自否定。邵飞看上去心情不错，不像是想起了逝去亲人的样子。也许这首歌已经深入他的记忆，哼唱只是因着一时兴起罢了。

不过还有一种解释，萧牧庭想，那就是这些年邵飞从未像同龄人一样听时兴的歌曲，把自己代入别人的歌词中，苦兮兮地哀伤一番。

那些所谓的疼痛青春，对邵飞来说根本不值一提。

所以他记得的还是小时候哥哥教的情歌，里面有小小少年不懂却憧憬的爱，也有兄长宽阔可靠的臂膀。

浴室门打开，邵飞这回没哼，直接唱了出来，拿着洗好的衣服去阳台，路过萧牧庭的写字台时还故意踩着节奏转了个圈。萧牧庭合上文件，起身给他倒了杯水，他晾完衣服倒回来："队长，我唱得怎么样？"

"搭个舞台你就能上去当歌星了，来润润嗓子。"萧牧庭递过水杯，朝桌上的文件抬了抬下巴，"打靶数据我看到了，不错，你们组数你最厉害。"

"是吧！"闻言，邵飞眼睛更亮，哼了一声，"戚南绪跟我学姿势，环数好像也挺高，不过比我还是差些火候。"

"看把你能的。"萧牧庭回到写字台边坐下，又道，"不过你在爆发力上和他有一定的差距，你俩现在是训练搭档，没事时互相取个经，往后的路还长，进步的空间也大，你也用不着遮遮掩掩的。"

邵飞歪着嘴角想了想："但手稳训练是您教给我的诀窍。"

萧牧庭抬起眉，不太明白："嗯？"

邵飞坐在他对面，双手交叠放在桌上，下巴枕了上去，因为姿势与角度，嘴巴轻微嘟了起来："您教给我的诀窍，我目前还舍不得教给其他人。"

萧牧庭莞尔："这也不算什么诀窍。"

"怎么不算？"邵飞晃了晃脑袋，"您关起门来教给我的，我就是您的关门弟子，我又把诀窍教给戚南绪，岂不是要和他分享您的……"

萧牧庭心道，"关门弟子"可不是你那个用法，又见他突然卡了壳，便问："我的什么？"

"这怎么说呢，我想想啊。"邵飞脸颊贴在手臂上，做思考状，两秒后他撑起来，打了个响指："分享您的关爱！"

萧牧庭笑："想得真多。"

邵飞嘿嘿直笑，既然说到戚南绪了，就跟萧牧庭多吐槽了一会儿，说这人刚才拦着自己不让走，非要比夜间射击，搞得他俩糊一身臭汗不说，还差点打起来。

萧牧庭问："你们约好今晚练射击？"

"我们也没有约好，只是中午随便提了提。"

"那就是你的不对了。"萧牧庭道，"比试这种事没有'随便提了提'这种说法，既然提了，你就应该有所准备，不能放别人鸽子。"

邵飞挺久没被萧牧庭说教了，张了张嘴，耳根很快红了起来。

萧牧庭将他的微小反应尽收眼底，没再继续往重处说，只道："你等会儿回去和戚南绪好好规划一下，约好时间后就别再改了。"

邵飞低下头，余光左右扫了扫："哦。"

正在这时，门外传来咚一声响，像门突然被撞了一下。邵飞立即站起来，冲去门口猛一拉门，外面的人险些摔进来。

萧牧庭也走了过去。趴门听了半天的戚南绪面红耳赤，看看萧牧庭又看看邵飞，抢在两人开口之前指着邵飞道："你队长说了，今天这事是你的错！你还狡不狡辩？还放不放我鸽子？嗯？"

戚南绪的举动让萧牧庭略感惊讶。依长剑带训队长的话来说，戚南绪平时谁也不理，一天下来他嘴里蹦不出几个字。虽然邵飞最近常说戚南绪赖着自己，训练场上萧牧庭也见过戚、邵二人凑在一起交流，但亲眼看到戚南绪追着邵飞跑来，还颇有声势地教育邵飞，不免感到诧异。

这个长剑的问题尖子，看来与自己想象中的不太一样。

当着萧牧庭的面被数落，邵飞恼了，瞪着戚南绪道："谁让你来的？这是领导宿舍你不知道？"

戚南绪也不怵："知道啊。你能来我不能来？"

"知道你还敢趴门上偷听？"邵飞将戚南绪堵在门口，不让对方进来——虽然戚南绪看样子也不想进来，"你眼里还有没有纪律？你们长剑就是这么教队员的？连不准偷听领导议事都不知道？"

戚南绪本就理亏，这会儿被邵飞一串连珠炮砸下来，脸色更难看了，梗着脖子道：“你们议什么事？你是领导吗？你们分明是在拉家常！你以为我没听到？”

　　“拉家常怎么了？拉家常你就能随便听？什么道理！”

　　萧牧庭没掺和俩小孩儿的争执，退到一边看邵飞表演。邵飞越说越来劲，一把火烧到了长剑大队长身上：“难道你们大队长在队里和亲朋好友拉家常，你也趴门上偷听？”

　　戚南绪瞳孔暗收，一脸愠怒。邵飞却没注意到，继续叨叨：“还是说你们长剑根本不在意这些，趴了大队长的门，大队长也不生气？”

　　萧牧庭与长剑大队长严策打过交道，知道对方是什么样的人。比起状似散漫的洛枫与温柔待人的宁珏，严队可算是强硬非常，有些时候甚至不近人情，加之严家是高门，严策为家中长子，偶尔给人以难以接近的感觉。萧牧庭刚想提醒邵飞打住，话还未出口，就见戚南绪一个箭步冲上去，双手拽住邵飞的背心领口，哐当一声将人推在门上。

　　邵飞那背心又薄又没什么布料，肩胛骨抵在门上闷痛无比，眼神顿时一狠，近乎本能地擒住戚南绪手腕，正要还击，萧牧庭就赶了上来，一手拦一个，沉声道：“好好说话，别动粗。”

　　邵飞在萧牧庭面前装惯了乖，这回险些露馅儿，松开手时少不得瞪戚南绪两眼。戚南绪眉头皱得死紧，眼眶居然还有点儿红，被萧牧庭拉开后仍目不转睛地盯着邵飞：“什么亲朋好友！屁的亲朋好友！”

　　邵飞一时蒙了：“什么什么亲朋好友？”

　　说完他才想起自己刚才说了长剑大队长和亲朋好友拉家常。其实这句话说出来他自己都觉得没道理。方才戚南绪趴在门上听他与萧牧庭说话，这和长剑大队长与亲朋好友拉家常没有半毛钱的关系，但他就是忍不住说了，内里还藏着几分窃喜的情绪，好像这么一说，自己与萧牧庭的关系又近了几分，上升到可以拉家常的亲朋好友去了。

　　邵飞用余光往萧牧庭处瞄了瞄，又立即收回来，与戚南绪牛眼瞪牛眼。

　　戚南绪跟被踩到尾巴的猫似的，气急败坏道：“我们大队长从来不在队里接待亲朋好友！”

　　这都岔到哪个山头去了？邵飞跟不上戚南绪的思路，刚想说“那你也不能趴门啊”，肩膀就被萧牧庭按住。

　　萧牧庭及时给两人灭火：“你们不是说好比试夜间射击吗？正好今天还早，要不练练去？我给你们当裁判。”

　　邵飞一惊，戚南绪将信将疑地打量萧牧庭一番，半晌才道：“您不是文职军官吗？"

邵飞最听不得别人质疑萧牧庭，当即推了戚南绪一把："我们队长厉害着呢，文职军官怎么了？文职军官照样收拾你！"

"我又没说文职军官不行，你激动个鬼？"戚南绪"喊"了一声，又看向萧牧庭，自觉刚才偷听的行为的确有失妥当，抓了抓头发，难为情道，"其实我就是跟过来找邵飞，没……没想偷听你们的谈话内容。"

萧牧庭笑了笑，不想追究："夜间射击你们打算怎么比？"

第五章

这里我才是第一

　　总部的训练设施完善，有模拟各种环境的高科技射击室，也有看似荒凉，实则实战地形应有尽有的野外枪战场。邵飞和戚南绪各自在器械库领了子弹与步枪，准备先比微光条件下的精确射击。

　　两人趴在砂石地上架枪，萧牧庭在一旁看着，什么也没说。

　　夜间射击是特种兵必须掌握的技能，通常的训练方法是将 LED 灯作为目标，灯泡非常小，光在黑暗中又特别分散，距离远偏差大，对手眼稳定性的要求很高。

　　邵飞与戚南绪皆是联训队伍中的佼佼者，但单论射击，邵飞还是略胜一筹，几个弹匣打下来，邵飞命中的 LED 灯更多。戚南绪撑起身子，坐在地上揉眼睛——这种训练给予眼睛的负荷较重，打一段时间眼球难免酸胀，多数时候还伴有流泪现象。邵飞也不舒服，正想揉眼，就被萧牧庭叫住。

　　萧牧庭拿出两瓶没有包装的小塑料瓶，一瓶递给戚南绪，一瓶给邵飞："手上有沙，别揉到眼睛里去了。"

　　戚南绪接过看了看："这是眼药水吧？"

　　"嗯。"萧牧庭点头，"枫鹰秘制，跟你们长剑的应该差不多。"

　　邵飞经常用这眼药水，左右各挤了四五滴，深吸一口气，"咝"了一声："嘿哟，可痛死我了！"

　　"痛死我了"这种话，最近时常被邵飞挂在嘴边。但他也只是跟萧牧庭说说，平时和艾心在一块儿时还是老样子，再累再辛苦也咬牙扛着。

　　萧牧庭丢给他一包纸："擦擦，眼药水全淌脸上去了。"

　　俩熊兵打坐闭目养眼，药水挤太多，都顺着眼尾流了出来，脸上湿淋淋的，看上去跟哭了一样。

　　但即便眼睛不舒服，也挡不住两人打嘴仗。邵飞显摆自己打得好，戚南绪就说你那哪叫打得好，明明就是运气好，瞎猫逮住死耗子。邵飞说那你也运气好一个给我看看啊，戚南绪听了就要睁眼抓枪，萧牧庭温声劝道："眼睛不舒服就再闭一会儿，LED 灯射击今晚就练到这里。"

时间不早了，邵飞以为萧牧庭的意思是打道回府，戚南绪也这么想。不料萧牧庭却道："等会儿去领夜视仪，然后跟我去个地方。"

拿到夜视仪后，邵飞不解道："队长，我们要去干吗？"

"训练夜间射击啊。"萧牧庭让两人上车，拉开吉普驾驶座的门坐了上去，"打LED 灯只是基础，实战情况下谁会在黑夜里挂个大灯泡让你们打？"

戚南绪抱枪坐在后面："那我们要怎么练？去哪里练？"

"到了就知道了。不远，也在营区内，只是平时你们没去过。"萧牧庭说，"开车十来分钟就到了，眼睛还不舒服的话就再眯一会儿，当作休息。"

戚南绪脑袋一偏就要睡，邵飞却没这么好哄。萧牧庭近来很少指导他，过去的老本儿眼看着就要吃完，此时萧牧庭又要教他新东西，他自然兴奋，一双眼睛瞪得跟夜明珠似的，一眨不眨地看着前方，好似非要把夜色盯出个洞才罢休。

萧牧庭在后视镜里看了看他："眼睛睁这么大干什么？不累吗？"

他立马转过来，凑到萧牧庭跟前："艾心他们都说我眼睛生得好，特有神，特帅，夜里能当电筒使！"

萧牧庭被"电筒"逗乐了，笑道："这是跟我炫耀呢？"

"没有没有，"邵飞缩回去，"队长您的眼睛更帅！"

"但我的眼睛不能当电筒使。"萧牧庭还是头一次听人用帅来形容眼睛，本想多逗邵飞两句，目的地却已经近在眼前，只好熄火停车，打开车灯，"到了。"

眼前是一片形如荒郊野岭的空地，山坡与高树影影绰绰，远处似乎还有低矮的房屋。戚南绪虚着眼睛看了半天，声音拖着轻微鼻音："这是哪儿啊？"

"把夜视仪戴上。"萧牧庭指了指前方，"那里是个废弃的'村落'，里面有几栋无人居住的土房，犯罪分子可能就藏在里面。你们现在过去实施清剿，这个过程中可能伴有枪战，那边的气氛也比较可怕，这一点我希望你们有心理准备。"

戚南绪提高声调："有犯罪分子？"

"是模拟影像，不过比较逼真，"萧牧庭也不欺瞒，"'村落'是总部今年才投入使用的实战模拟区。怎么样，去见识一下？"

泊车的地点离"村落"约有一公里，邵飞与戚南绪戴好夜视仪，潜入黑暗中。萧牧庭并未随他们一道，只是在通信仪中提醒他们注意观察周围的环境。

不提醒还没什么，反倒是萧牧庭越提醒，邵飞越心慌。那"村落"看上去与废弃农村居所没有分别，但气氛相当诡异，房屋间全是零散的砖石，猪圈、鸡圈破败不堪，空气中有股令人不舒服的老旧味道，风穿堂而过，发出阴森森的声响。

人置身其中，莫说是正进行清剿训练，暗处与角落随时可能钻出意想不到的东西，就是知道什么也不会发生，也免不得头皮抓紧。

这情形，比最真实的鬼屋还瘆人。

戚南绪咽了咽口水，压低声音道："我怎么觉得这地方有鬼啊？"

鬼自然是没有的，但气氛诡异却是实在的。邵飞心跳渐渐加快，从夜视仪看出去的世界幽暗阴森，搜索中虽暂时未发现热成像人体，但逼仄的空间给人一种无形的压抑感，仿佛再往前走一步，就会与突然出现的"匪徒"撞个满怀。他咽了咽唾沫，听得见自己略显急促的呼吸，手里拿着的枪已经从自动步枪换为手枪——近距离遭遇战中，手枪往往比步枪更好使。可是体积不小的夜视仪却格外恼人，影响射击精度不说，还在一定程度上阻拦了视线的广度。

萧牧庭靠在车边，在通信仪中清晰地听到邵飞的呼吸声，嘱咐道："保持警惕，但不要过度紧张，调整呼吸与心态，冷静下来，尽快适应环境。"

萧牧庭的声音低沉平缓，这于邵飞而言如同一剂镇静剂。他无暇思考萧牧庭怎么知道他紧张，潜意识里却不停给自己增加意念：不要慌，队长陪着你！

戚南绪靠过来，与他后背抵着后背，两把手枪封死了可能出现异状的区域。邵飞安心不少，踩着极轻的步子，神不知鬼不觉地向转角挪去。

瘆人的风声固然令人毛骨悚然，但安静得没有一点儿响动的环境也很是让人捏一把汗。已经检查了四间破屋，邵飞与戚南绪一无所获，焦灼的情绪又上来了，浑身肌肉紧绷，手心的汗弄湿了枪体。邵飞正想提议分头搜索以节省时间，萧牧庭的声音又恰到好处地传来："如果有分头搜索的打算，我劝你们停下来。目前你们手上没有区域兵力部署图，对敌方情况一无所知，如果己方人数较多，可以分头搜索，但现在你们只有两人，分开不仅不会提高效率，反倒更加危险。"

戚南绪道："明白！"

邵飞转身看了他一眼，他向前打出手势："继续。"

十分钟后，枪声划破黑夜的宁静，三个人像从狭窄的巷道中闪出，邵飞反应极快，将身后的戚南绪一把推入近旁的石墙内，旋即侧身一滚，避开一连串子弹，而后迅速翻身，以侧卧的姿势连放数枪。

人像应声消失，但新的敌人却从土屋的房顶上、破墙后、猪圈中，甚至枯井里钻出来，在邵飞替换弹匣时，戚南绪补上他的位置，且战且进。邵飞换弹匣的速度在二中队可算是出了名的快，打开保险，干掉近处的人影后，他立即取下自动步枪，在微光瞄准具中锁定屋顶的狙击手，一枪"爆头"。

戚南绪解决了最后一个人影，邵飞赶上来与他会和时却发现他的夜视仪上闪着红灯。

　　通信仪"沙沙"响了两声，萧牧庭问："都解决了？"

　　邵飞有些亢奋："报告队长，都解决了！"

　　"夜视仪有没有出现异常？"

　　邵飞将夜视仪摘下来，以为萧牧庭是问有无损坏："没有吧，我的和刚戴时一样，戚南绪的在闪红灯。"

　　"嗯。"萧牧庭顿了顿，"那回来吧。"

　　直至回到之前与萧牧庭分别的地方，邵飞与戚南绪才知道那个红灯的意思是"负伤"。

　　萧牧庭收回两人的夜视仪，笑道："这不是普通的红外成像仪，是配合模拟作战环境的特殊工具，红灯连续闪两次表示负伤，如果连续闪三次，就是阵亡了。"

　　戚南绪难以置信："但是我没被击中啊！"

　　"你没有发现而已，"萧牧庭道，"有时敌在暗处，在疼痛传来之前，你也许根本注意不到他的存在。总部这套训练设施非常实用，它锻炼的不仅是你们的枪法，还有观察入微的能力，甚至能培养你们面对危险时的反应能力。不过今天我带你们来，主要是想让你们感受一下真正的夜间射击。打 LED 灯固然能提高射击精度，但实战中没有哪个敌人会在头上顶一个灯泡让你们瞄准。很多时候我们需要戴着碍事的夜视仪执行任务，并且敌人藏身的环境也错综复杂。戴上夜视仪之后，射击准确度难免受到影响，但这是我们必须克服的。另外，夜晚作战比白天作战危险，除了隐蔽在暗处的狙击手，谁都无法像你们刚才那样趴在靶位上慢慢瞄准。'村落'中那些危机四伏、令人莫名紧张的环境，才是你们将来的战场。如何随机应变，在保护自己的同时，尽可能多地制伏敌人，这比单纯的夜间打靶训练更重要。明白吗？"

　　戚南绪没说话，显然还陷在"负伤"的失落情绪中。邵飞愣了两秒，大声道："明白！"

　　萧牧庭在两人肩头拍了拍："上车吧，不早了。"

　　三人回到宿舍区时，熄灯时间已经到了。戚南绪训练了一天没洗澡，邵飞在靶场和"村落"一通折腾，又出了一身汗，萧牧庭让他们在自己宿舍冲热水澡。

　　邵飞先洗，一边等戚南绪一边和萧牧庭聊天："队长，您以前一定经常在那种环境里作战吧？"

　　萧牧庭道："各种环境都有，那只是其中的一种。"

"第一次，"邵飞想了想，"我是说第一次重大任务，您紧张吗？"

说起来，他也执行过不少任务了，但生死攸关的任务他却没有接触过，否则方才在模拟环境中也不会那么紧张。戚南绪中枪而不自知，其实好几次邵飞也险些中弹，夜视仪的红灯没有闪，并非因为他比戚南绪厉害，只是在关键时刻受运气眷顾罢了。

真实的战场上，一枚小小的子弹就会决定一个人的生死，倒下的人不是弱者，往往只是运气不那么好。

邵飞以为萧牧庭会云淡风轻地讲起过往，萧牧庭却眯了眯眼，轻叹一口气："我好像和你说过，刚入伍时我是个懒散的纨绔子弟。"

邵飞微怔，萧牧庭又道："稀里糊涂进了战龙，稀里糊涂跟着前辈出任务，紧张，说不上吧。那时候总觉得自己身边有战友，有队长，没什么好怕的。直到后来……"

萧牧庭没继续说，目光渐渐沉下去，旋即笑了笑，反问道："刚才你很紧张吧？"

邵飞脸一红："您怎么知道？"

"我听到你急促的呼吸声了。"萧牧庭说，"很正常，那种环境下，不紧张才奇怪。是不是觉得'村落'里的风声特别诡异？"

邵飞点头："是！戚南绪还说感觉有鬼。"

"那不是自然风声，是一种模拟音效，故意营造出'有鬼'的氛围，主要是加大你们的心理压力。"萧牧庭说，"咱们的兵啊，有的天不怕地不怕，唯独怕鬼。"

"这不科学！"

"恐惧哪有什么科学不科学的？"萧牧庭笑道，"每个人的恐惧点各有不同，但执行任务时，再怕你们也得忍着，这是特种兵的职责。"

戚南绪没洗多久就出来了，萧牧庭担心他们被纠察兵为难，亲自将二人送回宿舍。邵飞翻来覆去睡不着，戚南绪也没困意。两人仗着床铺挨在一起，有一搭没一搭地聊天，声音虽压得很低，却还是引来上铺那位大汉的不满。人家说："你俩白天还没聊够吗？大半夜还瞎聊！聊聊聊，能聊出个毛？"

邵飞往被子里一缩，果断闭嘴了。

训练强度大，半夜影响队友休息实在是一件没道理的事。别人若睡熟了没意见还好，提出来了还不知收敛，那就是人品堪忧。

邵飞和戚南绪虽有些兴奋，但都绝非人品有问题的人，立即翻身睡觉，没多久偌大的宿舍就只剩下此起彼伏的呼噜声。

两人没想到的是，次日起，队友们便开始嬉皮笑脸地调侃，说他俩形影不离。

午休间隙，邵飞正要打盹儿，艾心挤了上来："飞机，你和戚南绪处得挺好啊？"

邵飞压根儿没想到大伙儿会拿戚南绪挤对自己，心里有些烦："你们吃饱撑着了吧？我和他能好什么？"

"哎，你跟我发什么脾气，我还不了解你？"艾心说，"你可能没什么，但他吧……"

艾心"啧"了一声："你没发现他特别黏你吗？是不是把你当假想敌了啊？干什么都盯着你，跟你尾巴似的，你俩昨天还差点夜不归宿。"

"我们哪里夜不归宿了？后来不是回来了吗？队长指导我俩射击，没赶在熄灯之前回来而已！"邵飞辩解，"你们也太无聊了，这样当什么特种兵！"

"这不是稀奇吗。"艾心说，"你就没想过戚南绪那种独狼为什么天天缠着你？"

"我怎么知道？要不你问他去？"

"咱们寝室咱们小组，怕是只有你爱和他搭腔了，我才不问，找事儿吗不是。"艾心耸耸肩，"不过你也别气，大家就是觉得有意思。要我说啊，你黏萧队那劲头才稀奇。"

邵飞愣了一下，连忙推开艾心，食指隔空一点："别瞎说！开开我和戚南绪的玩笑就算了，敢扯到队长身上，来一个老子揍一个！"

轰走了艾心，邵飞躺在铺上接连翻身，愣是没睡着。

刚才他说话时铿锵有力，说一不二，现下情绪过去了，邵飞沉下来一回味，还真觉得有点奇怪。

戚南绪刚来时那副生人勿近的模样还历历在目，如今别说那股吃人的劲头没了，还与他朝夕共处、形影不离。

邵飞认真回忆一番，想起他最近的双人协作训练、吃饭、早晚加练，甚至于上厕所，身边都有个戚南绪。

上次陈雪峰临时找他有事，他就离开了一小会儿，回来时正好瞧见戚南绪急吼吼地问同组的队员："邵飞呢？"

这人平时跟哑巴似的，极少主动找人说话，难得找一次，问的也是邵飞去哪儿了。

邵飞当时还不觉得有什么，跑过去搭着戚南绪的肩膀以示自己回来了，现在一想，才发觉自己与戚南绪的关系好像是变亲了。

哪有像戚南绪这样的特种兵？训练在一起就罢了，毕竟有的项目需要彼此配合，吃饭在一起也可以理解，再独的人恐怕也不想老是"孤家寡人"地待着，有人陪伴终归是好的。但戚南绪的做法似乎过了些，非要说的话，倒也不是没人像这样——比如中学生小姐妹。邵飞念中学那会儿，同桌小美女就时常和后桌的女生一同去厕所，好像上厕所没伴儿是件特丢份儿的事。

同样的情形套上戚南绪就奇了，若说戚南绪性子怯懦，那也好说，但戚南绪分明就是纯爷们儿一个，那身高那肌肉那体能，联训营里估计找不到几个人能与戚南绪媲美。

这人怎么就黏上我了？邵飞又翻了个身，猜测可能是高手之间彼此在意？嗯，那倒也不奇怪。邵飞设身处地地想，自己把戚南绪当对手也当队友，绝对是非常在意的，训练时憋着一口气想压过对方，加练时也时刻留意彼此的情况，戚南绪要是在腰上绑10公斤重物，他定要绑15公斤，一定不会落下风。虽然一会儿没见戚南绪，他倒也不会拉着别人问"戚南绪呢"，更干不出趴在门上偷听这种事。

戚南绪似乎……那什么……

一个加黑加粗的大字砸在邵飞脑子里——黏！

这还没完，"黏"字又牵出了另一件事儿。

艾心刚才提到萧牧庭，用的也是"黏"。

自己为什么黏萧牧庭，他心里门儿清。

因为崇拜，因为向往，因为本能地想亲近。

萧牧庭身上有一种非常吸引他的气场，类似强者的温柔、长辈的严厉。被萧牧庭管教的时候，他偶尔会想起逝去的兄长，那种亲昵感这些年来从未有人给予过他，所以就算是受罚，事后想起来也带着几分难以言说的温度。

他的确是依赖萧牧庭的，也正努力成为萧牧庭最欣赏的兵。

邵飞喘了一口粗气，麻溜地穿上鞋，大中午不睡觉，腰上绑轮胎，吭哧吭哧地跑了个五公里越野。没人知道他的心思，都当他脑子抽风，只有戚南绪见他一个人加练，腾地从床上蹦起来，也跟着绑轮胎跑越野。

这下大家调侃得更厉害了。

邵飞多少有些不耐烦，戚南绪却跟没事人一样，对"尾巴""跟屁虫"一类的玩笑话一概不理，也不知道回避，压根儿不在乎队友们的玩笑——别人倒也不会当着他的面说，玩笑多半冲着邵飞去，不过他也不是不知道。

这种事若换作别人，心里难免硌硬，行动上也会受到影响，但戚南绪知道了便只是知道了，还是照常与邵飞切磋、与邵飞一起吃饭，晚上邵飞要去找萧牧庭，他有了上次的经验，这回不趴门了，直接跟上去，理由是他也要向萧队学习。

"你搞错了吧！"邵飞忍无可忍，"萧队是我队长，是我们枫鹰的中队长，你一个长剑的熊兵跑来干什么？我们队长凭什么指导你？"

白天邵飞也就忍了，晚上还被缠着他就不能忍，每天训练那么辛苦，晚上是唯一可以与萧牧庭独处的时间，他才不愿意屁股后面还跟着一个戚南绪。萧牧庭给他开小灶，凭什么让长剑的熊兵分一杯羹！

"你有什么资格说我是熊兵？"戚南绪抬手就要戳邵飞脑门，被啪一声打开，邵飞道："别动手动脚！"戚南绪缩回手，皱眉揉了两下："都是军人，都在联训营，萧队愿意指导你，也愿意指导我，不信你问他！"

"问个屁！"邵飞一口气上来，哪壶不开提哪壶，"你别跟我抢队长好吗？萧队是我们枫鹰的带队队长，你想吃小灶，找你们长剑的带队队长去啊，或者找你们大队长也行，跟我闹什么闹！"

戚南绪脸一黑，转身就走。

邵飞就是一时嘴快，倒没想过能一句话气走戚南绪，抬手喊了声"喂"，人家理也不理，他站了一会儿，自言自语道："不理拉倒，小公主脾气！"

这么一说，他倒是被自己给逗乐了。想象中，戚南绪那张总是在生气的脸上多了两坨胭脂，脑袋上顶个小皇冠，怎么看怎么好玩儿。邵飞美滋滋地跑去萧牧庭宿舍，不料萧牧庭却笑着问了句："你的搭档今天没赖着你？"

"他啊，"邵飞唇角一撇，"玩泥巴去了。"

萧牧庭抬眼："吵架了？"

"没啊。"邵飞摇头，"我爱好和平，从来不和人吵架。"

萧牧庭想起年初那阵子，邵飞别说吵架了，打架都不是稀罕事，还领着二中队的兄弟们冲进办公室跟洛枫宁珏"讲理"，不由笑了笑，又道："那为什么我一提他，你就不高兴？"

邵飞都没注意到自己不高兴，愣神片刻，才意识到他刚才的确有些不爽。

有点那啥……自己的队长被别人抢走了的感觉。

邵飞顿了一下，暗骂自己也太小气了，立马端正态度，老实招来："戚南绪也想来这，说是要跟着您学习，我，我没让他来。"

"担心他偷师啊？"

"您又不是他的队长。"邵飞说，"他就是怕我跟着您学习，进步飞速，以后比武时压他一头。"

萧牧庭也是从熊兵过来的，清楚年轻战士们那种相互较劲、斤斤计较的心态，不做责难，只道："你有进步是你自己努力的结果，技巧就那么些，能学到手是自己的本事。"

这话邵飞爱听，他立即笑了起来，萧牧庭瞧见他干净的笑容，心情也随之明朗。

以前的领导们喜欢说爱兵如子，萧牧庭想，这带兵吧，可不就是跟带儿子一样吗。

戚南绪没跟邵飞置气太久，第二天训练时两人还是站在一起，该合作合作，该对抗对抗，戚南绪照例对战友们的玩笑不闻不问，颇有种高人不在乎世事的风范。但邵飞不行，队友玩笑开得狠了，他就下意识地躲戚南绪，有次吃午饭时也不跟戚南绪同桌。

几天下来，戚南绪突然道："聊聊？"

艾心等人在一旁看戏，邵飞撑足了声势："聊什么聊？"

"聊聊我干吗追着你，省得你老是觉得我'黏'你。"

此话一出，周围顿时安静了，邵飞像看傻子一般瞪着戚南绪，艾心半天才想起吹口哨，戚南绪不耐地扫了队友们一眼，刚冒出的闹声顿时消了下去，他转向邵飞，又问："走？"

邵飞这时没法再装了，朝艾心甩了一记眼刀，与戚南绪一前一后离开。

总部联训营大得很，想找个没人的地方费不了什么工夫，戚南绪和邵飞一路沉默，走到空无一人的楼房攀登区才停下来。邵飞也不嫌脏，抄手靠在裸墙上，下巴微微向上扬起，一副"有屁就放"的模样。

戚南绪咳了两声，右脚在地上扒拉两下，吐出个"我"，又停顿下来。邵飞表情复杂地瞪着他。

半分钟后，戚南绪停下脚上的动作，双手插在裤袋里，平视邵飞，终于开了口："我没想黏着你，你别瞎想。"

邵飞嘴角抽了两下，松了口气，说出的却是一句最讨嫌的话："呵呵。"

戚南绪："……"

邵飞"呃"了一声，说："我的意思是'哦'，没想笑你，就是……"

就是词不达意！

戚南绪双眉微拧，没继续计较这声"呵呵"，又说："我申请调小组，还和你当搭档，是因为你厉害，我不想输给你。"

邵飞想：果然是因为这个！

"我本来不想来参加联训，但有人跟我说，我在长剑队里是最厉害的新人，但天外有天人外有人，联训营里一定有比我更强的兵。"戚南绪垂下眼角，过了一会儿又抬起来，"他说你们枫鹰每年都会冒出几个天赋极高的尖子兵，让我来会一会。"

邵飞闻言有些骄傲："所以你才想与我竞争？"

"是。所有你擅长的地方，我都要比你做得更好。"戚南绪眼中迸发出一道光芒，"联训最后阶段的比武他也会来，我要让他看到我拿下第一，我是最好的兵！"

邵飞对戚南绪口中的"他"略有诧异，回神后轻哼一声："那不可能。"

戚南绪挑眉："嗯？"

"你别'嗯'了。"邵飞直想给他一拳，"在这联训营里，我才是第一。"

戚南绪抿着唇，几秒后道："那咱们走着瞧。"

联训进行到第三周时，带队队长们以教官身份加入训练队伍，轮流去各个小组指导队员。

当萧牧庭身着荒漠迷彩、脚踩牛皮特战靴出现在训练场时，邵飞眼睛都看直了，天生上翘的唇角不受控制地扯起，眉梢也兴奋得一抖一抖。若不是有纪律需要遵守，他早就冲去萧牧庭面前，把人拉自己的小组来了。

萧牧庭的肩章和领章上没有军衔，与一名中校教官聊了一会儿便径直走向另一个小组。邵飞的目光黏在萧牧庭身上，眼看着自己的队长向别的队伍走去，他扬着的嘴角往下一瘪，心中暗骂一声。

戚南绪碰了碰他的手肘，低声道："再看脖子都歪了。你这么急干什么啊？你队长又不是不来咱们组。"

萧牧庭拐了个弯儿，彻底消失在邵飞的视线中，邵飞这才回过头来，揉了揉差点歪掉的脖子，正好看到一名军官向这边走来。

那军官挺眼熟的，邵飞定睛一看，才想起那人是长剑的带队队长——中校范强。这下邵飞更不爽了，哼了一声："你家队长来了，你当然不急！"

"什么我家队长！"戚南绪也看到范强了，对邵飞突然冒出的"你家"限定词极其不满。

"他怎么不是你家队长？"邵飞侧过脸，"我虽然读书少，但好歹有高中毕业证。你别想唬我，那人手臂上还戴着你们长剑的臂章呢，上面那么大两个字你不认识我认识。"

戚南绪皱着眉，不耐烦地瞪了邵飞一眼，看上去似乎欲言又止。

两人话语间，范强已经走到队伍中。教官整队，邵飞没再与戚南绪闲扯。

小组里只有戚南绪一名长剑队员，范强指导了一上午，也不见与他有什么交流，反倒与其他队员有说有笑。邵飞早听艾心说过戚南绪人缘差，长剑的人都不待见他，也亲眼看到戚南绪换宿舍后，平时的确没有长剑的队员过来找他。但带队队长也不搭理他，这有些出乎邵飞的意料。

当初刚加入枫鹰时，邵飞觉得副队洛枫也不待见自己，但绝对不是无视。一名新队员在新的集体中遭到上级的无视，这多少有些过了。

如果按"可怜之人必有可恨之处"的道理来分析，姓戚的在长剑是有多皮？全队公害吗？

戚南绪不知道邵飞正在腹诽自己，完成武装泅渡后，在需要两人配合才能扛起的圆木旁站了半天也不见邵飞过来，吼道："飞机，你魂儿丢了？过来扛木头！"

近来戚南绪也跟着枫鹰的队员喊邵飞"飞机"了，有时喊顺口了还在前面加个"小"。邵飞不乐意，道："小什么小，别瞎喊。"

戚南绪嘴角很浅的笑容顿时消失，又换成不高兴的表情，拉着邵飞去训练。

邵飞觉得戚南绪这人挺好玩儿的，除了好胜心太强，干什么都要比个高低之外，其他地方倒有些可爱之处。

他跑了过去，和戚南绪一起扛起圆木。

圆木重达 300 斤，扛着它奔跑极耗体力，很多队员都边跑边喊号子，邵飞起初也喊，戚南绪却闷着没出声。邵飞喊了一会儿觉得没劲，也不喊了。没多久戚南绪却突然开口，声音很低，但因为他在后面而邵飞在前面，邵飞能听清他的话。

"你以后别跟我说'我家队长'，我不爱听，范强也不是'我家的'，他和你的萧队不一样，懂吗？"

邵飞其实不太懂，只以为戚南绪与范强关系不睦，本想问"你在长剑到底干了多少讨人嫌的事儿"，却发现自己这位置实在不好说话——那么重的木头扛在肩上，头没法往后扭，声音小了戚南绪听不见，声音大了别的队员也听到了。这事说到底是戚南绪的私事，邵飞就算再大大咧咧，分寸还是有的。

那就以后再问吧，邵飞想。

一上午的训练很快结束，邵飞拔腿就往萧牧庭所在的小组跑，戚南绪见自己的"饭友"没了，也跟着跑。

已是午餐时间，萧牧庭还被队员们围起来问东问西，邵飞一看，堵着萧牧庭的大多是枫鹰的队友，他心里立马涌起一阵嘚瑟，脸上也是一副扬扬得意的表情。

戚南绪斜他一眼："你不是来找你队长的吗？怎么不过去？"

"让他们再感受感受我队长的厉害呗。"邵飞老神在在地抄起手。戚南绪左右看了看，索性不说话了。

邵飞心想：让你们看不起我队长！现在知道我家队长的本事了吧？

果然，午休一回寝，萧牧庭那支小组的队员就冲了过来，个个眼睛放光："萧队居然这么厉害！穿迷彩和穿军礼服时简直不像一个人！"

"去去去！怎么说话的？"邵飞假装不高兴，眼睛却亮得很，"你们才不像人！"

大伙儿一阵笑，分去其他组的队员也凑过来，有人眉飞色舞地讲萧牧庭的本事，有人可劲儿感叹，说少将就是少将，指点人时句句说中要害，态度还那么好，一丁点儿架子都没有。

邵飞差点"呵呵"，正想说"以前谁说队长是靠家里的关系才混成少将的"，又想起自己也是当初起哄的熊兵之一，只好打住，跟众人闹了一会儿，单方面宣布道："下午队长来我们组。"

说这话时他压根儿没有底气，只是单纯地希望萧牧庭赶紧来，最好是来了就别走，一直留在自己的小组。

下午，萧牧庭还真来了。邵飞激动得攥紧拳头，戚南绪表情有些复杂，说不清是羡慕还是什么。

这几天，综合演练渐渐多起来，上午还有基础体能操练，下午的项目就全与实战挂钩了。萧牧庭与教官带着队员们来到一处楼房，看样子是要进行战术突入训练。

邵飞与戚南绪都是突入阵型中的尖兵，几乎每次都以平行或者交叉的方式率先冲入房间。

但这次两人却傻了眼，他们突入的是一间暗房，里面全无光线，黑黢黢一片，充当恐怖分子的三名教官藏在暗处，在队员们冲进来的瞬间，就据枪射击。

邵、戚二人头上的感应头盔冒出彩烟，结结实实地"阵亡"了。

萧牧庭问："在突入之前，你们是否考虑到了里面没有光的情况？"

队员们都低着头，邵飞过了几秒才回答："没有。"

"没有，说明在执行任务之前，你们对目标缺乏了解，也没有进行妥善的侦察。"萧牧庭道，"如果是实战，别说解救人质、排除爆炸物、制伏敌人，你们连自己的性命都保不住。"

萧牧庭顿了一会儿，显然是给大家思索消化的时间，又问："如果已知里面是暗房，我们应该怎么做？"

邵飞和戚南绪同时答道："带战术手电！"

萧牧庭看向二人："怎么个带法？"

"绑在枪上！"二人又是异口同声。

其余队员也赞同带战术手电的说法，但对于绑在哪里，他们还有不同的声音。萧牧庭挨个询问，得到"绑在手臂上""绑在头盔上"等各种答案。他没说对，也没说不对，只让教官取来战术手电，让大家按各自的想法将其固定好。

这次仍旧是邵飞和戚南绪打头阵，然而情况不仅不比上一次好，反倒更加糟糕。他们绑在枪上的战术手电简直是为敌人竖了个明亮的靶子，门一破开，子弹就照着战术手电的光飞来，楼道里又是一阵彩烟弥漫。

同样，主张将手电绑在头盔或者手臂上的队员也"死"得很惨。

这下，大家都不免低落。实战中不是每个房间都有光，这样的暗房一定存在，甚至比明亮的房间更多。如果遇上了，他们到底应该怎么做，才能完成任务？

萧牧庭朝邵飞招了招手，邵飞立即走上前来。萧牧庭示意他举起步枪，亲手将他枪管上的战术手电取了下来。

队员们全围上来，只见萧牧庭仅将手电转了90度，由平行于枪管变成垂直于枪管。

戚南绪讶异道："这……"

"这样再去试试。"萧牧庭没做多余的解释，队员们见状纷纷重新固定手电。邵飞托着步枪尝试瞄准，几秒后忽然意识到为什么要这么绑。

他睁大眼，急切地看着萧牧庭。萧牧庭笑了笑，轻拍他的肩，嘱咐道："等会儿进去之后，用听力来射击，明白吗？"

这话其他人听起来一头雾水，但邵飞听懂了，挺胸抬头，整个人是十足的少年意气，朗声道："明白！"

戚南绪破门而入，与邵飞呈交叉队形闯入。手电的光在黑暗中一闪，子弹追随着光线应声飞出，邵飞闻声扣下扳机，看似乱射，实则有七成把握。

手电的光芒交织成错乱的网，这一次，光线却并非靶子！

密集的枪声中，暗房升腾起阵阵彩烟，灯光大亮之时，"恐怖分子"全数被"击毙"。

萧牧庭让大家退出暗房来，这才问："现在知道为什么要将战术手电横着绑了吗？"

参加联训的几乎都是年轻队员，这下被震撼得不轻，萧牧庭刚才所做的仅仅是将手电变了个方向，竟然就起到了逆转战局的作用。

还是邵飞带头道："知道了！"

"嗯。"萧牧庭缓慢踱步，开始解释，"手电与枪管垂直，我们突入暗房的时候，身体就会隐藏在光线旁的黑暗中。慌乱中，里面的人会照着光线开枪。大家不用高估他们，在短兵相接的情况下，他们不比我们轻松。这时我们一定要冷静，用听觉辨认对方的所在，然后果断开枪。"

说着他转过身："邵飞和戚南绪做得很好。之前我提出遇到暗房应该怎么办的时候，大家都想到了战术手电。工具是对的，但并不是用来照恐怖分子在哪里。光线会暴露我们，更容易使我们成为靶子。但换一种思路，光线也可以保护我们，扰乱恐怖分子的视觉，把我们藏进黑暗里。"

萧牧庭一席话说下来，所有人都服了。这不是能在训练中想到的方法，必然来自实战。

邵飞不禁想，是不是曾经经历过惨痛的伤亡，萧牧庭才能想到看起来如此"简单"的办法？

训练节奏紧凑，萧牧庭没有时间问队员们有何心得体会，结束一项立即开始下一项。有了如此开头，大伙情绪全被调动了起来，小组里的枫鹰队员没人再拿萧牧庭是文职军官说事儿。

特种部队就是这样，你有真本事，别人就服你。如果没有，那军衔再高、背景再硬也没什么用。队员们面上叫"队长"，背地里指不定怎么吐槽。

萧牧庭哪能不知道他们的想法，但他也不表露，看了看项目安排表，淡然地说："下一项是战场救护。"

实战中难免出现伤亡。并肩作战的战友倒下了，只要不是死透——退一万步讲，就算已经死透，只要条件允许，活下来的人拼了命都会将他们带回来。如何以最快的速度运送伤员、怎么做紧急处理都是特种兵们务必掌握的技能。

领取救护工具之后，队员们或两人或三人一组，有的正进行肢体包扎，有的用木板固定"骨折"队友的身体。邵飞和戚南绪分到的是输液套装，戚南绪动作有些粗鲁，拉过邵飞的手臂，直接将酒精泼了上去。

邵飞："啧，有你这么当护士的吗？"

"你想怎样？用棉签一点儿一点儿往皮肤上抹？"戚南绪立即呛回来，"战场上时间就是生命懂不懂？"

"就你懂？"邵飞左手捏成拳头，以显出手臂的静脉血管，"时间当然要抓紧，但你这样一泼就是半瓶酒精，药物短缺时怎么办？还有其他队友也需要救治时怎么办？"

戚南绪没想到这一层，只顾着省时间了，被邵飞指出来失误，他脸上挂不住，又不想认错，往邵飞手臂上一拍："废什么话？"

"你还动粗？"

"头都给我嚷嚷大了！你能不能消停一点儿？"戚南绪一瞪眼，别说还真有点唬人，"再嚷我要是手抖了，没扎进血管里，受苦的可是你！"

"嘿！"邵飞根本不怕，只顾着瞎掰，"吓唬我啊？连静脉注射都扎不好，以你这手的稳度，以后怕是当不了狙击手咯。"

戚南绪本就是急性子，平时端着枪时还能静下心来，现在拿着注射用的针管，头顶上时不时传来邵飞的叨叨，弄得他越来越急躁，明明看准了那淡青色的血管，针头刺上去时还是偏了。邵飞"哎哟"一声，顾不上喊痛，挑着一边眉毛取笑戚南绪："真被我说准了！"

"乌鸦嘴！"戚南绪往外退针的动作有点大，又戳了邵飞一下，这下真把邵飞痛着了，血也淌了出来，正巧萧牧庭走过来，邵飞一看，立即仰着头号了一嗓子："痛死我了！"

戚南绪："……"

萧牧庭蹲下来，握住邵飞的手腕，抬起看了看，邵飞本想装一装可怜，嘴一咧却是个大笑的幅度，戚南绪以为萧牧庭要数落自己，萧牧庭却只是说："赶紧包扎一下，等会儿还要练习运送伤员，流着血不方便。"

邵飞乐呵呵地说："队长，痛。"

萧牧庭叹气，在他额头上敲了敲："自作自受。你不影响戚南绪，他能给你扎偏？"

戚南绪立即附和："就是！"

"就是什么就是！"邵飞瞪着戚南绪，"你扎偏了还有理？"

"我……"

"好了好了，训练结束了你俩再接着吵。"萧牧庭打断，拿过纱布亲自给邵飞包扎，处理妥当后想了一会儿，看向戚南绪，"搬运伤员时你当搬运者，邵飞当伤员，下次再互换角色。"

戚南绪点头："明白。"

邵飞这下蔫了，当伤员固然清闲，脚不用跑肩不用扛，但年轻队员们没有人喜欢扮伤员，都想在演练中抢到救护者的角色。

这与"忌讳"无关，单单是他们希望多积累经验，以便往后在战场上救回尽可能多的战友。

最先开始的训练是多人协作搬运，一人充当伤员，两名队员一前一后抬担架，剩余的队员负责扛背囊与装备。教官不停喊着"快快快"，大家脚步翻飞，一刻不停地向前奔跑。轮到单人搬运时，问题就来了，战士们体重都不轻，救护者一个人不管是背还是扛伤员，速度都快不起来。有的救护者身高体重不如伤员，把伤员扛起来已经很费劲，要发足狂奔根本不可能。

可是没有人能规定战场上的伤员一定是小个子，客观情况不会因人为愿望而改变。

战友受伤了，太重扛不起来，扛起来了跑不动，难道救护者就能丢下置之不理？不能！

邵飞一米八以上的个子，戚南绪先是背着他跑，后来发现非常吃力，只好换成扛，这下单肩受力，戚南绪很快撑不住，于是将人换到另一边肩头继续跑。其余队员也和他们一样，或扛或背，没人放弃，但也没人能跑得快。

教官嗓子都喊哑了，鸣枪吼道："就你们这速度，伤员早就死在你们背上了！"

训练中止时，每个人都气喘吁吁、浑身大汗。扛人的和被扛的都不免泄气，心里又憋着火。

他们不怪教官责难，只怪自己不够好。

狙击手不够好，就保护不了前方的突击尖兵；拆弹兵不够好，就将陷全队于危难；同样，救护者不够好，就抢救不回队友渐渐流逝的生命。

邵飞不由自主看向萧牧庭，毫无由来地相信——队长一定有办法。

果然，待教官训完话之后，萧牧庭点名让邵飞与戚南绪出列，先叫戚南绪背着邵飞在众人面前跑，而后又换成单肩扛的姿势，问他："是不是觉得跑不快？"

"是。"戚南绪放下邵飞，抹了抹额头的汗水，"他太重了。"

邵飞已经没心思反驳这句"太重"，专注地看着萧牧庭。萧牧庭道："重的确是问题，但这属于客观事实，我们无法改变，但是你们跑不快还有一个原因，知道是什么吗？"

他扫视一圈，见没人能回答得上来，才继续往下说："姿势。邵飞、戚南绪你俩再过来一下，戚南绪身子往前倾，将邵飞横扛在两边肩上。"

戚南绪照做，却感觉比单肩扛和背两种姿势更吃力，试着跑了几步，由于重心向前压，险些栽倒。

萧牧庭问："怎么样？"

"不行。"戚南绪喘着气，"这姿势比刚才还费劲，我差点摔一跤。"

"为什么会摔跤？"

"因为要保持这个姿势，我整个身子是往前倾的，重心在前，掌握不好就容易摔倒。"

萧牧庭笑了："那如果掌握好了呢？"

戚南绪愣了一下："掌握好了？"

萧牧庭提高声量，保证所有人都能听到："之前你们跑不快，既因为队友太重，也因为姿势不对。单肩扛和背的姿势，重心都在后面，虽然很稳，但必然拖慢速度。而现在这种双肩扛的姿势，要保证队友不掉下来，重心就必然在前面。"

说着，他摆出前倾的姿势："这样有一个效果，感觉就像肩上的队友'追'着你们向前。身体有一定的协调机制，重心在前，为了不摔倒，速度必须得加快。我这么说，大家能想通吗？"

队伍安静了一会儿，然后爆发出一声整齐而振奋的"能"。

"很好。"萧牧庭站直，双手背在身后，"但刚才戚南绪也说了，掌握不好容易摔倒，而且很费劲。现在我问你们，应该怎么办？"

邵飞说："练！"

既然知道了方法，那就剩一条路：练，往死里练！

费劲不怕，军人有的就是劲。

容易摔倒也不怕，只要他们下苦功夫去练习，总有形成肌肉记忆、不再摔倒的一天。

战友的生命何其宝贵，为了将来能从死神手中抢回自己的兄弟，没有队员会在训练中叫苦喊累。

邵飞左手缠着纱布，被戚南绪扛在肩上，感到一阵颠簸。这姿势对伤员来说也不好受，但他什么也没说。跑动过程中两人没有任何交流，他只听见戚南绪越来越粗重的呼吸与不曾减慢的脚步声，他知道如果在战场上，这就是能够交付生命的战友。

一天训练结束，大家都精疲力竭了。又有人围着萧牧庭请教，邵飞远远地看着，心里有种说不出的骄傲，又有些难以名状的古怪情绪。

戚南绪拍了拍他的手臂，略显别扭地问："还痛吗？"

"早不痛了，又不算伤。"邵飞抬起手，抿了抿唇角，想起戚南绪背着自己狂奔的样子，诚恳道，"下午说你当不成狙击手，你别往心里去，我就是……开个玩笑。"

戚南绪摆摆手："你不提我都忘了。"

邵飞额角一跳："你这么记仇的人，一会儿就忘了？"

戚南绪垮下脸："谁记仇？"

"除了你还有谁？"

"你放屁！"

闹了一会儿，邵飞想起戚南绪与他队友、队长的关系，半开玩笑地问："小戚，你在你们队里是不是挺讨人厌的啊？"

"别叫我小戚，我比你大半岁。"

"这是重点吗？"邵飞松了口气——提到队内关系，戚南绪竟然不怎么在意，大约是他没把这当一回事，那自己往下说应该不会踩到逆鳞。

戚南绪道："干吗？你很关心我啊？"

邵飞笑了笑："你平时那么在意我，生怕我比你多练点儿什么，礼尚往来，我要是不关心你，那还说得过去吗？"

戚南绪哼了一声："我那是上进，你这叫八卦。"

邵飞心道：八卦就八卦呗。但他嘴上说："你到底干了什么招人厌的事儿啊？"

戚南绪语气不大耐烦，但脸上的表情却出卖了他。邵飞一看就懂，人家骄傲着呢。

"和我同时入队的人没一个打得过我，我们中队长也输给我了。"戚南绪说，"我想调去精英中队，和队友闹了些矛盾。他们说我自不量力，这就可笑了，我实力摆在那里，怎么叫自不量力？"

邵飞想，也许长剑这次带队的范强就是输给戚南绪的那位中队长。

不过照理说，特种兵们不会那么小心眼，戚南绪如此不受待见，性格不好应该才是主要原因。

这话邵飞没说。戚南绪性格再差，好歹没跟他摆过臭脸。他俩之间有过竞争，也有过矛盾，但那些都在他可以忍受的范围内，他犯不着"教"戚南绪与队友搞好关系。

就算要教，也轮不到他。戚南绪不把范强放在眼里，但长剑总有人能收拾戚南绪，比如其他中队长，再往上就是大队长和副队。

想起戚南绪上次提到的人，邵飞突然福至心灵地问："你说有人告诉你我们枫鹰每年都会出现天才特种兵，那人是谁啊？"

戚南绪一听果然变了脸色，不过邵飞没得到答案。戚南绪瞪了他一会儿，鄙视道："你少往自己脸上贴金了，什么天才特种兵，原话是'有天赋'，怎么从你嘴里抖出来就变成'天才'了？告诉你，这联训营里只有一个天才，那就是我！"

第六章
队长，您去哪儿了

三周 21 天，战士们需要连续训练 18 天，越到后面越辛苦，部分战士已经出现体力不支的情况。邵飞也快到极限了，但教官让他当组长，他肩上便有担子，说什么也不能松懈。其他队员实在扛不住了还能休息片刻，他却不能，再累也只能硬扛着。拼体能时他冲在前方带队，拼技能时更是不敢掉链子。邵飞不仅要管好自己，还得管其他人，跑前跑后给支撑不住的队友鼓劲，有什么过河搭绳索的活儿全揽到自己身上。一天下来他嗓子都喊哑了，吱吱嘎嘎说不了话，这里痛那里痛，让艾心给他按摩，趴在床上两分钟就能睡着。

已经有几日没去萧牧庭的宿舍报到了，邵飞心里想得很，但确实没精力。好在萧牧庭每天都来训练场，在各个小组间来回巡视。邵飞有种未经证实的感觉——萧牧庭在自己这一组停留的时间总是最多的。他这么一想，身体就跟被打了一剂鸡血似的，突然又有使不完的劲儿了。

熬到第 18 天，下午的训练结束后，教官难得露出笑脸，告诉大家为期三周的训练到此为止，在营休息 3 天，之后便是比武考核。

邵飞与戚南绪互看一眼，彼此眼中皆在较劲。解散之后，不少队员倒在地上不愿起来——实在是太累了。3 天假期就像一场及时雨，若再不降下来，地里的苗全都得旱死。

邵飞吃过晚饭，都来不及歇口气就马不停蹄地往萧牧庭宿舍跑。戚南绪不知怎么的，跟过邵飞两次后就不跟了，独自在宿舍待了一会儿，找不到事做，也没人可以说话，便到器械库取了枪，打算抓紧时间，再练练精度狙击。

他的体能算是整个联训营最好的，对自己的要求也严格到令人咋舌。明明他生得并不粗犷，但练起来比艾心和邵飞上铺那大汉还彪悍。

邵飞脑子有些晕，嗓子仍旧沙着，为了一会儿能与萧牧庭正常交流，出门前还跟戚南绪要了一盒金嗓子喉片。可是等他兴冲冲地赶到军官宿舍楼，萧牧庭却不在。邵飞略有失落，在门外等了一刻钟也不见萧牧庭回来，一时想不通对方去哪儿了。他趴在栏杆上四处张望，忽然想起刚到总部的那天，萧牧庭陪着萧父在路灯下散步的情形。

会不会是老爷子又来了？

邵飞紧张地咽了口唾沫，飞快跑到楼下的值班室，一名负责访客登记的小兵说，萧牧庭少将的家人来了。

邵飞皱起眉，真是猜什么来什么。

他等到快熄灯的时候，萧牧庭也没回来。邵飞身子不舒服，站起来时眼前一黑，双手撑在桌面上直喘粗气。近来参加联训的战士几乎都是这种状态，小兵见怪不怪，扶了他一把，问他是否需要叫队友来接。他摆摆手，一头的虚汗："不用，我自己回去。"

夜里的风凉丝丝的，吹在身上有些冷。邵飞赶回去洗了个热水澡，还是浑身使不上劲。戚南绪已经从靶场回来了，看他一副病恹恹的样子，抬手就往他额头上一摸。他本能地打开手："干什么？"

"看你是不是发烧了，"戚南绪面色难看，"不知好歹。"

邵飞记挂着萧牧庭，这事又不能和别人说，心里很是烦躁，但没力气吵架，瞪了戚南绪一眼，没说话。

戚南绪转身走了，几分钟后向邵飞丢来一包板蓝根："吃了。"

邵飞看了看板蓝根，又摸了摸自己的额头："我没感冒发烧吧？"

"没有，"戚南绪说，"不过你这么娇弱，还是预防一下，省得等到比武时你因为生病退出，那样我胜之不武。"

"呵呵！"邵飞撕开包装袋，倒进杯子里晃了晃，"说得跟你能胜过我似的。"

戚南绪："你能别说话了吗？"

水太热，邵飞嘴唇被烫了一下，索性放下杯子，跟戚南绪贫："我要是不说话了，这儿还有人理你吗？也就你飞机哥人好，勉为其难陪陪你这没人要的可怜孩子。"

戚南绪冷笑："你知道你现在的声音听起来像什么吗？"

"沙哑性感呗。"

"像只嗓子眼儿坏掉的鸭子。"

"你闭嘴！"邵飞一把将戚南绪推开。

戚南绪一时有些尴尬，余光往旁边撇了撇，又看回来："你这就生气了啊？"

"什么叫'这就'？"其实邵飞也觉得自己的反应有点过，好歹是20岁的大人了，以前说的比这过分的多了去了，怎么忽然生气上了？但他推也推了，喊了喊了，现下再淡定地说"没生气"反倒显得假，只好继续说："有你这样的吗？军人没个军人的样子，你脑子里一天都想些什么？"

戚南绪唇角动了一下，神情有些不自然："你那些队友平时也这么说。"

邵飞盯着对方瞅了片刻，突然意识到戚南绪虽独，但看着其他人扯皮聊闲，也许内心还是有几分羡慕的，潜意识里想融入集体试试，但又迈不出那一步，只能与自己开开这种玩笑。

如此一想，邵飞心中的戚南绪小公主又傲娇了 10 个百分点。

那幅画面本来是很喜感的，但邵飞仍笑不出来。没见到萧牧庭这件事就像一堵压在胸口的巨石，令他又闷又慌。

熄灯后，邵飞躺在床上不断翻身，满脑子都是萧牧庭是不是已经离开了。队友们都累了，黑黢黢的宿舍里很快响起阵阵鼾声。

当屋外忽地传来枪声与爆炸声时，只有邵飞还清醒无比。

房门被踹开，烟幕弹与催泪瓦斯侵占着宿舍的各个角落。战士们连面面相觑、众脸茫然的时间都没有，甚至有些人只穿着一条裤衩，就被教官们赶至屋前的空地。

队伍里议论纷纷，大多是队员们在抱怨。傍晚教官才宣布休整 3 天，现在又搞突然袭击算什么事？

教官拿出黑色的面罩戴在脸上，厉声道："现在开始比武前的最后一项训练——'战俘营'！"

战士们这下炸开了锅，谁也没想到熬过 18 天之后还要被丢进"战俘营"。每支特种大队都会定期进行战俘训练，说白了就是提前体验被虐的滋味。但来参加联训的战士普遍年轻，既没有被真正俘虏过，也没有体验过自家大队的"战俘营"，对绝大部分队员来说，这一块的训练纯属空白。

邵飞睡前喝的那一包板蓝根完全不顶用，翻来覆去两小时没睡着，此时站在队伍里更加疲惫，脑子嗡嗡作响，太阳穴也隐隐发痛。一听教官说"战俘营"，他心里就咯噔一下——虽然他没有被虐过，但稍稍一想也知道铁定不轻松。教官们故意将"战俘营"安排在最后，恐怕也是想利用大家精疲力竭的状态，要一些常人想象不到的花招。

几个小组被合在一起，所有的教官都来了，邵飞在人群里看到了范强，这说明不仅是总部的教官，五支队伍的带队队长也来了。他心跳加快，抻着脖子四下张望，却仍未捕捉到萧牧庭的身影。

四位队长都在，独缺萧牧庭。

邵飞的不安感越来越强烈，教官拉着嗓门喊话，其他人抱怨归抱怨，这时却都听得全神贯注。唯有邵飞难以自控地走神，面色焦虑，只听见什么刑讯逼供、没有食物。

戚南绪撞了他一下，低声道："走！"

"什么？"他回过神，才知教官已经下令列队步行。

前往训练场的路上，没人说话，队员们个个表情凝重。途中教官分发黑布条，让大家蒙在眼睛上。

视觉被剥夺，邵飞近乎本能地警惕起来，10分钟之后，大约是目的地到了，教官又让队员们围成一个圈，后面的队员双手搭在前面队员的肩上，整个队伍不停转圈。枪声再次响起，扮成敌人的教官大声叱骂，满口污言秽语。模拟的炸弹在队员们脚下爆炸，有的地方还横着烧红的木炭。邵飞抓着戚南绪的肩，走得踉跄，慢了会挨鞭子，快了有时会撞在戚南绪身上。

他们被禁止交流，像瞎眼的驴一样被迫转圈，因为什么也看不见，久而久之，渐渐失去了时间与空间概念。

这是最可怕的。

他们不知道身在何处，不知道现在几时。积蓄的疲劳、对未知的恐惧加重了心理负担，长夜即将破晓时，队伍里出现了第一名倒地不起的队员。

他身上没有任何伤痕，教官的鞭子一次也没有抽向他。在常人看来，他不过是被蒙住眼睛，在黑暗中时快时慢地走了几个小时而已。

医护人员将他接走，"战俘营"的入门级虐俘体验结束。教官让战士们原地休息，却不允许他们摘下黑布条，也不允许他们说话。

邵飞喉咙干涩得厉害，不停吞咽唾沫，喉结上下起伏。一名教官走到他跟前，一脚将他踹倒，踩在他胸口道："渴了？"

他记得自己此时的身份是一名俘虏，没有挣扎，更没有跳起来反抗。教官哼笑一声："这就喂你水喝。"

远处传来卡车行进的声响，战士们被逼着站了起来，不知道等待着自己的是什么。卡车停下时，几根成人手臂粗细的管道被扔了出来。

邵飞听见一阵激烈的水流声。

教官命令道："现在，脱掉你们身上的衣物！"

队员们站在原地，全都愣了，片刻后有人带头抗议，话还没说完整，就被一鞭子抽倒在地。蒙面教官厉声喝道："我让你说话了吗，啊？记住你们的身份，现在你们是战俘，没有人权，没有和我讲条件的资格！"

几名教官朝天开枪，硝烟味四处弥漫。邵飞有些耳鸣，虽然他尚能站稳，但四肢酸软乏力，关节又痛又麻，不知道还能撑多久。

渐渐地，周围传来布料摩擦的声响，邵飞偏过头，意识到已经有人开始脱衣服。不久，脱衣的声音越来越大，他指尖轻轻发抖，正要抓住衣摆，肩膀就被重物狠狠砸了一下。

那是步枪的枪托。

骨头被撞，痛得钻心，邵飞猛地咬住后槽牙，不让自己叫出声来。教官一把拎住他的衣领，气息喷在他脸上："我让你脱衣服，你听不懂话？"

他压着一腔怒火，点点头，把上身唯一的迷彩短袖扯了下来。教官又吼："还有裤子！"

邵飞呼吸忽然变得急促。教官又靠了过来，还是那冷漠无情的声音："你是个俘虏，你没有羞耻心，你的任务是活下去，并藏住心里的秘密。"

教官们这么做并非为了折辱自己手下的兵，邵飞能察觉到教官挨在他耳边说话时声音有很轻微的颤抖。

可是即便如此，他还是会愤怒，还是会羞愧！

突然，一股巨大而令人窒息的冲击力当胸而来，邵飞准备不及，狼狈地被冲倒在地。身下一片湿淋淋，干燥的泥土遇水，很快成了黏糊的泥浆。那冲击力正是来自高压水柱。

战士们接连摔倒，看上去滑稽又可怜，教官们高喊着"站起来"，邵飞吃力地撑起身子，还未站稳，另一束高压水柱就从后方直击他的膝弯。

跪伏在地时，他咬破了唇角。

水柱冲击持续了一个小时，其间队员们不断摔在泥中，又被强制站起来。水是冰凉的，在清晨浇在身上出奇地冷。几乎所有战士在扛过水柱冲击之后都无法站立，嘴唇青紫，脸上毫无血色。

邵飞耳鸣得更加厉害，胸口被水柱击中时他差点晕过去，瘫在地上缓了十多秒才回过神。

他听见成片的哀号，但根本分辨不出哪些属于自己的队友。

他刚脱下衣服时，戚南绪就在旁边，但是水柱将队形彻底打乱了。他不能问，也不能碰触身边的人，实在忍不住了可以闷哼，但痛苦到极致时，谁的闷哼听起来都一样，都像一头野兽在垂死挣扎。

这让他愈加恐慌。

天似乎亮了，教官们正低声说着什么。

邵飞站在一堆烂泥里，思绪如一堆乱麻，他想他会不会将来有一天成为真的战俘，被俘后会不会受到比现在残酷百倍的虐待，那时候自己能活下来吗，能守口如瓶吗？又想队友如今是何种情况，有没有受伤，有没有人退出，艾心呢，陈雪峰呢，戚南绪呢？还有队长，队长在哪里？队长回来了吗？

如果萧牧庭回来了，是不是就看到他这么不堪的模样了？

周围忍痛的呻吟声低了下去，教官们将队员的衣服丢至他们脚边，命令道："给你们三十秒，穿上！"

衣服全湿了，裹着泥和沙。邵飞顾不得脏，拿起衣服就往身上套。

可想而知，穿衣花费的时间比脱衣少得多。

泥沙裹在身上的感觉非常不舒服，湿透的布料带来阵阵寒意，邵飞不由打了个颤，鼻腔又酸又痒，努力忍了几秒，还是打出一个动静不小的喷嚏。

忽然，前方11点钟方向传来一声疑似回应的喷嚏。邵飞一怔，心中确认道：艾心！

人的闷哼听起来差别不大，但喷嚏却各有各的腔调。对非常熟悉的人来说，喷嚏可以说是身份象征。

知道战友就在不远处，邵飞踏实了几分，双手悄悄攥成拳头，却听见周围响起了此起彼伏的喷嚏声。

然而一声枪响，喷嚏戛然而止。

教官吼道："别以为我不知道你们在想什么，谁再咳嗽打喷嚏，就像刚才被送去医院的人一样，不用参加比武考核了！"

"战俘营"不提供食物和水，整整一个上午，战士们都被驱赶着来回转圈，要不就是跪伏在地。18天的辛劳加上这十几个小时的心理生理折磨，中午又有几名队员因为体力不支而被带离。下午邵飞感觉身子逐渐发热，呼吸不畅，脚步沉得几乎提不起来，心中警钟大震，暗道糟糕。

被取消比武资格的兵没有一人是主动退出的，全是因为体力透支，无法继续接受"战俘营"的"虐待"。其中一人被抬上救护车时哭得歇斯底里，邵飞听到他嘶哑地喊着："教官你让我回去！我没事！我还能坚持！"

大家都是特种部队的新秀，没人愿意倒在这种地方。

蒙眼的黑布条已经湿透，邵飞大口大口地喘着粗气，脚迈不动，头也沉得抬不起来，每走一步都是煎熬，却不敢倒下，因为一旦倒下就会引起教官的注意。

邵飞知道，这些严厉得不近人情的教官看似暴戾，却时刻关注着兵们的身体状况。

若非如此，看似不长眼的高压水柱为什么会避开战士们的眼睛，军医与救护车为什么会原地待命。

邵飞不敢暴露出疲态，害怕摔倒后被教官抓住，那样发烧的事就瞒不下去了。

倒在"战俘营"的人，没有资格参加后面的比武考核。

撑到天黑，三名战士情绪崩溃，号啕大哭。他们已经"瞎"了大约20个小时，看不见东西的恐惧被无限放大，而心理防线一旦出现缺口，后续便会溃不成军。

邵飞似乎听见一名教官发出低沉的叹息，哭泣的队员很快被带走。

接下去还会发生什么，谁也不知道。

短暂的休息后，队员们被分成许多小组，邵飞不清楚和自己同组的是谁，直到步行一段时间后，他们被命令摘下黑布条。

和邵飞同组的队员只有8人，有枫鹰的队友，也有其他部队的兵。

一个娃娃脸的队员以为摘下黑布条就意味着折磨即将结束，脸上挤出两个酒窝。

邵飞却明白事情没这么简单。考核大后天才开始，"战俘营"如果现在就结束了，后面两天干什么？

他已经不相信教官们会"好心"地让大伙休息了，就算有调整时间，也最多只有一天。

果然，娃娃脸被踹倒，一名教官按着他的后脑，将他整张脸浸入一旁的污水池中。

邵飞皱起眉，明白娃娃脸的遭遇自己也必将经历。可是就算有心理准备，一头栽进一池恶臭中时，他还是委屈得险些跳起来。

之后，大家又被赶入浓烟阵阵的洞穴。在催泪瓦斯的作用下，邵飞接连流泪，喉咙如被烧灼一般难受，意识越来越模糊，他倒下之前的最后一个念头是：糟了！真的糟了！

他不能参加比武，也不能给队长长脸了。

他做了个梦，梦见萧牧庭离开了枫鹰，他如愿以偿成了二中队的队长，磕磕绊绊地执行任务，落下一身的伤。最后一次执行任务时，他被敌人打断了右手，身子中了不知多少枚子弹，牺牲的时候看到了自己的兄长。

在梦里，他就这么死了，到死也没再见过萧牧庭。

邵飞从噩梦中醒来时，天还黑着，手上连着输液管，那滴答滴答的液体多半是葡萄糖。邵飞往下看了看自己的身体，裹着污泥的衣服已经被换成病号服，但身上的泥沙还未被彻底清理掉。

他闻到一股臭味，心知这味道一定来自自己身上。

护士进来换输液瓶，笑着问："醒啦？"

他想挤出一个笑容，却怎么也扯不起嘴角。护士麻利地挂上新的输液瓶，又倒来一大杯热水："好好休息，你发烧了。"

邵飞一口气喝完，道谢之后心里更加失落。

他不常生病，上次躺在病床上的时候……

那时是萧牧庭背他来的医务室，还给他打来热腾腾的病号饭。

鼻子轻轻一酸，邵飞想起刚才的梦，越发不是滋味。

记得小时候感冒发烧，兄长会在他床边陪一整夜。他不怕生病，甚至喜欢生病。生病了他就不用上学，还有哥哥陪着他。邵羽平时跟小大人似的，经常训他，但一旦他生病，邵羽就不会说重话，耐心地哄他，给他念故事，直到他睡着为止。

邵羽牺牲之后，邵飞就不敢再生病。

有哥哥在，他生病可以对哥哥撒娇。但哥哥没了，外婆也走了，生病只会让他感觉更加孤独。

半年前，当萧牧庭将病号饭放在邵飞面前时，邵飞几乎以为哥哥回来了。

现在萧牧庭不告而别，生病再次成为一件痛苦难当的事。

邵飞吸了吸鼻子，在心里骂自己没用，18天的训练都熬过来了，高压水柱也扛下来了，怎么就不能再挺一挺呢，这副看似厉害的身体为什么这么不争气？

心脏跌落到谷底，病房外却传来熟悉的脚步声。

邵飞心尖一颤，睁大双眼看向房门。几秒后，门被推开，站在门边的正是他的队长。

"队长？"邵飞眼眶红了，沙哑的嗓音带着闷闷的鼻音，双手撑在床沿上想要站起来。萧牧庭连忙赶过去，扶住他的肩和正输液的手："别乱动，小心跑针。"

邵飞抿唇看着萧牧庭，喉咙紧得厉害，肩膀轻轻颤抖，半天才低声说："队长，您回来了？"

萧牧庭将枕头竖起来，仔细地垫在他后腰上："来，枕着。"

邵飞动作有些僵硬，目不转睛地盯着刚才出现在梦里的人，胸口一酸，又难过又委屈："队长，您去哪儿了？"

萧牧庭弯着腰，小半眉目落在阴影里，显得格外温和："怎么了？"

邵飞情不自禁地抓住萧牧庭的衣角，"我去宿舍找您了，您不在。执勤的队员说您的家人来了。是不是您父亲来了？"

萧牧庭眼中掠过一丝错愕："你以为我会走？"

邵飞眼尾和鼻尖都红着，鼻翼一抖一抖，将萧牧庭的衣角拽得更紧。

两人之间的距离很近，邵飞眼神格外认真，几秒后萧牧庭坦然地笑了笑，撑起身子来，抬起右手拍拍邵飞的头，安抚道："不会，昨天来的不是我父亲。"

邵飞眼睛睁得更大："那是？"

"是我弟弟，萧锦程。"萧牧庭说，"我跟你说过的，他是缉毒特警。"

"哦！"

"想起来了吧？"萧牧庭侧身坐在床沿上，"我俩平时都不在卫城，各有各的任务，一年到头也难得见一面。这次我带队来总部，刚好他们特警队也在卫城搞技能比赛，前天才到，趁着比赛还没开始，他昨天请假来看我。我俩挺久没见面了，昨晚我跟你们教官打了声招呼，和他出去喝了点儿酒，夜里没回来。"

原来是这样！邵飞心中的石头落了地，还没轻松上，旋即又着急起来，低着头说："队长，我跟您汇报个事儿……"

"嗯？"萧牧庭轻拍他的手背，"怎么了？"

邵飞似乎想起了什么，忽地缩回手："脏，我还没洗澡。"

"你就跟我汇报这个？"萧牧庭忍俊不禁，"看你这一身的泥，是挺脏的。"说完抬头看了看输液瓶，"等输完了去洗个热水澡。"

"不是！"邵飞摇头，"我要汇报的不是这个。"

他眼角往下撇了撇，嘀咕道："虽然我身上确实很脏……"

萧牧庭笑着看他："那是什么？"

邵飞沉默了一会儿，做足心理建设才开口："队长，我没能扛过'战俘营'，我被淘汰了，不能参加比武，不能给枫鹰争光了。"

说这句话时他一直低着头，两眼死死盯着被子。说完后病房里很安静，他听得见自己的心跳与呼吸声，也能察觉到萧牧庭注视他的目光。

队长是不是很失望？

须臾，头顶被温热的手掌覆盖。邵飞身子一紧，还未来得及抬起头，就听见萧牧庭低沉而叫人心安的声音："你已经做得很好了。"

安慰比斥责更让人难过，邵飞鼻腔酸涩，一直忍着的眼泪终于落下来，哽咽道："队长……"

萧牧庭站起来，先是抱住他的肩，而后按住他的后脑。当半张脸贴在萧牧庭身上时，邵飞终于放任自己哭了出来，委屈与不甘具化成泪水，浸湿了萧牧庭的迷彩。

萧牧庭顺着他扎人的刺毛，一时间想到了20岁时青涩的自己，还有曾经前途无量的邵羽……

他们都像这样哭过，都有着一腔热血，只是有人还穿着战衣，而有人的战衣已经成了裹尸布。

邵飞渐渐安静下来，不好意思将鼻涕糊在萧牧庭的军装上，往后退了一些，抬手揩鼻子。萧牧庭回过神来，从床头柜的抽屉里取出纸："脸都花了。"

邵飞接过纸，哭完才知道害臊，脸颊红了一大片，湿漉漉的睫毛漆黑发亮："队长，我把您身上也弄臭了……我脑袋被踩在……"

"打住，"萧牧庭又扯了一截纸，一边帮他擦眼泪，一边开玩笑，"我知道你被踩进过哪里。'战俘营'大家都经历过，可别让我再回味一次那种滋味。"

"啊？"邵飞表情扭曲，一想到萧牧庭也曾被踩进污水坑——或许还有更过分的项目，他的心就抽痛了一下。

"其实你们这次的'战俘营'算是基础级别的，因为有带队队长跟着。不过我听说训练开始之后各位队长就被赶走了，教官们担心他们受不了，跑上去救自家的兵崽子。"萧牧庭说，"更严苛的'战俘营'是从别的部队调教官，大家彼此不认识，没相处过，虐起来才会'得心应手'。"

邵飞"哦"了一声，又低落了："我连基础'战俘营'都没熬过来。"

"你只是太累了，别放在心上。"

"怎么能不放在心上？我都不能参加比武了。"

萧牧庭在邵飞脑袋上一拍："谁说不能参加比武？"

邵飞一愣："教官啊。他们说如果倒在'战俘营'，就没有参加比武的资格。"

"听他们瞎说，"萧牧庭道，"那就是刺激你的，想想这段时间为了逼你们，他们吓唬你们的次数还少了？"

"啊……"

"我刚去'战俘营'看了，战士倒了一大半，难道都不参加比武了？"

邵飞又气又激动："怎么能这样啊！"

萧牧庭笑着给邵飞披被子："趁现在输液，好好睡一觉，争取快些出汗退烧，烧退了再去洗个澡，明天养一养精神，别给自己太大的压力，比武时正常发挥就行。"

邵飞想了想，眼巴巴地看着萧牧庭："戚南绪还在'战俘营'吗？"

"在。"

邵飞嘟起嘴，一脸不服气。

萧牧庭看他这样子有点好笑，想揪他的脸，但还是忍住了："你俩各有各的长处，戚南绪身体素质的确比你好一些，但特种兵并非只靠身体素质，你的枪法、大局观目前都在他之上。"

邵飞勉强点了点头，其实并没有被安慰到。

萧牧庭当然看得出小家伙的争强好胜，也不拆穿，起身说："睡吧，一会儿我去食堂给你打点儿热粥。"

邵飞这下高兴了："谢谢队长！"

天亮前，邵飞果然退烧了，但嗓子还有些哑。"战俘营"训练结束，戚南绪顶着一张苍白的脸和两个大黑眼圈跑来医务室输葡萄糖，正巧遇上萧牧庭给邵飞送早饭。事实上萧牧庭不只给邵飞送，还得照顾其他体力不支的队员，也亏得他早就把肩章、领章收起来了，不然一个少将为小兵们跑上跑下，说出去是一段佳话，受照顾的战士却难免会不自在。

邵飞喝上了热粥吃上了小菜，又听说戚南绪在隔壁输液，心情一下子晴朗起来，跳下床就往戚南绪的病房跑。他咧嘴一笑，大爷似的坐在床边，食指往戚南绪下巴一勾："哟，小戚来啦！"

戚南绪白了他一眼，做了个并不明显的吞咽动作。

这是饿了。

邵飞歪着头："你看看你，这一身脏得啊……小戚啊，请问你怎么好意思躺在医务室干净的床上？你不是才在粪坑里游过泳吗？"

戚南绪眼睛瞪得老大："你还有脸说我？你自己身上的泥都干成壳了！而且那是污水池！不是什么鬼粪坑！"

"污水池只是比较文艺的说法，在我们小村子里呢，那就叫粪坑。怎么，城里出来的小戚不知道？"

"呸！"戚南绪骂了句脏话，抬脚就踹，"你瞎说！"

"欸，小戚你怎么能说脏话呢？"

"怎么不能了？"

"脏话老挂嘴上成何体统？"

戚南绪气急败坏地想反驳，邵飞却嫌弃地往后退，右手在鼻子前扇了扇："小戚啊，你可真臭。"

萧牧庭在门口听到了两人的对话，不由暗自发笑。邵飞在他面前乖巧得很，和同龄的兵混在一起却什么胡话都能扯。奇怪的是他并不觉得邵飞人前一套人后一套，反倒觉得这孩子有趣、好玩儿。

还在枫鹰大营时，他和洛枫、宁珏说起自己对邵飞的看法，洛枫就直哼哼，说："那是因为你俩本质是一样的，飞机在你面前装乖巧，背后一会儿要打这个一会儿要揍那个；你呢，你是习惯性在大家面前装正人君子，实际上里子蔫儿坏，宁珏你说是不是？当初咱们参加联训时，这人……"

萧牧庭没有反驳，知道他里子蔫儿坏的人，大约也只有为数不多的同龄特种兵了。

同龄兵是个奇怪的群体，你的所有伪装在他们面前都无所遁形。你们一起打过最激烈的架，吹过最不要脸的牛皮，就算日后有人已经脱下军装，有人还在坚守，过去的岁月都闪烁着独一无二的光。

里面的两人还在斗嘴，萧牧庭不想打搅他们，正要转身离开，忽听戚南绪号了一嗓子："我现在不和你吵，一天半没吃上饭了，吵架都没力气。"

邵飞得意扬扬："我队长给我做了大餐！"

热粥和小菜等于大餐。

队长在食堂打的等于队长做的。

萧牧庭笑着摇头，又去了一趟食堂，给戚南绪也打了一份热粥。

他回来时邵飞已经蹦着去洗澡了，戚南绪捧着碗，严肃地道谢，然后慢条斯理地吃起来。

萧牧庭无意打听长剑的队内关系，送完粥就走了。

门刚一合上，戚南绪就深吸一口气，变慢条斯理为狼吞虎咽。

"飞机快别睡了！赶紧起来！宁队和洛队来了！"

"吵什么吵？我才睡着……"

邵飞在医务室没休息好，洗完澡后回到宿舍倒头就睡，睡到中途，他梦见被萧牧庭抓起来擦头发，迷迷糊糊的，感觉半真半假，觉得自己的脑袋就像一颗汤圆，被一条干燥的毛巾搓来搓去，萧牧庭动作不大，搓完了好像还说了句"芝麻馅儿"。

也不知道自己是做梦呢，还是真被搓了，邵飞打了个哈欠，迷瞪瞪地看着搅了自己清梦的艾心，揉了揉眼："你说谁来了？"

"宁珏和洛枫！"艾心在他头顶一拍，"什么'才睡着'？你小子早上回来就睡了，萧队过来叫你擦头发你都没醒，现在下午4点，你的'才睡着'有点厉害啊！"

邵飞两眼一瞪："啊，你说啥？"

"我说宁队和洛队来了！你发烧烧傻了？耳背还是金鱼脑？要不要我说第四遍？"

"不是……"邵飞双手抓头发，"你说萧队来叫我擦头发？"

"是啊，见你睡得死沉，他就亲自给你擦了。"

邵飞心里觉得暖，人也高兴，脱口就是："萧队是不是还说我是芝麻馅儿的？"

艾心眼一横："嘿，原来你装睡？"

邵飞可嘚瑟了，无辜地眨了眨眼："没啊，我真睡着了。"

"真睡着你还能听见萧队说你是芝麻馅儿的？"

"我这就是做梦呢。"

"去你的……"艾心往邵飞脑门上一戳，"做梦咋没梦到红糖馅儿花生馅儿？"

"你脑袋里是红糖馅儿花生馅儿啊？"邵飞立马戳回去，"我看你啊，这脑瓜子里啥馅儿也没有，只有一碗豆腐脑！"

艾心最爱跟他贫："那你得说说了，我这豆腐脑是甜的还是咸的？"

邵飞："馊的！"

"嘿，飞机你找揍是吧！"

"你俩别闹了。"陈雪峰听不下去了，催促道，"几支大队的队长都来了，等会儿宁队和洛队肯定会来看望咱们。飞机，我劝你趁早去洗把脸，睡了这么久，眼角还挂着眼屎呢。"

艾心大笑："就是啊飞机。"

"你俩嘴这么欠，早晚被人打。"邵飞穿好衣服，晃晃悠悠地朝洗漱间走去。

大下午的，洗漱间没人，邵飞洗完脸又仔仔细细照了一会儿镜子，正哼着歌往外走，就被突然闯进来的人撞了个满怀。

他一看，居然是戚南绪。

"你……"邵飞条件反射地推了对方一把，想骂"你葡萄糖喝多了认不得路吗"，却瞧见这冤家的脸跟兔子似的，眼睛红红的，鼻尖也是红的。

邵飞一惊，只得把已到嘴边的话咽回去，碰了碰戚南绪的手肘："你哭了？"

"关你屁事！"戚南绪冲到水池边，恶狠狠地骂，"哭个屁，你麻溜儿地去看眼科吧！"

"你才该看眼科吧。"邵飞跟上来，仗着两人关系好，又戳了戳戚南绪胳膊，小声道，"哎，你到底咋了？"

戚南绪弯着腰，双手不停往脸上扑水，拍脸拍得噼里啪啦响。邵飞皱起眉，抓住他手腕："行了别拍了，啪啪啪的我听着都痛，有你这么打自己脸的吗？"

戚南绪猛地抽回手，满脸的水，也不知道是不是和着泪。邵飞往门外看了看，没别的人，转回来问他："谁欺负你了？"

他跟戚南绪虽然没有什么革命般的友情，戚南绪和艾心、陈雪峰也没法比，但是尖子兵之间还是有些难以言表的友谊。邵飞知道戚南绪性格差，在长剑树敌无数，被孤立活该，但如果戚南绪真被长剑的队员欺负哭了，他心里还是硌硬的，反应在行动上，恐怕就是去向长剑队员讨说法。

戚南绪关了水，抬起手臂往眼睛上一抹，反问道："我会被人欺负？"

邵飞唇角一抽，心道没被欺负你哭个屁？

但他转念一想，就凭戚南绪的德行与身手，被欺负哭了也太不可思议了。他又联想到自家的大队长和副队都来了，那么长剑的大队长应该也到了。戚南绪哭红了眼，大约是被他大队长给教训了。

可是为什么呢？戚南绪太皮太熊？邵飞脑补了一会儿，觉得长剑的大队长不太讲道理。戚南绪又不是今天才开始熊，这位大队长能不知道吗？干吗一来就把小戚给骂哭？小戚在"战俘营"撑到最后容易吗？他早上都躺病床上输葡萄糖了，还没人给他送饭……

邵飞越想越愤愤不平，又对比自己队长，觉得萧牧庭真是太好了，给他打饭还给他擦头发，简直比春风还温暖。

他心里乐呵，唇角就压不下去。邵飞当着戚南绪的面，忽然傻笑出声。

两人都愣了。

邵飞知道自己笑得不是时候，立马摆手："你别误会，我不是笑你。"

本以为戚南绪会发飙，人家却只是失望地抿了抿唇，一言不发地朝门口走去。

邵飞喊："你别走啊，出什么事了你跟我说，你也没别的人可说了吧？"

戚南绪停下脚步，但没有回过头，声音低沉，还带着几分自嘲："是啊，没人听我说话。"

邵飞就没见过戚南绪这么失落过，平时他俩插科打诨惯了，这会儿他也不知道该怎么安慰人家。他站在原地迟疑了几秒，追出去时戚南绪已经没了影儿。

邵飞有点在意，但戚南绪毕竟是长剑的兵，在后天就要比武的情况下，和自己有"阵营差别"。邵飞想了想，决定暂时不管戚南绪，等比武结束之后，再和这熊孩子谈谈心，传授他几个与队友和谐共处的妙招。

邵飞回到宿舍，宁珏和洛枫已经到了，萧牧庭也在。住在这间宿舍的大多是枫鹰的战士，其他部队的兵——比如戚南绪和邵飞上铺的大汉，此时都没在。全寝热热闹闹的，宁珏带了不少枫鹰食堂做的麻辣小吃，洛枫挨个逗这些累个半死的队员，顺道给他们打个气。

邵飞挤进去拿吃的，立即被洛枫拎到跟前："听说你这回表现不错啊。"

邵飞叼着辣猪蹄，满嘴满手都是油，口齿不清道："是不错啊！"

这没啥好谦虚的，联训营里他与戚南绪轮流拿第一，出尽了风头。

洛枫在他脸上拍了拍："瞧把你给能的。"

第二天不用训练，是货真价实的休息日。扮了三周黑脸的教官们终于卸下伪装，来宿舍和兵们打成一片，还说夜里不熄灯，这段时间训练辛苦了，他们想怎么造作就怎么造作，不过有一个前提，那就是不影响后天开始的比武。

话说到这份上，也没哪个兵敢造作了。比武是大事，大家努力了大半个月，哪能功亏一篑。

邵飞和大家闹了一会儿，想去找萧牧庭。但洛枫和宁珏来了，也住在军官宿舍，不知道队长现在是不是又在和他们玩扑克。犹豫半天，邵飞还是决定去看看，他们真在打扑克的话，他就在旁边乖乖当个事务兵，端端茶水什么的。上次萧、洛、宁三人和梁正一起打扑克时，他表现太差了，跟起义似的，这回正好可以弥补一下。如果萧牧庭一个人在宿舍，那就更好了，他最喜欢和队长单独待在一起聊天！

离开寝室时，邵飞注意到戚南绪还没回来，不知道是不是正躲在哪里哭。

这可怜见的。

跑到军官宿舍，邵飞轻手轻脚地摸到萧牧庭门前，耳朵贴在门上听了听，没听到什么声音，正要敲门，却听见不远处传来锅碗瓢盆砸在地上的声响。

邵飞循着声音走去，原来是旁边的一间屋里传出来的，那屋之前没人住，现在住的应该是哪支部队的队长。

邵飞正想着，就听见洛枫的声音从里面传来："哎，这得赔吧？"

邵飞立即贴上去，又听宁珏道："牧庭来搭把手。"

队长在里面！

邵飞撇了撇嘴，虽然很想知道萧牧庭在里面干吗，但觉得自己要是进去了肯定会被洛枫挤对，想再听一会儿静观其变，门却突然打开了。

洛枫笑道："果然来了。"

邵飞尴尬地退了一步，心问：什么果然来了？

他往里一瞧，萧牧庭和宁珏居然都穿着围腰，不知道在忙活什么。

宁珏笑道："进来吧，我们在煮腊肉面，本来只想煮三碗，萧队说你可能会来，硬要给你留一份料。刚好，面还没下锅，一起吃吧。"

邵飞已经吃过饭了，听了宁珏的话却馋得要命，兴冲冲地跑进去，眼睛贼亮，站在萧牧庭身边问："队长，您会煮面？"

"他那围腰就是一个装饰。"洛枫一副跷脚老板相，"看见那碗了没，你萧队给摔坏的。"

"啊？"邵飞不信，萧牧庭手那么稳，黑豆里夹芝麻都不抖，怎么会摔坏碗？

"意外意外，"萧牧庭笑道，"太久没吃宁队煮的腊肉面，有点儿激动。"

宁珏但笑不语，洛枫说："他经常给我煮。"

"也没有经常吧？"宁珏说。

洛枫可劲儿递眼色，宁珏却道："我一视同仁，你俩谁也不偏袒。"

邵飞在一旁听着，就明白这仨人一定有故事。

他心里泛起轻微的失落，为没有参与萧牧庭的过去。

他竟然有种相见恨晚的感觉。

邵飞甩了甩头，把奇奇怪怪的想法都赶出去，安静地在一旁等着腊肉面起锅。

如洛枫所说，萧牧庭的围腰果然是装饰，全程都是宁珏动手，萧牧庭最多递递佐料。

这样的萧牧庭是邵飞没见过的，他觉得很新奇就多看了会儿，他的队长哪都好，迷彩配花围腰都帅。

不久，面煮好了，萧牧庭招手让邵飞来接，顺道在碗里多放了几块腊肉，面底下还窝着两个煎蛋。

那面的确好吃，四人凑在一起，一会儿就"呼噜"吃完了。邵飞吃了白食，主动揽过洗碗的活儿，啥事也没做的洛枫邀着萧牧庭和宁珏玩扑克。

邵飞觉得这趟虽然没能和萧牧庭独处，但也算值当了，撑在萧牧庭的椅背后看了一会儿，心里高兴，一句"队长我回去了"听上去也兴致勃勃。

萧牧庭回头笑道："行，回去好好休息，别玩太晚。"

邵飞冲三人敬了个礼，出门时又哼起歌。

邵飞正要下楼时听到了戚南绪的声音，他一怔，第一想法是以后再也不哼歌了，一哼就招来戚南绪；第二想法是戚南绪这话有点儿惊悚啊！

那话说的是："我长大后你就不宠我了！你向着外人也不向着我！"

邵飞掉了一地鸡皮疙瘩，什么宠不宠的，多大的人了，还要别人宠，又不是小孩子，小戚也太那什么了……

直到宿舍大部分队员都睡了，戚南绪也没回来。邵飞盯着旁边的空床，思考小戚方才是在和谁吵架。

答案不难猜到，却让人觉得有些不可思议。

住在军官宿舍的都是高级军官，长剑这次只来了大队长，没来副队，让戚南绪又哭又闹的一定是长剑大队长。

看样子戚南绪与对方瓜葛不小，"长大后"对应"未成年"，长大后不宠了说明18岁以前很宠，"外人"对应"家人"，邵飞短促地"哦"了一声，暗道这俩居然是亲戚！

这倒好解释，戚南绪军人家庭出身，肯定有当兵的亲戚，长剑大队长说不定就是戚南绪的哥哥或者叔叔。

难怪会扯到宠不宠的。邵飞松了口气，躺了一会儿后又有些失落，特种部队的队长年龄都不大，长剑的大队长也许和洛队、宁队一般年纪，那样的话，应该不会和戚南绪隔着辈，是兄长的可能性更大。

小戚真幸福，还有哥哥罩着。

邵飞翻了个身，没什么睡意，思绪纷杂，一会儿想如果邵羽还在，此时是退伍了还是仍在军中，若他还在军中，现在是什么军衔；一会儿又想自己会不会追随邵羽去同一支部队——就像戚南绪追随他哥哥一样。如此一来，他在军中也有依靠，也有哥哥罩。

可是世事没有如果，邵羽早就不在了。

倦意渐渐袭来时，他又想起萧牧庭。若说依靠，他已经单方面将萧牧庭视作依靠，萧牧庭就像哥哥一样。这种感觉温暖又苦涩，萧牧庭是整个二中队的队长，是很多人的依靠，可让他能够放下心防、放任自己去依赖的却只有萧牧庭一人。

次日清晨，虽然不用晨练，队员们还是起了个大早。邵飞回头看了看，戚南绪的床上还是没人。

他肯定赖在兄长的宿舍睡懒觉。

邵飞也想在萧牧庭那儿歇一晚上，但找不到理由，萧牧庭又不是他的哥哥。好在比武结束之后他就回枫鹰了，到时候萧牧庭总不会把他赶回二中队的寝室。

他的床还在萧牧庭的宿舍呢！

清晨，训练场上浮着薄雾，队员们做完热身就各自进行体能训练了。邵飞在腰和小腿上绑好铁块，还没开始跑，就看到一个熟悉的身影。

戚南绪居然赤裸着上身，在攀登训练区练习15米绳索攀爬。那麻绳有小孩手腕粗细，从钢架上垂下来，攀登者仅靠手臂与腿脚的力量上行，对体力要求极高。戚南绪逆着光，背后是刚刚升起的初阳，邵飞看他吃力地爬上顶端，本以为他状态不好，待他索降而下时，才发现他四肢正剧烈颤抖，胸口急促起伏，腹部、脖颈、手臂上全是汗水。

他那么吃力，肯定是因为已经练习了太久。

"你……"邵飞走上去，将自己的水壶往前一抛，"昨晚在这儿过的？"

戚南绪一点儿不客气，拧开盖子仰头就喝，一壶水两三下就被干掉大半，喝够了才喘着粗气道："怎么，一夜没见就想我了？"

邵飞本想学他带着哭腔的"你不宠我了"，刚要开口又瞧见他眼睛微肿，虽然已经不大明显，但看得出几小时之前哭过。

调侃一个哭过却要假装屁事没有的人太卑鄙了，邵飞自诩还算有道德，把话咽回去，只问："练多久了？"

"半夜就开始了，盲攀、负重攀都练了，下回再比绳索攀登，你肯定输给我。"戚南绪右手捏着左手，一边揉发木的手指一边说，"不过那绳子也太粗糙了，指纹都给我磨没了。"

"你就吹吧，这能把你指纹磨没了？那犯罪分子人人备一根攀登绳，有事没事磨一磨手指，警察都没法逮捕他们。"邵飞说着抓过戚南绪的手，指纹掌纹都还在，但看着确实有些狰狞，很多地方破皮了，不少老茧也被磨破，渗出的血糊得到处都是，伤口里面还裹着泥沙。

"唉。"邵飞叹气，"你的手套呢？"

"懒得回宿舍拿，"戚南绪抽回手，做了几个抓握的动作，"反正都痛习惯了，等会儿泼点儿酒精就行。"

"那现在干什么？"邵飞说，"食堂还没烧好早饭，要不你先回去洗个澡休息一下。"

"你想得美！"戚南绪想戳邵飞的脑门，被邵飞一巴掌扇了回来，只好摸着自己手背说，"小气！戳一下怎么了？"

邵飞差点说出"要戳戳你大队长去"，戚南绪又道："明天就比武了，你让我休息？飞机，我发现你很阴险啊，自己来晨训，让竞争对手回去睡觉，这坑我才不跳。你今天练什么，我就练什么，你休想背着我练习，也别想跑去找萧队开小灶！"

邵飞叹气："小戚，不是我说……"

戚南绪："那就别说！"

邵飞："……"

戚南绪哼了一声，微抬起下巴："算了，你想说就说吧，憋出毛病了别人还要说我欺负你。嘿，我今天心情好，听听也无妨！"

狗屁！邵飞想，你这也叫心情好？吹牛也不打草稿！眼睛还肿着呢，我好心不戳破你而已。

戚南绪见他不语："喊，不说算了，我还不稀罕听。"

邵飞心想这下不收拾他不能好了，于是学着戚南绪刚才的姿势，往人家脑门上狠狠一戳，又火速撤回来，边跑边骂："我本来不想说，你非要我说，那我就说！戚南绪，你这人真幼稚，熊到姥姥家了！就你还想跟我拼兵王，扯淡！"

戚南绪独自傻练了几小时，此时已是强弩之末，哪里追得上刚睡醒的邵飞，跑得跌跌撞撞的，还扯着嗓门喊："我呸！飞机你给我站住！"

这天戚南绪还真没食言，邵飞练什么，他练什么，跟得特别紧，几乎寸步不离了。

邵飞深觉诧异，戚南绪以前也黏他，但不是这种黏法。那会儿戚南绪是把他当竞争对手，有意无意观察着。今天太不同寻常了，戚南绪似乎是为了躲谁，又像故意做给谁看。

特种兵思维敏捷，邵飞一下子就想到了长剑大队长。

好你个戚南绪，跟兄长闹别扭拿我当挡箭牌！

邵飞其实不是很明白戚南绪为什么要这么做，但熊孩子肯定有自己的理由。邵飞没有声张，只是在高级军官们来训练场巡视时暗中观察。

人很好辨认，因为各支特种部队臂章不同，而且就是单看戚南绪的反应也知道谁是他的大队长。

那人个子很高，神态威严，不苟言笑，即便站得很远，也给人一种十足的压迫感。习惯了自家大队长的温和与副队的不正经，邵飞头一次发现——哦，原来也有这样的队长。

再看戚南绪，自打长剑大队长出现，熊孩子就满脸焦虑，拼命做俯卧撑，那速度都快赶上机器人了。

邵飞心下无语，只好跟着他做，一会儿又见戚南绪余光飘忽，偷偷往远处瞧。

邵飞循着他的余光，大大方方地看去，差点与长剑大队长四目相对。邵飞一下子就理解戚南绪为什么会哭了，那大队长面无表情地站着，连眼神都很凶。

他一句话不说都这么吓人，开口训话时岂不是更可怕？

邵飞怜爱地看了戚南绪一眼，拍了拍对方的肩："小戚小可怜啊……"

戚南绪立即蹦起来："谁小可怜？"

"你啊，"邵飞说，"你们大队长太可怕了。"

戚南绪的表情有一瞬的不自然，旋即眉头深拧，恶声恶气道："放屁，我们大队长最好了，你这种被惯着的熊兵懂什么？你们萧队就像慈祥的爸爸！"

邵飞眼皮跳了跳，推开戚南绪，自言自语道："你是没见过队长不慈祥的样子，我手都被打出血了……"

　　明明是不太愉快的回忆，但邵飞突然想起却并不难过，反倒有些细细的开心——谁都知道萧牧庭温和，只有他知道萧牧庭也会训人。

第七章

咱飞机厉害着呢

黄昏时分，教官送来考核时间安排表，一共7天，前两天是基础技能比试，包括格斗、射击、爆破等项目，占分比例较小，重头戏是后面5天的野外徒步，这里面学问就多了，含野外生存、战术破袭等，是对野战综合能力的考核。除了队员，带队队长也必须参加。

一想到萧牧庭也要参加，邵飞就止不住地兴奋。一旁的戚南绪却没什么精神，得知野外徒步是按团队成绩计分时，脸上还浮现出显而易见的愤怒与不屑。

邵飞知道他在烦什么——比武时他得回到长剑，前两天的基础技能考核还好说，自己厉害分就高，不存在被拖后腿的问题；但野外徒步就不一样了，只要团队不行，个人再厉害也是白搭。

长剑是顶尖的特种部队，整体水平虽不如最强的枫鹰，但千锤百炼挑出来的特种兵不可能不行，可戚南绪压根儿无法融入这个集体，要他和范强以及其他队友合作，一起扛过5天，恐怕难上加难，到时候也许会状况百出。

邵飞抖了抖腿，这事儿对枫鹰来说肯定是个好消息，竞争对手闹内讧，简直是输在起跑线上。但他又挺在意戚南绪，担心小戚出什么状况。晚上把想法跟萧牧庭一说，萧牧庭笑道："其实这次野外徒步也是一个机会，让戚南绪感受感受集体的力量。"

"如果感受不到呢？"邵飞问，"他会不会被孤立得更加厉害？"

"不要小瞧环境的作用，"萧牧庭说，"一个兵再厉害也只是单独的个体，戚南绪再有天赋，也有需要队友的时候。平时在训练场上看不出来，一旦去了荒郊野外，在各种威胁之下，就算是兵王，也得与战友拧成一条绳，何况还有队伍荣誉的问题。不用过分担心戚南绪，如果他继续被孤立，那只能说明他空有一身本事，却不适合当一名军人。"

邵飞若有所思地点点头，转移话题道："队长，您这次也得和我们一起徒步。"

"嗯。飞机小队长有什么要嘱咐的吗？"

邵飞答非所问："我可以给您背行李，您累了我给您按摩！"

萧牧庭笑："那我饿了你给不给我挖蚯蚓抓小蛇？"

邵飞咧嘴，一脸痛苦："以前选训时梁队就逼我们吃，恶心死了。"

"这回可能也得吃，毕竟是无补给行军。"萧牧庭还挺淡定的，"我那里有一包白糖，你拿去藏着，如果真得吃蚯蚓，好歹蘸蘸糖，去腥。"

"但是教官会检查个人物品。"

"手掌那么小一包，你藏好了谁找得到？"

邵飞惊讶地看着萧牧庭，一时不知该作何表情。

以前萧牧庭都教他如何成为更好的战士，这还是头一回教他搞小动作。

联想到昨天萧牧庭因为馋而摔碎碗，邵飞美得唇角一扬——他温柔而严厉的队长，渐渐向他展现少有人知的一面了。

比武首日，邵飞一觉起来就没见着戚南绪，上铺的大汉也没在。艾心说其他队的战士都各自归队了，宿舍里只剩下枫鹰的兵。邵飞"哦"了一声，三周时间说长不长，但也不短，他已经习惯每天早上睁眼就看到戚南绪的臭脸，忍受上铺大汉起床时的剧烈震动，这下两人都走了，他心里难免涌出几分失落。

艾心看出他的心思，在他后脑上撸了一把："飞机，你给我好好表现啊，别给戚南绪放水，知道吗？让我发现你顾念邻床之情或者上下铺之谊，我可饶不了你！"

邵飞冷笑："管好你自己吧，敢拖我后腿你就完了。"

不知是因为有比武，还是各队的队长都来了，食堂今天供应的早点格外丰盛。邵飞端着满满一盘大肉包子，落座时瞧见跟着长剑队员一同进来的戚南绪。

和那天从车上下来时一样，戚南绪落在最后，没人搭理。说可怜吧，人家似乎早就习惯了，还挺享受这种孤独，要是换一个环境，比如大学什么的，再换一身休闲服、挂一对耳机，保管没人觉得他可怜，只会说这人有范儿；但若说不可怜，这里毕竟是军营，兵们吃喝拉撒都在一起，他长期没人能说话，想想也够憋闷的。

邵飞拿起大肉包子啃了一口，又见戚南绪打了饭，不声不响地坐在一张没人的桌子边——长剑那几桌满了，非要挤一下也不是不行，但看样子没人愿意让他挤，他也不屑跑去那里占地方。

邵飞把头转回来，心道飞机大哥，您就别操心了，赶紧多吃几个包子，等会儿比武场上好好教熊孩子小戚做熊……呸，做人！

吃了一半，队长们来了。萧牧庭和宁珏找了张空一半的餐桌，洛枫却非要挤在邵飞这一桌。邵飞抻着脖子往萧牧庭处瞧，萧牧庭也看到他了，笑着点了点头。他心里一喜，端起盘子就要跑过去，洛枫却喝道："坐下，有没有规矩？"

邵飞不乐意："这桌都满了，我队长那桌还空一半呢！"

"嫌我占了你的桌，坐着不舒坦了？"谁都听得出洛枫是开玩笑，邵飞一万个不情愿地坐回来，边啃包子边瞅萧牧庭。洛枫又笑："哎，这眼珠子都快掉包子馅儿里咯。"

两桌隔得近，萧牧庭听到了，转身冲邵飞招手："过来吧，这边有空位。"

洛枫假意责怪："老萧你过分了啊，当面拆我的台。"

邵飞一收到召唤，立即站起来，头也不回地朝萧牧庭身边走去，坐下时听萧牧庭说："洛枫凑热闹这习惯大概是改不了了。"

"那就不改吧，"宁珏笑道，"随他高兴。"

萧牧庭餐盘里只有一碗粥、一碟青菜、一个煎蛋，宁珏也差不多。邵飞对比自己山丘一样的早餐，顿觉尴尬，啃包子的动作都小了许多。这一桌因为有队长在，气氛不如其他桌奔放。萧牧庭看了看小心咬包子的邵飞，低声道："怎么吃得这么斯文？"

邵飞想：我以前很粗鲁吗？

"你以前都大块吃肉、大口喝奶，"萧牧庭搅着粥，"现在装什么秀气？宁队在就放不开了？多吃些，等会儿还得给咱们队抢分。"

邵飞冤枉极了，他只不过曾经在萧牧庭面前一口气喝完了三人份的牛奶，虽然的确是"大口喝奶"，但话不能这么说啊！再说装秀气也不是因为宁队在场。

明明是因为……

因为你吃这么少，我吃这么多。

这话邵飞没法说，索性恢复一贯的吃相，三口一个大肉包子，俩腮帮子鼓得跟球似的。

萧牧庭把自己餐盘里的煎蛋夹给他："长身体，不客气。"

邵飞："……嗝！"

"我不吃！"

邵飞正悄咪咪地美着，被一声大吼打断。发出声音的是谁他不用看也知道。邵飞捏着筷子想：小戚又犯事儿了。

但他没想到戚南绪吼的是长剑的大队长，严策。

食堂就那么大，戚南绪这一嗓子把大家的视线都吸引过去了。长剑的队员个个面色难看，一时间也没其他人敢说话。邵飞的位置正好能看到戚南绪的脸，这家伙大约吼完也知道要完，神情僵硬，低着头不敢看面前的人。

邵飞想起昨天差点和严策对视的那一回，既担心戚南绪，又有点儿幸灾乐祸。

戚南绪不服带队队长范强，对上长剑正儿八经的老大，这下可算是厥了。

邵飞看不到严策的表情，只听他道："穿上军装就得有军人的样子，在部队别跟我犟。"

他声音不大，字词间却满是威严。邵飞不是长剑的队员都觉得被震慑了一下，别说戚南绪还戴着长剑的臂章。

几分钟后食堂的气氛恢复如常，大家各吃各的，邵飞瞄到戚南绪正表情痛苦地咬煎蛋。

刚才严策让戚南绪吃的一定是煎蛋。

好歹当了三周饭友，戚南绪的饮食习惯邵飞是知道的。这人特别挑食，尤其不爱吃蛋。邵飞是穷人家的孩子，特别好养活，给啥吃啥，也被戚南绪带得不吃蛋了。因为戚南绪曾一本正经地跟他说，蛋有屎臭味。邵飞当时刚咬了一口蛋，闻言差点喷他脸上，反驳道："应该是你嘴里有屎臭味，所以吃啥都有屎臭味。"

戚南绪冷哼："刁民，别把无知当个性！"

话说三遍，假也成真。戚南绪跟邵飞念叨了几天鸡蛋有屎臭味，弄得邵飞越发觉得鸡蛋恶心，索性也不吃了，连比较喜欢的番茄炒蛋也不碰了。

在萧牧庭夹来那个煎蛋前，邵飞已经有半个月没吃过鸡蛋了。

原本他已被戚南绪念叨出心理阴影，但萧牧庭轻轻一挥筷子，邵飞的阴影就全消了，还是觉得煎蛋香，一点儿那什么味都没有。

吃完饭队员们去训练场集合，邵飞这才听说严策不是戚南绪的亲戚，只是两家父辈之间认识。照长剑队员的话说，严策在处理与戚南绪有关的事上并不徇私，戚南绪性格古怪，经常惹队长发火。

据说严策好几次发怒，准备把戚南绪撵回去，不过最后都不了了之。

邵飞听得乐呵，决定等比武结束后跟戚南绪聊聊熊孩子如何招惹一队之长。

他倒不是八卦，只是想学两招来，偶尔也气一气洛枫。

上午9点，基础技能比试正式开始，项目由简到繁，诸如楼房滑降、俯角射击、障碍清除等，邵飞状态极佳，枫鹰其他队员也表现不错，一天比下来，不管是单人成绩还是团体分，枫鹰都排在第一。

但长剑那边却出了岔子。

虽说前两天的比试主要看个人能力，但不少项目也需要团体合作，戚南绪耐力和格斗没问题，滑降和射击之类的项目也表现得出类拔萃，可他与队友总是配合不来。

比如定向越野，这一项需要队员们按方位角寻找坐标点，找到被藏起来的地图碎片，只有全部找到碎片，队员们才能得到敌方的兵力部署情况，从而安排合理的清缴路线与方式。

戚南绪那组的组长是个矮个子，当上组长不是因为本领特别强，而是善于安抚队友，大局观也比较好。组长让大家分头找坐标点，戚南绪分到的是一个山沟，周围根本没路，若要下去就得设置攀登绳。

戚南绪拿起指北针往等高线图上一摆，干脆利落道："我不去。"

队伍里立马起了争执，两个战士冲上来就要挥拳头——不怪他们激动，定向越野有时间限制，现在耽误一秒，之后就可能完不成任务。戚南绪这态度实在叫人生厌，脾气再好的人也看不下去，组长皱眉道："那地方不好走，你不愿意去就算了。045 坐标点总没问题了吧？"

045 坐标点是个平地，是所有坐标点里最轻松的一个。

其实戚南绪不去山沟并非因为路不好走，他用指北针估量过，那地方根本就没有地图碎片，组长的判断是错误的，去一趟不仅找不到碎片，还会耽误时间，白费精力。

若换个人，这时已经将疑问甩出来了。但戚南绪偏生懒得说，只觉得和这帮"废物"讨论坐标点的对错浪费精力，还不如自己一个人去对的坐标点。

045 坐标点是对的，他领了任务就走，走出几步又怕这些人拖自己的后腿，返回来不耐烦道："我劝你们别去那个山沟，浪费时间。"

他的性子也只说得出这些话了，解释是不可能的。组长愣了一下，很快意识到可能是自己判断出现误差，正要拿指北针再量一量，队友却道："别理他，什么玩意儿，来个人跟我去山沟，咱们尽快拼出地图。"

被骂"什么玩意儿"时，戚南绪已经走远了，否则他们当场就能打起来。

在 045 坐标点取回地图碎片后，戚南绪又凭自己的判断找到另外两张碎片，包括被组长判定在山沟里的那张。但时间确实耽误了，更要命的是一名去山沟的队员崴了脚，两人都困在沟里出不来。眼看时间所剩无几，组长只好放弃，正布置进攻任务时，戚南绪又发出一声冷哼："我不当狙击手。"

他比组长更了解自己，知道他做突击尖兵更合适，但他还是不乐意解释，一句话就把天给聊死了。

当然这种情况下也不适合聊天，组长心里急，没工夫和他掰扯，加上时间确实紧迫，便草草分好任务，对敌军盘踞的废弃大楼发起进攻。

扮黑脸的都是总部经验丰富的老兵，和真正的恐怖分子打过无数次交道，而戚南绪这组提前损兵折将不说，后续安排也相当混乱，最后个个脑袋冒彩烟，被敌军消灭了个干净。

邵飞那组则是在娴熟的配合与运气下惨胜，活到最后的只剩下艾心一人。

虽然都"光荣"了，但邵飞是组长，判断指挥得当，就算中枪牺牲，好歹完成了任务；戚南绪却是满心窝火，不甘又愤怒，返回出发地点时将背囊一摔，脸黑得跟炭似的。

邵飞已经听说他们组出了状况，眼看第一天的比试已经结束，想上去安慰戚南绪几句，就见严策走了过去。

两人不知道说了些什么，严策转身，戚南绪便垂头丧气地跟着走了。

熊孩子又要倒霉了，邵飞想。

而乖孩子嘛……

萧牧庭和大家交流了一会儿，离开前拍了拍他的头顶，笑道："今天指挥得不错，明天再接再厉。"

晚上，各队之间的气氛剑拔弩张。

邵飞偷偷摸摸跑去长剑的宿舍看了看，没瞧见戚南绪，也不知道这家伙的铺位在哪里，只听见几个兵旁若无人地骂戚南绪，怎么难听怎么说。

邵飞没有立场跑去给戚南绪出头，若这时跟对方理论上了，小戚往后在队里的处境恐怕会更糟。自打入伍后，邵飞人缘一直不错，虽然也时常嘚瑟，当初在枫鹰选训营时还与艾心打过架，但彼此熟悉后就很快冰释前嫌，从未像戚南绪一样被集体孤立过。诚然戚南绪的问题是他自己作出来的，但邵飞还是瞧不上一帮大老爷们儿聚在一起骂队友，听了一会儿转身就走，没走几步却遇上没精打采的戚南绪。

戚南绪走得慢，晃晃悠悠的，双目无神，经过邵飞时都没注意到旁边有个大活人。邵飞略一叹气，连忙将人拉到自己跟前。戚南绪瞪着他看了两秒，这才声音沙哑地说："哦，是你啊……"

"不是我还是谁？"邵飞在他背上推了一把，"走，去操场转转。"

"不去，"戚南绪甩开手，"我累，你一个人去。"

戚南绪越是颓丧，邵飞就越不能放他一个人待着，抓着他左手臂就往楼下拖。戚南绪力气比他更大，此时却没心思挣扎，硬是被邵飞连拖带拽地拉到了过障训练场。

邵飞不擅长安慰人，本想和戚南绪冲一个来回，比一比谁翻越障碍物的速度更快，但戚南绪坐在矮墙上不乐意动，他实在劝不了，只好双手一撑，也坐了上去。

有时安慰并非是一席话，沉默的陪伴也有同样的效果。两人坐了好一阵，戚南绪忽然问："飞机，我是不是不适合当特种兵？"

"谁说……"邵飞偏过头，看见戚南绪阴影里的侧脸后顿了顿，语气尽量缓和，"你队长骂你了？"

戚南绪摇头。

邵飞自是不信："他说你什么？"

"你别管，"戚南绪深吸一口气，"你就告诉我——我是不是不适合当特种兵？"

站在朋友义气的角度，邵飞应该说："放屁，你怎么不适合当特种兵？"

事实上，他差一点儿就这么说了。

但话到嘴边，前一日萧牧庭的话在他脑海里悄然浮现。邵飞蹙眉凝思，右手勾住戚南绪的肩，用力摇了摇："个人强大是好事，但特种兵不能太独。"

"所以你也认为我不适合当特种兵？"戚南绪的眼眶竟然红了，眼白上布着几缕红血丝，看上去倔强又可怜。

"我不是这个意思。"邵飞一时不知该怎么表达，只恨自己不能像萧牧庭一样轻而易举化解一个人的烦闷。

戚南绪苦笑："你就是这个意思，你们都是这个意思。觉得我当不好特种兵就直说呗，非要找些什么'太独''不懂配合'的蹩脚理由。虚伪不虚伪啊，好像我要跟你们抢饭碗似的……"

这话明显是气话，邵飞越往后面听，心里越是无语。戚南绪这么大个人了，比他还年长半岁，耍起小脾气来却让人哭笑不得。

邵飞的成长环境杜绝了耍小脾气的可能，由是也不知道如何与一个耍小脾气的人相处。听戚南绪念经般地嘀咕半天，邵飞干脆学着萧牧庭的样子，抬手揉了揉戚南绪的脑袋，拿腔作势道："乖，别再……"

"乖什么乖！"戚南绪突然从矮墙上跳下去，脸上带着怒意，"你摸我脑袋干什么？"

邵飞看了看自己的手，心道：你激动什么，我只是想安抚安抚你。

戚南绪喘了两声粗气，拍掉裤子上的灰，又不耐烦了："我回去了。你以后别拍我脑袋，小心我揍你。"

邵飞翻着白眼想：不拍就不拍，谁稀罕啊，你那脑袋还是谁专属的不成？

时间已不早，两人一起朝宿舍走去，一路无话，临到上楼时，戚南绪才开口。

他声音很低，但邵飞听清楚了。

"飞机，今晚谢谢你。"

邵飞先愣后笑，情绪一上来，抬手又要拍戚南绪的头。这回戚南绪相当利落地躲开，蹙眉道："跟你说了别摸我脑袋，这儿不是给你摸的！"

原来还真是谁专属的。邵飞忍俊不禁，踹了踹戚南绪的小腿肚："不摸就不摸，回去吧，明天让你们好看。"

他故意说了"们"，戚南绪似乎不怎么习惯，怔了一秒才回击："让你们好看还差不多！"

洛枫和萧牧庭刚从队员宿舍出来，正好听到，洛枫说："你听听，飞机又要让别人好看了。"

萧牧庭笑而不语，见邵飞转身朝寝室走来，才招了招手。

邵飞眼睛一亮："队长！"

戚南绪听见这边的动静，回头看了看，嘴角往下一撇，发出一声没人听到的"哼"。

次日的比武有点风水轮流转的意思，枫鹰在前一日大出风头，这天的运气却不怎么好。上午的山林越野项目，一堵高墙挡住他们的去路。邵飞身为组长，指挥得格外起劲，先蹲在墙边让队员们踩着自己肩膀上去，后倒挂在墙头拉最后几名战士。因为时间紧迫，大家都着急又兴奋，拉人的动作过于粗鲁，邵飞保护最后一名队员越过高墙后，才发现自己小腿被划出一条长长的血口子。痛倒说不上，但他的裤脚全被血浸湿了，必须停下来包扎。邵飞生怕耽误时间，让其他人先走，艾心不肯，背着他一阵狂奔。中途两人摔了一跤，伤口压在地上，痛得邵飞眼前一黑。这一项枫鹰成绩不佳，要命的是项目与项目之间没有休整时间，完成山林越野之后紧接着就是5公里奔袭，奔袭完了还不算完，他们得去靶位上击落一定数量的隐显靶。

邵飞越跑越痛，全身冷汗淋漓，小腿虽然经过包扎，但纱布早就没有一点儿干处。艾心全程陪着他跑，怎么赶都赶不走。他们跑至靶位上时，很多队员已经完成射击，艾心知道射击是邵飞的强项，等了几秒不见升靶，怒气冲冲地吼："怎么不升靶？"

一位教官道："已经升过了。"

隐显靶，有显必有隐，有升必有降，邵飞来得太晚，错过了升靶的时间，此时已经无靶可打。

邵飞骂了一声，杵着步枪吃力地站起来。队友赶来安慰他，都说没事没事，射击又不止这一项，等会儿还有机会。

　　但人的状态很难说清，好的时候就像那句歌词所唱——"伸手就能摸到天"，坏的时候倒霉得难以想象，喝水都能呛到背气。隐显靶之后，邵飞怎么都打不顺了，过去能做到弹无虚发的400米狙击，这次10枪只打中一半；驾车射击也不行，他心态急了，油门轰得太快，导致前几枪全部跑靶，后面想补救都补救不了。

　　临近中午，邵飞心理上已经有点扛不住了，但他毕竟是组长，说什么也不能在队友面前慌起来，只能假装冷静，挨个给队友打气。

　　队员们也不傻，朝夕相处这么久，谁都看得出他心里烦。陈雪峰等性子较沉稳的队员还沉得住气，艾心和其他战士就不行了。组长就是军心，军心都乱了，组员只会更乱。

　　上午最后一项是操舟打气球，风大浪大，橡皮艇不听使唤，气球胡乱摇晃，人在舟中极难瞄准目标。负责射击的队员打了四五枪都没打中气球，邵飞又急又气，正要指挥大家压好橡皮艇，一名战士的桨就掉了。

　　操舟比赛手滑丢桨，没有比这更丢脸更尴尬的事了。

　　邵飞出口就是"我去"，还要继续骂，忽然听见湖面另一边传来隐约的骂声。

　　戚南绪又在指责队友："你会不会操舟？还有你！打不好就交枪！别占着茅坑不拉屎！"

　　邵飞猛地一惊，这才意识到这是团体项目，自己身为组长，决不能因为队员有所失误而破口大骂。

　　他深吸一口气，将怒火压下去，邵飞竭尽所能平静道："不要慌，操舟射击难度本来就大。我们射不中，其他队也不一定能打中。桨丢了没关系，结束后再找回来就是。现在听我指挥，艾心个子大，一个人压船尾没有问题，其余人重心往下，压好船沿，咱们争取打下3个气球！"

　　话是如此，他们最后打下来的仅有2个。

　　结束后，邵飞因为腿有伤，没有下水，丢桨的队员和陈雪峰一道捞起了桨。邵飞一瘸一拐地从教官处领来上午的成绩单，粗略一看，心重重往下沉。

　　邵飞心情不好，午饭也没吃多少。他拍了拍自己的脸，拿过项目表打算计划一下下午如何安排。不料他刚取出笔，表单就被人抽走了。他有些恼，抬头一看，却发现是萧牧庭。

　　"队……队长。"上午没能发挥出应有的水平，邵飞自觉丢脸，虽然知道萧牧庭肯定不会责备自己，但还是很过意不去。

萧牧庭提着一个小箱子，蹲下来捏了捏他的小腿："我看看。"

"不碍事，已经包扎好了。"邵飞缩回腿，"队长您坐。"

萧牧庭摇头，将他扎在牛皮靴里的迷彩裤扯了起来，里面确实包着纱布，但靠内一侧已经红了。

萧牧庭麻利地拆开纱布，指腹在伤口周围按了按。邵飞结结巴巴地说："队长，我没事。"

伤口不深，但显然没处理好，萧牧庭从小箱子里取出几个瓶子，清理伤口之后上药，邵飞痛得"嘶"了一声，萧牧庭没抬头，动作也没停下，只道："忍着。"

"哦。"邵飞扁着嘴，一边忍痛，一边看萧牧庭的手。

萧牧庭手指修长，如果没有入伍、细心保养的话，应该是一双非常漂亮的手。

5分钟后，纱布缠好了，萧牧庭这才站起来，单手支在邵飞肩上："早上辛苦了。"

邵飞垂着头，声音很低："我上午没有表现好。"

肩头的手没有动静，邵飞低下眼睑，没有继续说。

须臾，萧牧庭手掌落在他后脑上："走，跟我玩个游戏去。"

邵飞以为自己听错了，直到萧牧庭将一把侦察兵匕首递到他手上。

10米远处是一排气球，共有5个。萧牧庭说："以前你不是老跟我说你匕首使得好吗，来，让我开开眼界。"

邵飞有些错愕。他确实会玩儿匕首，直刀旋刀的都会，当初练的时候花了很大的工夫，以至于看到目标就能目测出离自己多少米，旋刀需要旋多少圈，直刀需要用多大的力……都是已经形成肌肉记忆的技能，别说5个气球，就是让他打10个，他也能全打中。

但是他不明白萧牧庭为什么要这个时候带他玩匕首。

见他没动，萧牧庭道："太远了吗？那就站近一些。"

"不不，"邵飞掰开匕首，"再远一些都行。"

萧牧庭笑起来："那就开始吧。"

邵飞认真地瞄准气球，虽然表情严肃，但内里并不紧张。手腕一发力，匕首旋转着飞出去，靠近气球的瞬间，刀尖笔直向前，气球应声破裂。

萧牧庭鼓掌："再来个直刀？"

"好！"

5个气球全部破裂时，上午沉积在心的焦虑、烦躁、自疑种种情绪消失一空，邵飞扬着唇角笑起来，冲萧牧庭喊道："队长！"

"不难受了吧？"萧牧庭捡回匕首，这才开口安慰道，"咱飞机厉害着呢，受伤和失误都是意外，别放在心上，尽快调整好心态，下午全是你的强项，像刚才那样正常发挥就行。"

邵飞这才明白，萧牧庭让他用匕首打气球，看起来只是随便玩玩，实则是想通过这小小的游戏，转移他的注意力，帮他找回自信。

队长怎么这么好呢！

邵飞的心情写在脸上，萧牧庭一看便知，眼看时间不早，拍了拍他的肩，温声道："回去吧。"

正要离开时，两人都听见不远处传来一阵响动。邵飞循声望去，竟看到戚南绪和长剑大队长严策。

"他们在干吗？"

"严队陪你的小戚兄弟扔手雷。"

"啊？为什么要扔手雷？"

萧牧庭又看了看，却道："不知道。"

邵飞也没再问，走了一会儿才想起戚南绪投掷手雷又远又准，在联训营里是毫无争议的第一。

联系萧牧庭刚才的做法，邵飞忽然意识到，严策大约也是想激励激励戚南绪，只是不知道大熊能否感受到自家队长的用心。

下午，状态与运气重新回到枫鹰。邵飞带伤上阵，徒手沿外墙爬上10楼的时间仅比戚南绪慢一秒。而楼顶俯角射击这一项对大多数战士来说都是难点，不能像在平地一样瞄准目标，必须视情况瞄准下方的某个位置。这要么靠指点，要么靠日复一日的摸索。邵飞的勤奋自不必说，这半年来还有萧牧庭从旁指点，别说固定位俯角射击，就连空中悬停俯角射击他也玩得得心应手。在楼顶的5轮射击，他枪枪命中不同距离上的钢板靶，接着不作停顿飞身下跃，又以倒立俯冲的姿势双腿缠在攀登绳上，上半身靠腰力强行支起，炫技般地完成了悬停俯角射击。

戚南绪这回也相当出色，子弹全部命中目标，但射击时间比邵飞稍长，滑降的姿势也没有邵飞潇洒。换场时邵飞得意地挑起眉，远远地吹了个口哨，戚南绪面无表情地回视，然后默默倒下了大拇指。

邵飞还挺意外的，以为戚南绪会冲过来挥拳头——就跟往日两人聊闲扯皮一样。但两天晚上没在一起睡，小戚似乎沉稳了一些。不过说沉稳也不太合适，毕竟真沉稳的人不会动不动就挑衅，但戚南绪这反应确实和平时不一样，熊气都少了不少。

邵飞下意识往四周看了看，果然在观战区看到了严大队长。

他勾着唇角想：嘿，你就装！

射击一贯是特战训练里的重头戏，各类小项目堪称五花八门，什么站姿跪姿双人狙击都是基础，刀刃劈子弹也相当常见，另有不少项目堪称杂技表演，例如考验记忆力的盲狙、人脸辨别狙击，以及考验瞬间瞄准能力的摇荡射击。

比武用的狙击步枪有效射程600米，邵飞在580米距离上盲狙全中，靶场上响起一片掌声。之后的人脸辨别狙击，邵飞记错细节，打错了一个人脸靶，被戚南绪扳回一城。两人的总分交替上升。不过在最后一项摇荡射击中，风头尽出的还是邵飞，只见他左手攀住麻绳，猛力从钢架上跃出，短暂的滞空时间里右手连开4枪，2枪击碎100米远的彩色玻璃瓶。

虽然另有2枪打空，但这成绩已是相当惊人。4枪全部跑靶的战士比比皆是，打中3个瓶子及以上的更是没有，打中2个的只有邵飞一人。

观战区的首长们议论纷纷，洛枫问宁珏："你能打几个？"

"我已经很久没练了，"宁珏笑道，"你不如问尹天能打几个。"

"那尹天能打几个？"

"我不知道。"

洛枫撑着下巴："你逗我玩儿是吧？"

"你是副队，逗你不会被罚写一万字检讨吗？"宁珏道，"我是真不知道。小天和飞机都还年轻，若下苦功夫做一件事，进步的速度我们根本想象不到。飞机这边我们还能看到训练情况，小天在敢城，出的全是实战任务。一定要估计的话，同等条件下，小天也许能打中3个。"

洛枫感慨地舒了口气，沉默几秒才说："都是我枫鹰的好崽子。"

宁珏笑着点头："喏，好崽子们回来了。"

负责考核的教官宣布两日总成绩之后，队员们成群结队往观战区走。萧牧庭早早在场边等候，挨个鼓励。邵飞总分最高，得意之情溢于言表，冲萧牧庭敬了个礼，虽一路告诫自己要矜持，最后还是没忍住，一头扎进萧牧庭怀里，脑袋在对方肩头可劲儿蹭。

萧牧庭手指微顿，旋即宽容地笑起来，搂住邵飞的背，一下一下轻轻拍着："好样的。"

邵飞扬起脸，像大半个月前一样直勾勾地看着萧牧庭，重复当时的话："队长，我要做您最欣赏的兵，您等着！"

纯粹的愿望有着直击人心的力量，萧牧庭眼神渐深，不由得心生感慨。

当年那个抱着兄长骨灰盒的小男孩已经长大了，眼里的坚韧取代了倔强，强大取代了逞强，可眸底还是干净如昔，叫人不禁为之动容。

邵飞退后一步，冲自己竖起大拇指："队长，信我！"

搂搂抱抱在军营里十分常见，其他部队的带队队长也正抱着自己的兵。但萧牧庭心里清楚，刚才那个拥抱中所带着的感情恐怕并不只是对自己兵的鼓励，还带着些许长辈的欣慰和宠爱。

邵飞眼睛瞪得老大，发出一声懊恼的"哎呀"。

萧牧庭："……"

"我身上全是汗，爬树爬墙爬钢架，还在泥坑里躺了半天，"邵飞说，"汗水和泥沙都糊您身上了！"

萧牧庭叹气："没事。"

他刚说完衣袖就被抓住了。邵飞急吼吼地说："今晚没安排，我给您洗！"

"别忙活了，今晚早些休息，养精蓄锐，明早天不亮就得进山。"萧牧庭道，"我这衣服也不脏，将就穿着。你要真想洗呢，就回去把自己好生冲一冲，都成泥猴儿了。"

邵飞傻笑："队长您嫌弃我。"

"不嫌弃你嫌弃谁？"萧牧庭按住他的肩膀往前一转，"赶紧去收拾收拾。为了庆祝你们一帮祸害进山，食堂今晚准备了大餐，早到早吃，晚了就没了。"

如萧牧庭所言，晚餐果然丰盛，邵飞吃撑了，和队友散步消食时，居然看到戚南绪和范强站在路灯下，不知聊着什么。

无补给行军凌晨4点开始，萧牧庭一身戎装等着自己的队员们，身影被路灯拉长，邵飞背着背囊从楼上下来，只消一眼，就觉心神俱震。

那种感觉难以用言语来形容，入伍两年，邵飞不是没有见过英气逼人的军人，温润如宁珏，漂亮如洛枫，但穿迷彩、踩战靴、系武装带的萧牧庭却是不一样的。

哪里不一样邵飞说不出来，只觉这个男人像黑夜里的灯塔，光芒落在安静的海面上，温和而深邃，只要站在那里，就十分夺目。

天公不作美，昨天还晴空万里，今天就降下瓢泼大雨。夜里山路难行，雨水将土壤和成稀泥，一脚踩进去就跟陷进沼泽似的。邵飞在前方开路，深一脚浅一脚，走得格外吃力，还要不停大声提醒后面的队员跟上，一张小脸被雨水打得通红，临近中午，嗓子已经喊得嘶哑。

到了短暂的休息时间，队员们各自寻找水和能够食用的"野味"。邵飞接到教官发来的任务指示——天黑前赶到091坐标点，领取那里的帐篷和食物。

这无疑是个好消息，5天时间非常难熬，有补给和过夜的地方再好不过。邵飞立即拿出地图和指北针计算距离，算完后却皱了皱眉。

091坐标点离他们现在所在的位置足有40公里，这路程虽不算特别长，但山路不如普通公路好走，天黑之前翻山越岭赶到091坐标点绝非易事，路上也不知道会不会遇到什么艰难险阻。

但大家得知晚上有地方住，都相当兴奋，艾心将剥掉皮的蛇肉扔给邵飞，乐呵呵地说："您上午辛苦了，来来来，多吃点儿。"

各种"野味"里，蛇肉显然是最容易下咽的，邵飞盯着蛇肉瞧了半天，偷偷摸摸拿出萧牧庭给的糖，撒到蛇肉上，见没人盯着他，连忙跑到萧牧庭跟前："队长，您吃这个。"

萧牧庭一看："我把白糖给你，你倒拿来还给我了？"

"您吃吧，这么大一块肉！"邵飞蹲在地上，生怕被别人瞧见。

萧牧庭问："我吃了你吃什么？"

邵飞立即抢答："我吃蚯蚓！"

"你不是最讨厌蚯蚓吗？"

"那……"邵飞蹲近些，"讨厌也得吃啊，不吃怎么有精力。队长，您快吃吧。"

萧牧庭见撵不走他，又不想拂了他的好意，拿起蛇肉分成一大一小的两块，小的收着，大的递上前去。

邵飞一愣："给我？"

"嗯，吃吧。先把这个吃了，再去吃蚯蚓。"

邵飞献完殷勤，心里又美又激动，吃蚯蚓也不觉得恶心了，一口气吃了好几条，吓得陈雪峰一把夺过装蚯蚓的钢盔："这东西就是补充一下能量，没让你吃饱。就算洗了也不干净，吃坏了肚子怎么办？"

邵飞美滋滋的，落汤鸡似的造型也盖不住他的臭美，起身拍了拍屁股，抖起组长的威风："急行军40公里，有没有信心？"

"有！"整齐的回应震天响。

邵飞刻意往萧牧庭处看了看，又回过头，昂首挺胸道："走！"

毕竟是入山的首日，队员们情绪激动、兴致高昂，体力也有富余，紧赶慢赶，时跑时走，及至黄昏，离091坐标点只剩不到6公里。然而再往前走，邵飞才发现若要准时赶到坐标点，势必要翻越一座近乎垂直的峭壁。

没有时间多想，邵飞将绳索绑在腰上，"我上去架攀登绳！"

艾心上前一步："我和你一起。"

山顶情况复杂，一个人恐怕难以架设攀登绳，邵飞点头，正要徒手攀岩，忽听萧牧庭道："我也上去。"

　　在陌生山区攀岩有很大的风险，邵飞与艾心主动上去架设攀登绳不只是为了让其余队员爬得更快，也是为了给队友减小风险。邵飞当然不愿意萧牧庭冒这个险，立马拒绝："这怎么行？"

　　萧牧庭道："论徒手攀登的经验，我可比你丰富吧？"

　　此话不假，但邵飞听不进去，还要再论，萧牧庭已经收起一贯的温和，冷声道："艾心留下，邵飞跟我上来。"

　　将侦察兵匕首刺进山岩中，萧牧庭借力向上攀去。邵飞在他斜上方，侧过脸就能看到他手臂上显露的青筋。

　　徒手攀岩时，在下方的人会承受更大的风险。萧牧庭执意让邵飞先上，邵飞既争辩不过，也没有时间争辩，攀上崖体时暗道"官大一级压死人"，每一步都爬得异常小心，唯恐他踩落的小石子砸着萧牧庭。好在萧牧庭经验丰富，选择的路线正好避开跌落的石头沙土，却又没离邵飞太远，仍将邵飞罩在自己的保护范围之内。

　　悬崖的上半段有一片区域向外突起，极难攀爬。如果要绕过，就势必会耽误时间。邵飞瞄一眼夕阳，深吸一口气，咬紧后槽牙，打算拼一把，心中自我鼓励道：过去也爬过类似的悬崖，这回绝不算冒进。

　　打定主意后，他握紧侦察兵匕首，下半身近乎悬空，猛地一跃，左手紧紧扣住一块坚硬的石块。眼看就要成功，撑着右脚的石头却松了，他脚底一滑，整个人贴在山崖上向下滑去。迷彩被尖锐的石子划破，皮肉似乎被磨出了血，但千钧一发之际，紧张令肾上腺素飙升，身体根本感觉不到疼痛，他竭尽所能抓住一切能稳住身体的东西，指甲在裸露的崖体上刮出叫人心惊胆战的声响。可他抓住的每一块石头都像萝卜似的被拔出来，根本无法形成支点。

　　眼看他下滑的速度越来越快，后腰却突然传来一股力量。萧牧庭的右臂紧紧揽着他，左手抓着上方的匕首，他来不及道谢，双脚猛力踩住一截探出的树根。

　　萧牧庭没有立即将手收回来，半侧过脸问："还撑得住吗？"

　　邵飞满头满脸的汗，眼神却极其坚毅："撑得住！"

　　剩下的路程，两人绕了一截，避开那段危险的"捷径"。邵飞屏气凝神，一步踩实了再走下一步，终于爬上崖顶时心头一松，连忙趴在悬崖边，将萧牧庭拉上来。

太阳渐渐西沉，二人无暇休整，立马固定攀登绳。邵飞按照以前学来的方法，准备将绳子绑在体积较大的石块上，萧牧庭却让他去找一根结实的木头。

山里木头不难找，邵飞扛着木头回来时，萧牧庭已经用随身携带的工具在石块后方挖出一条深沟。

"这是？"邵飞站在深沟边，面露不解。

"左右绑两条攀登绳，然后将木头埋进去，"萧牧庭边绑边解释，"如果条件允许，沟越深越好，但我们时间有限，也没有更好的挖掘工具，暂时就这样吧。"

邵飞蹲在地上绑另一端："这是石块和泥土的双重保障？"

"对，泥土是第一道屏障，石块是第二道。"萧牧庭抬起木头的一边，"绑好了吗？"

"好了！"邵飞独自扛着木头扔进深沟，用力踩着土，"队长，今天您又给我上了一课。刚才攀岩时也多亏有您，不然我可能直接摔山沟里去了。"

"摔山沟倒不至于，下滑的过程中你肯定能抓住些什么，不过……"萧牧庭抹掉额头上的汗，看向邵飞，"手臂和胸腹是不是有擦伤？"

邵飞这才感觉到磨破的地方隐隐作痛，笑道："不打紧，一会儿消消毒就行。"

萧牧庭点头："等会儿给我看看伤，现在抓紧时间，通知大家上来。"

有了攀登绳，战士们很快爬上崖顶，邵飞心口发热，状如打了鸡血。

激动的不止他一人，想着目的地有食物与水，还有遮风挡雨的帐篷，跋涉一天的队员们就有使不完的劲。

可是历经艰辛赶到091坐标点，迎接众人的却是另一群特种兵。

"啊……"邵飞盯着一手牛肉一手酸奶的戚南绪，几乎目瞪口呆，"你怎么在这儿？"

戚南绪嚼得满嘴是油，见到邵飞也很惊讶："教官通知我们在天黑前赶到091坐标点，说有食物和……"

话说一半，戚南绪一愣："你们也接到相同的任务了？"

正在此时，邵飞再次收到教官的通知——091坐标点已被长剑率先占据，枫鹰、战龙、北风、山狼的队员请另寻宿营地。

不远处传来一阵惊天动地的骂声，另一支部队也赶到了。

这事是教官不地道，派发了任务却不说是五支部队共享的任务，枫鹰、北风的队员风风火火赶过来，满以为按时抵达就能得到食物补给，能睡个好觉，到了才明白受了欺骗。与啃着牛肉的长剑队员一比，大家的失落感愈加深刻，简直是冰火两重天。

邵飞心里特别不来劲，半是气愤半是自责。看样子长剑也没到多久，戚南绪那块牛肉才啃一小半。如果自己指挥更加得力，攀岩时没有出现那个小事故，现在霸占091坐标点吃肉喝奶的就是己方队友。退一万步说，如果他们和长剑同时抵达，那大不了打一架，正大光明凭本事抢补给，赢了自然最好，输了也没什么不服气。

邵飞越想越恼，队友们也个个沮丧。长剑那边已经开始扎帐篷了，将枫鹰和北风衬托得越发悲惨。

教官在无线电里提醒，后到的部队不能滞留在091坐标点，必须各自寻找过夜地点和食物，天亮之前不会再有新任务，一切补给自行解决。

邵飞终于没忍住，在萧牧庭面前爆了粗。长剑阵营里欢声笑语，这边枫鹰和北风却是骂声一片。邵飞气得满脸通红，北风的组长已经撸着袖子准备去找长剑干仗，艾心也想去，结果还未冲出队伍就被萧牧庭拦了下来。

"输阵不能输人。"萧牧庭不恼也不急，回头招呼邵飞，"组长，不过来开导开导你的队员？"

邵飞自己都需要开导，哪里顾得上队友，气势汹汹地冲萧牧庭跑来，开口就是一句委屈的"队长，我的牛肉没了"。

萧牧庭也是从他们这个年纪过来的，当年没少被教官整，看着其他队员吃肉，而自己只能吃草的情形历历在目。那时他也是气得要命，恨不得上去抢肉抢水，此时看着一帮年轻的兵崽子，既觉好笑，又有些心痛，尤其邵飞说话的时候还咽了咽唾沫，一看就是馋得狠了。

萧牧庭叹息，拍了拍他的肩："一天不吃肉，肚子里的馋虫就闹革命了？"

邵飞皱着眉，闻着肉香唉声叹气道："如果我没有滑那一次就好了。"

"不用太自责。去整队吧，时间不早了，咱们要尽早找到适合过夜的地方，先熬过今晚再说，"萧牧庭目光向下，落在邵飞胸口，伸手碰了碰，"你这些伤也需要及时处理。"

一小时之后，天黑尽了。由于没有帐篷，枫鹰的队员们只能在树下过夜。上午下过雨，此时泥土有些湿，别说躺下睡觉，就连坐着都不太舒服。这次行军不允许生火，但中午队员们已经吃过生蛇、生蚯蚓，晚上再来一顿谁都受不了。萧牧庭让大家把头盔洗干净后埋在土里，采取焖烧的方式蒸熟食物。

山林里不缺能吃的东西，没多久队员们就抓来蛇、蛙，还采了无毒的蘑菇。焖烧花费的时间较长，但优点是没有明火，在实战中不易引来敌人，也不算破坏行军的规矩。

等待食物蒸熟的过程中，萧牧庭把邵飞叫到跟前，亲自给他处理伤口。

邵飞脱了上衣，手臂、腹肌和胸肌上有不少在悬崖上擦出来的小口子。萧牧庭耐心地消毒上药，处理好之后又让他脱裤子，说腿上也要擦药。

邵飞双手放在裤边上："我……我……我腿上没伤。"

"裤子都磨破了，怎么可能没伤？"萧牧庭轻拍他的膝盖，"脱了，我看看伤。"

邵飞不好意思，说了声："队长，我尿急！"然后起身就往远处跑。

萧牧庭喊了声"邵飞"，他也没理，路上险些踢翻队友还未埋好的头盔，摔了个大跟头，跑得听不见人声了，才停下来。

刚才他只是随便找了个借口，不留神跑了这么远，四周静悄悄的，邵飞忽然真的有了尿意。他往后望了望，然后转回来，拉开裤子放了水。

释放之后邵飞放了一会儿空，傻乎乎地站着，连裤子都忘了提。幸亏周围漆黑一片，没有其他人路过围观，顶多有不识好歹的蚊子嗡嗡飞来吸他大腿内侧的血。

腿根那里传来奇痒，邵飞才回过神，一巴掌打死一只蚊子，抹了满掌心的血。

被咬的地方又痛又痒，邵飞慌忙穿好裤子，擦干净手后大步往回跑去。山里蚊子毒，被吸过血的地方奇痒无比，他跑了一会儿就忍不住了，只好停下来挠。但患处与手指隔着一层布料，怎么挠都缓解不了。眼见离队友还远，邵飞转了个身，伸手进去狠抓猛抠。

这姿势相当猥琐，只有他自己知道挠的是蚊子叮出的疙瘩。他皮都快抠破了，酥痒感才消退，邵飞黑着脸继续跑，眼看离宿营地越来越近。

邵飞忽然听见艾心喊道："哎哟，拉屎的总算回来了，开饭开饭，饿死哥了！"

邵飞一愣，就见陈雪峰跑来："中午叫你别把蚯蚓当面条吃，你不听。这下长教训了吧？赶紧洗手去，我那里有药，填饱肚子再吃。"

邵飞："啊？"

"啊什么啊？"陈雪峰吼，"别装了，大伙都看到你飞快地跑去拉稀，一拉拉这么久，我们为了等你，现在都还没开饭！"

邵飞觉得艾、陈二人把"吃饭"和"拉屎"搁在一块特恶心，皱着眉道："别说了，一会儿屎一会儿饭，还有没有点军人的素质？"

陈雪峰惊声道："你不是最爱在吃饭时说……"

"放屁！"邵飞连忙捂住陈雪峰的嘴——可不能让萧牧庭听到他以前恶心队友的破事儿，那么熊的飞机队长和熊兵戚南绪有什么分别？

陈雪峰拼命挣扎："飞机！你还没洗手！"

邵飞吓了一跳，立即缩回来。

三人拉拉扯扯回到队伍里，邵飞偷偷瞅了萧牧庭一眼，又小心翼翼地缩回来。平时都赶着往人身边凑，这回却变了。

邵飞吃饭吃得跟丢了魂儿似的，也没注意到萧牧庭走了过来，不动声色地坐在自己身边。

"吃饭就好好吃，别抖腿。"萧牧庭道，"脸色这么难看，肚子还不舒服？"

邵飞猛然转身，震惊地瞪着萧牧庭："队长，您……您怎么坐过来了？"

"我不能坐这里？"萧牧庭笑，"哦也对，这是飞机队长专座，那我撤了。"

"不不不！"邵飞来不及细想，一把拽住萧牧庭的裤脚，"队长您坐！您上座！"

萧牧庭之前不知道邵飞干什么去了，后来听陈雪峰说邵飞中午吃了太多蚯蚓，猜测是遇上了内急。

但他又觉得邵飞回来后的表现不太对劲，古里古怪的，非要形容的话，大概是害臊。

吃坏肚子就害臊上了？

邵飞坐了一会儿，腿根又痒起来了，但现在说什么也不能挠，那么多人看着，别说把手伸进裤子里抠，就是隔着抓一抓，也够丢脸的。再说萧牧庭也在，如此不雅的事，飞机队长绝对要忍住。

可是痒这种感觉实在难以忍受，邵飞越忍越觉得痒，两条腿拧来拧去，脑门上都急出了汗。

萧牧庭一见他这表情，就知道不对："怎么了？肠胃难受？"

"不……是……"邵飞满脸通红，痒得抓心挠肺。艾心往这边一看，"哎哟"一声，邵飞知道他"狗嘴里吐不出象牙"，立即抢在他前面道："我大腿被蚊子咬了！"

围坐的队员们安静了两秒，旋即幸灾乐祸，大笑不止。邵飞说出来也轻松了，转过身隔着裤子挠。萧牧庭笑着叹气，等他挠够了才道："我包里有药，你等会儿自己取来抹一抹。山野的蚊子比城市毒多了，还是要留个心，消消毒。"

邵飞应下来，取药时却有些怅然，以前他受伤了，萧牧庭会亲自检查，有时还会帮忙处理伤口，但这回萧牧庭让他自己涂药……

三秒后，邵飞在胸口捶了一拳，自责道：你又乱想！队长给你处理伤口是心疼你，就你爱瞎想！蚊子疙瘩而已，不会自己抹药？还想让队长抹？

他越骂越起劲，抹药的动作也相当粗鲁。疙瘩在路上就被抠破了，药涂上去痛得他酸爽至极。

邵飞忍着痛继续抹，抹一回在大腿上拍一巴掌，低声骂道："让你瞎想，戚南绪都没你熊！"

萧牧庭来看他，没听到前面的话，只听到"戚南绪都没你熊"，心里一阵好笑。

行军一切按实战要求来，夜里必须安排战士站岗，邵飞站头一班岗，半夜抱着自己的睡袋挪到萧牧庭跟前，轻手轻脚地往睡袋里钻，钻到一半就听萧牧庭问："肚子还难受吗？"

他吓了一跳："队长，我把您吵醒了？"

"没，我没睡着。"

邵飞在枫鹰时就偷看过萧牧庭睡觉："我睡这儿成吗？"

萧牧庭笑了："站岗辛苦了，早些休息。"

想到萧牧庭还惦记着自己，邵飞就高兴，钻进睡袋后又往萧牧庭身边挪，两个睡袋挨得很近后才罢休。

邵飞睡了一会儿，忽觉上方有响动，他睁开眼，见萧牧庭正将脱下的外套搭在自己的睡袋上。

"队长。"他声音带着轻微的鼻音，听上去似乎有种撒娇的意味。

"睡吧。"萧牧庭理好衣服，"山里温度低，别感冒了。"

邵飞想起戚南绪说"你们萧队就像慈祥的爸爸"，忽然鼻子一酸，差点叫出一声"爸爸"。但他从小就没有爸爸，只有像父亲的兄长。爸爸这个词太陌生，不如哥哥有温度。

可他也不能叫萧牧庭哥哥，这太肉麻了，何况萧牧庭有弟弟。

所以队长才是最好的称呼，别人都叫萧队，只有他一个人叫队长。

夜里睡得很好，天亮之前邵飞睁开眼，发现自己不知何时已经把萧牧庭的外套抓到了脑袋上。

第八章

最可爱的小兵王

第二天队员们也是一路跋涉，比首日更麻烦的是遇到了"黑心"教官的围追堵截。路上有追兵，天上有无人机，地雷、陷阱、路障比比皆是，目的地地图的碎片不是在染毒地带，就是在雷区。邵飞几个月前从萧牧庭那里学到不少排雷技巧，手也相当稳，接连排除5个地雷，成功带出地图碎片。但在高度紧逼下，战损难以避免，时值中午，队里就"伤"了7名队员。教官们相当狡猾，不直接"打死"，只是"打残"。特种兵不会在战场上抛下自己的战友，丧失行动力的队员就成了沉重的负担。艾心被判定为右腿伤残，1米9以上的个子丢给谁都扛不了，只能由两个人抬，邵飞后面背着自己的背囊，前面还挂着艾心的，吃力至极，却又不得不坚持。

在翻越一处高墙障碍时，邵飞精疲力竭，没能跳上去，萧牧庭抱住他的腿，用力往上一托。

在全体队员的努力下，天黑之前，枫鹰终于完成任务，准时抵达有帐篷有牛肉的休息点。

但邵飞还没来得及高兴，一股激烈的痛痒感就从腿根传来。

被毒蚊子咬过的地方，似乎发炎了。

两天没吃上正经食物，大伙儿啃起牛肉来那叫一个狼吞虎咽。唯有邵飞吃得心不在焉，看上去心事重重，艾心都解决两大块肉了，他头一块还没啃到一半。

"咋了？"艾心撞了撞他胳膊，"哪里不舒服？"

"没。"

"没还不赶紧吃？咱们现在能吃一顿是一顿，指不定明天又得打野味。"艾心抛来一盒酸奶，小声说，"瞧你这伤春悲秋的小模样，黛玉都没你多愁善感。"

那是。邵飞想，黛玉又没被毒蚊子咬。

艾心瞎关心一通之后就继续啃牛肉去了，邵飞见没人往自己这边看，悄悄将右腿往外撇了撇——发炎的地方被内裤给勒着了，敞开一点儿稍微没那么难受。刚才他借口撒尿，跑到远处解开裤子看了看。那里真发炎了，又红又肿，中间一团还是紫红色的，手指轻轻一按，就痛得牙酸。

邵飞过惯了糙日子，平时受点伤从来不放在心上，但这次不一样，提上裤子后老想着那个包，揣摩蚊子有没有剧毒，毒素是否已经进入血液，伤口会不会感染溃烂……

他越想心里越慌，还没走回队伍中，后背就冒出一片虚汗。

也不怪他思维活跃，伤在那种地方，任谁都会有心理负担。蚊子的毒有多厉害倒是其次，关键是若真感染溃烂，那实在是太恶心了。

邵飞一个激灵，愣头愣脑地站着，只觉被咬的地方更痒更痛了。

晚饭后，队员们早早钻进帐篷休息。帐篷是多人帐篷，一顶能睡十来人，只有萧牧庭的是双人帐篷——总部体恤带队队长，给的都是双人帐篷，比单人的宽松，一个人睡，不受旁人打搅。

邵飞虽然与萧牧庭关系好，但也没想过去挤萧牧庭的"贵宾帐篷"。他与艾心他们一个"屋"，因为夜里还要站一班岗，所以他睡在最外面。

累了一天，队员们大多挨着枕头就入梦。邵飞心急如焚地数着秒，估算萧牧庭什么时候睡着。

等萧牧庭睡着了，他要去偷昨天用过的药膏。

那里太难受了，多等一秒都是煎熬。虽然不知道药膏管不管用，但抹了总比没抹强。昨天涂过药之后伤口凉丝丝的，如果今早起来再涂一次，说不定就好了。

邵飞在睡袋里扭动，痒得受不了了，就仗着没人看见，伸手进去抠。心烦意乱之下，手没个轻重，抠了几下一股剧痛直冲天灵盖——糟了，破皮了！

邵飞这下没法再等了，再等下去肯定感染。于是他手忙脚乱地摸黑起来，走路走得一瘸一拐，哨兵疑惑地看着他，正要喊"飞机你干吗"，就被甩了记眼刀。

邵飞指了指萧牧庭的帐篷，压低声音道："我有事找队长。"

萧牧庭的帐篷没有灯光，想必他已经睡了。邵飞蹑手蹑脚走近，蹲在地上听自己咚咚作响的心跳。

这时候进去，八成会被队长发现。可是如果不进去，腿根说不定真会溃烂。

话说"造谣一张嘴，辟谣跑断腿"。邵飞此时"病入膏肓"，深信如果不及时治疗，以后自己一定会被传成得了病。到时候他再解释就费劲了，不如现在及早治疗。

他也想过正大光明找萧牧庭要药。萧牧庭在特种部队待了这么多年，处理类似蚊虫叮咬的小伤应该不成问题。但他犹豫半天，还是觉得说不出口。叮在手上、腿上甚至肚皮上都没关系，但腿根太那什么了。他不想让萧牧庭处理伤口，主要还是怕萧牧庭觉得恶心。毕竟伤口很丑陋，现在还被抓破了，想想都无法直视。

只想给萧牧庭看他最好的一面，那种恶心的伤处，不到万不得已，说什么也不能让萧牧庭瞧见。

做好心理准备，邵飞轻轻拉开帐篷帘，里面漆黑一片，屏气凝神一听，还能听到萧牧庭均匀的呼吸声。邵飞松了口气，看样子萧牧庭已经睡着了。他小心翼翼地爬进去，动作极轻，像一只悄无声息的猫。邵飞打开背囊，手指摸到药膏时，他心中一喜，以为自己就要成功了。千钧一发之时，帐篷里却突然亮起一束暖黄色的光。

邵飞被罩在那束光里，僵硬得变成了一尊目瞪口呆的雕塑。

当初选拔集训时，老队员讲笑话，说国外有种猫头鹰，目光有奇效，逮猎物时不靠利爪，靠眼睛瞪，一瞪猎物就全身僵硬，无法动弹。

那时邵飞不相信，和艾心吐槽老队员只知道唬人。现在他却信了，不仅信，还觉得自己就是那个被猫头鹰瞪了的猎物，连小指头都抬不起来。

萧牧庭撑起身来，语气没有一点儿刚睡醒的味道："找什么？"

邵飞心脏都快蹦出胸腔，瞠目结舌地看着萧牧庭，"我"了半天，一句完整的话都没说出来。

他深夜偷闯少将的帐篷，翻少将的包，被少将抓现场，这事可大可小，若要严格处理，扒掉军装都不过分。

邵飞跪在地上，双手抱着包，想解释又实在难以启齿，几秒后眼里的惊慌渐渐被委屈取代，吸了吸鼻子，低声说："队长……"

那声音并不娇气，萧牧庭却莫名心悸。

方才邵飞还在帐篷外时，他就有所察觉，不知这孩子蹲在外面干什么。按邵飞一贯的德行，应该会小声喊："队长，您睡了没？"然后挤进来聊聊今天的收获，再得意扬扬地讨要表扬。可他等了一会儿，邵飞居然拉开帐篷帘，做贼似的摸进来了，还打开背囊掏里面的东西。

萧牧庭倒不会觉得邵飞要干什么坏事，但心里不免好奇，打开电筒也只是想一探究竟，不料邵飞直接被吓呆了。

那模样可爱又可怜，萧牧庭想，如果自己再不表示一下，小家伙可能会哭。

"怎么了？"萧牧庭拉开睡袋，揉了揉邵飞的头。邵飞扁着嘴看他，嘴角轻轻颤抖："队长，我不是来偷东西的……"

其实的确是来偷东西的。

"嗯。"萧牧庭见他肩膀不停颤抖，只好轻轻拍他的背以顺气，"跟队长说，怎么了？"

邵飞本来打定主意不让萧牧庭知道自己伤口溃烂了，但被萧牧庭低沉的声音一哄，什么决心啦，羞耻心啦全散了，顿时不想再一个人兜着，瓮声瓮气地说："队长，我痛。就是昨天被蚊子咬过的地方，今天它……肿了，还被我抠，抠破了。"

萧牧庭当真没想到邵飞夜里摸进自己帐篷来会是这个原因，既诧异又心痛，连忙让邵飞脱掉裤子给看看伤处。邵飞心里着急，加之伤处确实难受，不再像昨天那样不好意思，但脱裤子时还是犹豫了几秒。

萧牧庭已经拿过医药箱，里面不仅有药膏，还有各种从枫鹰带来的药。

邵飞心一横，总算将裤子脱了下来。

萧牧庭叹了口气，伤处情况不太好，蚊子的毒素不轻，但折腾成现在这样，主要是因为昨天没有好生处理，今天那里浸了汗，发炎在所难免。

萧牧庭取出酒精、碘附、棉花，还有一套剪子之类的小工具。邵飞瞪大眼："队长，您要给我做手术？"

"我哪会做手术？"萧牧庭将他的腿向上推了推，戴上手套，"只是清创。有点痛，忍着。"

"啊！"好痛！

邵飞眼泪都出来了，险些捏到自己的肉。

萧牧庭动作非常迅速，不到一分钟就完成清创。邵飞低头看了看被扔到一边的棉花，觉得自己在萧牧庭心中的形象玩完了。

队长一定这样想——邵飞太不爱干净了。

清创后，上药的工作就轻松许多，萧牧庭没抹昨天那种药膏，拿了其他两种药，上好药之后还缠了纱布，总共耗时 10 分钟。

邵飞正要穿裤子，萧牧庭却道："你几点的哨？"

"2 点。"邵飞不知道萧牧庭为什么这么问。

"那先在我这儿歇着，有多余的毛毯和睡垫，"萧牧庭说，"到时间了我叫你，再换一回药。这伤也就是发炎，不严重，一会儿创口应该能凝住，在这儿睡到 2 点你再去站岗。明早起来你再检查一下伤处，没什么大问题。"

说完，萧牧庭给他铺好毯子，关了电筒，轻声道："睡吧，还不舒服的话随时叫我。"

邵飞哪会不舒服，伤口不痛也不痒了，麻溜裹进被子里，一觉睡得格外安心。

这一安心就睡过了头，醒来时早就过了站哨时间。

他身边的睡袋空着，萧牧庭不在。

邵飞一个激灵坐起来，套好裤子就往外跑，差点撞到回来的萧牧庭。

"队长？您是不是……"帮我站哨去了？

萧牧庭点点头："2点时你没醒，我就替你站了。"

"这怎么行？"邵飞想，您可是队长！

"没什么不行，咱们都是军人，何况你昨晚已经执过一次勤了，今天不舒服，就多休息休息。"萧牧庭道，"还痛吗？"

邵飞自是十分感动："不痛了。"

"那再换换药，"萧牧庭笑道，"天快亮了，你自己换完药了再回去。"

行军进入第三天，强度逐步加大。兴奋劲头过去后，战士们连日来积蓄的疲乏也渐渐显露。晚上，邵飞躺在床上，思绪万千。

睡不着，脑子特清醒，邵飞十分钟叹一口气，从年初初遇萧牧庭时开始回忆，想到自己曾偷偷在萧牧庭床上打滚儿。那时他还很讨厌萧牧庭，觉得这人是个没本事的纨绔，而至于为什么要打滚儿，倒是记不得了。再往后想，萧牧庭严厉归严厉，对他却是相当照顾的，教他枪法，还与他聊家里的事。

细细想来，萧牧庭总给他一种似曾相识的感觉。

第一次见面时，邵飞就觉得在哪里见过萧牧庭，但事实上，他根本没有途径见到萧牧庭这种级别的军官。那念头不久后打消，如今想来，他却越发觉得熟悉。

想来想去，他便失眠了。

早上集合时，邵飞脑袋沉得如灌了铅。

艾心又来惹他："大姨爹来了？"

"一边儿去！"他抬手赶艾心，"我爹都没有，哪来的姨爹？"

说者无心，听者有意。邵飞对父亲没印象，提起来从不觉得伤神。萧牧庭路过听见了，却暗自叹了口气。

邵飞没爹没妈，后来又没了哥，受了委屈娇都没处撒。

那边邵飞和艾心又说了几句，嘻嘻哈哈动起手，萧牧庭这才发觉自己最近像个老父亲似的，对邵飞上心得过了头，什么都担心，什么都心疼，其实小孩儿心大着呢，根本不把"没爹没妈"当作伤心事，顶多在想到邵羽的时候难过一下。

萧牧庭宽了心，见邵飞正好与艾心追打过来，笑着招了招手。一秒前还凶神恶煞的飞机队长立马变脸，先是一愣，然后扬起唇角笑，不再搭理艾心，迅速跑近萧牧庭："队长早上好！"

小家伙眼下有黑眼圈，眼白还挂着血丝，精神不太好的样子，似乎夜里没睡好。

萧牧庭发现自己居然又心疼了，顿觉无奈，寻思说些什么化解，遂道："腿上的伤好了吗？夜里还难不难受。"

"啊？"邵飞一愣。

队长还惦记着我的伤！

邵飞一面觉得队长也太好了吧，一面又为麻烦队长感到不好意思，连带着看向萧牧庭的目光都多了几分热切与躲闪。

这模样看在萧牧庭眼里就成了"可怜巴巴""欲言又止"。

萧牧庭问："还是不舒服？"

"不不！"邵飞连忙否认，"很舒服！"

萧牧庭微皱起眉，觉得邵飞有点奇怪，像养熟的橘猫突然心里藏了事儿，独自一猫跑了，抓回来也不再让人挠肚皮。萧牧庭被这个想法逗乐了，回神时邵飞已经打开无线电，接收今天的任务。

第四天，枫鹰分到的是24小时破袭任务，白天长途奔袭80公里，夜间对敌军指挥部发动进攻，拿下指挥部才有分，没拿下记零蛋。这任务至关重要，邵飞不敢马虎，领着全队提前赶到驻扎地，入夜之后和陈雪峰等人摸黑侦察敌情。

萧牧庭作为带队队长，不能直接参与行动，只能从旁提供建议，等于不算战斗力。1小时后邵飞回来，带回零星的兵力部署信息，萧牧庭看了看，心知这指挥部队员们拿不下来——这与能力没什么关系，总部每次的破袭任务都相当变态，宗旨就是教新兵做人。不过这话萧牧庭不会说，没有哪个队长会在战前给队员泼冷水，就算是输，也得由大家拼尽全力，亲自体会那种挫败感。

邵飞已是全副武装，蹲在地上一边画进攻路线图一边讲解。萧牧庭默不作声地看着，心中万分感慨。比起邵羽，邵飞更有天赋，经过这段时间的历练，他的大局观也渐渐显现。军中不乏大局意识强烈的战士，但像邵飞这样的却不多见。他们大多沉稳、低调、温和，邵飞却活泼过头，闹腾起来根本收不住。

难说这是缺点还是优点。萧牧庭继续听邵飞安排任务，忽与小队长四目相对。

邵飞抬起头看他，认真地问："队长，您看我这样布置行吗？"

萧牧庭蹲下来，从地上捡起一块石子："我建议在这条路线上安排狙击手。另外，从两边包抄更可行，一定要注意找隐蔽地点，敌军可能释放曳光弹，如果没有找好躲避的地方，很可能失去战斗力……"

邵飞听得仔细，之后又与大家商量一番，看得出他信心十足。

凌晨1点，战斗打响。及至3点半，踌躇满志的士兵们几乎被全部消灭。

这结局在萧牧庭意料之中，当年他与同样年轻的战友也是被如此吊打的，唯一意外的是敌军这回一次性料理了两支部队，一支是枫鹰，另一支是长剑。

邵飞也是潜入指挥部后才知道长剑也在，彼时长剑绝大部分队员已经"阵亡"，"活着"的只有戚南绪和另外两名队员。邵飞有些惊讶，因为熊兵戚南绪这回没当独行侠，竟然与队友组成了游击兵分队，还热忱地邀请他一同行动。

经过前1小时的攻坚，枫鹰这边亦损兵折将，邵飞没有更好的办法，索性带着剩下战友与长剑合为一队，由是又撑了一段时间，但最后还是在弹药库里全军覆灭，个个头上冒彩烟。

虽说胜败乃兵家常事，但这回两队都在准备充分的情况下被打了个落花流水，任务一结束，戚南绪就哭了，枪弹扔在地上，哭得特别不服气，特别不甘心。

邵飞本来还有些蒙，正打算回去好好理一理思路，跟萧牧庭汇报战况，找到不足之处，以便以后改正。但他一听到戚南绪的哭声，失落感顿时上来了，不甘心之余，还觉得自己被教官们耍了。

萧牧庭接到教官的请求赶来时，看到的就是邵飞红通通的眼。

飞机队长要面子，不像戚南绪那样说哭就哭，但也相当难受了，坐在墙角抱着枪，身边靠着个吭哧吭哧的戚南绪。

教官压低声音说："萧队，心理疏导的工作就交给您了。"

萧牧庭点头："范强呢？"

"在另一间屋子，"教官说，"这边儿这个范队管不了，严队马上就到了。"

话音未落，外面就传来直升机的声响，大概是严策到了。

萧牧庭笑着叹气，走到邵飞跟前，踢了踢他的小腿。邵飞扬起头，角度问题，眼睛显得比平时更大。

萧牧庭心软了，蹲下来："信心被打击了？"

邵飞摇头："没有。"

萧牧庭心道：还倔着呢。他正要出声安抚，一旁的戚南绪哭得更加厉害了。

邵飞从兜里拿出一沓叠整齐的纸，全丢到戚南绪怀里："最后一把了，小戚你悠着点儿，再哭只能用衣服揩鼻涕了，咱们这可是军装。"

萧牧庭更想笑了，小家伙明明自己也难受，还端着架子安慰别人，怪叫人心疼的。

这时，脚步声传来，严策果真到了。

戚南绪不哭了，扁着嘴看向门口，被严策牵走时还一抽一抽地说："哥，这回我听指挥了，我没……"

"嗯。"严策应了一声。

"我听你的话，这次失败不是因为我。"

"我知道。"

"那你会赶我回去吗？"

后面两人还说了什么话，萧牧庭和邵飞就听不见了。屋子里总算安静下来，萧牧庭坐在邵飞旁边，片刻后搂过他的肩轻轻摇了摇："心里不舒服就说出来，不用憋着。"

邵飞半天没动静，萧牧庭索性在他后颈上捏了捏——老这么闷着不行，枫鹰受打击的不只飞机队长一人，还有其他兵也需要开导。

邵飞忽然直起腰背，盯着萧牧庭看了两秒，揉了揉鼻子："队长您放心，我就是被打蒙了，睡一觉就好。"

萧牧庭并不意外，邵飞和戚南绪不一样，乍看他俩都熊，但邵飞心性坚韧得多，说睡一觉就好，那就是睡一觉就好。

不过令他有点意外的是，邵飞扯了扯他的衣袖，又补充道："队长，我最近有件事想不通，等我想通了，您能像今天这样陪我坐着，听我说吗？"

加上这无眠的一夜，邵飞已连续两天两夜未合眼。说什么睡一觉就没事了，行军安排却根本没有让他补眠的时间。夜里 5 点，各支部队接到指令，立即启程，在黄昏之前抵达此次考核的最后一个据点——046 坐标点。

最后一天了，战士们再疲惫也得撑下去。刚刚经历了挫折的年轻战士在夜色与凉风中列队，邵飞借着指挥部走廊上的灯光，在等高线地图上规划行军路线，红色的笔在乱麻一般的线团中穿行，如同他眼中错乱的红血丝。他嗓音有些哑，冲众人挥了挥地图："兄弟们，走！"

这一路比第二天的跋涉更加艰辛，前方的荣誉刺激着每一颗加速跳动的心脏，邵飞始终在前方领路，萧牧庭看着他的背影，想起他半夜说的那番话。

"队长，我最近有件事想不通，等我想通了，您能像今天这样陪我坐着，听我说吗？"

20 岁的半大小子，想不通的事情多了去。萧牧庭忆起自己如邵飞这般大的时候，想不通食堂的牛肉饼为什么总是那么咸，想不通洛枫为什么老跟自己过不去，想不通有些兵为什么训练起来就不要命——终归不是什么不得了的大事。

但邵飞的语气又让他觉得也不是小事，起码不是牛肉饼为什么那么咸这种小事。

从萧牧庭的角度看去，邵飞的背影高大挺拔，两条腿很直，背上背着小山一样的背囊。

他已经是一名非常可靠的军人了。

可是如果单看脸，"可靠"两字也许得换成"可爱"——一名非常可爱的军人。

萧牧庭笑得有些无奈，邵飞只是在他跟前显得可爱，受了委屈会哭，痛了会喊，发炎了会害臊，眼巴巴地望着他，一声"队长"喊得他心头一软；而和其他战士在一起时，邵飞果断、强大，的确担得起"可靠"二字。

临近中午，队员们已有十多个小时未进食，但这天全天无补给，寻找"野味"得花费不少时间。邵飞与其他几名骨干战士一商量，决定继续行军，争取以最快速度抵达046坐标点。

没人反对，所有人都跟打了鸡血似的，拼命用亢奋压下疲惫。

萧牧庭未做阻拦，当年他也与这帮心急的兵一样，为了任务而"不择手段"。

下午4点，路途上最艰难的障碍出现了，一条水流异常湍急的小河切断去路，战士们必须泅渡至对岸，才能准时赶到目的地。

邵飞站在岸边，脸色凝重。规划路线时，他不是没注意到这条河，但没想到水流如此之急。照他出发前的想法，行到此处，队员们应统一下水，武装泅渡。就算有人体力不支，队友之间彼此照拂，游过去也没有问题。

可现在这个情况，别说队里几名体力接近透支的队员，就连他、艾心等尚能支撑的战士，都不一定能安全渡河。

要渡河必须架设安全绳！

可谁游过去绑安全绳？

邵飞磨着后槽牙，十指慢慢攥紧。自己的身体自然是自己最清楚，邵飞一直硬撑着，也渐有力不从心之感。

如果他硬游过去，说不定会出现意外。可如果让其他人去绑安全绳，出意外的可能性只会比他亲自去更大。

打定主意，邵飞朝后面大吼一声，让队友迅速把携带的麻绳连接起来。

艾心冲上前来："你都这样了还去？让我来，我体力比你好！"

"你好个屁，"邵飞扯起嘴角，勉强地笑了笑，"20公里武装越野回回都输给我。"

"那是陆地！"艾心说着就要抢绳子。

"水里你也不是我对手啊，"邵飞一边往腰上绑绳子一边说，"武装泅渡你赢过我几次？"

"我……"

"行了，别跟我争。在岸边帮我牢牢抓住绳子，万一……我是说万一啊，万一我被水呛晕了，你得负责以最快的速度把我拉回来。到时候就得靠你或者雪峰过去绑安全绳了。"邵飞拍了拍腰，"以前选拔训练时比这更急的河我们都游过，那还是冰川融水呢，冷得我半天回不过神。放心吧，有绳子在，死不了。"

"死什么死？"艾心吼道，"你别乌鸦嘴！"

邵飞深吸一口气，面上装得大气，心里还是有些虚。状态正好时，游这种河就跟玩儿似的，但现在他已是"红血"状态，身体每个细胞都在叫嚣：不行了，要休息。

但飞机队长绝对不能退缩！

萧牧庭走上前来，邵飞沙着嗓音道："队长，我准备好了！"

组长做出的决定，带队队长不能否决，萧牧庭就算再担心，也挑不出一名状态更好的队员去渡河绑安全绳。

"嗯。"萧牧庭伸手握住邵飞腰上的麻绳，解开已经绑好的结，重新打了一个，用力一拽，邵飞被拉得一趔趄。

邵飞低头拉住麻绳道："队长，那我，我过去了。"

不知是不是错觉，邵飞觉得萧牧庭看向自己的眼神有些担忧。

但他来不及细想，入水之后，乏力感像周遭的浪潮一般毫不留情地袭来，邵飞紧咬着牙，竭尽全力带着麻绳向对岸挣扎而去。

水花疯狂地打在脸上，眼睛又涩又痛，就要睁不开，身子被冲撞着向下游奔去，仿佛下一秒他就会被卷入水底。

岸边传来队友们的呐喊，艾心吼得最大声。邵飞没有办法回应，只能用尽残存的力气，一点儿一点儿，如蜗牛一般在激流中劈出一条道。

他呛水了，但好在没有呛晕。呼吸道、鼻子、眼睛，乃至胸腔都难受得要命，河水打进耳朵，队友的喊声听不见了，整个耳朵都充斥着沉闷的嗡嗡声，也不知是严重耳鸣，还是脑子被水浪拍坏了。

邵飞用力晃了晃头，憋着一口气继续向前游，即将到达时却又呛了一口水，难受得眼前发黑……

爬上岸时，邵飞整个身子都在发抖，但是没有时间休息，他拖着两条发麻的腿，吃力地挪到一棵粗壮的树边，将麻绳绑好后，就跪了下去，无论他再怎么用力，都爬不起来。

靠着这条安全绳，队员们成功渡河。"功臣"邵飞却不行了，两眼通红地瘫在地上，累得连话都说不出来。

接下去的路程，飞机队长已经没办法走下去了。

艾心将行李扔在地上，抓住邵飞的手臂就往背上扛，萧牧庭却打断道："我来吧。"

被萧牧庭背起来时，邵飞发出了轻微的声音。萧牧庭知道他想说什么，缓声安慰道："我们小队长已经很厉害了，睡一会儿吧，剩下的交给大家。你的背囊、装备都在艾心那里，不会给你弄丢。"

邵飞不是身材娇小的小男孩，一米八的特种兵，要多沉有多沉。

担心累着萧牧庭，他想下来自己走，又实在舍不得这可靠的肩背。

邵飞连呼吸都放得很轻，仿佛这样可以减轻自己的重量，让萧牧庭轻松一些。

队伍换了其他队员开路，萧牧庭背着邵飞走在最后。邵飞开始时说不了话，现在渐渐缓过气，轻声说："队长。"

"嗯？"萧牧庭没有回头，也没停下来，"怎么了？"

"您累的话，就放我下来吧，我可以自己走。"其实还想赖在您背上。

"还有一会儿，快到目的地了再放你下来，那儿有红旗，得组长去拔下来。"萧牧庭说着将他往上抬了抬，声音有些吃力，"真沉。"

"啊……那我还是自己走吧，"邵飞不好意思了，"我那么沉……"

"你这年纪，沉点儿好，"萧牧庭道，"说明身体素质好，胃口也好。"

邵飞撇下唇角："队长您取笑我。"

"你这孩子，夸奖非要理解成取笑。"

"我不是孩子了，我很快就要21了！"邵飞皱起眉，特别不想听萧牧庭说他是"孩子"。

萧牧庭低声笑："行吧，不是孩子了，是飞机队长。"

又走了一会儿，邵飞忽然问："队长，您上次教我们搬运伤员时应该横放在肩上，咱们这姿势是不是不正确？"

"怎么，还想我把你横扛起来？"

"那倒不是。"邵飞摇头，被背着当然比被扛着舒服，练习时他被戚南绪横扛着跑的滋味太难受了，回忆起来都觉得头晕想吐。

"那是紧急情况下运送伤员，你又不是伤员。"萧牧庭道，"不过你想感受的话，我也可以把你横扛起来。"

邵飞想了想自己像麻袋一样趴在萧牧庭肩上的样子，不由发出一阵笑声。

046坐标点近了，山头上的红旗逆着夕阳的光。

队员们已经开始欢呼，萧牧庭拍了拍邵飞的腿："能自己走了吗？"

"能！"邵飞双脚落地，萧牧庭又扶了他一把，拍着他的肩道："去吧，小队长。"

红旗猎猎作响，邵飞将其一把拔起，对着空中盘旋的监控无人机摆出一个狙击的姿势。

那姿势很帅，而当邵飞转向萧牧庭时，那股硬朗的帅气又变成单纯的天真，直教人为之动容。

凭借一周以来的出色发挥，枫鹰拿到了联训比武的集体第一名，组长邵飞更是锋芒毕露，从奖台上下来时，迷彩上已经挂上了一枚"兵王"勋章。

这勋章是最近两年才有的，以前只评选优秀战士，虽一向有"兵王"荣誉，却没有实物奖章。枫鹰缺席联训两年，最有希望拿到"兵王"称号的宁城远在敢城，邵飞成了枫鹰队中头一位戴上总部"兵王"勋章的新兵。

萧牧庭笑着为他整理歪掉的衣领，他向前倾了倾身子，因为含着润喉片而显得有些口齿不清，没了方才代表枫鹰领奖时的利落，多了几分黏糊的稚气："队长。"

"嗯？"

"我有点儿激动，您得抱我一下，再拍拍我的背。"

萧牧庭愣了一秒，笑问："如果不抱呢？"

"我膨胀了，不抱可能就要飞起来了。"

萧牧庭忍俊不禁，将邵飞拉入怀中，轻拍后背。

邵飞惬意地喘了口气，闭上眼睛，安静地靠在萧牧庭肩上。

周围很吵，战士们疯来打去。刚刚他在台上一眼就看到了萧牧庭——他的队长站得挺拔而有风度，正抬头看着他，眼里似乎带着笑。

总部的领导正在讲话，他却一个字都听不进去，只想赶紧回到队伍中，与萧牧庭并肩站立。

这个拥抱比想象中的有力一些，邵飞得意又腼腆："队长，我拿到第一了。"

"训练和比武你都表现得非常出色，'兵王'称号给你，算是实至名归。"萧牧庭感觉到邵飞那种年轻的朝气隔着迷彩撞击着他的胸膛。

邵飞深吸气，问出了一直想问的话："那队长，我是您最欣赏的兵了吗？"

那双眼天真赤诚，萧牧庭一时竟找不到合适的话作答。

不等他出声，邵飞挺起胸膛："还不是吗？那我继续努力！不过队长，您一直是我最欣赏的队长。您等着我，早晚有一天，我会比现在更强！"

夜晚，被折腾一周的队员早早入睡。邵飞太困太累，四仰八叉地躺在床上，眼睛刚一闭上就睡着了。萧牧庭却没什么睡意，点了根烟坐在阳台上，虚目看着没有星星的夜空，脑海里邵飞那个拥抱与那声"最欣赏的队长"挥之不去。

无可否认，邵飞是特别的。他暗暗资助了邵飞五年，调来枫鹰后又将邵飞带在身边，或严厉或宽容地指导。扪心自问，自己过去从来没有如此耐心地对待过谁。

因为邵飞是邵羽唯一的弟弟，而邵羽因为他的疏忽而牺牲。

对邵羽的亏欠转化为对邵飞的照顾，但朝夕相处间，他被邵飞的天分、勤奋、一腔热血打动。一个优秀特种兵的一切特质，邵飞身上都有。

假以时日，这优秀的苗子必成大器。

邵飞睡到中午才起来，睁眼就看到戚南绪的脸。

"现在才醒，懒猪吗你？"戚南绪蹲在床边，不是很高兴。

邵飞想起昨天宣布成绩时戚南绪那张黑沉黑沉的脸，心中一乐，故意拉过迷彩一抖，指着勋章道："瞧这是什么？"

"滚你的！"戚南绪一把拍开迷彩，看也不看"兵王"勋章，"比武而已，又不是实战，有什么好得意的？你真幼稚！"

"哟！"邵飞更乐，"当初也不知道是谁说要拿比武第一。吃不到葡萄说葡萄酸了吧？没事，来来来！"

戚南绪一哼："来干吗？"

"勋章借你戴戴啊，够哥们儿吧！"

"你滚！"

邵飞立即在床上打了个滚儿："还要滚吗？"

戚南绪站起来，用力往床柱上一踹："你这么熊，如果我是萧队，我早揍你了！"

提及萧牧庭，邵飞安静下来。戚南绪好奇道："咋了？"

邵飞欲言又止，他一直知道自己仰慕萧牧庭，也希望萧牧庭欣赏自己，但现在，他发现自己还对萧牧庭产生了像对父兄般的依赖，想与萧牧庭更亲近些。

见邵飞不说话，戚南绪自己说起来了："我真羡慕你。"

邵飞诧异，再次拿起迷彩，翻出上面的勋章："你刚不是说不稀罕吗？"

"谁跟你说这个？"

"那你说哪个？"

戚南绪抿了抿唇："我哥大我14岁，我小时候他老爱抱我了，现在却老嫌弃我。我拼命进了他的部队，他成天就想赶我回去。也就我脸皮厚，赖着不走。你就不一样了，萧队从来不赶你走，对你也好，昨天还背你来着。"

邵飞心里半酸半甜，想安慰戚南绪两句，又对这业务不熟练。戚南绪也看出来了，哼哼道："你打住吧，我才不需要安慰，能安慰我的只有我哥。"

"难怪，你昨天哭得那么厉害，他一来你就不哭了。"

"别提这事儿，丢人！"

"知道丢人你还哭？"

"我就是没忍住！"戚南绪叹气，"我怕他真赶我回去。他怎么说也是大队长，我一个小兵，又不能跟他犟。"

"不至于吧，没拿下指挥部就得被赶回去？"邵飞想，这也太不近人情了。

"这倒不是，"戚南绪说，"他让我学会与战友配合，一同行动，做不到就回去。"

邵飞恍然大悟，难怪遇到戚南绪时，这独行侠和队友待在一起。

"你也看到了，之前我一个人行动，没完成任务所有人都怪我。这回我和他们一起行动了，任务还是没完成。"

"你哭是怕严队以为任务失败的原因还是你不与大家配合？"

戚南绪"嗯"了一声，嘴角浅浅地勾起来："不过我想多了，他知道不是这样。"

邵飞心里骂了声"我去"，想吐槽戚南绪"戏多"，又觉得不仗义，便忍了。

安静一会儿，戚南绪又问："你没问题了？"

邵飞没明白："什么问题？"

"你其实特别想萧队当你哥哥吧？"

"呃……"

戚南绪摸着手臂说："我觉得他对你挺好的，起码他不会像我哥这样冷冰冰的。"

邵飞记住了戚南绪的话，队长对他好，他也要对队长好。

总部给战士们安排了福利，归队之前由教官带着在卫城玩一两天，邵飞与枫鹰大部分队员都报了名，明天一早就走，澡堂人多，洗不畅快，他又跑萧牧庭这里来洗澡了。

等邵飞洗完出来，萧牧庭递过一张银行卡："明天我就不和你们一起去玩了，卡你拿着。明天你们想吃什么，想买什么，别自己掏钱，刷这张卡就行。回来之前再看看有没什么合适的土特产，买下来分给没去玩儿的队友。"

邵飞翻着小卡片："我们这是公款吃喝？"

"那得跟洛队申请，多麻烦。"萧牧庭靠在桌沿上，双手往后撑，"是我自己的钱。"

这姿势在邵飞眼里帅毙了，他有学有样地往桌沿一靠："您自己的钱？那怎么行？我们有钱。"

"你们有多少钱？"萧牧庭知道邵飞在学自己，故意换了个姿势，双手抄在胸前，邵飞立即照做，余光还在他手肘上扫了扫，似乎正确定自己做得是否标准。

萧牧庭不由得想笑，方听邵飞说："我们没钱也不能乱花您的钱啊。"

"不是乱花，你们也不会乱花。"萧牧庭说，"我带你们半年了，枫鹰性质特殊，你们比不少部队的战士辛苦。平时我也没有机会给你们争取什么'福利'，这回总部安排你们出去玩一玩，我就凑个热闹好了。不用觉得这是花了我的钱，哪个当队长的不想队员在难得的机会里吃好玩好呢？"

于是邵飞将卡收起来，一头撞在对方手臂上，真心实意地说："队长，您太好了。"

萧牧庭摸了摸他湿漉漉的头发，嘱咐道："睡前一定要把头发擦干，如果一不小心睡成半边脸面瘫，我看你明天怎么出去玩。"

第二天，换上便衣的战士们跟春游似的挤上大巴，邵飞怀里揣着萧牧庭的卡，心里特别爽——到时候谁想动卡里的钱，都得跟他汇报！

队员们都是头一回来卫城，一路上那叫一个兴奋。邵飞管着账，但丝毫不抠门，战友们的合理吃喝玩乐要求都满足，收据仔仔细细地收着，准备回去记好账，再把卡还给萧牧庭。

队员们玩到夜晚才回总部，刚从大巴上下来，邵飞就被戚南绪逮走了。

邵飞今天激动，拍着戚南绪的背说："你怎么不跟你们长剑的一起去呢？又成独行侠了？小心严队把你赶回去！"

"用得着你操心吗？"戚南绪哼了两声，"跟你说个事。"

"啥事？"

戚南绪神神秘秘的："我刚才去军官宿舍里找我哥，看到一个男的和萧队在一起！不知道是不是萧队的朋友，长得可漂亮了！"

"男的？漂亮？"邵飞震惊了。他倒要去看看男的能漂亮到哪里去！

寝室里热闹得很，大伙儿喜气洋洋地分带回来的食物。邵飞悄悄拿出用自己的钱给萧牧庭买的墨镜，步伐轻快地朝军官宿舍走去。

萧牧庭的寝室关着门，他敲了敲，里面很快传来脚步声，却不像是萧牧庭的。

门打开，他怔了一秒，然后两眼睁大，嘴型变成"O"，不为来者是个陌生人，而为这人，这男的长得……真是漂亮！

漂亮男人一手撑在门边，身子往外一倾，凑近邵飞。邵飞瞪着一双大眼，连忙往后退，不料左脚绊了右脚，险些栽倒。男人脸上挂着笑，扶门的那只手一捞，时机正好地扶住邵飞。

邵飞目光全黏在男人好看的五官上，全然不觉自己此时的姿势十分可笑。男人眼尾一弯，启唇道："你是邵飞？"

邵飞微怔，从男人臂弯里挣出来，神情半是警惕半是好奇："你是？"

说话间他右手无意识摸了摸被揽过的地方，心里感叹这漂亮男人力气还挺大。

漂亮男人往里看了看，邵飞也抻着脖子瞧，浴室有水声，萧牧庭大约在洗澡。

队长将客人晾在一边，自己跑去洗澡？邵飞挑着一边眉梢想，队长还能干出这种事？

"进来吧。你队长一会儿就洗完了。"男人让开一条道，打了个哈欠，桃花眼半睁半闭，睫毛根沾着些许水汽。这慵懒的姿态与军营的氛围格格不入，看在邵飞眼里，却有种稀奇的美感。

男人没穿军装，宽松的黑色背心配卷至小腿的薄麻裤，手臂的肌肉紧实但不突兀，脚上连拖鞋都没有，就这么大咧咧地赤着，小腿上有毛，和漂亮的脸蛋不怎么搭调。

见邵飞老往自己身上瞟，男人乐了，双手一撑，坐在写字台上，脚丫子晃来晃去："好奇我是谁？"

邵飞未经思考就点点头，看到男人唇角的笑后又假装无所谓地咳了咳："也没好奇啊，我总得知道你是谁吧。"

"其实我也是萧队，我队里的小宝贝儿们都这么叫我。不过我不是军人萧队，我是警察萧队。"男人歪着头，一会儿左偏一会儿右偏，看上去就像社会闲散人员。

邵飞先是被"小宝贝儿"雷了一下，一秒后紧盯男人的脸，恍然大悟："你，您是队长的……"

"弟弟"两字邵飞不大能说出口。萧牧庭给他讲过亲弟是位缉毒警察，最近在卫城参加全国精英警察集训。他想象中的萧家弟弟高大威武，比萧牧庭壮实，但没萧牧庭帅，是个粗犷暴躁的纯爷们儿——萧家的好基因都在萧牧庭身上，弟弟大约会寒碜一点儿。

但眼前的男人身材高挑，并不威武，更与粗犷暴躁不沾边，的确没萧牧庭帅，可比萧牧庭漂亮，而漂亮归漂亮，举手投足间仍是爷们儿气尽显。

现实与想象差太远，邵飞吸了口气，眼皮不好意思地向下一垂，又忍不住想继续瞄。

男人从桌上跳下来，冲他伸出右手，笑道："我叫萧锦程，你队长的亲弟，来，握握手就算认识了。"

说完，不等邵飞反应，萧锦程就往他手上一拍，握紧晃了晃。

　　萧牧庭洗完澡出来时，萧锦程已经拉着邵飞蹲在阳台上聊开了。

　　"你队长是不是跟你说，他当初入伍是因为憧憬军营？别听他瞎吹，他哪里憧憬了！跟你说，他啊，以前就是个纨绔小少爷，成天惹事，但打架又不行，老被我揍。"

　　邵飞不相信，眉头皱得老深。

　　"你别不信，以前真是这样。"萧锦程接着说，"我比他小3岁，但他打不过我，就非要去部队练拳脚，这才入伍来着。"

　　萧牧庭听得发笑，踹了踹萧锦程的屁股："你能成熟点儿吗？打得过打不过，要不要现场试试？"

　　萧锦程吓了一跳，邵飞转身站起来："队长！"

　　"叫得这么有朝气？"萧锦程"啧"了一声，撩起背心扇风，"不愧是特种部队的小兵王，一声'队长'都喊得与众不同。"

　　邵飞心里又美起来。萧锦程不仅知道他的名字，还知道他拿了"兵王"勋章。这说明什么，说明萧牧庭跟亲弟提过，而且应该不止一次！

　　萧锦程叹了口气，又道："我们队的小家伙们就喊不出这种声势，萧队萧队，要不就是程哥……嘿要不这样！"说着他冲萧牧庭一抬眼，"把你的小飞机借我几天，我带去我们队遛遛，让大伙儿学学军人的精神气儿。"

　　"想得美，"萧牧庭兴致不错，笑道，"特种部队的小兵王能随意外借吗？"

　　邵飞这回心里挺美，美的是萧牧庭不让萧锦程"借"他，还说了"特种部队的小兵王"，同样的话从萧牧庭嘴里说出来，就是跟萧锦程说时不一样，邵飞十分自觉地听出了亲昵与爱护，臊红了脸。

　　"真抠门！不借就不借。"萧锦程嘴上抱怨，却没真生气，一瞧邵飞大红灯笼般的脸，巴掌一拍，笑得更开怀，"咱小兵王这是怎么了？脸红成这样？"

　　邵飞短促地"啊"了一声，脸颊更烫了。

　　萧锦程更乐，戳了戳邵飞的脸："我开玩笑的，别急啊小兵王，我就一警察，哪来的权力把你从枫鹰捞走啊？而且你们明天就回去了，我借你几天，回头还得自掏腰包送你回枫鹰，我亏不亏啊。"

　　邵飞瞪着萧锦程那张近在咫尺的脸，既觉得这人相当欠揍，又不忍心真揍下去。

　　可能是因为他漂亮？

　　"好了好了，别逗他了。"萧牧庭将萧锦程拉开，"你不是要找严队商量事情吗？把鞋和外套穿上，这里好歹是军营，你给我注意着影响。"

"噢对，不过今天挺晚了，不知道他开完会没有。"萧锦程抬头看挂钟，已经 10 点多了，"算了，这点时间也不够说，我明早再去找他。"

邵飞一听"严队"，就想起戚南绪，心里好奇萧锦程找严策能有什么事，但他没立场问出口，听萧锦程与萧牧庭聊了一会儿，才知萧锦程这回并不是来找萧牧庭的，而是来跟严策商量联合缉毒行动的。

长剑和萧锦程供职的警队偶尔会合作，军警联合出击，听起来就十分威风。

看样子萧锦程今晚不会回去了，邵飞把卡与花费清单交给萧牧庭，正要离开，就听萧锦程喊："小兵王，你不是带了个礼物来吗？不当面送给你队长？"

"礼物？"萧牧庭也好奇了，"什么礼物？"

邵飞自己都忘了。之前进屋时，他手里提着装有墨镜的小纸袋，和萧锦程聊天时随手放在桌上，临走也没想起来。

墨镜不是名牌，但也花了好几百块钱。夏天阳光刺眼，冬天冰雪晃眼，很多军官在训练场上都会戴墨镜，但他一次也没见萧牧庭戴过。他白天在商场里闲逛，艾心买了一副挺潮的墨镜，他心念一动，也挑了一副。

虽然说好了刷萧牧庭的卡，但大家都默契地带着"私房钱"，邵飞也带了，没给自己买东西，预算全花在这副墨镜上了。

店员将墨镜收进礼盒，又放进商场统一的小纸袋，乍一看辨别不出里面是什么东西。萧锦程一语道破小纸袋里装的是礼物，邵飞有些诧异，心头莫名生出几分不好意思。

萧牧庭拿起小纸袋，看向邵飞："送给我的？"

邵飞挠挠脖子，点着头说："是一副墨镜。"

萧锦程凑过来，刚好看到萧牧庭将礼盒从小纸袋里取出来："哇，小兵王太贴心了吧！"

萧牧庭唇角浮着笑，邵飞既忐忑又激动："是纯黑色的，不……不知道您喜不喜欢。"

"他肯定喜欢！"萧锦程抢答，"有这么贴心的小棉袄，送一副老花眼镜也喜欢啊！"

萧牧庭打开盒子，取出墨镜时手指轻微一顿。邵飞被萧锦程说得又羞又高兴，上前几步，眼里满是雀跃："队长，您戴上试试？"

夜里戴墨镜有些奇怪，萧牧庭戴了几秒就摘下来，萧锦程在一旁乐呵，说人靠衣装脸靠墨镜装，这墨镜一戴，眯眯眼也成大帅哥。

邵飞连忙争辩："队长不是眯眯眼！"

"说不得你队长了。"萧锦程笑着叹气，"小飞机太乖了，真想抢回去当儿子。"

　　邵飞想：这可不行，给你当了儿子，队长就是我大伯，这怎么行！我还想让队长当我哥哥呢。

　　他想着想着又觉得不对，关键难道不是为啥得给人当儿子？

　　邵飞拍拍脑门，在心里自我告诫道：清醒点儿兵王，别让人给绕晕了！

　　萧牧庭将墨镜收好，眸光温和，声音沉沉的："谢谢小队长，我很喜欢。"

　　邵飞回宿舍时脚步都是飘的，一路傻笑，若给一片云，大约就能上天。可笑着笑着，他心里一条弦忽地颤了一下，依稀觉得萧牧庭戴着墨镜的模样似曾相识。

第九章
夜光熊猫头水壶

次日上午，枫鹰和北风就要离开待了近一个月的总部集训基地，其余三支部队也将陆续离开。邵飞整理好行李，跟戚南绪道了个别，约定将来强强合作什么的。

从卫城回枫鹰大营，队员们先乘火车到息城，再等待队里的直升机来接。硬卧车厢嘈杂，后勤给萧牧庭订了软卧，邵飞放好行李就往软卧车厢跑。

比起闹哄哄的硬卧，软卧这边安静得多，不少铺位都空着。萧牧庭那间有位中年大叔，把箱子一放就坐在走廊的椅子上看风景，没有进屋休息的意思。邵飞跟有多动症似的，一会儿坐在萧牧庭的铺上，一会儿在狭窄的隔间里走两步，这里摸摸那里瞧瞧，装出一副好奇的模样，余光可劲儿往萧牧庭身上瞟。

萧牧庭这回住软卧并非搞特殊，而是的确有联训报告需要整理。他军衔虽高，但在枫鹰的实际职务却不高。中队长是个带兵的岗位，很多事都得亲力亲为。不过训练汇总并不枯燥，他整理的过程中还能发现队员们的不足与长处，日后也好开展有针对性的专项训练。

萧牧庭的迷彩已换成常服，军绿色的衬衣配长裤，脚上穿着黑色皮鞋，袖口挽至小臂，手腕的线条利落有力，敲击键盘的手指修长，手背上的筋骨随着动作时显时隐。

邵飞撑起下巴，正看着萧牧庭，抬眼就撞上萧牧庭探寻的目光，邵飞一怔。

萧牧庭拿起桌上的水杯，拧开杯盖喝了口茶，笑道："我这里一时半会儿处理不完，没时间和你聊天，暂时也没有需要帮忙的地方。要不你先回去？"

邵飞才不想回去，死皮赖脸也要留下来，一瞧水杯，立马找到"需要帮忙"的地方："队长，您茶水快没了，我帮您去接。"

萧牧庭看了看，的确所剩不多："小心别给烫着。"

邵飞拿着水杯往车厢连接处的热水箱走，排队等待时盯着杯子里的滤网发愣。以前外婆也喝茶——最劣质的沱茶，市场上几块钱一大块茶饼，买回来掰碎了放在茶杯里，滚水一冲，满屋茶香。外婆的茶杯没有滤网，他捧着喝过几回，茶叶浮上来碰着嘴唇，又苦又涩，他皱着一张小脸，把黏在嘴皮上的茶叶拿下来，背着外婆偷偷丢回去。

列车晃了晃，邵飞回过神，又看了看手里的茶杯，抿着唇角想：早知道就不买墨镜了，队长喜欢喝茶，买个茶杯该多好，为啥要买墨镜。

排在前面的人接好热水走了，轮到邵飞时，热水箱的指示灯已经变成红色——开水没了，还得等几分钟。

邵飞回头看了看车厢，又开始想：下回要再给队长买个茶杯！

很快，橙色的指示灯亮起，邵飞上前一步，刚拧开开关，列车突然重重一晃，若不是他反应迅速，开水可能已经洒在手指上。

身后排队的大妈关切地问："小伙子，有没有给烫着啊？这车也不知怎么开的，老晃老晃。我那儿有药膏，跟我回去擦擦？"

"没烫着，谢谢您。"邵飞回头冲大妈笑。

大妈一喜，夸道："小伙子真俊，看你这身军装，是当兵的吧？我儿子也当兵，可辛苦嘞。上次他回来探亲，笨手笨脚的，倒开水把手给烫了，让我心疼得呀……"

邵飞忽然灵机一动，再次拧开开关时，心一横，把左手小指头探了上去。

其实指头也没真烫着，连水泡都没起，只是看上去有点红。大妈夸张地喊："哎呀，小伙子咋这么不小心呢？来给阿姨看看，哎哟这红得，来来来，赶紧抹药。"

邵飞缩回手："谢谢您，真不用，我，我这得回去了。"说完就往软卧车厢走。

大妈心肠热，又想念当兵的儿子，追上邵飞道："你们这些小伙子真是，一点儿都不爱惜身子，烫着了就得擦药，别跟阿姨客气。"

软卧车厢几乎没人说话，即便有，声音也不大。大妈在走廊号这一嗓子，全车厢都听见了。萧牧庭从隔间里出来，邵飞立即道："队长！"

萧牧庭走上前来，目光落在邵飞手上："被开水烫了？我看看。"

邵飞连忙将手指伸过去，嘴上却道："没有没有，没给烫着。"

"怎么没有！你这孩子……"大妈都懒得数落他，转向萧牧庭，"你是他领导？哎！那你得好好说说他，手给开水烫了怎么能不擦药呢？100摄氏度嘞！感染了怎么办？你瞧瞧，这指头烫得多严重，都红了，一会儿就肿了！"

邵飞被说得不好意思了，悄悄瞥萧牧庭，只见萧牧庭神情谦逊，唇角带笑，听得十分认真。

大妈越说越起劲，萧牧庭点点头："谢谢您，我带了药，这就给他擦。您放心，绝对不会感染。"

"这才像话，"大妈这回满意了，拍着邵飞的手臂说，"听话啊，一定要擦药。

你们这些孩子啊，穿上军装就不怕累不怕苦，还把'不怕死'挂在嘴边，以为自己可英雄可伟大了。但是儿行千里母担忧啊，你们什么都不怕，却不知道我们这些当妈的在家里多担心……"大妈嘱咐好后才离开。

邵飞一怔，看着大妈的背影，心头忽地泛起一阵酸楚。

萧牧庭从行李箱里拿出药，执起邵飞的手看了看："痛不痛？"

"不痛。"邵飞摇头，就这一会儿时间，手指别说痛了，连异常的红色都快消掉了。

他本想说"大妈瞎操心"，但话到嘴边，怎么也说不出口。他没有母亲，却在那"多管闲事"、大嗓门的普通中年妇女身上看到了深重的母爱。

萧牧庭笑着在他被烫的手指上捏了捏，又将药放回去，温声说："阿姨过虑了，确实没必要上药。不过照你的反应，怎么会被烫到手指？"

"啊……"邵飞这下答不上来了，"我那个……嗯，就接水的时候车晃了一下，水……水就溅出来了。"

"这么不小心？"

邵飞偷看萧牧庭一眼，发现萧牧庭正看着自己，目光一触即收："因为晃得很厉害……"

"再厉害也不该洒出来，"萧牧庭语气一沉，"稳定性训练白练了？"

邵飞心道糟糕，这简直是搬起石头砸自己的脚。

萧牧庭又道："看来这趟回去，还得继续练。"

"哦。"邵飞嘟了嘟嘴，暗骂自己是不是傻。

隔间里安静了一会儿，邵飞脑袋越垂越低，忽听萧牧庭笑了笑，拿过水杯道："谢谢小队长掺的茶。"

邵飞又高兴了。

整整一下午，邵飞都在萧牧庭身边待着。萧牧庭工作，他就假模假样地看纸质资料，虽然没怎么说话，但也不觉得无聊。

列车即将到达下一站，那"多管闲事"的大妈去而复返，拿来一大口袋苹果硬塞给邵飞，眼里泪光闪闪："我很久没见到我儿子了，他最爱吃苹果。小伙子，这些苹果你拿着路上吃，吃不完就带回部队，分给战友们吃。多吃水果对身体有好处的。我要下车了，你好好照顾自己呀，接水时别再毛手毛脚啦。"

邵飞鼻子微微一酸，回头看了看萧牧庭，萧牧庭沉默地点头。邵飞立即扶住大妈，接过大妈的行李："阿姨，我陪您下去。"

列车靠站时间较长，邵飞将大妈送到出站口，目送大妈的身影消失在人群里后，才匆匆赶回去。

车里新来了不少乘客，软卧车厢一下子热闹不少，不过萧牧庭的隔间还是没有新乘客。邵飞回来时，萧牧庭已经洗好了一个苹果，冲他抬了抬下巴："去洗手。"

苹果很甜很脆，邵飞吃着吃着，眼尾就悄然泛红。

萧牧庭将剩下的苹果全拿去洗了，回来时连同口袋一起递给邵飞："拿去分给大家吧，这是一位母亲的心意。"

"嗯。"邵飞吸吸鼻子，啃完苹果后将果核丢进垃圾桶，提着口袋走了几步，又折返回来，从口袋里拿出一个苹果放在萧牧庭桌上。

萧牧庭抬起头，邵飞道："您也是军人，阿姨的心意您也得领。"

萧牧庭笑了："好。"

"不过您先别吃，等我回来。我马上就回来。"邵飞说完就转身走了，挤过好几节拥挤不堪的硬座车厢，才回到自己那一节。

苹果被一抢而空，邵飞说起车上遇见的那位大妈，闹哄哄的战士们安静下来，有人偷偷抹了抹眼泪，有人说这次回去就给家里人打电话。

邵飞没有家人可打电话，深吸一口气，笑道："慢慢吃，我回去协助队长工作了。"

话虽如此，却没有什么工作需要他协助。

急不可耐地奔回萧牧庭身边，不过是因为他偷偷将萧牧庭当作家人来依赖。

苹果还好好摆在桌上，下面垫着一张纸。邵飞找出小刀和饭盒，坐在铺沿上认真地削苹果。

邵飞将削好的苹果递给萧牧庭，真诚又可爱："您是队长，您得搞搞特殊。我们吃带皮的，您吃削好的。喏！"

晚饭时分，天已经黑了，同隔间的大叔看不成风景，终于回来了。隔间里空间很小，邵飞腿长，怕挡着大叔，不得不整个人往萧牧庭铺上缩。萧牧庭踱去走廊看了看，朝邵飞招手道："小队长，来。"

邵飞起得太急，脑袋险些撞到上铺的床板。萧牧庭反应非常迅速，一步迈回，右手挡在他头顶与床板之间："小心。"

"噢！"邵飞暗骂自己又毛手毛脚，"谢谢队长！"

这声儿太欢乐了，听得刚坐下掰橘子的大叔也笑了起来。

萧牧庭收回手："不早了，饿了没？"

邵飞早饿了，苹果不解馋，和零食没分别，但刚才萧牧庭神情专注地看着笔

165

记本电脑，他不忍打搅，肚子叫时就使劲捂住，不让萧牧庭察觉到。

"还好，有苹果垫着，不太饿。"邵飞绷着面子，"队长您饿了？想吃什么，我去给您买。"

"一起去吧，坐这么久，也该活动活动了。"萧牧庭说，"你去一趟12号车厢，把大家都叫上。"

"他们早吃了。"邵飞说。

萧牧庭笑："这么确定啊？"

"这都6点多了，再不吃得饿死。"邵飞边走边说，"餐车一过，准被他们洗劫，烫水都不留！"

"是吗？"走廊窄，萧牧庭走在后面，"那你刚才还说不饿？"

邵飞这才发现说漏了嘴，连忙补救："我和他们不一样啊。"

"哪里不一样？他们是圆脑袋，你是方脑袋？"

"我是您的事务兵，他们又不是。"邵飞说得还挺像那么回事，"您还在工作，还没吃饭，我这当事务兵的哪能饿？"

"我听出来了，我们小队长的意思是——你这当队长的不懂体恤下属，下属肚子都饿得咕咕叫了，你也没点儿表示，还在那儿瞎敲键盘。"

"我不是这意思！"邵飞猛地转身，险些撞在萧牧庭身上，两眼圆瞪，触及萧牧庭含着笑的目光时，才知道自己被逗了。

他下巴一昂，甩头就是一声中气十足的"哼"。

哼完他又觉得有点糟糕，动不动就"哼"像什么样子，跟小朋友似的。

萧牧庭整理了一下午资料，本来有点累，结果跟邵飞说了两句话疲惫感就消失了。萧锦程说邵飞像贴心的小棉袄，他却觉得邵飞像个开心果，让人单是看看邵飞脸上丰富的表情，心里就敞亮敞亮的。

如此一来，他不免生出继续逗弄的心思。

萧牧庭说："刚才哼得不够大声，来，再哼一回。"

邵飞愣了，这还能再哼？

"新兵连时班长说过吧，喊口号要声音洪亮，连喊三遍。"萧牧庭忍着笑，"你刚才只喊了一遍，而且不够洪亮。"

邵飞急道："我这不是喊口号啊！"

"喊口号是表达情绪的一种方式，你刚才的哼也是表达情绪，对吗？所以本质上是一样的。"

论绕圈子，邵飞哪是萧牧庭的对手，哼也不是，不哼也不是，脸都憋红了，恍惚间似乎又回到了几个月前被萧牧庭"欺压"那会儿。

萧牧庭也没逗得太过火，点到为止，见有乘客过来了，把邵飞往自己这边一拉，给对方让出一条道："好了，不惹你了。想吃什么？"

铁路餐分量小，一份根本不够邵飞吃。萧牧庭一来就给他买了两份，还特意加鸡腿加蛋，笑着问："小队长，够不够？"

邵飞拿着鸡腿，嘴唇沾满油光："队长，您也吃。"

晚饭后车刚好又到一个大站，萧牧庭提议下车散步消食，邵飞乐呵呵地跟上去，两人一起走在夜色与灯光交织的露台上，晚风一吹，空气里浮着小贩卖的煮玉米和卤鸡腿的香味，是十足的市井气。

邵飞不知道萧牧庭怎么想，自己心里反正是乐坏了。

列车鸣笛，萧牧庭几乎把一个手推车上的零食全买了下来，与邵飞一人提两包，一起走到 12 号车厢。

年轻队员不经饿，晚饭吃完还没一个小时就又馋了。坐长途火车的乘客大多带着食物，战士们却只有行李。邵飞将口袋往铺上一放，队员们全激动了，躺在上铺的也跳下来，生怕没自己的份。

萧牧庭站在一旁，宽容地看着众人："动静小点儿，别影响其他乘客。"

他声音不大，没有任何责怪与威迫的意思，战士们立即安静下来，邵飞却兴奋过头，突然吼道："队长让你们小声点儿，听到没有！"

所有目光都聚了过来，萧牧庭摇着头笑，两秒后艾心说："飞机，你让我想起一个成语。"

陈雪峰接道："我也想到了。"

队员们异口同声："狐假虎威！"

邵飞龇牙："你们才是狐狸！"

艾心把塑料口袋搓出夸张的唰唰声响："鸡腿谁要？还有猪蹄和鸭脚板呢！来来来，分起分起，先到先得啊，晚到只能啃骨头渣。"

战士们又挤过去抢，萧牧庭这才转回来，目光落在邵飞气呼呼的脸上，拍拍邵飞脑袋："跟我回去坐坐，还是洗漱休息？"

离熄灯还早，邵飞当然想跟着萧牧庭："我……队长您晚上还工作吗？"

"还得看一会儿资料。"萧牧庭说。

"那我跟您回去！"

同隔间的大叔已经睡了，邵飞坐了一会儿就开始打哈欠，身子随着车厢一摇一晃，半梦半醒时撞到了萧牧庭的肩。

萧牧庭站起来，压低声音说："困了就躺着，来。"

邵飞迷迷糊糊地躺在萧牧庭床上，也不知他是不是太迷糊，居然主动脱了鞋，霸占床铺时一点儿都不客气。

萧牧庭拉起被子给他盖上，拿着笔记本走出隔间，轻轻合上门，坐在走廊的椅子上继续工作。

熄灯之前，乘务员前来核对软卧的车票，邵飞才醒过来，抱着被子揉了揉眼。他穿好鞋站起来，歪着脑袋冲萧牧庭敬了个礼："队长，我回去了。"说完就打着哈欠走了。

萧牧庭靠在床头沉思片刻，渐渐意识到邵飞近来比以前更黏人了。

他也是从邵飞这个年纪过来的，理解年轻战士的想法。

20来岁，遇见强大的前辈，很多小兵都会生出崇拜、想要靠近的心情，这并不奇怪。邵飞的举动放在他特定的成长环境来看，也算不上出格。但萧牧庭却在思考邵飞这样依赖自己，对邵飞来说究竟是不是一件好事。

一时半会儿睡不着，萧牧庭开始反思自己是不是太照顾邵飞了，这才让邵飞越来越黏糊。一通梳理下来，他深觉邵飞确实是自己这些年来最"宠"的兵。但这有什么办法呢？如果邵羽还在，邵飞哪会受那么多苦。

萧牧庭叹了口气，暗自思忖也许该放手了，忽地又想起邵飞表情生动的脸，意识到小家伙真给自己带来不少快乐。

但邵飞不是玩具，不能因为"有趣"就一直带在身边。萧牧庭想，小家伙这回拿了"兵王"，心性也沉稳不少；当了接近一个月的小队长，各方面能力都给锻炼出来了，归队后差不多也该放回二中队继续磨砺，不再给他当事务兵了。

列车开了20多个小时，抵达息城时已是傍晚。枫鹰的直升机没到，来接的是当地军官。

洛枫在电话里说："先别回来了，咱们这次拿了集体第一和几个单项第一，上面搞了个表彰大会，邵飞得上去发言。后面刚好有个支援纳噶城的任务，周天就出发。这两天你们住兄弟部队，该干吗干吗，别让我操心。"

赶来接待的军官客气热情，战士们却因为在作战部队野惯了而不大适应。邵飞尤感别扭，扯了扯萧牧庭的衣角问："队长，为什么要我去发言啊？"

我成绩不好，语文还不及格！

萧牧庭笑："你是'兵王'啊。"

"那我是不是也得穿军礼服？"邵飞有点紧张，但一想到萧牧庭以前也穿军礼服，又十分期待，"您得给我看看，穿不好看给咱枫鹰丢人。"

萧牧庭问："你想穿军礼服？"

"不想啊。"邵飞这人天赋异禀，睁大一双眼睛说话的时候，即便说的是假话，也给人以天真诚实的错觉。可这项天赋在萧牧庭跟前不太管用，萧牧庭能将他的纯粹尽收眼底，也能辨出哪些话是真，哪些话掺了假。

邵飞轻咳两声，不太自在，又给自己打补丁："军礼服不是正式场合穿的吗？上台作报告挺那个，正式了吧？我当然没多想穿咯，扎武装带还不能扎出褶子，麻烦死了，还是迷彩舒服……"

萧牧庭正色道："那我去沟通沟通，就不穿军礼服了，你穿迷彩上去。"

邵飞一愣，心里的失望立即从眼里漏出来："啊……不穿军礼服啊……"

萧牧庭差点没忍住笑。

他哪能看不出邵飞想穿一回军礼服，但作报告确实不需要穿军礼服，况且军礼服也不是谁都有。别说军礼服，其实很多战士作报告时连常服都不穿，一身迷彩就上去了，台下照样一片喝彩声。毕竟特种兵要的就是那股作战气息，穿常服、穿军礼服都少了股味道。

不过邵飞想穿军礼服也正常，萧牧庭想，小家伙其实挺臭美，得意的时候走路都扭着腰摆着胯，要真穿上军礼服了，估计照着镜子都能飞起来。

邵飞被艾心叫走了，半分钟后又折回来："队长。"

"嗯？"

"您还是别去沟通了吧，不就是军礼服吗，麻烦是麻烦了点儿，但穿一回也没问题。上面让我们穿什么，我们就穿什么，省得别人说枫鹰的兵挑剔、娇气。"

邵飞说这话时一脸正气，还站得笔直，把萧牧庭乐得不行，但面上还得装一装，于是道："想得很周全啊。"

邵飞眉梢止不住一扬，勾起的唇角却往下压了压，似乎这样可以显得老成可靠："应该的！那队长，我还有事儿，先走了啊。"

萧牧庭点头说"好"，待邵飞跑远了，才想起那句老气横秋的"应该的"，笑着摇了摇头。

队里要作报告的不止邵飞一人，但想穿军礼服的只有邵飞。几名年长的队员一语道破萧牧庭没说的话，邵飞更郁闷了："上台作报告真不用穿军礼服啊？"

"真不用！作报告穿什么军礼服啊！而且想穿也没时间给你赶一套啊，"艾心说，"咱们是特种兵，哪来的军礼服？"

邵飞一想也对，但又不甘心："借一套不行吗？"

"那你得请萧队帮忙了。"陈雪峰说，"不过你干吗非要穿军礼服？年初萧队刚来那会儿，你不是说军礼服穿身上'娘炮'吗？"

"我没说！"邵飞不认，梗着脖子狡辩，"我从来没说过这种话！"

"嘁，你更过分的话都说过，现在一个'娘炮'就不认了？"艾心道，"怕什么，我们又不去跟萧队打报告。不过说真的，你为啥想穿军礼服？"

因为队长穿过啊！我也想像队长那样帅！

邵飞在心里咆哮一声，嘴里却不耐烦道："随口一说而已，不穿就不穿，我也不是非穿不可。迷彩就迷彩吧，明天谁先上台？"

话是这么说，但"想穿军礼服"的心思冒出来了，就不大容易消下去。陈雪峰说借军礼服的事情可以拜托萧牧庭，可邵飞一想，自己不久前才跟萧牧庭说让穿什么就穿什么，这下知道不用穿军礼服了，他琢磨来琢磨去，觉得再说"您帮我借一套军礼服吧"显得脸皮厚，而且还很假，之前"我不想穿"的谎话立马穿帮。

邵飞觉得这事儿不能想了，得就此打住，不然谎都圆不回来。

兄弟部队的宿舍条件不错，队员们两人一间，萧牧庭单独一间。不过队员是奇数，要么单出一位，要么三个人凑合凑合。

大家都习惯了挤一屋睡觉，没人愿意去住单出来的一间，邵飞指了指艾心和陈雪峰："咱们仨一窝，艾心个头大，我和雪峰挤一张床。"

标间的单人床都挺大，睡两人完全没问题。

房间的事解决了，在食堂吃过饭后，邵飞心里痒，趁时间还早，拔腿就往萧牧庭的房间跑。

队员们被安排在二楼，萧牧庭在三楼，邵飞以为三楼的房间只有一张床，是那种豪华大床房，进去一看，才发现其实也是标间。

萧牧庭正在打电话，听起来对面似乎是宁珏。邵飞趴在窗台上，若无其事地偷听。10分钟后萧牧庭挂了电话，从桌上拿起一袋巴掌大的饼干扔给邵飞："明天要上台，紧张吗？"

邵飞当着很多人的面作报告不是头一回，紧张倒说不上，但心里多少有些忐忑。他一忐忑，话就多。

"不紧张，不就是上去说几句吗，我撑得住。"邵飞语速略快，继续道，"而且我听艾心他们说了，不用穿军礼服，连常服都不用。穿迷彩毫无压力啊，就跟平时作训差不多。"

说完他在心里骂自己——我怎么又扯到军礼服上去了！

萧牧庭见他快把饼干捏碎，笑道："这样吧，这次时间比较紧，不一定能借到合适的军礼服。过阵子咱们回营了，你如果还想穿，就试试我的。"

邵飞手里“咔嚓”一声，饼干彻底碎了：“您的？那说定了，回去您让我试试！我就试试！”

萧牧庭叹了口气：“不过我们身材不同，穿出来的效果可能不太一样。”

邵飞轻轻噘嘴：“队长，您就是想说您比我高呗。”

这表情把萧牧庭逗乐了：“没事，你还小，往后还能长。”

“我哪儿小了？马上21了！”邵飞最不爱队长嫌他小，又想起正事，“对了队长，您这屋不是豪华大床房？”

“这是兄弟部队的宿舍，哪来的豪华大床房？”

“那您会上半夜睡左边的床，下半夜睡右边的床吗？”

萧牧庭忍俊不禁：“我没梦游症。”

“您有没有梦游症我还不知道？我是您事务兵啊！”邵飞又说，“我只是在想，您会不会因为新到一个地方兴奋，换着床睡。”

萧牧庭瞧着邵飞的表情，竟然觉得很窝心，还真应了萧锦程那句“贴心小棉袄”，于是无奈道：“我再兴奋也用不着换床睡吧？”

“那您看这样行吗？”邵飞一本正经地当狗腿子，“我被‘单’出来了，和陈雪峰挤一张床。咱们得在这里住4个晚上，我觉得我老挤陈雪峰也很没道理……”

萧牧庭已经知道邵飞想说什么了。果然，邵飞道：“我和您住一间成吗？我是您的事务兵啊，理应和您住一起。”

萧牧庭已经打算不让邵飞过于依赖自己，这次归队后也不会再让他当事务兵。但萧牧庭看了邵飞一会儿，忽地说不出拒绝的话。

道出“好”时，他自己都觉得不可思议，甚至无可奈何。

邵飞兴高采烈地下楼搬行李，萧牧庭揉了揉眉心，确定自己对邵飞是无可奈何的。

算了，萧牧庭想，这孩子没有亲人了，我再给他一些爱护吧，等回去再好好锻炼他。

邵飞很快回来，整晚都很乖，萧牧庭在电脑前看宁珏发来的纳噶城边防部队的资料，邵飞就坐在他对面，在纸上打明天的草稿。

邵飞低着头，字写得歪歪扭扭，非常难看，时不时还轻声念叨几句，双眉生动地左右挑动。萧牧庭不动声色地看着他，看他蹙眉凝思，看他得意地晃晃头。有次邵飞写了三排字，应该是挺重要的一段话，写完后将笔抵在下巴上，快活地抿了抿唇角。

邵飞抬眼时，刚好碰到萧牧庭的目光。

萧牧庭并不声张，抬手取过邵飞面前的纸，温声说："我看看。"

字实在太丑太抽象，萧牧庭看得费力，邵飞赶紧把纸抢回来："队长，还是我给您念吧。我的字吧，是专业八级。"

萧牧庭："什么专业八级？"

"医生字体专业八级，"邵飞说，"您看不懂。"

萧牧庭笑了，喝了口茶。邵飞一看，特机灵地拿过杯子，添上热水，看到滤网时又想到送茶杯的事。

第二天，邵飞等7名优秀战士挨个上台作报告，收获满堂掌声。萧牧庭在台下看着，一束光正好从邵飞身后打来，勾出一个金灿灿的轮廓。

离启程去纳噶城还有两天，萧牧庭没要求大家跟随兄弟部队训练，艾心想去动物园看熊猫，邵飞也想去，回头想拉上萧牧庭，萧牧庭听后道："你们去吧，我今天还有几个会得开。"

邵飞有点失望，但也很理解，队长嘛，是得忙一点儿的。

熊猫憨态可掬，别的城市看不着这么多熊猫。邵飞想到萧牧庭没看着，便买了一个熊猫水壶，晚上回来跑到萧牧庭面前说："队长您没看到，熊猫太可爱了！"

"可惜啊，带不走。"邵飞摇摇头，转身走到靠椅边，弯腰在背包里掏了半天。他转回来时手里拿着一个长方体盒子："为了把熊猫带走，我买了一个熊猫水壶。"

萧牧庭更想笑了。

熊猫纪念品在息城比比皆是，用处不大，售价高昂，顾客一般是年轻女孩。他没想到，邵飞居然也会买一个。

邵飞把水壶从盒子里拿出来，双手一递："队长，送给您！"

萧牧庭一怔："给我？"

邵飞眼中难掩赤诚："您喜欢喝茶，但您的茶杯不保暖。马上就是秋天了，冬季也不远。我问过了，这个水壶非常保暖，保证一天下来都不会凉。"

萧牧庭看着那只憨态可掬的熊猫，无可奈何地扯起唇角，但心里却像淌过了一弯暖流，明亮宁静。

邵飞牵出水壶的挂绳，举手想挂在萧牧庭的脖子上，动作做到一半，又缩回来，把绳子挂在自己脖子上，冲萧牧庭开心地笑："这样我们就能把熊猫带走了！"

即使在十多岁时，萧牧庭也没用过熊猫水壶这样可爱的东西。邵飞烧了一壶水，此时正站在水池边认真地洗熊猫水壶，嘴里哼哼。萧牧庭看一眼咕噜作响的电水壶，想到邵飞等会儿将把开水倒进熊猫水壶里。

他本应利落地拒绝："这水壶不适合我""和部队风格不一致""太可爱了"——什么理由都行，刚才却没有拒绝。非但没拒绝，他还任由邵飞洗洗涮涮，烧开水找茶叶。

萧牧庭想，我对这孩子是不是太纵容了？

他曾经因为纵容手下的兵而犯下不可挽回的错，这回绝不能让同样的错误再次发生。

可是，邵飞缺少亲情，这份依赖他不忍心拒绝。

此时水已煮沸，看样子熊猫水壶也已洗好，"这水壶你留着自己用，或者明天退回去"之类的话似乎更说不出口了。

他忽然很想抽根烟。

电水壶发出"噔"一声响，邵飞捧着熊猫水壶出来，倒茶叶、倒水，盖上盖子时松了口气："队长，过几分钟就能喝了。"

萧牧庭叹气，又见邵飞将水壶拿起来斜挎在身上，在房间里翻找一番，寻来另一个军用水壶斜挎在另一边，站得笔直："这下热水凉水都有了。"

邵飞身板很正，模样英俊，迷彩在身时，从头到脚都透着一股军人的干练与英气。这身行头搭配那呆萌可爱的熊猫水壶，乍一看竟然毫无滑稽之感，只觉多了几分孩子气。

萧牧庭敛回目光，邵飞张开双手，节奏感十足地敲着左右两个水壶："队长，您是不是很为难呀？"

萧牧庭若有所思地睨着他，心道你知道就好，这熊猫……

"我早就想好了！"邵飞说，"您肯定觉得这熊猫水壶和您的气质不符，还有损您的威严。"

萧牧庭眉梢动了动，刚才懊恼着为何不拒绝，倒没想到什么威严不威严的。

"所以这个水壶以后就由我背着，"邵飞走近了些，热切地看着萧牧庭的眼，"您想喝水了就叫我一声，反正我是您的事务兵，一直在您身边。"

萧牧庭莞尔："你刚才的意思是，这水壶和我气质不符，但和你气质很符？"

"那也不是。"邵飞双手扶着两边水壶，看上去像叉着腰，挺神气的，"熊猫这么可爱，我可比不上。"

不多时，茶叶泡开，邵飞催促萧牧庭喝一口。萧牧庭象征性地抿了抿。

邵飞满眼期待："队长，怎么样？"

萧牧庭面无表情："你拿我的茶叶泡茶，然后问茶怎么样？"

"不是！"邵飞急吼吼地说，"我是问您用这水壶喝茶的感觉怎么样！"

不怎么样，萧牧庭想，而且严格来说，这只是一个保温杯，不是茶杯。

但邵飞那表情又让他狠不下心泼凉水，只好答非所问："那就谢谢小兵王了。"

邵飞露出整齐的白牙："那您继续喝，喝完了我给您掺水！"

萧牧庭看了看时间："再喝要失眠了。"

邵飞一拍脑门："瞧我犯傻了，那明早新泡一壶，这一壶我就拿去倒了。"

萧牧庭没说什么，烟瘾上来了，拿着打火机和烟盒蹀去露台。

邵飞拿着水壶走进洗漱间，清洗水壶时一边哼歌一边扭腰，抬眼一看梳洗镜中眉飞色舞的自己，满意地挑了挑眉，低声道："飞机，可真帅！"

不知是不是喝了一口热茶的原因，萧牧庭觉得有点燥热，指间的烟很快燃到尽头，再点一根，烟雾缭绕而上，他却没了继续抽的兴致。

邵飞洗好水壶后，还用纸巾擦到滴水不剩，然后端端正正地把水壶摆在两张床对面的桌上，冲露台喊道："队长，我有点累了，洗个澡睡了啊。"

萧牧庭半侧过身："好，早点睡。"

邵飞洗完澡往被子里一钻，眨巴着眼睛看萧牧庭："队长晚安。"

"晚安。"萧牧庭关了大灯，又去露台待了一阵子，躺到床上时却完全没有睡意。

邵飞买的熊猫水壶的壶盖部分居然是夜光材质，刚才吸饱了光，此时熊猫脑袋正对萧牧庭，诡异地亮着。

萧牧庭叹气："……"小孩儿就是小孩儿。

萧牧庭翻身拉上被子，周围渐渐安静下来，唯一听得见的是邵飞平稳的呼吸声。

直到熊猫脑袋的光暗下去，萧牧庭也没睡着。

次日，部分队员又结伴出游了，邵飞却哪都没去，以事务兵的身份跟着萧牧庭，这才在军官们的言谈中得知二中队领受的任务与想象中的相差甚远。

刚到息城时，队员们听说将去支援纳噶城，都以为这"支援"不是缉毒就是反恐，个个跃跃欲试，觉得一显身手的时机到了，歇了两天才知道哪有什么缉毒反恐，洛枫不过是让他们护送汽车兵将物资运去边界线上的高原驻防部队。

艾心抱怨道："这种小事也让我们出马？不就是护送物资吗？随便哪支野战部队出一队人就行了吧！"

邵飞也不太舒坦，刚在总部拿了奖，以为回来铁定能干一票大的，哪知接到的第一个任务是"送货"，不说有多失落，但心里终归是有点堵的。

出发这天，队伍里气氛不大好，汽车兵们忙着检查车辆情况，拖着沉重的防滑链往车头上挂，大家排队往上面搬运箱子，二中队几名年长的队员也随和地搭手，但年轻队员却个个面无表情地站着，没有上去帮忙的意思。

萧牧庭过来时，手里拿着一叠文件。邵飞心情不爽，但看到萧牧庭时仍是眼前一亮，立马跑过去跟着，腰间的水壶左右摇晃，壶体被一个迷彩棉套裹住了，只露出两个半圆的黑色耳朵——套子是萧牧庭找来的，裹上之后若不注意看，别人注意不到邵飞挎在腰上的是个熊猫水壶。

车队出发，军用卡车与军用吉普排成长长一列，后面还跟着步兵战车。这架势在城市里非常罕见，队员们在战车里坐着，挤在车窗边看行人驻足围观，开出十几公里后，心头的闷气总算疏解不少。

邵飞没乘战车，和萧牧庭一起坐在吉普上。开车的是一名30多岁的士官，皮肤粗糙黝黑，性格有些闷，一路都没怎么说话。

有外人在，邵飞不好意思和萧牧庭闲扯，而萧牧庭自顾自地看着文件，眉峰微皱，也没有聊天的意思。

到了下午，邵飞坐不住了，主动请缨开车，士官犹豫地看了萧牧庭一眼，萧牧庭礼貌地笑道："刘队辛苦了，晚上还得开一阵子，下午这段路好走，就让他替你开一开吧。"

被叫作刘队的士官似乎不太放心，目光在邵飞身上一扫："小伙子太年轻了。"

邵飞一听这话就不舒服了，开个车而已，扯什么年龄？驾驶又不是汽车兵的专利，特种部队也要训练车辆驾驶，哥们儿练的还是特战飙车！

"没关系，年轻更得尝试。"萧牧庭说，"我在旁边看着他，刘队你去后面休息一下，天黑之后还得靠你。"

邵飞不明白萧牧庭为什么对这个士官如此客气，也不知道为什么天黑之后一定得让刘队开，斜了刘队一眼，脸色不怎么好看。

交换座位后，刘队在后座睡觉，萧牧庭坐在副驾上，低声说："今天才第一天，天气也不错，你试试手，找一找感觉。"

这边大多是山路，很多路都不好走，光是枫鹰大营通往息城的那条路，就蜿蜒颠簸得叫人烦躁。邵飞早开习惯了，并不觉得眼前的这条路有什么特殊之处。

事实上，第一天直到傍晚，车队也没遇到任何问题。大家就地解决完晚餐，夜幕降临之后，刘队换回驾驶座，萧牧庭把副驾让给邵飞，嘱咐道："看刘队怎么开。"

车行一天，海拔已经升起来。8月底，海拔3000多米的高原上，夜间气温已经降到5℃左右。刚才吃晚饭时，队员们各自添衣，邵飞披上领来的棉大衣，仍觉得有点冷。

车继续往前开，刘队咳了咳，忽然开口道："在这条路上开车，注意力一定要非常集中。"

他的普通话很不标准，语气也很生硬，听起来十分滑稽。邵飞一怔，对这闷葫芦士官主动说话感到诧异，两秒后"哦"了一声，忽觉有人碰了碰自己的脑袋。

他回头，刚好与萧牧庭目光相触。

萧牧庭沉声道："认真听刘队讲。"

刘队似乎不大好意思，顿了半分钟，才继续说道："高原入冬早，秋冬雨雪，春夏塌方，开车要时刻注意天气情况与路况，急不得，一急就容易出事故。"

过了一会儿，刘队又说："下午不是我不想让你开。你年轻，又是特种兵，我怕你按捺不住性子，油门一踩就冲出去了。我们这里啊，出了事故可能就救不了了。"

长途跋涉，车队在凌晨才抵达休息点。最后那几十公里路，车像行驶在搓衣板上似的十分颠簸，邵飞下车后还觉得人好像在海上漂。特种兵们借住的高原部队条件不好，海拔太高水煮不开，之后还得用高压锅。好在特种兵们参加选拔训练时都是在高原拼过命的，这点儿小苦四舍五入根本算不得"苦"。

面一压好，邵飞就上前端了两碗，每碗面上都盖着油乎乎的牛肉片和黄白相间的煎蛋，但青菜很少，只有可怜的两片。他把碗放在灶台上，从一碗里挑了两片牛肉片放进另一碗，想了一会儿又加了一片，然后美滋滋地端到萧牧庭跟前，将肉多的那碗推上去："队长，趁热吃。"

萧牧庭一眼就看到邵飞碗里的牛肉少了，叹了口气，让邵飞拿个小碗倒点儿醋来，再接一杯开水凉着。邵飞立即照做，回来时萧牧庭已经开始吃了，而自己碗里的面似乎被翻过，牛肉不像之前那样摆得整整齐齐，有的在上面，有的大约被翻下去了。

萧牧庭说："放久了容易坨，我帮你翻了翻，快吃吧，这边口味重，比较辣，你要吃不惯，就加些醋进去。"

这说辞简直完美，邵飞高高兴兴坐下来，吃了几口他才发现面底下还压着几片肉……

他记性好，前阵子还被萧牧庭逼着进行一种堪称变态的观察与记忆训练——看电影，记下全部细节，看完后由萧牧庭提问，问题只有他想不到，没有萧牧庭问不出。例如女主角第17次与男主角对话时，离男主角最远的路人裤子是什么颜色；逛街，他也要记下眼之所见，回到出发地后仍由萧牧庭提问，哪条街口的红灯时长是多少，从哪栋楼的哪个窗户能直接看到某某店铺的第三排货架……

刚开始时邵飞完全是蒙的，后来咬牙适应，托这训练所赐，他还多认识了几个服装品牌。

所以碗里原本有多少片肉、已经吃了多少片肉，他记得清清楚楚，底下多出的六片肉，是萧牧庭藏的。

萧牧庭已经吃完，端起碗往后厨走。邵飞喊道："队长，您把肉放我碗里了？"

"没有。"萧牧庭语气平平。

"就有！"邵飞说，"我数了！"

已经有队员在一旁笑了，艾心道："多吃了肉还不高兴啊？我抢雪峰的，他还不给我呢！"

陈雪峰躲开艾心："飞机你俗不俗，吃个肉还数多少，你跟萧队一桌，还生怕萧队偷你的不成？"

"不是！"邵飞吃得急，面又烫又辣，脸颊红通通的，分明是给辣红了，此时却像急红的。萧牧庭转身笑道："好了好了，吃你的，大家开个玩笑，看把你急得。"

邵飞这下更辩驳不清了，索性埋头吃面，呼噜噜两下子就吃完了，冲去后厨洗干净碗，和萧牧庭一起回到宿舍。

高原部队的宿舍条件艰苦，天气又冷又干，这里水也没多少，只够喝，不够用。萧牧庭和队员们挤一间房，睡的是硬邦邦的通铺。

赶了一天的路，天亮之后还得继续，草草洗漱后大伙都躺下了，邵飞挨着萧牧庭，怀里还抱着装满热水的熊猫水壶。

萧牧庭疲惫地揉了揉眉心："你把它抱上来干什么？"

"放枕头边啊，"邵飞说，"半夜您要是渴了，还可以喝两口。这里冷死了，多喝热水有好处。"

此时灯已经关了，萧牧庭说："但它是个夜光的，你买的时候不知道？"

"知道啊。"邵飞把水壶埋在枕头旁，那夜光并不明显，又被枕头挡住大半，最多能晃到萧牧庭的眼，影响不到周围的队友。

"知道你不换一个？"

"夜光好啊，亮堂堂的，像星星。"邵飞说，"我小时候最喜欢夜光的东西，但那时候最便宜的夜明珠也挺贵的，我哥攒了好久的钱，才给我买一个。"

萧牧庭在黑暗中微张开嘴，几秒后给邵飞拉了拉被子。邵飞这才后知后觉地问："队长，您不喜欢夜光熊猫头啊？"

他的声音有些紧张，萧牧庭听出来了，温声安抚道："喜欢，我小时候也喜欢夜明珠。"

邵飞一听就乐了，还想继续跟萧牧庭说话，萧牧庭"嘘"了一声："大家都睡了，小队长注意素质，别太大声。"

"哦。"邵飞往被子里缩了缩，过了几秒又凑到萧牧庭身边，用最轻的声音说，"队长晚安。"

萧牧庭拍拍他的头顶，算是作答。

半夜的气温降到零下几度，萧牧庭睡眠浅，半梦半醒。邵飞倒是睡得实，但一被冻着就往旁边挤。萧牧庭给他拉了几次被子。邵飞梦中犯浑，踢开被子，腿还搭他身上。他将人推开，忽听邵飞咕哝道："冷……"

冷还把被子往我身上掀。萧牧庭叹气，动作极轻地把邵飞的腿挪下去，掖好被子，让邵飞靠在自己身上。

天亮了，萧牧庭没睡好，很早就醒了，拿起两人枕头间的水壶喝了些热水，感慨这水壶还真派上了用场。

邵飞睡得好，一夜没醒，连着做了好几个美梦，就是记不大清楚了。

经过前一天的磨合，特种兵们虽然还是对"送货"这一任务颇有微词，但与汽车兵已经打成一片。出发之前，汽车兵照例严查车辆情况，特种兵们跟着打下手，顺便也能学到一些挺偏门儿的高原驾驶诀窍。邵飞忙着给熊猫水壶灌水，不忘给刘队的水壶也蓄满热水。萧牧庭看他挎着水壶跑来，心里暖融融的，随口问道："昨天睡得好吗？"

"好啊。"邵飞钻上吉普，"队长，我睡觉老实吧？"

"老实什么，被子都掀了好几回。"

邵飞眸光一收："我踢被子？"

可不是吗？萧牧庭想。

"但我起来时被子盖得好好的呀，"邵飞兴致高昂地追问，"是您给我盖好的？"

萧牧庭看了看邵飞，片刻后笑道："不给你盖好，你感冒了怎么办？高原感冒不比平原，感冒了有多严重选训那会儿梁队肯定和你们说过。"

邵飞感受到队长对他的关爱，开心坏了："谢谢队长！"

从这天起，路变得更加难行。前一日夜间战士们已经感受过颠簸的路，本以为只是一小段，坚持过去就好，哪知后面这种路只多不少，颠得人只觉灵魂出窍。

萧牧庭让邵飞跟着刘队学高原雪崩、泥石流路段的驾驶，与刘队各开半天，邵飞之前不服刘队，自己在路上开了几小时后彻底服气了。而刘队也不像第一天那样闷，话越来越多，训邵飞的时候一点儿不顾及人家的队长还在后面坐着。邵飞在枫鹰大营的驾驶训练场飙惯了车，油门一踩就刹不住，但在这里决不能拿生命开玩笑。路实在太颠簸，不管怎样控制方向盘，车仍然是晃的，邵飞几小时开下来，全身肌肉紧绷，力量全往手上压，内衣汗湿了，又没法换，风一吹就直哆嗦。

换刘队开车后，萧牧庭问："里面的衣服湿了？"

邵飞觉得不好意思："没啊，没湿。"

"一身的汗，"萧牧庭抛给邵飞一条毛巾，"擦擦脸和头。"

邵飞接过，对着后视镜一看，暗道糟糕，脸上头上全是汗，看上去像刚从地里插秧回来的老汉。明明开的都是一样的路，刘队就没这么狼狈。

刘队似乎看穿了他的心思："熟能生巧，我们汽车兵一年到头都在这种路上跑，闭着眼睛都知道哪儿有弯哪儿有坑，就跟你们练枪一样，能比，又没得比。"

邵飞觉得这话没逻辑，但他实在累得很，懒得计较。刚才开车时，他两眼比手还累，全神贯注看着前方，现在眼睛酸胀难忍，他只想眯着休息一会儿。

可邵飞还没眯上，肩膀就被拍了拍，又见萧牧庭手里拿着另一条更大的干毛巾："衣服撩起来，隔一隔背。"

"啊？"邵飞有点惊讶。"隔背"已经是童年的记忆，那时候他撒着脚丫子乱跑，回来出一身汗，邵羽就将他摁在床沿上，拉开他的上衣，将一条干净的毛巾垫进去，外婆在一边说："出汗了要隔背，不然容易感冒……"

记忆太久远，以至于他一时没反应过来。

萧牧庭见他没动，又道："不知道什么是隔背？"

"知道！"邵飞双手抓着衣服下摆，左右瞧了瞧，又觉得动作不好做。后座比较狭窄，他得趴着，萧牧庭才好将毛巾铺在他后背与衣服之间。但他试了两次，都有点别扭，一下子又折腾出一身汗水。

萧牧庭也发现不好操作，犹豫了一会儿，拍拍自己的腿："趴在我腿上好了。"

这姿势倒好做，邵飞很快趴上去。

萧牧庭动作很快，几秒就将毛巾垫好，还帮他拉好衣服："好了。"

好了，但邵飞却不愿意起来了。

萧牧庭在他背上拍了拍，示意他起来，他赖着不动，小声说："队长，我累。"

刘队憨厚地打了个帮腔："头一回开这种路，是累。我第一次开的时候啊，换下来就瘫了，脚都是软的，腰也打不直，靠着谁就不想动了。"

萧牧庭笑了笑："确实挺辛苦。"

邵飞这回蹬鼻子上脸，趴着一动不动："队长，您就让我趴一会儿吧，就一会儿。"

萧牧庭手指微顿,低眼看着邵飞露在外面的后颈,出神的间隙,邵飞已经趴得更实更乖了。

罢了,萧牧庭将手放在邵飞背上,再一次心软妥协,轻声说:"睡吧。"

驶往高原的征程看似枯燥乏味,实则辛苦亦有收获。特种兵们过去知道一些路段要挂防滑链,但在训练与执行任务时都没有机会实操挂一回。这趟跟着汽车兵忙活,特种兵们才知道防滑链有各种各样的挂法,怎么挂不会被链子弹上来打到脸,怎么挂最省时间……萧牧庭接到任务时就知道队员们会不开心,这帮刚在卫城出够风头的年轻人渴望更大的舞台。

但他一没摆架子说教,二没声势俱在地做动员,只说是宁珏和洛枫的命令,必须走这一趟。

收获得靠自己去体会,他简单宣之于口反倒容易激起逆反心理,能进入枫鹰的都是能人,萧牧庭心里透亮,不担心他们在这一路上得不到成长。

而邵飞这机灵鬼,又是成长得最快的。

刘队在后座睡觉时,萧牧庭就坐在邵飞身边,轻声告知眼前的路段该怎么开。车开了一段时间后,天地骤然变得辽阔无边,一模一样的景致让视觉疲劳感加倍,萧牧庭就让邵飞先看路,再看远方,来回调整。邵飞已经适应,不再像刚开始那样紧张得浑身冒汗,开得游刃有余,挂防滑链的速度也快赶上正儿八经的汽车兵了。为这一绝活,他还跟萧牧庭嘚瑟过一次,萧牧庭知道他努力,为了挂快挂好,别人休息时,他还赖着刘队取经。

但不知怎的,萧牧庭忽然想打击打击他,于是找来另一条防滑链,三下五除二挂上去,动作水银泻地,漂亮又利落,直看得一帮战士瞠目结舌,邵飞也哑了,张了好一会儿嘴才道:"队长,您怎么什么都会啊?还有什么是您不会的?这同样大的车轮同样长的链子,您比我快了五十多秒!"

萧牧庭笑道:"还嘚瑟不?"

艾心起哄:"飞机,让你成天瞎嘚瑟,居然嘚瑟到萧队跟前去了!这叫什么?这叫搬起石头砸自己的脚!"

邵飞又气又高兴——气的是萧牧庭当众拆他的台,高兴的也是萧牧庭当众拆他的台。

队长为什么不拆其他人的台呢?因为和我亲啊!

他这么想着,都忘了把艾心怼回去,最后还是陈雪峰道:"没文化就别乱用词儿行吗?飞机那叫班门弄斧……"

战士们开怀大笑，邵飞心里也喜气洋洋的，和大家闹了一会儿后觉得口渴，找到自己的水壶，打开一看，发现水已经冷了，入口凉透心。此时车队已经上了高原，即使在白天，气温也很低了。萧牧庭招了招手，邵飞丢下水壶跑过去。萧牧庭拿出放在车后座的熊猫水壶，往前一递："喝得惯茶吗？"

当然喝得惯！邵飞一把接过，一大口灌下去，一边嚼茶叶一边哼歌。

萧牧庭无语："茶叶是嚼着吃的吗？"

邵飞说："不小心喝到嘴里了。"

萧牧庭拿过水壶掂了掂，里面已经没多少水了。还别说，这熊猫水壶一路上确实挺管用，比普通军用水壶保暖多了。

海拔到了 5000 米以上，各种困难接踵而至，最后一截路竟然需要战士们将物资背到目的地。

艾心笑着抱怨："还真把我们当苦力使啊！"

"就当高海拔体能拉练！一中队的还没这机会！"邵飞扛着接近 100 斤的物资，一边说话一边喘，嘴角却是勾起的。

萧牧庭帮他扶了扶背上的重物："你悠着点儿，都喘上了，还说个不停。"

队友们吹口哨，有人喊："飞机，你咋抢了萧队的话？这话不是该由萧队来说吗！"

"你懂个屁！我天天跟着队长，队长想说什么，我就帮他说什么。"邵飞直乐，"高原说话累，我得给队长省点劲儿不是？你们给我听好了，以后我说什么，就是队长说什……喀喀喀喀喀喀！"

威风还没抖完，他就呛着了。

人在高海拔地区就是这样，呼吸累，说话也累，更别说邵飞还扛着沉重的物资，一呛起来就没完，气都快喘没了，再开口时就成了弱声弱气的"我那个"。

队友们笑得更厉害，但笑也费力气，没一会儿队伍里就喘成一片。

"都喘成这样了，你就消停点儿吧，"萧牧庭在邵飞太阳穴上轻轻敲了一下，"别说话了，再说我看你得直接栽土里去。"

邵飞近来越发觉得萧牧庭对自己好，这句不带感情色彩的话也被他听出了关怀与爱护，眼睛一亮，冲萧牧庭道："好嘞！"

这本该是个响亮朝气的回应，但邵飞实在没提上那口气，两个字说得像个快落气的小老头。萧牧庭忍俊不禁，笑着摇头。

第十章

您为什么不承认

花了接近一周的时间，来回十多趟，队员们终于完成搬运任务。邵飞每天晚上都是"瘫痪"状态，趴在铺上一动不动，仿佛又回到了当初选训之时。其余队员也差不多，躺很久才彼此扶着搀着去食堂吃饭。

邵飞不要队友搀，每次都最后一个从铺上起来，摸着墙壁往外走，看上去可怜兮兮的，去晚了菜也没了，只能吃热汤泡饭。

艾心可怜他，好几次想扶他一把，都被他一个眼神赶走。

其实他哪有这么累，也绝对不是抢不到菜，只是巴巴等着萧牧庭来关心他。

萧牧庭靠在门边，食指在门上磕了磕："给你留了熏腊肉，赶紧的。"

"队长……"邵飞抬起头，眼尾向下垂着，"我……我走不动。"

萧牧庭笑："继续装。"

"我真走不动，您看，"邵飞伸出右腿，颤了两下，"您看，抖着呢。"

明知道邵飞在装可怜，萧牧庭还是走了过去，在他腿上拍了拍："有你这种抖法吗？"

"怎么没有？"邵飞说，"以前念书时我们老师说抖腿的人聪明。"

"说你啊？"

"当然！虽然我成绩不好，但我脑瓜子灵光。"

萧牧庭想，是挺灵光的，就是没用到正道上，光想着装可怜了。

邵飞又说："队长，您让我撑一撑行吗？实在是走不动了。"

萧牧庭叹了口气："没下次了啊。"

话虽如此，后来邵飞继续装可怜，他还是没能狠心说"自己滚去食堂"。

邵飞就乐了，心想队长就是宠我护我的，他让我撒娇呢！他都没让艾心撒娇！

艾心耳朵一阵热，拍着陈雪峰说："你看我这耳朵，是不是有妹子在想我啊？"

陈雪峰道："这边耳朵红是有汉子在想你。"

纳噶城的战士对千里送物资的特种兵、汽车兵非常感激，搞了个答谢会，从中午就开始准备晚餐。邵飞这下不装可怜了，和队友一道奔进厨房帮忙。

这边防部队地处高原上条件最艰苦的地方，每年10月就会大雪封山。土壤长不了青菜，从低海拔地区送来一趟青菜，他们放在地窖里，能吃到来年开春。

肉类为了能储存更久，只能采取熏制的方法。邵飞亲眼瞧见一个和自己一般年纪的兵抱着当地特有的爬地植物冲进烟雾缭绕的熏制房，邵飞跟着进去，顿时被熏出了眼泪。那小战士五官很俊，但皮肤非常粗糙，邵飞见他一脸的眼泪和汗水，自作主张拿出纸巾，想摘掉他的军帽给他擦汗，他却猛地抱住头，不让邵飞揭。

邵飞还是从一个军官口中得知，这小战士已经秃顶了。

军官摘下自己的帽子，笑着叹息："高原病啊，咱们不少人都秃顶了，小徐年轻爱美，你下次记着，千万别摘他的帽子。再摘他肯定跟你急，说不定还会给你一拳，但他哪里打得过你们特种兵，我怕你不小心把他伤着……"

再看到那个叫小徐的边防战士时，邵飞心里就不是滋味了，一下午下来，给萧牧庭做菜的心情也没了。

不过吃饭时气氛很好，被看作精英的特种兵、"享福"的汽车兵、在苦寒边界艰苦值守的边防兵齐聚一堂，热热闹闹不分你我。吃到后面，边防部队的军官情绪激动，还开了几瓶队里珍藏的酒。

邵飞当然得喝，敬萧牧庭，敬刘队，敬那位同龄小战士。

散席的时候，邵飞已经有些醉了，高高兴兴去找萧牧庭，却忽然听到萧牧庭和宁珏打电话，说这次回去，就不让邵飞当事务兵了。

那些明亮的情绪瞬间暗淡，酒意消失得无影无踪。邵飞无措而难过地站在原地，心想：队长不要我了。

萧牧庭挂断电话，才看见邵飞正双眼通红看着自己。

高原的夜，星空像悬在天幕的海，风呼啦作响，犹如远方连绵不绝的涛声。

邵飞颤着声音道："队长，您要把我退回去？"

萧牧庭近日来心里压着的便是这件事。特种部队中，队员和队长要有绝对的信任，彼此依靠。但邵飞对他的信任和依赖已经超越了队员与队长之间的感情，变成了弟弟对可靠兄长的依赖。

一方面他愿意将邵飞当作亲弟弟来照顾，一方面他又明知这种依赖在军队中是有危险的。若他们只是普通人，哪怕是普通部队的军人，他都会纵容邵飞的一切，来弥补邵羽的缺位。

但枫鹰是特种部队。

一个孩子，知道自己有兄长疼时，便会下意识忽略周围的危险。一个孩子要长大，通常是在失去保护他的羽翼之后。

　　邵飞现在习惯了依赖他，他可以教给邵飞所有特战技能，在实战时拼尽全力保护邵飞。但如果有一天他不在邵飞身边呢？

　　适应了安逸与疼爱的士兵，会被黑暗与恶意吞没。

　　他必须硬起心肠。

　　但邵飞那难过的眼神让他有些无奈，这孩子已经失去太多，对他有亲人的依赖，有师长的崇拜。邵飞在别人面前那样要强，恐怕只跟他撒过娇。推开邵飞，他心里又何尝好受。

　　此时他想起严策对戚南绪的不近人情，竟对此感同身受。

　　该说的话还是要说，萧牧庭道："你还是我的兵，但不用再做事务兵了。"

　　"您……您嫌弃我了吗？"邵飞心中空荡荡的，词不达意，"因为我总是跟着您，总是烦您？"

　　萧牧庭摇头："不是，你……"

　　邵飞却根本不听，酒意上头："可明明是您让我当事务兵的。怎么这就不要我了呢？"

　　风像刀子一样刮在脸上，邵飞尾音带着微不可闻的颤意。他情不自禁地抬起右手，像过去很多时候一样，轻轻拉住萧牧庭的衣袖。

　　"那我不烦您就是了，也不跟着您，您需要我时我才出现。"邵飞委屈得要掉眼泪，"队长，您就让我留下来吧。我不会耽误训练，我……"

　　萧牧庭手指似乎动了动，邵飞不想放手，也不敢拉得太用力，就那么执着地牵着衣袖。

　　萧牧庭看着他，眼神很沉，仿佛在经历某种挣扎。须臾，他还是狠下心道："你没有必要再给我当事务兵。"

　　邵飞终于克制不住，眼泪夺眶而出："我不是想当你的事务兵！我就是想跟着你！我哥牺牲后，再也没有人像你这样关心照顾过我！艾心、雪峰他们都有亲人，逢年过节可以给家人打电话，只有我，我……"

　　他快要说不下去了，像只受了伤的豹子，在雪天里呜咽："我只是想有一个亲人，队长，我知道我还不够格……"

　　萧牧庭当即打断："不是不够格！"

　　邵飞抬起眼，被眼泪洗刷过的眼睛更加明亮，映着高原夜空的星子，执拗道："就是不够格！不然你为什么不要我？"

眼前的人，就像一簇熊熊燃烧的火，喝醉了，没了平时的乖巧，本性毕露，竟是更加鲜活。萧牧庭听到了他的心声，也知跟一个醉汉讲不成道理，想暂时不谈事务兵的事。

可这念头一起，他又不免为自己的拖泥带水诧异。这事根本没得商量，怎么邵飞一哭，他便动摇了？

两人在一片星海下站立良久，邵飞鼻尖冻红了，倔强得像一棵狂风暴雪也吹不折的小松树。

邵飞脑子乱极了，觉得此时的自己一定像只讨人嫌的泼猴。

否则队长的眉头为什么拧得更紧？

可他好不容易得到渴望的亲情，他舍不得放开。人真贪婪啊，他想，以前独自生活时，他觉得自由自在，现在得到了兄长般的关爱，才贪心不足，想要更多。

邵飞上前一步，双手张开抱住萧牧庭，小声说："哥哥。"

萧牧庭眉心皱得更紧。小孩儿正在发抖，声音也带着哭腔，明明害怕被烫伤，却仍然不愿离开火堆。

萧牧庭不得不承认，这声哥哥让自己犹豫了。他想起上次邵飞说小时候喜欢夜光的东西，但是最便宜的夜明珠也很贵。

小时候连夜明珠也无法拥有的小孩，送了他一个昂贵的夜光水壶。

萧牧庭突然头痛起来，为自己狠不下去的心。

邵飞说："队长，其实您也把我当弟弟了，是不是？"

这一刻，萧牧庭几乎要说出"是我害你失去兄长"。

邵飞看不懂萧牧庭的神色："队长？您怎么了？"

萧牧庭只是摇头："今后别说这种话了。"

这突如其来的冷漠让邵飞讶异："为什么？"

良久，萧牧庭道："我从未将你当作弟弟。"

风声渐小，最清晰的是邵飞急促的呼吸声。

两人对视片刻，邵飞再次冲上来，几缕睫毛沾上水汽，声音又低又哑，却带着浓烈的不甘心与固执："队长，您为什么不承认？你对我这么好！"

已经分不清"您"或是"你"，邵飞只顾着将沉积已久的心思一股脑抛出，好似不趁此机会彻底说出来，以后就再难启齿。

邵飞呼吸粗重，整张脸通红，嗓音发抖。

"你为什么挑我当事务兵？为什么教我射击？"

"在我生病的时候，您还陪我输液，给我打饭。"

"上次洛队要惩罚我，您关我小黑屋，但是你在小黑屋外面陪着我，还给我蜂蜜水喝。我都记得的！出来之后您还让厨房给我开小灶，你帮我剔鱼刺来着！"

"还有在总部的时候，我不想去集体澡堂洗澡，每天到您宿舍赖着您，你都没有赶我走。让我用你的浴室，还给我削水果。"

"后来宁队来了，做您喜欢的面，你还特意给我留了一份！"

"我……我都记得！您别不承认！"

萧牧庭额角轻跳，目光在邵飞看来，似乎越来越冷。

"还有！"邵飞深吸一口气，"您喜欢和我聊天，你讲过你的家人，你过去的经历。我刚从小黑屋出来的那天，您和我聊了很久，你在我这个小兵身上花了一下午的时间！"

"您怎么不对其他人也这么好呢？你没有给别人留面，唯独给我留了。您也没和别人谈心——反正我没看到，我只知道你和我谈心了。"

"队长，为什么您不愿意承认呢？"

说到最后，邵飞哽咽了，嘴唇不听使唤地颤抖，眼睛睁得很大，一下也不敢眨——如果眨了，不争气的眼泪就会掉下来。

一个傲气的孩子，竟然难过成这样。

萧牧庭看着邵飞难过的脸，说不出责备的话。

他能怪邵飞吗？

邵飞本来就是缺爱的，自幼没有父母，与外婆和兄长相依为命，后来连仅有的亲人也失去了，入伍之前吃尽了苦头，入伍后虽有了一帮兄弟，但缺失的那部分亲情却始终寻不回来。

艾心、陈雪峰，还有前不久认识的戚南绪是他的战友，与他情同手足，却给不了他心底最渴望的那份关爱。

给得起这份关爱的是萧牧庭，只有萧牧庭。

少将眉间泛起深深的褶皱，睁开眼时见邵飞慌忙擦着眼角。

他还是哭了。

萧牧庭单手掐住眉眼，用力按了按，再次看向邵飞时，眼中多了几许疲惫。

邵飞眼睛比刚才还亮，张嘴还想说什么。萧牧庭摇了摇头，转身道："回去休息一晚，明天清醒了，再好好想清楚。你是我的事务兵，我同你有比其他人更多的接触很正常。"

他故意如此说，语气冷漠得听不出一丝感情。

闻言，邵飞明显怔了一下，伸手又想拉，萧牧庭避开了，神色冷峻，目光如刃。

邵飞愣愣地看着萧牧庭，几秒后吐出一口气，只觉心脏沉去了一个深不见底的地方，没有回声，亦拉不回来。

大腿的筋肉似乎在抖，他竟然有点站不住。

是酒劲上来了吗？还是……

邵飞反应过来时，萧牧庭只给他留下了一个背影。

邵飞记不清是如何回宿舍的了，躺在床上时，整个人心里空荡荡的。

他好像说错了话，不知道如何补救。

萧牧庭一宿未睡，想得比邵飞更深更远。

他不是铁石心肠，也很想关爱邵飞，但邵羽是他心里的刺，他纵容邵羽，才让邵羽落得牺牲的下场。邵飞和当年的邵羽一样年轻，他敢再纵容邵飞吗？

他照顾邵飞是因为逝去的邵羽，看重邵飞是因为邵飞与生俱来的天赋与后天的勤勉。

天亮之前，萧牧庭踱去前院，抽了两根烟，虚眼看着静静升起的初阳，决定回去就把邵飞调回二中队。

难得来一次海拔 5000 米以上的高原，洛枫下令留驻几日，算是高原驻训。邵飞和大家一同训练，看上去和过去没有什么差别，甚至还挎着熊猫水壶。

萧牧庭没有主动提到夜里的事，邵飞也不说，训练时较劲发力，休息时磨磨蹭蹭跑到萧牧庭跟前，假装记不得了，双手捧着水壶，一本正经地说："队长，喝水。"

萧牧庭心下叹气，知道这家伙压根没有放弃，只是采取了另一种策略，顿觉无力。

邵飞有自己的小算盘，虽然萧牧庭那些话着实打击了他，但他还是想努力留下来继续给队长当事务兵。

让邵飞吃了一颗定心丸的是萧牧庭第二天的反应——没有立即撵走他。这让他明白，队长没那么狠心。

所以小队长要好好表现，争取不让队长把自己送回去。

可是高原驻训的第三天，发生了一件事。

夜里落了雪，天地银装素裹，战士们难得在 9 月就看到雪，个个兴奋地在雪地里追来打去。

训练之前，邵飞想起送给萧牧庭的墨镜，立即旁敲侧击地提醒他。萧牧庭找出墨镜戴上，看见邵飞笑得格外得意。

上午的训练项目多为体能训练，大家裸着上身在雪地里做仰卧起坐时，萧牧庭背着双手，在队伍里来回巡视。行至邵飞面前，他停下来看了看，提醒道："控制速度，保持体能，不要在前半段冲太猛。"

他站在邵飞脚边，戴着墨镜与军帽，而邵飞坐在地上，扬起头才能看到他的面容。

说是面容其实也不对，从邵飞的角度看去，只能看到他线条利落的下巴，上半张脸隐藏在墨镜与帽檐的阴影下。

邵飞脑子忽然空了一下，三秒之后，终于明白当初在楼顶看到萧牧庭的下巴时，为什么会觉得似曾相识，而当萧牧庭抬起头露出眉眼时，又觉得从未见过。

早在七年前，他们就有过一面之缘。

邵飞还记得，13 岁那年，一辆军用吉普停在家门口，几名穿迷彩军装的人将兄长的骨灰盒送了回来。为首的男人很高，戴着纯黑色的墨镜，帽檐压得极低。那人将骨灰盒放在他手里，他低头看了看，盒子不算大，但有些沉——大约是那时他还小，接过来时两条小臂不停颤抖，险些拿不稳。

哥哥在里面呢。邵飞暗暗对自己说：哥哥睡着了，你拿稳些，别让他摔着，他睡着之前肯定很痛，你，你别让他再痛了。

四周很安静，只听得见外婆的哭声。邵飞鼻子很酸，眼眶发胀，但是他不想在这个时候哭。

前几天，他和外婆已经得到邵羽牺牲的消息，外婆哭至晕厥，他将邵羽留在家里的遗物全翻出来摆在床上，夜里就睡在那一堆遗物上。

他梦见哥哥说：小飞，哥哥走了，哥哥对不起你，没能陪你长大。你要坚强，照顾好外婆。不要哭，小飞乖，不要哭……

眼前的军人是哥哥的战友，他们从吉普上下来时邵飞就知道了。所以他不能当着他们的面流泪。哥哥让他坚强，他要坚强给哥哥的战友看。

让他们知道，邵羽的弟弟不是窝囊废。

他深深呼吸，努力压下从胸口奔涌而上的酸楚，邵飞紧紧抱着骨灰盒，抬头看站在自己面前的男人。

男人逆着光，上半张脸完全在阴影中，只看得见单薄的唇与线条冷硬的下巴。

邵飞睁大眼，目不转睛地看着男人的墨镜，想透过那深重的黑暗，看看男人的眼睛。可是墨镜连一丝光都没透出，男人自始至终只是平静地站着，没有摘下墨镜，也没有说过一句话。另外几名军人上前几步，其中一人将一个信封交给外婆，另外两人蹲下来，轻轻抱了抱邵飞。

那天直到吉普缓慢驶离，邵飞也没看到男人的眼睛。他站在原地，目送哥哥的战友们离开，紧紧抱着的骨灰盒挤得胸腔发痛，痛得狠了，他才颤抖着抬起手臂，擦了擦终于落下的眼泪。

一晃七年，记忆中的高大男人早已面目模糊。邵飞实在没有想到，那男人竟然是萧牧庭。

队长是哥哥的战友。

邵飞双手抱头，以一种古怪的姿势看着萧牧庭。若不是这样的角度，若不是萧牧庭戴着与那天类似的墨镜、军帽，像那天一样逆光而立，他不知还要花多长时间才会发现这叫人说不上是何种滋味的事实。

萧牧庭看出他的异常，蹲了下来，摘下墨镜问："怎么了？不舒服？"

没有墨镜，萧牧庭又和印象中的人不一样了——他眸光深邃温柔，像平静无风的海，而记忆中的那个人冷峻漠然，仿佛没有感情。邵飞当时特别想看看他的眼，看那目光是不是冷得能掉下冰碴子。

怔了两秒，邵飞有些慌张地摇头，撇开眼道："没有不舒服，我这就调整速度。"

萧牧庭起身，在他身边站了一会儿。他不敢再抬眼，咬着后槽牙继续做仰卧起坐，直到瞥见萧牧庭往旁边走去，才悄悄松了口气。

中午休息时，邵飞没再死皮赖脸跟萧牧庭一起吃饭。这事于他来讲太突然，他需要一个人好好捋一捋。

队长是送骨灰盒的人，队长是哥哥的战友，队长应该一早就知道我是……

邵飞攥紧手指，思绪万千。

萧牧庭什么都知道，知道他是邵羽的弟弟，那些异于其他队员的关怀与照顾终于有迹可循。

邵飞叹了口气，心脏悄无声息地往下沉，有种说不出的失落感。

这几天邵飞老把自己和其他队员相比，情不自禁地观察萧牧庭与艾心等人相处的细节。萧牧庭待大家都很好，该鼓励的鼓励，该指点的指点，队员犯错他也会严厉指出，但从来没打过谁的手板心。

邵飞摸着自己的手板心，那里曾经被打出血，也曾经被萧牧庭捧着认真上药。

所以他还是不一样的。

邵飞越想心里越开心，过一会儿又觉得傻——怎么挨打也能挨出优越感？这是什么心理？变态吗？

他不明白萧牧庭待他为什么和别人不一样，过去以为是因为队长也把自己当弟弟一样关爱。

而现在，他找到了理由。

萧牧庭管教他、照顾他、关心他，待他与所有人都不一样，不是因为他是最特别的兵，或者把他当弟弟，只是因为他是邵羽的弟弟。

而萧牧庭是邵羽的战友。

邵飞抱住膝盖，将自己团起来。刚才一阵夹着雪的风刮过，他觉得有点冷。

加入枫鹰已经一年了，他明白特种兵之间的友情意味着什么。

队友就是过命的兄弟。哥哥和队长，应该也是能交付生命的战友。

不……

邵飞算了算邵羽和萧牧庭的年龄，否认了战友这个说法。

邵羽牺牲的时候还很年轻，应该是刚进入特种部队不久，萧牧庭也许不仅是他的战友，还是他的前辈，或者队长。

哥哥的队长，也是他的队长。

一时间，他失落又感激。失落的是，萧牧庭给予的"好"不是因为他邵飞本身，而是因为哥哥。但他心里的感激远比失落更多。

七年了，邵羽牺牲的时候只是一名小战士，连军官都不是，而萧牧庭现在已是少将。萧牧庭还记得邵羽，记得这名牺牲的小战士，记得自己的兵！不仅记得，萧牧庭还默默关照他的弟弟。

一股温柔的暖流在心脏上淌过，邵飞轻轻"啊"了一声，目光沉静下来，忽地想起那个资助了自己五年的人。

他唯一能确定的是，那人是邵羽的战友。

从第一次收到钱款时起，那人在他心里就是个黑黢黢的身影，如今这身影渐渐与他13岁那年见到的高大男人重合，他看着男人从阴影里走出来，摘下墨镜，露出温柔的眉眼。

他不确定那人是不是萧牧庭，也没有任何依据。他18岁后，那人不再打来钱款，他甚至担心对方已经像邵羽一样牺牲。但此时此刻，他有种强烈的感觉，或者说期盼——那个人就是萧牧庭。

如果是萧牧庭，那么早在七年前，萧牧庭就开始打点他的生活了。

如此认知让他浑身战栗，手臂因为莫名其妙的激动而立起鸡皮疙瘩。

他从来没有跟任何人说过，甚至自己都极少想起来，哥哥和外婆相继去世后，他差点活不下去。

那段日子是黑暗的，他看不见太阳。家里本无多少积蓄，外婆病倒后花了个精光。钱没了，人也没了。料理完外婆的后事，他回到一贫如洗的家，无声无息地跪在哥哥的遗像前，先是默不作声地流泪，然后号啕大哭。

生活还要继续，他想给人打工，但他只有13岁，个子又矮，一看就未满16岁。哪里都不要他，一些好心的店家甚至想把他送去福利院。

他向对方鞠了个躬，然后转身离开。

福利院是绝对不会去的，生活在那里的人都是孤儿，他有家人，有外婆和哥哥。

他在夜里哭着喊哥哥，时常梦到邵羽回来了。

最无助的时候，他收到了那人的资助，一季度一笔，足够他上学和生活。

都说钱不是万能的，但在那个时候，对邵飞来讲，那是救命钱，也是强心剂。

哥哥走了，但是哥哥的战友还在。

邵飞至今还记得那天，他洗了把脸，出门买米买菜，回家做了一菜一汤，菜是哥哥喜欢的番茄炒蛋，汤是外婆喜欢的小白菜炖豆腐。他端着碗，握着筷子，郑重地说："哥哥，外婆，你们放心，我会好好照顾自己，我会活下去。"

顿了顿，他又说："哥哥，是你的战友帮助了我。你在天上看着，等我长大了，我会成为和你一样优秀的兵！到时候……"

声音渐渐哽咽，但他没有再让眼泪落下来。

"到时候，"邵飞吸了吸鼻子，"我会报答他，保护他，哥哥，你让他等着我！"

"等着我。"稚嫩的童音变成如今低沉的男音，邵飞抿住唇，听着胸腔传出的阵阵闷响。

那个在他最难受时拉了他一把的人，是否真是队长？

脑子空了好一阵，邵飞拍拍腿上的雪，望着远处连绵起伏的雪山。那人是萧牧庭也好，不是也罢，终归是雪中送炭的恩人。而萧牧庭于他，更如照亮前路的灯塔。

都是帮助过他的、不可取代的人。

知道了萧牧庭照顾自己是因为邵羽，他失落归失落，失望却是一丁点没有的，心里反倒更添一份敬佩。他的队长，是位将牺牲小兵记在心上的好军人，虽然嘴上什么也没说，但七年之后也没有忘记，至今还因此关心着他。

当年他不理解男人为什么要戴墨镜，为什么将骨灰盒递给自己后，就面无表情、一言不发地站着。他尝试透过男人的墨镜看男人的眼睛，以为男人的目光是冰凉没有感情的。现在他才明白，萧牧庭只是以沉默掩饰悲伤。那时他如果顽皮一点儿，扯一扯男人的衣角，求男人摘下墨镜，也许会看到一双发红的、满含泪水的眼。

如果是这样，几年后他会一眼认出萧牧庭，不会带着一帮队友找碴儿唱对台戏，不会不听萧牧庭的话，不会当着那么多人的面让萧牧庭难堪。就算萧牧庭不点名，他也要跑去当个小跟班。

邵飞用力呼吸，冷空气顺着鼻腔滑入胸腔，却没有冷却那里的暖意。

邵飞漫无目的地踱步，思绪纷杂，不知如何是好。

萧牧庭对他那么好，他怎么能不听队长的话呢。可是，可是他真的很想留在队长身边，队长就像哥哥一样……

他蹲了下来，手指戳进碎雪里，无意识地胡乱画着，指头被冻至麻木，才看清地上画着一个丑陋的熊猫头。

他苦涩地笑了笑，右手往后一摸，果真摸到了熊猫水壶。

他拎成习惯了，上午裸着身子在雪里练体能，刚才穿上衣服时，竟然本能地拎起水壶。

其实这几天萧牧庭有意与他疏远，也不再问他要熊猫水壶，他感觉得到。但这并未打击到他，萧牧庭不来，他就主动找，只字不提夜里的事，还跟以前一样黏着萧牧庭。

不过他也有自己的分寸，不给萧牧庭撵他走的理由。

邵飞现在明白了，即使再过分一些，萧牧庭也不会撵他走，因为他是邵羽的弟弟，萧牧庭大约不会因为他的过分而为难他。

有个词叫什么来着？恃宠而骄？

邵飞想，如果利用这一点，那自己也是恃宠而骄了。

他不能这样做。

午休的时间很短，归队时邵飞又看到了萧牧庭，仍是一身迷彩，只是没有戴墨镜了。

邵飞很想问一问：队长，您知道我已经知道了吗？

太拗口了，他不安地想，况且知道不知道，对队长来说似乎也没有什么影响。

他咬了咬牙，拿着水壶跑上去："队长……"

萧牧庭转过身，神情与平时并无二致："嗯？"

"喝，"他却突然结巴了，抓着水壶的手也格外用力，骨节可见，"喝水吗？"

纳噶城的一位战士刚好路过，憨厚地笑道："萧队，您的小战士又给您打水啦？"

萧牧庭对着战士笑了笑。

"去训练吧，"萧牧庭接过熊猫水壶，下巴朝队伍中抬了抬，既不亲热也不疏离，"要整队了，都等着你。"

邵飞盯着萧牧庭的下巴，喉结动了动。

若是以前，队长也许会说"小队长快回队"，邵飞站在队伍里闷闷地想，自打那晚之后，他就再没听到这个可爱的称呼了。

下午的训练强度不大——因为海拔太高，含氧量低，人站着不动都难受，高原驻训的强度比不上平原，队员们休息的时间也更多。萧牧庭看着邵飞与队友摔打在一块儿，眉心皱出一道不明显的线。

虽然邵飞竭力表现得与往常一样，萧牧庭还是能看出他心里有事。

他恐怕是认出自己来了。

萧牧庭不太想让邵飞知道自己就是当年送还邵羽骨灰盒的人。他自有一番难以言说的愧疚，也不想再揭开那个陈年伤疤。

特种任务中伤亡难以避免，自打戴上臂章，特种兵们就不畏死亡。但是如果他再谨慎一些，考虑得更加周全，邵羽就不会牺牲，起码不会在那次任务中牺牲。

邵羽的离开，他负有责任，这并非是他放不下过去，非要往自己身上扛担子，而是本应如此。

七年前任务归来，在将邵羽的骨灰盒送回去之后，他就开始接受一系列隔离调查。

特种部队有人牺牲再正常不过，但谁也不会因为死亡司空见惯，而漠视生命。每一位离开的战士都会被追授功勋——无论他们是什么军衔，而造成他们死亡的原因也会被调查得清清楚楚。

若有良心，没人会隐瞒细节。

因为用人不当，仓促让新兵上战场，萧牧庭被停职、被关禁闭，后又被降衔、限制行动，他自愿要求重罚，甚至请愿去执行最危险的任务。

惩罚最终下达的时候，他没有怨言，只觉得太轻。因为邵羽——那个前途无量的新兵已经不在这个世界上。一个人的生命何其贵重？况且邵羽的身后还有年迈的妇人与年幼的男孩。

一个人离开，一个家庭垮塌。

这代价太大，太让人痛心。

萧牧庭背着父亲向当时总部里负责缉毒的尹建锋将军请缨，要去执行缉毒任务。

那年他27岁，与军方藏得最深的卧底宁珏里应外合，完成第一个任务回来后，才算是戴罪立功，不用再受限制行动等约束。

　　他又去了邵羽的老家，才得知两兄弟的外婆已经病逝，家里只剩下孤苦无依的邵飞。

　　就是从那时候起，他以邵羽战友的名义资助邵飞，直到两年前的一次任务中，他救宁珏时受了重伤，不省人事。

　　其实这么些年下来，他亏欠邵羽的已经还得差不多了，但是每每念及邵羽，他仍为鲜活生命的消逝而痛惜、内疚。

　　他要怎么跟邵飞说，你的兄长是因为我的不尽责而牺牲？

　　在枫鹰的第一次见面，邵飞没有认出他。当年他戴着墨镜与帽子，矮小的邵飞仰着脖子看他，那小小的模样烙进了他的眸子，但邵飞显然看不到他长什么样子。

　　邵飞能记住的，应该只有他的下巴、嘴唇，还有那个夸张的黑色墨镜。

　　所以联训比武之后，当邵飞送给他一副和当年那副非常相似的墨镜时，他一度以为邵飞认出他来了。但邵飞后面的反应与举动打消了他的疑虑。

　　那只是个凑巧而已。

　　但也许不是凑巧。邵飞大约潜意识里已经记住了那个墨镜，所以才会在挑选时一眼相中它。

　　萧牧庭不太喜欢戴墨镜，墨镜于他来讲就像另一种形式的黑纱。在战友的葬礼上，不少队员会戴上墨镜，并非不敬，只是不想让人看到一双红肿的眼。

　　墨镜与镜盒一起装在衣兜里，萧牧庭的拇指在镜盒上摩挲，他看见邵飞从地上撑起来，抬头向四处望了望，然后看向自己的方向。

　　因为隔得有些远，眼神是碰触不到的，但萧牧庭知道，邵飞在找自己、看自己。

　　萧牧庭叹了口气——打从什么时候起，这孩子的目光就只追随着自己？

　　一场风雪之后，气温越来越低。邵飞强迫自己与萧牧庭拉开距离，熊猫水壶也没再拿回来。

　　这样过了大约一周，邵飞憋不住了，想找萧牧庭问哥哥的事情。

　　而萧牧庭也一直等着他来找自己。

　　高原的天地自有一番不同寻常的辽阔与肃穆，人行其间，渺小得几乎可以忽略不计。萧牧庭缓步走在前面，邵飞低着头，跟在斜后方。两人之间只隔了不到两步的距离，若是以往，邵飞老早就大步上前，凑到萧牧庭身边问东问西。

　　但今天的气氛凝重得多。

　　萧牧庭等着邵飞开口，而邵飞打了一百遍腹稿，仍不知道怎么问才合适。

他们已经走过一段不短的距离，薄雪上留下两排相隔很近的平行脚印。

萧牧庭停下来，向后半侧过身，邵飞不知他会突然停下，注意力也没在走路上，埋头继续向前，险些撞到他身上。

平行脚印几乎相交，邵飞微张开嘴，哑然地看着萧牧庭，一秒后才往后一退，撇开目光道："我……我不是故意撞您的。"

两人面对面地站着，萧牧庭看着邵飞，邵飞看着地面。脚印因为刚才退的那一步而不再整齐，有了几分杂乱的意味。

须臾，萧牧庭无奈道："我俩就这么散步吗？"

邵飞唇角微动，略显缓慢地抬起头，眉间是皱着的，神情紧张，眼神格外认真。

"我……"邵飞眼睑奄下，片刻后又抬起来，"队长您……"

您认识邵羽吗？

多傻的问题，邵飞抿着唇想，可是如果不这么问，该如何开口往下说？

"嗯。"萧牧庭耐心地等着，不催促，连眸光也是沉敛温和的。

邵飞被这眸光罩着，蓦地多了一分勇气，垂在身侧的手悄悄攥紧，凝视着萧牧庭的眼睛道："队长，您认识邵羽吗？"

原以为萧牧庭会露出轻微惊讶的表情，然后云淡风轻地笑一笑，可是没有，萧牧庭神色并无明显改变，只是眼中浮起沉沉的悲伤。

邵飞一愣："队长？"

"认识。"萧牧庭转身，双手揣进衣兜，关住眼底的波澜，"走吧，我告诉你你哥的事。"

平行脚印再次向前延伸。

"他是我的队员，入队时比你还小一些，是我队里最优秀的新兵。"萧牧庭语气平缓，声音低沉，"还记得以前我跟你说过，我带队在北方边界追缉一个军火走私团伙，折了四位优秀的战友吗？"

"记得，"邵飞忽觉心脏提到嗓子眼儿，"但您没说太多，只说都过去了。当时我还问过您——您对我这么严厉，是不是想磨我的性子，不让我将来折在任务里。"

"是。"萧牧庭放缓步子，声音也更加沉哑，"因为你的兄长邵羽，就是那四名牺牲的战士之一。"

已经过去七年，亲人离世的伤痛早已从汹涌的浪潮平息为无澜的海，邵飞并不感到意外，只是心尖不受控制地一紧。他呼入一口干冷的空气，继续看着萧牧庭："嗯。"

萧牧庭望着天边黑色的山："他的牺牲，是我的责任。"

"什……"邵飞睁大眼，"和您有什么关系？"

他还记得，当年部队以书面、口头两种形式告知邵羽已牺牲的事实，一同送达的还有一笔抚恤金——这钱后来在给外婆治病时已花光，但书面文件他一直留着。邵羽是在执行特种任务时不幸牺牲，和己方战友有什么关系？

"我是他的队长。"萧牧庭道，"按照队里的规定，他那时还没有资格出那种任务，就像你、艾心、陈雪峰现在一样。"

邵飞沉默地听着。萧牧庭无须解释太多，他也能听懂——资历尚浅的特种兵就算再优秀，也不会被允许出高级别任务，这也是他到枫鹰一年仍未执行过重要任务的原因。

"但我无视规定，带着他去了边境，"萧牧庭顿了顿，"行动开始后，也没能保护好他。"

他并未说得太细致，隐去了那些血淋淋的残忍与悲壮。他不想让邵飞知道邵羽生命的最后一刻有多痛苦，但是该让邵飞明白的，他亦不能隐瞒。

邵飞退了两步，思绪渐渐混乱。

他找萧牧庭出来，只是想证实自己的猜测，只是想让萧牧庭知道——队长，我已经知道您为什么关照我了。但话只起了个头，竟被萧牧庭带向另一个方向。

邵羽是他最亲的亲人，他没有办法不在意与邵羽离世有关的细节。

他不安地看着萧牧庭，下唇颤抖："您……"

"如果我遵从规定，他就不会参加那次行动，"萧牧庭没有避开邵飞的目光，"更不会牺牲。"

霎时，邵飞脑子"嗡"了一声，脸颊泛白，半天也没说出一句话。

"七年前，我把邵羽的骨灰盒放到你手上，你盯着我看了很久，"萧牧庭沉声道，"但我当时戴着墨镜，你记不得我的样子。如果你一直想不起来，我可能不会告诉你邵羽的牺牲是我的过错。但是那天你在雪地里做仰卧起坐时，我知道你想起来了。"

"我……"邵飞双眉紧蹙，有些语无伦次，"我想知道的不是，不对，队长……"

"你想知道的，是我到底是不是那天送还骨灰盒的人，是不是邵羽的战友，对吗？"萧牧庭问。

邵飞茫然地睁大眼，轻轻点了点头。

"是，我是，"萧牧庭苦笑，"我不仅是邵羽的战友，还是他的队长，一个不尽责的队长。"

"不是！"邵飞下意识反驳，"您不是不尽责的队长！"

萧牧庭眼里掠过很浅的错愕，旋即摇了摇头，继续往下说："我亏欠邵羽，也亏欠你。你觉得我照顾你、待你好，的确如此。如果不这样做，我心有不安。"

来了！邵飞屏气凝神，虽然早就想明白萧牧庭的关照是因为邵羽，但听到萧牧庭亲口说出来，他仍是呼吸一滞。

况且萧牧庭说的远比他料想的复杂，原来那份"好"不仅仅因为战友之情，还有亏欠与内疚。

邵飞不由挺直腰背，借以掩饰自己此时的无措。

萧牧庭看着他，从他强装出的镇定与坚强中，看到了一份无依无靠的脆弱。

他突然就说不下去了。

疼痛从心尖扩散至五脏六腑，萧牧庭沉默地站着，思考自己是否太残忍。

他甚至比邵飞更清楚，自己已经成为邵飞的依靠，且是唯一的依靠。但就在刚才，他却亲口告诉邵飞，你兄长的牺牲，我负有责任。

这层意思若表达得再残酷一些，大约是——你的不幸是由我造成。

他当然可以隐瞒，只告诉邵飞：对，我是邵羽的战友，也是队长，你哥是名好战士，他的离开是我们全队的遗憾。

但过去的经历让他无法轻易将这段事实抹去，他也不想骗邵飞。

邵羽的离世在某种意义上令他脱胎换骨，从一名优秀得近乎自负的特种兵成为深思熟虑、能将所有担子扛在肩上的可靠队长。

他的功勋章里，埋着那个小战士的热血与壮志未酬。

而站在另一个角度，他也得告诉邵飞。

邵飞对他的依赖必须及时刹车。

但他没有想到的是，自己会在看到邵飞那些深藏起来的脆弱后，心痛到无法再开口。

当邵飞知道了这一切，还会执意留在他身边吗？

不，邵飞会成长，身披更坚硬的铠甲。从此以后，或许不会再与他亲近，将他当作兄长。

想到这处，萧牧庭暗自叹息，忽觉怅然若失。

邵飞站了一会儿，离开之前突然说："队长，我还想问您一个问题。"

"嗯。"萧牧庭点头。

"上次我们谈心时，我说我哥的战友资助了我五年，直到 18 岁，"邵飞咽了咽唾沫，说得有些艰难，"那个人是您吗？您来枫鹰之前受过伤，是不是因为受伤，才断了与我的联系？"

许久，萧牧庭轻声道："是我。"

邵飞鼻尖红了，轻轻咬住下唇，拼命忍住眼泪。

萧牧庭心痛如绞，右手缓慢抬起，想要摸摸他的头。

邵飞用力吸了口气，扯出一个难看的笑，声音颤抖："真好，您没像我哥一样离开，您好好的，您还在。我……我终于见到您了……"

萧牧庭瞳孔收紧，被一种从未有过的情绪击中。

邵飞慌张地抬起手臂，在眼前胡乱一抹，又道："队长，我现在脑子有些乱。今天您跟我说的话，我……我要回去好好想一想。"

萧牧庭悬着的右手收了回来，邵飞急匆匆抹眼泪的模样，令他想起了七年前，在吉普的后视镜里看到的矮小男孩。

那时邵飞也是这样，努力忍着眼泪，实在忍不住了，才在车驶离以后，抬起瘦弱的手臂，在眼前抹了抹。

隔着七年的光阴，一大一小两个身影重合在一起，两个都牵动着萧牧庭的心。

邵飞说完转身就走，沿着来时的脚印落荒而逃。萧牧庭看着他狼狈地摔了一跤，姿势难看到极点，又见他连忙站起来，跟跄着继续奔跑。

那么高的海拔，人摔倒一次别说接着跑，就是站起来都费力。

凉风卷走雪尘，萧牧庭的眼神终于变了。

邵飞跑了很久，耳边混杂着风声与肺部发出的剧烈喘息声。呼出的热气凝结成白雾，泪水大滴大滴地从脸颊滑落，眼前的世界渐渐扭曲，捏成一个他不认识的模样。

直到确定已经跑出萧牧庭的视线，他才放慢脚步，漫无目的地向前迈步。

他跑得太急，停下之后，缺氧的感受几乎把胸腔震裂。他用力按着胸口，费力地调整呼吸，整张脸都白了，腿脚乏力跪在雪里时，一股寒意从膝盖蔓延至全身。

他抹掉脸上的泪，小声说："别哭，哭什么，没出息！"

邵飞想站起来，但刚才的狂奔已经耗尽力气，他挣扎了一会儿，然后跪坐在自己小腿上，不久后身子也伏了下去，紧紧埋成一团。

好像这样他才会好受一些，心不再不受控制地乱跳，血也不再发出奇怪的呼啸。他闭上眼睛，不想从萧牧庭处听来的话，不想如果哥哥还在，自己的人生是怎样的。

他发出一声很低的呜咽，呜咽被冷风吹拂，天地茫茫，谁也听不见。

他跪了不知道多久，剧烈运动给身体造成的冲击才慢慢消退。邵飞双手撑在膝盖上，直起身子，又缓了一阵，才站起来。

迷彩裤上沾着融化的雪，手肘和胸口上也有，一些雪水已经渗到皮肤上，凉凉的，很不舒服。

边防部队的小楼就在不远处，慢走回去不过一刻钟。但邵飞不想回去。

眼睛可能还红着，神情说不定也惨兮兮的。他叹了口气，往与驻地相反的方向走了几步，又停了下来。

不舒服，浑身都不舒服。眼眶灼热难忍，脸颊、耳朵、胸膛也是烫的，唯有手脚冰凉发木。

犹豫片刻，他找了一块雪较厚的地方，蹲下刨了一个巴掌大的小坑，然后以俯卧撑的姿势趴下，将脸埋进那个小坑里。

他试着在坑里呼吸，凉气入肺，脸被冰灼着，分不清是热是冷。

雪地俯卧撑是当初参加枫鹰选拔时的高原拉练项目，脸埋在雪里，寒冷外加呼吸受阻，是一套严苛而有效的特训方法。

但邵飞现在并无加练的心思，这样做只是想让自己尽快冷静下来，不至于在归队时还红着眼。

可是他趴了几分钟，心情仍旧平复不下来，不仅如此，眼泪还莫名其妙地从眼角滑出，渗入雪中。

他双手抠紧碎雪，嘴唇动了动，轻声喊道："哥。"

他已经很久没有在想起邵羽时难受得掉泪，一声"哥"喊出来，泪水竟再也忍不住。

在这含氧量不到平原地区60%的高原上，每一口呼吸都弥足珍贵，邵飞低声抽泣，只觉越来越难受，头也越来越涨。

晕过去之前，他隐约感觉到有人将他抱了起来，最后一丝光线里，他看清抱着自己的人是萧牧庭。

邵飞来不及欣喜，已坠入黑色的梦中。

邵飞跑开后，萧牧庭站在原地抽烟，长长的烟灰落下，很快与积雪融为一体。他沿着邵飞的脚印跟了过去，看见邵飞趴在雪地里，脸埋在雪坑中，肩膀轻轻颤抖。

邵飞已经不是当年那个弱不禁风的小男孩，他的肩背强壮有力，挎枪站立时，身姿挺拔俊朗，仿佛一棵不折的松。

但是在此刻，他抽泣的样子看在萧牧庭眼里，哪还有什么强壮与挺拔，分明是单薄无依。

萧牧庭抱起他的时候，他无意识地偏了偏头。

邵飞并未昏迷太久，醒来时已经躺在宿舍的床上。艾心捧着热腾腾的姜汤，粗着嗓门喊："你行啊，背着我们加练，卑鄙极了！"

他愣了一下，想起晕过去之前见到的最后一个画面，大约知道是怎么回事了。

"喏，萧队说了，等你醒了就给你喝，"艾心把汤碗塞他手上，"赶紧喝了，一会儿再吃点儿药。"

"什么药？"汤碗烫手，想必姜汤是刚刚熬好的。邵飞手心发热，不知是给焙烫的，还是在被子里已经回暖。

"放心吧，萧队拿来的药。"艾心坐在床边，十分手贱地敲了敲邵飞的脑门，"刚才我还没说完呢，你可真卑鄙！"

邵飞没心思反击，端起碗喝了一口，热汤下去，暖得通体舒畅。

"不带你这样的啊，跟你说，背着兄弟加练和考试前偷偷复习的性质一样，都得挨揍。"艾心看看他碗里剩下的姜汤，又催，"嘿，怎么变斯文了？姜汤要一口闷，你剩一半做什么？又不是姑娘家。"

邵飞一饮而尽，将碗放在一边，捞起被子又要睡。

艾心连忙按住他："先别睡啊，你加练雪地俯卧撑怎么不叫上我？"

"下次叫，一定叫。"邵飞实在没心情闲扯，用被子捂住脑袋，紧紧闭上眼。

"记得啊，下次再一个人加练，我准抽你！我叫上雪峰一起抽！"艾心还在絮絮叨叨，"高原训练本来就有风险，不能独自练习的，你又不是不知道。人多嘛，万一有个什么事儿，大伙还能有个照应。你看这次多危险，你一个人跑去加练，又是跑步又是做雪地俯卧撑，好好一大小伙子，就趴雪坑里了。如果不是萧队看着了，你就得趴死在里面，知不知道？"

邵飞闷声闷气地说："知道。"

"光知道不行，得记住！"艾心说着往被子上一拍，"你就躺着不起来了？"

"现在不是休息时间吗？"邵飞有点烦，掀开被子的一角，"别闹我。"

"不是闹你。"艾心语重心长，"萧队救你回来，你现在醒了，还喝了他给你熬的姜汤，等会儿还要吃他准备的药，不打算去当面道个谢？"

邵飞怔住，明知答案，还是问了出来："队长送我回来时是怎么说的？"

"说你加练负重跑和雪地俯卧撑时体力不支晕倒了啊，"艾心道，"不然我怎么知道？瞎编吗？"

邵飞缩回被子："哦。"

"哦什么哦？"艾心又拍被子，"起来给队长道谢去。"

"不去，"邵飞翻身背对艾心，"我要睡了，你别吵。"

"还犟上了？尊重师长懂不懂，下回看谁救你！"

邵飞被念叨得烦了，脱口而出："队长不用我道谢！"

艾心"啧"了一声，笑道："你还显摆上了！好吧好吧，知道萧队疼你，不用你道谢，嘻嘻，也就你好意思这么说。"

邵飞差点从床上跳起来，面红脖子粗地瞪着艾心。

艾心："瞪我干吗？想打架？"

"我不是那个意思……"

"啊？"艾心显然没明白过来，和邵飞互相瞪了一会儿也懒得管了，"你今天情绪不对，我不跟你闹了，你睡你睡，你可劲儿睡。"

邵飞这下倒不踏实了："你别走啊！"

"不走把你惹哭了怎么办？萧队把你送回来时还好好的，等会儿你要是哭了，我可没法交代。"

艾心说完就走了，邵飞用被子遮住半张脸，想起那个似乎浮在空中的怀抱，想起自己埋坑里时一脸的眼泪，不解地小声唤道："队长，哥哥。"

队长考虑得很周到，编了个加练雪地俯卧撑的谎话，不至于让他在队友面前丢人。

队长应该也帮他擦过脸，不让人看出他哭过。

队长还熬了姜汤，让他醒来就能暖手暖心。

邵飞将自己蜷缩起来，紧紧抓住被子，无意识地低喃："队长真好。"

邵飞不知道的是，萧牧庭做的不仅于此。

被抱回驻地时，他的状态远比现在糟糕，虽然眼泪已经擦掉了，但一看就是才哭过。萧牧庭没有立即将他送回队员宿舍，而是带到了自己的宿舍。汽车兵的队长不在，宿舍很安静。萧牧庭将他放在床上，打来热水给他擦脸，毛巾敷在眼睛上。萧牧庭摸到他双手冰凉，知道他脚肯定同样冰凉，又拧了另一条热毛巾，捂住他的双脚。

直到姜汤快熬好，他手脚都热了起来，脸上也看不出哭过的痕迹，萧牧庭才将他送回队员宿舍。

忙完这一切，萧牧庭出了一身汗，坐在椅子上回忆刚刚看见的一切，唯一鲜明的感觉是心痛。

他的手碰到邵飞冷冰冰的脚时，心突然难受得发紧，顿生一种荒唐的想法——好好疼一疼这孤单的孩子。

当时他甚至给自己说：就让邵飞留在这里吧，别折腾来折腾去，躺一会儿又给送回去，遭罪。

但他不能这么做。

他已经狠心说出了邵羽的事，邵飞终有冷静下来、理智面对的一天，他只需站在一定距离之外守护着便好。

敲门声将思绪拉了回来，萧牧庭清了清嗓子："请进。"

艾心站在门口："萧队，邵飞已经醒了，姜汤也喝了。"

萧牧庭温和地笑了笑："行，麻烦你了。"

门再次合上时，萧牧庭揉了揉眉心，松了口气，但心里又觉得失去了什么。

若是还没有发生这一系列的事，邵飞早就跑来笑嘻嘻地报到："队长，我来了，谢谢您送我回来！"

但邵飞没来，来的是艾心。

邵飞懂事，知道不应再来了。

萧牧庭坐在床沿，双手扶住额头。身后被邵飞盖过的被子还没来得及叠好，床上还留着睡过的痕迹。萧牧庭忽然想到挺久以前，大约是刚将邵飞带在身边的时候——那天他回到宿舍，发现床被动过了，邵飞又惊又急，承认自己躺过。小家伙的表情太有趣，令他不由想象对方在床上打滚撒欢的模样。

他时隔大半年再次想起那情形，唇角仍是止不住地上扬。

邵飞从未对一个人有过如此复杂的感情。他依赖萧牧庭，依赖到想让萧牧庭做自己的兄长；可是萧牧庭不愿意，还告诉他一直以来的关照是因为愧疚。

原来哥哥的牺牲，有队长的责任。

他应该恨萧牧庭，可是根本恨不起来，每每想起萧牧庭，心头涌起的仍是敬佩与仰慕。

在他最困难的时候帮助他的人，居然是萧牧庭！

但也是这个男人间接带走了他最亲的亲人。

他以后要怎么办呢？夜里他缩在被子里，直到睡着也没想出答案。

白天训练照旧。邵飞什么也没想明白，本意是要尽量远离萧牧庭，但看到萧牧庭来了，那种想要靠近的心情仍是压抑不住。

邵飞觉得自己快被撕裂了。

第十一章
跟你的战友道别

纳噶城驻军在这时突然来了任务。

纳噶城的重点驻防区有一处边防检查站，对来往的车辆进行通关检查。一些特种兵好奇，前阵子就想跟着边防兵去检查站看看。边防部队的军官跟上面打了申请，上面一听说是枫鹰的战士，立马同意。军官回来乐呵呵地统计去检查站执勤的名单，很多队员都报了名，但都是去观摩一天，最多两天，只有邵飞填了十天。

他们留在这里的时间，也只剩下十天而已。

检查站离驻地有几十公里，执勤队员每天早出晚归，邵飞想，这样就不用对着萧牧庭而不知所措了。

艾心很诧异，追着问："你想什么呢？咱们难得上一次高原，你不抓紧时间练体能，跑检查站待十天？要放在学校，你这就叫旷课，放在工厂，你就是旷工，要被开除的知道吗？"

"开除个头！"邵飞正要去武器库拿枪，"我这是去执勤，学以致用。边境是最需要特种兵的地方。"

艾心觉得邵飞不太对劲，想了半天道："飞机，你最近是不是心里有事？我怎么觉得你不是以前那个飞机了？"

"我心里能有什么事？"邵飞脚步一顿，在艾心额头上推了一把，"哎，你别跟着我，拿了枪我得赶去集合。"

艾心没被他推开，过了几秒突然问："飞机，你不是想躲着萧队吧？你俩怎么了？"

邵飞差点被雪里的石块绊住脚，眉梢抖了一下，加快脚步："怎么可能？我和队长能有什么？你就别瞎操心了，我真是想给边防的兄弟们出一把力。这种地方以后我们可能也没机会再来了，我去执十天勤而已，收起你的好奇心吧名侦探。"

艾心将信将疑地走了，邵飞叹了口气，在原地站了好一会儿才拍了拍脸，给自己鼓劲道："别想了，认真执勤！"

边防部队的军官把名单拿给萧牧庭看，特意在邵飞的名字上画了个圈，萧牧庭一眼就看到了。军官说："萧队，邵飞想去检查站待十天，我先批了两天，回来问问您的意见。"

萧牧庭提笔签字，微笑道："我没什么意见，检查站工作辛苦，他有这份心是好事。"

"但是去十天的话，会不会耽误你们的训练？"

"不打紧，这次训练本来就是临时安排的。他是名优秀的战士，有自己的分寸，知道现在是该留在这里继续训练，还是去检查站帮忙执勤，"萧牧庭双手将名单递还给军官，"不用担心他。在检查站如果他与其他队员有什么不明白的地方，就请你多费心了。"

"哪里的话，"军官将名单收好，"枫鹰的战士来我们这里执勤，是我们的荣幸啊。"

从驻地到边防检查站，海拔可以说是陡升，即便是特种兵，第一次上去时仍会感到轻微不适。开车的是一名边防战士，让大家在路上先睡一会儿，算是养精蓄锐。邵飞和其他人一样，脑子昏沉沉的，眼睛也又酸又胀，却不想闭上。

他看着窗外快速退后的荒凉景色，心里默默数着离萧牧庭又远了几公里。

5公里，10公里，20公里……

本以为离得越远，心情越轻松，可现实却敲了他一记闷锤。

检查站到了，特种兵们头一次来这种地方，都有些兴奋。值班队长给大家分配任务，邵飞接到的是检查区警戒。

由于检查车辆是否携带违禁物品是项专业要求较高的细致活，特种兵们全是新手，无法参与，只能看着。

检查区在一个封闭的空间里，里面空气不好。客运巴士还好，不会排放太多尾气，一些重型运输车就麻烦了，一来检查的时间很长，拿一名边防兵的话来说，就是一枚刀片都不能放过，二来货车尾气熏人，叫人难以忍受。

在检查区站了一上午，中午被换出来吃饭时，邵飞精神都有点儿恍惚了。他压根没想到边防检查站是如此辛苦的地方，他端着枪仅是站着警戒都快吃不消，那些负责检查车辆的边防兵还得不断从平台跳入沟槽，打着电筒检查车辆的底盘。

下午通关的车辆较少，值班队长把邵飞和另外几名特种兵叫过来，操着极不标准的普通话讲解检查流程，中途不忘显摆曾经查到多少毒品、管制刀具，看得出对自己的工作相当自豪。

其他战士都只待一两天，随便听一听就差不多了，毕竟也没有机会亲自检查。只有邵飞"不依不饶"，听完讲解还跟着值班队长，要求"实操"。

值班队长知道他要待十天，笑道："这样吧，今天你跟着我，如果还有车来，你就和我一起去检查，帮我拿电筒。等你熟悉了流程，过两天就'实操'。"

不久后果然来了车，邵飞挎着枪不方便，交给队友拿着，和值班队长一起在货车里爬上爬下，才一刻钟就出了一身汗，累得直喘。

值班队长检查得非常仔细，每一个可能藏有违禁物的缝隙、管道都要查看。邵飞拿着电筒一路跟随，注意力全在值班队长的操作上，终于没再想萧牧庭的事。

忙到晚上交班，身子疲惫不堪，邵飞在回程的路上睡着了，被队友拍了两下脸才醒。

天已经黑尽，马上要就寝，邵飞太累了，洗漱完毕来不及多想，就躺进被子里。

半夜醒了，他又想起萧牧庭。

萧牧庭倒不至于夜不成寐，但对邵飞的记挂是分毫不少。值班队长每晚都会汇报特种兵们的执勤情况，说其他人时夸，说到邵飞时，是一边笑一边夸。

值班队长说，从没见过像邵飞这样既有天赋又勤奋踏实的兵，检查车辆的活儿教一遍就会，不仅会，还能自己琢磨出一些很巧的方法，缩短检查时间不说，还不会遗漏任何一个细节。

萧牧庭笑了笑："他做什么事都很努力。"

说完他微微一怔，眼神有些无奈，又带着几分自己都察觉不到的骄傲。

他在为邵飞骄傲。

邵飞做什么事都很努力，还没成年时努力生活，再艰难也一心向好，入伍后努力成为最好的兵……

值班队长附和道："是啊，像他这样认真的战士，真的很少见。关键是他不光努力，还聪明。特种部队就是能人多，我带的那帮傻小子啊，有的活儿教了半个月也上不了手。"

这阵子队伍里每天人都不齐，特种兵们轮流去检查站执勤，萧牧庭有时会突然想起邵飞——有没有被检查区里的尾气熏着？中午吃上饭了吗？有没有遇上特殊情况……

10月，返回枫鹰的日子快到了。

倒数第二天执勤，邵飞仍旧起了个大早，精神饱满地赶去边防检查站。

中午，一条紧急消息传到驻地，萧牧庭瞳孔一收，猛然站起。

距离检查站20公里的前哨站遭遇暴恐分子冲击，已出现伤情，请求特种兵支援。

前哨站是边防检查站的组成部分，通关车辆第一个要经过的就是前哨站。当警报传来时，邵飞正在沟槽里检查一辆重型货车。形如仓库的检查区里满是尾气的呛人味道，沟槽里更是不通风，邵飞被熏得头昏脑涨，得知出事后立马飞身从沟槽中跃起，从艾心手中接过自动步枪，抓起战术背心就往外面跑。

这次来高原，特种兵们并未携带太多装备，但手枪、步枪、狙击枪和战术背心一应俱全，来协助执勤时也是全副武装，枪弹齐全。邵飞只是因为要参与检查车辆的工作，才脱下战术背心，把枪交给战友看管。此时他反应极快地领着两名队友冲上作战吉普，其雷厉风行之势，已隐有一队之长的风范。

艾心被勒令留在检查站视情况而动，并立即通知萧牧庭。

含氧量太低加之气温低，吉普无法马上发动，邵飞坐在副驾上，并未慌张催促，而是拿出一卷磨砂胶带，仔细地缠在手枪的枪体上。

这是萧牧庭教给他的方法——人在激战时，手心容易出汗，换弹匣上膛时一旦手滑，子弹没卡上去，后果不堪设想。

当时他看着萧牧庭在枪体上贴胶带，拿过来摸了摸，不大在意地道："摩擦力虽然增加了，但手感不怎么好啊。队长，您相信我，我从来没在上膛时手滑，速度快得很，不信我表演给您看？"

"作战不是表演。"萧牧庭突然严肃起来，拿回手枪不断重复着换弹匣、上膛的动作，频率之快，令邵飞眼花缭乱。

"不手滑自然最好，但是万一手滑了，需要你马上瞄准射击的时候，你发现子弹没上上去怎么办？就在你急忙重新上膛的时候，敌人的子弹射来，"萧牧庭说着抬起手枪，枪口抵在邵飞眉心，"正中这里，你连后悔都来不及了。"

说这番话时，萧牧庭目光不像平日那样温和，有几分狠厉，邵飞被慑得不轻，立马厉了，乖乖地学着贴胶带。之后但凡有射击训练，他一定会检查手枪上的胶带是否需要重贴。

他处理好手枪，吉普终于发动，坐在驾驶座上的队员猛踩油门，吉普像炮弹一般朝前哨站冲去。值班队长在通信仪中喊："邵飞，你赶紧回来！前哨站情况不明，你们武器也不够，我已经通知突击队，他们的人马上就到了。如果你在这里出了事，我怎么跟萧队交代？"

此时想到萧牧庭，邵飞心中无半分不安，甚至血液渐有沸腾之势。他迫切地想向萧牧庭证明，自己能够独当一面。

风夹着沙尘与飞雪从车窗灌进来，邵飞掰过通信仪，冷静道："我站着的地方出现特情，如果我不第一时间赶上去，而是原地待命，等着突击队前来支援，那我才是无法向队长交代。"

说完他关了通信仪，手指摩挲着粗糙的枪管。

远处已经传来零星枪声。单从枪声邵飞判断不出对方有多少人、携带多少武器，更不知道有没有炸药等恐袭装备。

行至一半时，车速忽地慢了下来，邵飞偏头一看，只见驾车的队友咬肌鼓得死硬，手上青筋暴起，汗水一串接一串从额头上淌下来。

紧张！

当那股不顾一切跳上吉普的冲动劲渐渐消退时，任谁都会紧张。

最令人不安的是，他们对前哨站的情况一无所知。

邵飞沉下一口气，双眼直视前方："加速！"

能进入枫鹰的人，谁都不是孬种。队友猛踩油门，咬牙道："明白！"

前哨站越来越近，邵飞不禁想，如果队长在，队长会怎么做？是像这样不管不顾赶过去再说，还是等待确切的情报传回，再展开行动？或者像值班队长所说那样，等待突击队的支援？

邵飞捏紧右拳抵在嘴唇上，内衣被汗水浸湿，目光越来越寒。

尝试站在萧牧庭的角度思考问题并不是一件容易的事，邵飞从未出过生死攸关的重大任务，根本无法代入。

但此时他又必须代入萧牧庭，因为他不是一个人上去拼命，同车的还有两名战友。他可以拿自己的命去逞英雄，却不能不顾战友。

问"你们要不要跟我一起"是没用的，都是血性二愣子，没人会选择临阵退缩。

邵飞深呼吸数口，闭上眼睛尽量冷静。

如果对方携带大量杀伤性武器，且人员众多，这一趟也许凶多吉少。

但如果对方只是一小撮暴恐分子，意在制造事端，那凭现在的装备不一定制服不了。

邵飞睁开眼，厉声道："拼了！"

萧牧庭带着二中队赶到边防检查站时，突击队还未到达，但前哨站的伤亡情况已经传回，执勤的 7 名战士中有 3 人确认牺牲，获救的 4 人中 1 人重伤，等待紧急救援。

萧牧庭接过通信仪，听邵飞喘着粗气道："车上共有 12 名暴恐分子，制服 3

人，另外 9 人已击毙，我和向聪、张海没事。"

大约是刚经历一场枪战，邵飞喘得越来越厉害，说完一句话要停顿很长时间，中间那种几乎提不上气的喘息听得人心焦。

萧牧庭向队员们打手势，拿着通信仪重新上车，吉普发动的时候，又听邵飞说："车上有当量极大的 TNT 炸药，我们没时间查看，不清楚具体重量。"

四辆吉普向前哨站驶去，萧牧庭将弹匣推入狙击步枪。

"还有，还有……"邵飞费力地咽着唾沫，"车上有一些可疑块状物，疑似毒品。林哥，突击队什么时候到？有位小兄弟快不行了。"

值班队长姓林，邵飞最初叫他林队，这几天混熟了，就跟其他边防战士一样叫"林哥"。

他避重就轻地汇报，一概不提驾车冲进来时看到的血腥景象——暴恐分子着实不多，武器也不怎样，但是坏就坏在来得突然，打得执勤战士措手不及。他很庆幸自己的决定，如若不然，另外 4 名战士可能也活不下来。

但是前哨站的情况非常不好，所谓的 12 名暴恐分子只是他所看到的，是否还有人藏在其他地方，他与两名队友都不知道，后续是否有其他敌方车辆也是未知数。

如果再来一波暴恐分子，情况就难说了。

邵飞刚才在车上击毙黑衣人、在满是尘土的地上翻滚躲避子弹时，恐惧全然被压在心底，此时获得短暂的平静，那种压抑着的情绪与接连击毙 5 人的实感才涌了上来。说到最后一句话时，他已经不大能控制好语气，只是想着对方是值班队长，才竭尽全力平静。

他怎么也没想到，会在通信仪里听到萧牧庭沉稳的声音。

"保护好自己，我马上就到。"

邵飞愣了，握着通信仪的手僵着，内心似乎有什么东西在涌动。

"队长？"

说出这两个字的时候，他胸口一热，刚才的不安、紧张、害怕全都不见了，取而代之的是暖流般的安心。

这是他十多天来头一次叫萧牧庭"队长"。

"队长！"他又喊了一声，声音完全抖了起来，"您来了？"

对面是值班队长时，他必须硬起来，他是特种兵，是边防战士的指望。但对面换作萧牧庭，他强撑着的气势消了个一干二净，只想马上见到萧牧庭，将刚刚经历的枪战一个细节都不放过地告诉萧牧庭。

再跟萧牧庭说——队长，我受伤了。

不是什么严重的伤，对特种兵来说甚至算不上伤，但想起来却非常后怕。一枚子弹打穿了战术背心，从他右肋擦过，破皮流血，留下烧灼的痛感。

如果他的动作再慢0.1秒，那枚子弹恐怕就将打入他的肺部。

在海拔5000多米的高原上，如果伤了肺，他往后就当不成特种兵了。

像是知道他已经心猿意马了似的，萧牧庭在通信仪中道："保持警惕，你们做得很好，但不要松懈，有什么情况立即汇报。"

"是！"邵飞安心下来，情不自禁道，"队长，我等着您！"

通话一直没有挂断，邵飞听得见车辆奔驰的声音，越来越近，他和萧牧庭的距离也越来越近。他将通信仪贴在胸口，明白萧牧庭是为了让他安心，才没有挂断。

半分钟后，他拿起通信仪，无声地注视，好似在注视着萧牧庭。

四辆吉普以最快的速度赶到，邵飞迅速抱起受伤的边防战士跑过来。正在此时，一名黑衣人悄无声息地从楼顶探出头来，黑漆漆的枪口正对邵飞的后脑勺。

邵飞奔向萧牧庭所在的吉普："队长，队……"

狙击步枪从车窗探出，萧牧庭一脸阴沉，是邵飞从未见过的模样。

上膛，瞄准，开枪，整个过程不到一秒，子弹从身边飞过时，邵飞甚至听见了风被撕裂的声音。

隐藏在楼顶的黑衣人应声倒地，子弹正中他的眉心时，他的食指已经压下大半扳机。

车门打开，全副武装的特种兵们迅速冲进前哨站进行清缴。艾心从邵飞手中接过伤员，大声喝道："飞机，好样的！"

邵飞猛地回过神，半边身子都是麻的。狙击步枪的枪声犹在耳际，四周弥漫着浓重的血腥与硝烟味。他大睁的双眼有些失焦，直到萧牧庭推开车门，提着那把刚刚救了他命的步枪走到他近前。

这就是反恐任务？这就是真实的战场？邵飞愣愣地看着萧牧庭——之前的枪战里，如果晚0.1秒，他的右肺将被打穿；刚才队长若不能以快到令人震惊的速度瞄准敌人，鲜血迸溅的就不是屋顶的黑衣人，而是他。

后怕像冰冷的海啸，在身体里疯狂翻滚，邵飞的呼吸变得沉重，两腿无意识地颤动。萧牧庭神情肃然地在他面前站定时，他不由自主地向前挪了一小步。过去小半个月的彷徨、犹豫全都不见了踪影，他看着萧牧庭，颤抖地伸出双手，然后低下头，拽住了萧牧庭腰侧的迷彩。

此时，他只想站在萧牧庭身边。如果可以的话，还想靠在萧牧庭身上，让萧牧庭拍一拍自己的背。

他小半身子仍然麻着，腿也不争气地软了。不顾一切冲进前哨站时的气势、与暴恐分子持枪互射的勇猛全都荡然无存，他又变成了需要队长关心的小队员。

萧牧庭看见他被撕破的战术背心，蹙眉轻声叹息，旋即抬起左手揽过他的背，以一种不容拒绝的力道将他按进怀里。

邵飞整个人都僵住了："队长？"

这个强硬的拥抱并未持续太久，萧牧庭松开手，轻轻在邵飞脸颊上拍了拍："辛苦了，剩下的交给我们。上车吧，军医还没赶到，车上有紧急医药箱，给自己清个创，再看看能不能给轻伤伤员进行临时治疗。"

邵飞捂住右肋，嗓音沙哑："队长，我……"

经过刚才那一抱，他身体里的寒潮渐渐退去。

"回去再说。"萧牧庭单手扶在他肩上，有力地让他转了个向，又在后背上很轻地一推，"去吧，照顾好自己和伤员，别让我担心。"

说完他不再看邵飞，快步走近前哨站。

邵飞半侧过身，看着萧牧庭的背影。

萧牧庭很高，比他高，但并不是那种强壮威猛的身材，平时就算穿着作战迷彩，也与其他特种兵不太一样。

大约因为初见时萧牧庭穿着军礼服，又是一名文职军官，邵飞始终觉得他身上有股与特种兵格格不入的书卷气。

现在看着他的背影，才知那哪里是什么书卷气，分明是在特种部队出生入死十多年酿成的杀气。

邵飞深呼吸一口，右手握拳按在胸口，那里刚才紧紧贴着萧牧庭的胸口。

是安心的感觉。

拳头放下来，邵飞大步赶向吉普。身后，又有两名伤员被扛了过来，艾心在吉普上冲着通信仪喊："军医到底什么时候过来？伤员要等不及了！"

最后被抬上吉普的是伤势最重的战士，浑身有多处枪伤，从枪孔的位置看，肯定伤及内脏。在萧牧庭赶到之前，邵飞不是正与暴恐分子枪战，就是在前哨站里四处搜索，照看伤员的一直是张海——那名驾车时曾有过片刻犹豫的特种兵。所以直到现在，邵飞才从那张血污模糊的脸上，看出对方是那位与自己同龄的小战士徐飞。

因为名字里都有一个飞，邵飞前阵子还在驻地参加训练时，偶尔会去后勤向对方讨要熏肉。徐飞很内向，不喜欢说话，艾心还开玩笑说他空长了一张帅脸，撩妹技能为负数。他一听就脸红了，往下拉了拉帽檐，更加沉默。

特种兵里只有邵飞知道他因为高原病而秃了头，其他人私下里都说他是最帅气的边防兵。邵飞一看他的表情，就明白他那小心保护着的尊严被艾心没心没肺的玩笑戳到了，立即让艾心赶紧滚。待艾心真滚了，邵飞才拍了拍他的肩膀，笑道："小飞呀，要不要跟着大飞哥学两下子？"

邵飞其实比徐飞小几个月，但个子比徐飞高。他在二中队总被当老幺，这回一时兴起，非要占徐飞的便宜，叫人家"小飞"，自称"大飞哥"。

也是徐飞老实，不仅没揍他，还真叫了几回"大飞哥"，邵飞就膨胀了，带着徐飞练了几回。闲聊时他还无意说："要不你别老待在后勤了吧，看你身手也不错，换个岗位试试？"

徐飞并不是后勤的兵，只是这阵子轮到他帮厨，轮完还得回队参加边境巡逻，但不会去检查站执勤——执勤与巡逻是两个不同的岗位。

徐飞感激邵飞教自己格斗，练得高兴，话也多了一些，随意问道："换什么岗位？"

邵飞那时已经知道边防部队军官在跟上面申请让特种兵去边防检查站，便说："比如到检查站执勤。"

后面的一段日子，邵飞每天累得回寝倒头就睡，没工夫再去看徐飞，也不知道徐飞在完成帮厨任务后主动申请调到了检查站。

这天是徐飞在前哨站执勤的第二天。

血不停从他的身体里涌出来，他痛得接连呻吟，满脸泪水，直到无力呻吟，只能徒劳地张着嘴，眼神空洞地盯着车顶。

邵飞抢过艾心的通信仪，暴喝道："军医在干什么？直升机什么时候到？"

"军医马上就到！"边防部队军官也已赶到检查站，语气焦急，"但是突击队的直升机恐怕来不了。"

"为什么？"邵飞手指都在发抖。

"海拔太高，直升机飞不了！"军官道，"伤员情况稳定了吗？邵飞？邵飞！"

邵飞将通信仪塞回艾心手中，眼泪顿时落了下来。

他还没有经历过战友死在自己眼前这种事，第一次明白目睹一个人的生命渐渐流逝有多残忍。

徐飞可能活不下来了。这是军官说直升机来不了时，他脑子里的第一个念头。

徐飞伤得这么重，又是在海拔如此高的高原上，军医来了又有什么用？如果不能及时送去医院，徐飞……

远处传来吉普的轰鸣，突击队的军医和部分战士赶到了。邵飞低下头，躺在身边的徐飞已经闭上双眼。他胸中大恸，茫然地推着徐飞，哑声道："醒醒，醒醒！"

徐飞一点儿反应都没有，邵飞瞪着一双血红的眼，开始拍他的脸："别睡！医生已经到了，没，没有直升机，但是有救护车啊，就在外面！你别睡，给我起来！"

"你别拍他了。"艾心推开邵飞，眼睛也已通红。向聪和张海在一旁无声地哭泣，人是他们救回来的，眼看救下的战友挺不下去，那种悲痛甚至胜过眼见战友被一枪毙命。

至少，那样他受的罪不会比现在多。

救护车停在吉普边，军医冲进吉普，查看完徐飞的情况后沉重地叹了口气。

邵飞目光一紧："什么意思？能不能救？"

"我们尽力。"军医将徐飞抬进救护车，邵飞立即跟了过去。

徐飞躺在病床上，军医眼看就要摘掉他的头盔，邵飞突然喊道："不要摘！"

军医皱眉，手上的动作无半秒停顿："现在必须摘头盔！"

徐飞已经失去意识，邵飞紧扣着救护车的门。他还记得当初想摘徐飞的帽子，徐飞说什么也不让；也记得那个军官说，小徐爱美，因为高原病而秃了之后，就一直不肯摘下帽子……

邵飞怎么也没想到，第一次看见徐飞不剩多少头发的头顶，竟然是在这种情况下。

另外 3 名伤员也被抬上车中，军医要关门了，邵飞却站在门口，眼睛一眨不眨地看着徐飞。军医拍了拍他的肩，叹气道："交给我们吧，都是兄弟，我们一定会尽力。"

"救救他，"邵飞抓住军医的小臂，声音哽咽，"不要让他死！"

伤员被送走后，突击队留下来协助特种兵进行现场清缴，并收殓战士遗体。邵飞站在吉普边，悲痛冲击着神经，以至于忘了自己身上也有伤。艾心拿过医药箱，要帮他处理右肋的伤口，他摇了摇头，轻声说："我去找队长。"

这个时候，似乎只有与萧牧庭在一起，他才会稍微不那么难受。

那辆满载 TNT 炸药的货车已经不在前哨站里了，萧牧庭也不在。邵飞一惊，一把抓住陈雪峰，才得知货车上安有引爆装置，暴恐分子不只想袭击前哨站，恐怕还想在突破前哨站之后，在检查站制造爆炸袭击。

如果邵飞没有与张海、向聪果断杀过去，此时的边防检查站已经是一片火海。

特种兵们神情凝重，丝毫没有松一口气的样子，邵飞手心全是汗，心脏猛跳：

"队长呢？"

"萧队刚才已经驾驶货车……"陈雪峰咽了咽唾沫，艰难地说，"萧队说，要开到足够空旷的地方，再……再拆除引爆装置。"

邵飞耳鸣了，寒气再次袭遍全身。

几十秒后，他发足狂奔，冲上一辆吉普，打火就要循着货车的车痕追上去。陈雪峰却驾驶另一辆吉普挡在路口，厉声道："邵飞，你别胡闹了！"

邵飞已经失去理智："让开！我要去找队长！"

"萧队不让你去！"陈雪峰吼道，"萧队知道你要胡来，让我，让我们盯着你！邵飞，你哪也别想去！"

邵飞粗声粗气地呼吸："你放屁！"

另一辆吉普已经堵了上来，封死邵飞眼前的路，如果还想追，他必须撞开陈雪峰的吉普。

这不可能。

枫鹰的战士，绝不可能伤害自己的战友。

前哨站里突然安静下来，突击队拖走被击毙的暴恐分子，在站外摆成一排。

生与死，相隔如此之近。

邵飞双手握着方向盘，目眦欲裂。

忽然，通信仪传来一阵沙沙声，所有人都屏气凝神。

萧牧庭略显疲惫，声音却仍旧坚定有力："引爆装置已拆除，马上通知突击队，让他们来销毁炸药。"

陈雪峰让开一条道，邵飞轰着油门冲了上去，吉普拉出一条灰暗的沙尘线，直奔萧牧庭所在的重型货车而去。

萧牧庭疲惫地靠在车边，迷彩已经脏了，右手正把玩着一根未点燃的香烟。邵飞甩开车门，萧牧庭仿佛知道他会赶来似的，见他跳下吉普三步并作两步跑近，面上毫无惊色，在他几乎要撞到自己身上的时候伸手扶住他的胳膊，轻声道："慢点，都喘了。"

邵飞的确在喘，而且喘得厉害，肺像个不堪负荷的破风箱，喉间接连发出干涩嘶哑的呼吸声。

来得太急，心里也急，邵飞暂时说不了话，只能瞪着一双赤红的眼，紧紧盯着萧牧庭，被扶住的小臂利落一转，反抓住萧牧庭的上臂，抓得太紧，以至于显出苍白的骨节。

萧牧庭任由他抓着，只是半眯起眼，掩饰住眼中的疼惜。

邵飞缓过一口气后，后怕与慌张一股脑涌上来，下手也不觉重了许多，锢着萧牧庭往后一推，声音带着哭腔："队长！你干什么啊？万一炸弹爆炸了怎么办？"

萧牧庭后背撞在车上，眉头浅浅一皱，却仍是没有挣脱，叹气道："总得有人来拆除引爆装置。"

"那个人一定得是你吗？"邵飞抓着他的两条手臂，明明吼得声势十足，眼神却像一只险些找不到主人的小狗。

碰触到这道目光时，萧牧庭心就软了，他抽出右手，摸了摸邵飞的头发，扣住邵飞的脑袋，将他按到自己肩头，感到邵飞正在发抖，轻拍着邵飞的背。

萧牧庭身上有浓烈的硝烟味，还有很淡的汗水味，邵飞埋下头去，心跳才渐渐平复下来。

安静地站了好一阵，萧牧庭才道："那个人一定得是我。"

邵飞背脊一紧，抬起头来不解地看着萧牧庭："为什么？您是队长啊！为什么一定得是您？我也会拆弹，我……"

"因为我比你们任何一个人都更有经验。拆弹这种事，是技术活，更是经验至上的活儿。"萧牧庭身上已经没有邵飞之前看到的杀气了，眼神温和，声音极沉，"由我来拆引爆装置，成功的概率最大。"

"但不是没有失败的可能，对吗？"

萧牧庭很轻地勾了勾唇角："对。"

"您把货车开这么远，就是为了在失败之后，不伤害到我们，也不伤害前哨站，对吗？"

"对。"

邵飞用力吸气，抓住萧牧庭的肩章："您是队长啊！"

萧牧庭将他的手缓缓拿了下来，沉声道："邵飞，你记住，在出任务的时候，没有队长，也没有小兵。我们都是一样的战士，战士的生命不因军衔的高低而分贵贱，执行任何一个支线任务，考虑的应是谁去更容易成功，而不是谁可以死、谁不能死。明白吗？"

邵飞抿着唇。他明白，什么都明白，但是得知萧牧庭将货车开出去拆弹时，他无法自控地想：为什么是队长？怎么能是队长？

萧牧庭说完顿了顿，几秒钟后略显轻松地笑着拍拍邵飞的手臂，下巴往吉普一抬："是来接我的吗？"

邵飞一怔，"啊"了一声，有些无措地看着萧牧庭。

萧牧庭径直朝吉普走去，拉开副驾驶的车门，单手搭在门上："上来吧，兄弟部队来了。"

邵飞看向前哨站的方向，只见数辆吉普驶来，后面还跟着两辆消防车。

他拉开驾驶座的门，刚要发动，萧牧庭却道："不急，再等一会儿，等他们到了，我们再走。"

邵飞回头看了看一旁的重型货车，才知自己又心急了。

车里安静了一阵，萧牧庭问："伤口怎么还没处理？"

邵飞摸向右肋，忽又想起被救护车接走的徐飞，心中沉痛难言。

萧牧庭半侧过身："我看看。"

邵飞捂着战术背心，低声说："不严重，只是破了点皮，回去抹点药就行。"

说到后面，嗓音没征兆地抖了一下，那种看着战友几乎咽下最后一口气的剧痛与悲伤再次排山倒海袭来——这短暂的小半天，仅仅是小半天，有的人就再也醒不来了。他在枪林弹雨中幸未受重伤，只是被子弹擦破了皮，可那种后怕仍旧万分强烈，而徐飞被那么多枚子弹打中，伤及内脏，伤及筋骨……

被打中的时候，徐飞有多害怕？血液流出身体的时候，徐飞有多痛苦？

邵飞捂住脸，眼泪再次落下，根本忍不住。

萧牧庭轻拍着他的背，目光悠远，仿佛看到了很多年前，第一次抱回战友尸体的自己。

穿上这身特战征衣，生离死别便是家常便饭，刚才还一起憧憬未来的人可能下一小时就成为冰凉的尸体。

但纵然如此，亦没有谁会习惯这种分别。

一个战友的离开是痛，十个战友的离开是十倍的痛。

邵飞趴在方向盘上，肩膀抽搐。萧牧庭的左手一直按在他右肩上："徐飞被接走了吗？"

邵飞抬起头，一脸的泪："您知道他？"

"嗯，进前哨站的时候，看到张海他们抬他出去，"萧牧庭沉吟片刻，"看样子伤得不轻。"

邵飞心头一震，惊讶地看着萧牧庭。

徐飞只是边防部队的义务兵，队长居然认识，不仅认识，还一眼就看出那个"血人"就是徐飞。

萧牧庭收回手："你经常和他在一起，我见过。"

邵飞手指一颤。

"一会儿去看看他吧，"萧牧庭道，"你是他的战友，你得陪着他。"

邵飞用力擦眼泪，哽咽道："医生来接他的时候，表情很难看，他可能……"

"如果救不回来，你就跟他当面道别，送他最后一程。"萧牧庭说。

"我……"邵飞呼吸很重，"我……"

"和战友、兄弟道别的时候，你绝对不能退缩，"萧牧庭微侧过头，"如果担心撑不住，那我陪你一起去。"

突击队来了，萧牧庭下车与他们交接货车，邵飞木然地坐在车里，看着方向盘出神。

他在枫鹰大营时一直期待早日出任务，如今突然经历这么多，身体尚能承受，但精神已经有些扛不住了。

一想到徐飞可能已经去世，赶去之后看到的是一张沾满鲜血的白布，他就难受得如有万箭穿心。

不久，萧牧庭回到车中，问："还能开车吗？"

邵飞咬着牙点头："能。"

路上谁也没有说话，回到前哨站时，特种兵的工作已经全部由突击队接管，萧牧庭让队员们上车，准备回驻地，又独自走到一边，打听伤员的情况。

除了徐飞,其余3名边防战士已经脱离生命危险,军医在说到徐飞时沉沉叹气:"萧队，我们尽力了。"

萧牧庭让邵飞、向聪、张海与自己乘同一辆车，直接驶向徐飞所在的医院。

几人赶到时，徐飞刚刚被推出手术室。邵飞看不到他的脸，因为病床蒙着白布，白布被撑出一个起伏的人形。

张海当即跪倒在地，失声大哭。向聪无言地站在一边，面无表情，像被定住了一般，拳头却早已捏紧，手臂上暴出条条青筋。

邵飞挪不动步子，只有眼泪大滴大滴往下掉。心脏痛得像被碾碎一般，他说什么也不肯相信徐飞就这么走了。

他不知道徐飞被抬上救护车后有没有醒来过，如果没有，那徐飞说的最后一句话就是"我痛"。

一声颤抖的、哽咽的、无助的——"我痛"。

邵飞扬起头，任由泪水横流。

萧牧庭轻声说："去跟他道个别，跟你们的战友……道个别。"

三人站在病床边，白布被揭开，昔日执拗不肯摘帽子的英俊兵哥已经去了，无声无息地躺着，稀疏的头发上沾着血污，有卧蚕与双眼皮的眼睛紧闭，双唇皆被咬破，可见走得并不安详。

邵飞低头呜咽，悲痛像一双大力的手，掐在他脖子上，让他几近窒息。

萧牧庭站在他身边，神情肃穆，而后抬起右臂，向逝者致以军礼。

几秒后，邵飞也抬起手臂，接着是向聪、张海。

直到很多年后，邵飞仍记得第一次面对战友的死亡时，是萧牧庭陪着自己，教会自己敬畏生命，直面伤痛，纵使悲伤，亦不能倒下。

因为突发特情，二中队没有按原定时间离开。一周之后，萧牧庭才接到带队返回的命令。这一周里，二中队暂时担负起了边境警戒的任务，邵飞有很多话想对萧牧庭说，但都找不到机会。不过悲伤还需时间来平复，留一段忙碌的空白，于他来讲并非坏事。

二中队来时搭的是汽车兵的车，如今车队早已返回息城，高原也已飞雪漫漫。特种兵们在离开之前再次哀悼牺牲的 4 名边防战士，而后乘车下到 3500 米的驻防部队，在那里搭乘直升机前往机场，辗转回到息城时，已是夜晚。

这回二中队住的还是兄弟部队宿舍，连房间都一样。

萧牧庭放下行李，看着靠门的床——上次邵飞找了个蹩脚的理由，占领了那张床，现在应该不会再来了。

萧牧庭叹气，想到回枫鹰之后就将把邵飞"赶回"二中队，那时邵飞一定会露出失落的表情，顿觉苦恼，似乎还隐有不舍。

10 月中旬的息城，一场秋雨之后，天就凉下来了。但对于刚从雪域高原归来的战士来说，这天气绝对说不上冷。

萧牧庭公务外出，回到宿舍时已是深夜。队员们住的楼层鸦雀无声，想必都已经早早入睡。萧牧庭脚步放得极轻，行至自己房门前，却暗觉不对。

里面有人。

这里绝不可能遭贼，萧牧庭右手扶在门把上，片刻后抬起来，在门上敲了三下。门里很快传来脚步声，谁在屋里显而易见。

萧牧庭往后退了一步，既略微感到惊讶，又觉得在意料之中。

门开了，邵飞穿着一件衬衣，衣袖挽到手肘，双手湿淋淋的，仔细一瞧，手指上还沾着一些来不及冲干净的泡沫。

萧牧庭眼色一沉，邵飞立即道："队长，您回来了。"

那语气不像以往那样欢脱，仿佛多了几许深思熟虑，但并不让人觉得陌生。

萧牧庭点点头，不问也知道他在干什么。

邵飞两手往身侧一甩，将水和泡沫揩在衣服上，又道："队长，我在洗衣服。"

萧牧庭进屋，往里一看，自己换下来的迷彩果然不见了，遂轻出一口气，目

217

光沉沉地看着邵飞："你不用给我洗衣服。"

当初让邵飞干事务兵的活儿是为了磨性子，大半年过去，邵飞早已不用靠被逼着洗衣服磨性子，萧牧庭也很久没让他做这种事。

"您让我洗吧，现在还没回大营，我还是您的事务兵。"邵飞有点激动，话语间不停将衣袖挽得更高，好似这个一直重复的动作能缓解心头的不安，"您什么都不让我做，如果连衣服也不让我洗了，明天回去之后，您是不是又要跟洛队说，说……"

邵飞撇下眼角，不再看萧牧庭："说您不要我了？"

说最后几个字时，邵飞声音越来越小，之后悄悄抬起眼皮，瞄了萧牧庭一眼。

萧牧庭神色微变，没想到邵飞吃透了他的心思，知道他要将自己赶走，于是才在这个时候，匆匆忙忙跑来洗衣服。

好像洗了衣服就还是事务兵，就还有待在他身边的理由。

邵飞是在总部联训时为枫鹰拿回"兵王"勋章的尖子兵，也是在千钧一发之际，拼命堵截暴恐分子的优秀战士，这么一个骄傲的孩子，此时在他面前低着头，用一种近乎幼稚的方式求他不要赶走自己。

萧牧庭抿住唇角，又体会到心痛的滋味。

"把头抬起来，"他看着邵飞，沉声命令，"特种兵不要随随便便低头。"

"我没有随随便便。"

我只是找不到其他办法！

邵飞抬起头，眼神诚恳："队长，我想留在您身边，我还有很多东西想跟您学习。您还没有教我如何卧底，您说过会慢慢教我的，您不能言而无信。"

看得出邵飞在努力控制情绪，但说到后面还是有些慌不择言。萧牧庭转身倒了杯凉水，想让他先冷静一下，杯子已经递出，又拿了回来，在里面兑了些热水，才重新递出："衣服还没洗完吧？先把水喝了，等会儿去把泡沫清干净，洗好挂阳台上，回头咱们再聊聊。"

邵飞眼睛一亮，几口喝完水，快步钻进卫生间，唯恐再慢一步，萧牧庭就要拿过盆子自己洗。

萧牧庭靠在桌沿上，无奈地摇了摇头。

这显然是个棘手的困局，他想让邵飞回二中队，邵飞偏偏要留下来，还先发制人，拿过去承诺的事来将他的军。他身为少将，当然不是一个小兵想将一军，就能将他一军的。邵飞在赌，赌他不忍心。

萧牧庭往卫生间瞄了一眼，不由得苦笑，这孩子要说单纯，其实藏着几分小心思，否则也不会有刚才的举动，但要说有心机，那也是扯淡。

没人会把"将真心捧到眼前"这样的举动看作有心机，萧牧庭更不会。

他本就苦恼如何与邵飞说不再担任他事务兵的事，也早已预知邵飞会难过，会失望。在邵飞突然跑来洗衣服之前，他就是不那么坚定的。现在邵飞来了，向他低头，态度那么软，就差没说"求您"，他如何狠得下心？

大约洗衣服这件事也是邵飞想了很久才想出来的。萧牧庭知道，邵飞的确聪明，在作战上天赋极高，但在讨好一个人上，邵飞大多数时候是笨拙的。想到邵飞在很多个晚上冥思苦想该怎么做，最后想到跑来洗衣服，也许还因为有了主意而高兴，萧牧庭就很难不心软。

刚才让邵飞去接着把衣服洗完，萧牧庭是想给双方一个冷静的时间。

可是直到邵飞挂好迷彩，再次在衣服上擦干净水向他走来，他还是没能让软掉的心重新硬回来。

但邵飞好像冷静了不少，这次不再低头，而是认真地看着他的眼睛，语气既郑重，又带着几分赤诚："队长，我有话跟您说。"

萧牧庭坐在靠椅上，邵飞坐在对面的床上，距离不算近，却在适合坦诚交流的范围里。

邵飞袖口和衣角有大片水迹，他默默理了理思路，终是开了口："队长，您上次跟我说的话，我都好好想过了。您待我好，照顾我，教我那么多东西，还说过不希望我因为性子太急，而折在将来的战斗中——这不是因为在您眼中，我和其他兵有什么不同，是因为我是邵羽的弟弟，您对他有愧疚。"

萧牧庭不动声色地听着，注意到邵飞正等待自己的回应时，才从喉咙里发出一个音节："嗯。"

"您告诉我，我哥的牺牲是您的责任，您认为我会因此疏远您，甚至恨您。"邵飞顿了顿，"我也犹豫过，难受过。我想，如果我在知道这一切之后，还将您视为亲人、兄长，我该怎么和我哥交代？我是不是应该恨您？"

萧牧庭拧眉，不知道邵飞在这大半个月的时间里，已经想了这么多，想得如此深。

"可是我做不到，我不可能恨您。"

萧牧庭单手扶住太阳穴，心防在渐渐瓦解。

"后来我往深处想了想，试着代入您和我哥。你们都是我了解的人，所以我的猜测应该不会与事实相差太远，"即便坐在床上，邵飞的肩背也挺得非常直，十足的军人风姿，"是我哥求您让他出任务的，对吧？"

萧牧庭目光紧敛，思绪再次回到当年。

"我哥离家的时候，我11岁，他抱着我，说将来回家探亲时，把他得到的军功章给我看，"邵飞声音低了下去，"他一定很想立功，为自己，也为我。队长，您只是遂了他的心愿而已，任何一个与您同样年纪，和您一样满腔热血的中队长，都会和您做一样的决定。"

萧牧庭闭上眼，眼尾轻轻颤抖。

"我以前想象不出我哥牺牲时是什么样子，直到那天，那天……"邵飞双拳捏紧，声音颤抖，"直到那天目睹徐飞离开，那么痛苦、绝望。"

"但是我哥一定没有怨过您。直到闭上眼睛，他也一定没有怨过您。他会自责，会觉得对不起我和外婆，但他不会怨您。"邵飞看向萧牧庭，眼神异常坚定，"所以我有什么资格，替他恨您？"

萧牧庭胸腔一紧，没想到邵飞会说出这番话。

当年邵羽躺在他的怀中咽下最后一口气，他自然知道邵羽是不怨他的，可是这样的话从邵羽的弟弟口中说出，那种触动直击心灵。

邵飞停顿片刻，胸口一起一伏，过了好一阵才继续道："队长，自从那天看到您在徐飞面前抬臂敬礼，我心里的疑虑就没有了。我哥不会遇到比您更值得追随的队长，能成为您的兵，他一定没有后悔过。"

萧牧庭深吸一口气，眼眶微热。

邵飞站起来，走到萧牧庭面前，蹲下身去，抬头望着萧牧庭："队长，我跟我哥发过誓，如果我也入伍成为特种兵，有幸遇到那位帮助过我的人，我要保护他、报答他。您不知道，那天您承认您就是那位资助了我五年的人时，我有多激动。"

萧牧庭怔怔地看着邵飞。

"队长，我不想离开您。"邵飞说着，缓缓低下头，枕在萧牧庭膝盖上，声音比刚才低了一些，"我没有哥哥了，您是救我、教导我、待我最好的人，您不要赶我走好吗？我舍不得您，我不想再次失去家。"

萧牧庭抬起手，想要摸一摸邵飞的头发。

但他双眉紧锁，手掌堪堪停在离邵飞头顶数厘米的地方。

也许蹲得不太舒服，邵飞小腿动了动，又道："队长，我还想努力一下，要成为您最欣赏的兵，也要成为您最疼的亲人。您担心我过度依赖您，最终像我哥那样折在任务中。但我不会，我已经在我哥牺牲后长大了，我还拿到了'兵王'勋章，您担心的事绝不会发生！"

"队长，您就给我这个机会吧。"邵飞抬起头，碰到萧牧庭手的时候一愣，抬眼一瞧，唇角突然露出笑意，然后抻着脖子，顺势在萧牧庭手上蹭了蹭。

就像被萧牧庭摸头一样。

就算是铁石心肠，这时也该软化了。萧牧庭拍了拍邵飞的肩，想将邵飞拉起来。

邵飞却蹲着没动："队长，您答应了吗？"

终归说不出拒绝的话，萧牧庭沉默半晌，点了点头。

邵飞眼眶都红了，再次将额头抵在萧牧庭膝盖上，闷声道："队长，我对您耍了心机。"

萧牧庭扶着他的肩膀，一时无语。

"我利用了您的不忍心，"邵飞说，"因为我实在想不到其他办法了。"

萧牧庭将邵飞拉起来，一句重话也说不出口。邵飞今晚给了他太多意外，最后承认耍心机就像压垮骆驼的最后一根稻草。

他几乎要舍弃所有的理智了。

邵飞并不打算留宿，来的时候连洗漱用品也没拿，说完那番话就要离开，出门之前被萧牧庭叫住，让他回去后赶紧把弄湿的衣服换下来。

队友们都睡了，陈雪峰和艾心挤在一张床上，把另一张留给他，他轻手轻脚去卫生间洗澡，暗自回忆刚才说的话做的事，后知后觉地有些难为情。那些话是他的心机，每一句都在心里打过无数遍草稿，但是真到要说出口的时候，他还是忐忑得险些语无伦次。枕在萧牧庭膝盖上是个意外，在做出来之前，他从未想过自己会这样……

马上 21 岁了，就算是家人，他也不能这样撒娇啊，这太娇气了，根本不像一个顶天立地的男子汉，刚才他还信誓旦旦地跟队长说自己已经长大了……

邵飞往胸口砸了几拳，眉头紧巴巴地拧着，讨伐自己的荒唐行径，可一想到队长不会赶自己走了，唇角又控制不住地扬起。

一会儿皱眉一会儿大笑，邵飞挪到镜子前，擦掉水汽，看到一个表情奇葩的自己。

轻轻嘟了嘟嘴，邵飞竖起中指，将眉间的褶皱揉平，又张开食指与拇指，把唇角压下去，这样看着才正常一些。只是眼里那道欣喜的光是无论如何也抹不去的，他眨了两下眼，虽然过程有点丢人，好在结果是好的，他还可以留在萧牧庭身边。

邵飞拍了拍脸，关了水，悄悄回到房间里。

陈雪峰已经醒了，去卫生间上完厕所回来，将一条干毛巾扔他头上，才打着哈欠回到自己床上，从艾心身子底下扯过被子："头发擦干了就睡吧，衣服别洗了，明天一早就回，洗了也干不了。"

邵飞"嗯"了一声，走到阳台上擦头发，看着空荡荡的晾衣绳想，这回算是把队长给坑了。

洗衣服是他想了很久才想出的主意，明知息城这阴湿的天气，迷彩晾一晚上干不了，还是心急火燎地跑去洗了。

高中时，班里有个小子，成天耍心机，获名"心机男孩"。邵飞想，自己也是个心机男孩。

这么想着，他不免想笑。

但心机男孩最后演砸了——前面说的话都在心里过了很多遍，就算语无伦次，也有腹稿可依凭，最后承认耍心机却是自由发挥了。

他根本没想过要跟萧牧庭承认自己耍心机，但知道自己不会被赶走，一下子就激动了，话不过脑，也可能是在萧牧庭面前撒不了谎，脱口而出之后才发现他真的太傻了。

哪有耍心机的人一讨到好就承认耍心机的？这和作弊的人得知及格后承认作了弊有什么区别？

作弊的人肯定会被取消成绩，他当时就慌了，忐忑地望着萧牧庭，好在萧牧庭似乎并未生气，在他落荒而逃时，还提醒他衣服湿掉了。

队长是疼我的，就像哥哥一样。

头发短，很快就擦干了，邵飞躺上床，将自己仔细裹起来。

第十二章

这是您折的飞机

枫鹰派直升机来接二中队，邵飞坐在萧牧庭身边，没过多久就有些困了，毕竟前阵子累得够呛，这会儿倦意上来，眼睛渐渐睁不开。

他打了好一阵瞌睡，脑袋一歪，就撞到了萧牧庭的肩。

萧牧庭偏头看了看，没将他推开，小孩儿估计累着了。

直升机降落在枫鹰大营，数月前离开时还是炎热的盛夏，如今已是阴冷秋天。队员们各自扛着行李返回宿舍，邵飞背着背囊跳下直升机，回头朝萧牧庭伸出手，仰着脸笑："队长，我接你！"

"萧队还需要你接？"艾心喊完就跑，唯恐被踹屁股。

邵飞板着脸骂了声"去你的"，回头还想拉萧牧庭，萧牧庭已经跳下来了。

邵飞撇撇嘴，又想拿萧牧庭的行李。萧牧庭叹气："你背上的已经够重了。"

洛枫知道二中队在高原吃了苦，让后勤做大餐犒劳大家。队员们"回家"都相当兴奋，不少人出这一趟门，身子都比之前壮实了不少。

归队第一件事是洗澡，再是洗衣服，一切搞定队员们就可以去食堂大快朵颐了。

邵飞和萧牧庭一起回宿舍，本该让萧牧庭先洗，萧牧庭却急着把一些文件拿给宁珏，邵飞就先洗了。

洗衣服时萧牧庭回来了，邵飞立即让出浴室，跑到阳台上去洗。

萧牧庭从浴室出来时，邵飞已经把宿舍草草打扫了一遍，还给他换好了被套和床单。萧牧庭回头一看，邵飞自己的床上却乱七八糟，一副没收拾过的样子。

"队长！"邵飞在被子上拍了拍，"我们要去参加维和？"

"消息挺灵啊。"萧牧庭走去阳台，把洗好的衣服挂上去，没注意到邵飞那突然一动的小眼神。

"路上听说的。"邵飞道，"什么时候走？"

"下个月，"萧牧庭说，"和战区一支侦察部队一起去。"说完他看了眼时间，又道，"差不多了，去食堂吧，没收拾完的回来再弄。"

"好！"邵飞说着拿起晾衣杆，"队长您先走，我挪挪衣服，等会儿可能要吹风。"

"嗯。"萧牧庭没先走，背对邵飞穿鞋。邵飞一瞄，立即又起自己的裤子，挂到萧牧庭的裤子旁边。

萧牧庭在门口等他，关上门时，阳台上真起了一阵风。

这顿饭相当于接风宴，吃到下午还没结束。萧牧庭还有事，不能陪着小年轻们瞎闹，时间差不多了就先行离去。邵飞本要跟着走，萧牧庭没让。食堂不止二中队的兵，其他中队的战士也在，艾心将邵飞拉回来，让他给大家看看"兵王"勋章。邵飞这下得意了，站在椅子上显摆，招来一片倒彩声。

萧牧庭回到宿舍，本想休息一会儿再去办公室——食堂那边闹得起劲，邵飞一时半会儿回不来，还能睡个安静觉。但他坐在床边刚要换鞋，忽然看到邵飞床上堆得跟山似的裸被。萧牧庭站起来，知道他是因为给自己换被套，而忘了床上那一堆，便拿出干净被套与床单，利落换上。

还记得邵飞刚来当事务兵的那天，一个人与被套"搏斗"了很久，也没能将整床被子塞好。萧牧庭笑了笑，刚才虽然没亲眼看见，也能想象出邵飞帮他换被套时是何等吃力。

这次就算礼尚往来好了。

萧牧庭弯下腰，将刚换的被子叠成方正的豆腐块，还牵了牵床单。弄好后他直起身来四处瞧了瞧，干脆接下邵飞没干完的活儿，把清洁也做了。他一番忙活下来，饭后那点儿困意已经消失无踪，索性不睡了。

离开宿舍之前，萧牧庭想起邵飞那句"可能要吹风"，下意识往阳台看了看。天空阴沉沉的，会下雨也说不定。萧牧庭放下手中的东西，快步走向阳台，打算再把衣服往里挪挪。可刚一拿起晾衣杆，他就发现晾衣绳上的"格局"变了。

自己的衣服旁多了另一件衣服。

不用想也知道是邵飞的。

令萧牧庭哭笑不得的是，邵飞的衣服与他的挨在一起。

萧牧庭苦笑着摇头，举起晾衣杆，将两件衣服分开。

他倒没有被冒犯的感觉，因为太了解邵飞了，知道小家伙没有坏心思，做出挪衣服这种事，也不过是想与他靠得更近一些。

放下晾衣杆时，他又犹豫了一下，两秒后再次举起来，将衣服之间的距离缩短。

　　像刚才那样拉得太开，邵飞回来看到了，大约会难过，觉得被嫌弃了，像这样隔3厘米就刚刚好，邵飞不至于伤心，下回也知道该怎么晾。

　　邵飞回来时感动坏了，没做完的清洁萧牧庭帮他做了，最讨厌的换被套工作也由萧牧庭代劳了，整个宿舍干净明亮，他站在房间正中，展开双臂深呼吸一口，只觉浑身舒坦。

　　这里有家的感觉。

　　有萧牧庭的地方都有家的感觉！

　　邵飞蹲在自己床边，食指戳着被子，自言自语道："小队长，这是队长给你叠的！"

　　"为什么要给你叠？"

　　"因为他是你哥，疼你啊！"

　　他还没说完就傻笑起来，探过身子在尖尖的被子角上用脸蹭了一下。

　　邵飞从迷彩上摘下炫够本儿的"兵王"勋章，让它也"蹭"了小塌角一下，抿唇苦恼地想：什么时候才能和队长更亲近一些啊？

　　刚被允许留下来，他绝不能小不忍乱大谋，偷偷将衣服晒在一起就差不多了。

　　邵飞站起来，跑去阳台上。中午天阴沉沉的，现在太阳才露了半边脸，两件衣服逆着光，像不久之前一样隔着3厘米的距离"遥遥"相望，亲密，又不那么亲密。

　　这个距离是他在挂的时候仓促想好的，贴在一起不行，会很不礼貌；太远也不行，隔个10厘米20厘米的就太生疏了，感觉不到一起晒衣服的快乐。

　　邵飞美滋滋地想，凭队长的观察力，应该已经发现衣服的位置变了，但队长并未改变这种距离，没有将他的衣服又回去。

　　这是一种什么样的感觉呢？

　　大概是又被纵容了。

　　被纵容的感觉好到无以复加，邵飞觉得自己又要膨胀了。

　　特种兵们非常自律，虽然宁珏已经批准休息几日，晚上仍有部分战士换好衣服加练，邵飞亦是其中之一。他一身大汗回到宿舍时，萧牧庭已经回来了。邵飞去阳台上收衣服，发现3厘米的距离仍旧保持着。睡觉之前，萧牧庭也没说过"不准将衣服晾在一起"之类的话。

邵飞十分安心，睡得也好，接下去的几日都暗自调整衣服的距离。

但萧牧庭就没他这般轻松了，好几次回到宿舍，去阳台上一看，衣服都是贴在一起的，有时还随风飘荡。

再次用晾衣杆将衣服分开时，萧牧庭觉得应该找邵飞说说了。

晚上，邵飞裹着泥和汗回来了，看上去心情很好，收衣服时还哼着歌。

之后关灯睡觉，萧牧庭看见邵飞摸到阳台上又开始挪衣服，于是站在阳台边把灯打开。

邵飞被吓了一跳，举着晾衣杆道："我我……队长我……"

萧牧庭接过晾衣杆，挪着衣服："一起晒没问题，但不能贴着。这里秋冬湿气重，贴着不容易晒透。"

邵飞一惊："我没有贴着啊！"

萧牧庭想：我都看到好几次了。

"我每次都挪开3厘米了！刚才我还没挪好，我从来没让它们贴着！"

邵飞的话绝对不假，萧牧庭一眼就能看出，而邵飞说的"3厘米"也让他感到意外。萧牧庭转念一想，知道自己误会邵飞了。

这个季节经常吹风，风力不大，但3厘米很短，随便一吹就能让衣物贴在一起。

萧牧庭失笑，竟因为考虑不周，闹了这么个笑话。

邵飞见他不语，又道："肯定是风！是风吹的！"

萧牧庭语气软下来："嗯，是风，我错怪你了。是队长不好，给你道歉。"

邵飞一愣，刚才的慌张尽消，忽然说："队长，您很久没叫过我'小队长'了。"

萧牧庭想了想，的确很久没叫了。

"您错怪了我，我跟您提个要求行吗？"邵飞拉住萧牧庭衣角，萧牧庭垂下眼角，哪里说得出不行。

"您刚才说'是队长不好，给你道歉'，"邵飞说，"把'你'换成'小队长'行吗？队长，我想听您叫我'小队长'。"

萧牧庭静默片刻，正要开口时，邵飞却跑了，回来时手里拿着"兵王"勋章："队长，我在渐渐变优秀，您，您就叫一回吧！"

这娇撒得……

萧牧庭的亲弟弟萧锦程，从小就是只皮猴子，只会和他打架，从来不撒娇，哪里像邵飞这么乖。

邵飞还站着，大有"等到您改口为止"的架势，萧牧庭终于败下阵来，轻声重复之前的话："是队长不好，给小队长道歉。"

说完他就见邵飞嘴角的笑容直上眼底。

邵飞再次听到"小队长"很高兴，高兴得眼睛发亮。

耍完横的邵飞想：我怎么这么厚脸皮呢？

回营休整半月之后，再次出发的日子快到了。

对特种兵来说，出国维和不算特别重要的任务，甚至有几分憋屈。维和部队的职责是维护和平，而非作战，实际上就是"被动自卫"。这次派出的重点单位是工兵分队和医疗分队，担负抢修被战争损毁的路段、交通枢纽，排雷，紧急救护等职责。由于在前几次维和行动中，工兵与军医在战火中需要依靠其他国家的维和部队中战斗力量的保护，所以此番特别派出步兵分队担负保卫职责，主要力量是一支步兵侦察部队，枫鹰特种兵算是步兵分队的补充力量，以应对不可预知的紧急情况。

如此安排，大约有些大材小用了。

但对经验不足的年轻特种兵来说，异国的战场是一个非常合适的练兵地。在那里，他们将见到在和平的国度永远见不到的景象，获得在演习中难以得到的实战经验。而战乱国家虽然危险，但交战各方极少直接向维和部队开战。所以相对于出真正的特战任务，参加维和行动更加安全。

既相对安全，又能积累实战经验，这是洛枫与宁珏决定派二中队出征的原因。

经过这两年的磨砺，一中队已经完全成长起来，能够执行枫鹰保密程度最高、最重要的任务。而二中队年轻、有冲劲，亟须在实战中变得更加强大。

邵飞早就跃跃欲试了，跑去通信室给戚南绪打电话，一来想显摆自己与队长相处融洽，二来想嘚瑟马上要去陀曼卡维和了。但电话拨通了他才知道，戚南绪不在长剑大营。

接电话的人自然不能说戚南绪干吗去了——即便是对兄弟部队，一些任务仍必须保密。邵飞明白，道谢后挂了电话，嘴角往下一撇，有点失落。

其实比起显摆，他更想与戚南绪交流交流经验。

最近他感觉自己不仅脸皮越来越厚，撒娇的次数也日渐增长。

明白队长的纵容，所以他故意跟队长撒娇。

意识到这一点时，他打了个寒战，浑身冒起鸡皮疙瘩。

邵飞非常苦恼，他是真没经验，不知道如果不撒娇也不厚脸皮了，该怎样让萧牧庭成为自己的哥哥。

邵飞特想问问戚南绪：小戚，你对着你哥时，会不会撒娇啊？会不会耍心机？脸皮是不是很厚？我到底该怎么办啊？

但戚南绪不在长剑大营，没人能为他答疑解惑。

邵飞找不到人，走出通信室就来了十趟400米越障，累出一身汗还不过瘾，又扛上圆木直冲泥水坑而去。

11月，天气已经很冷了，邵飞像泥猴一样从坑里爬出来，拧开水管冲泥，当场就是一哆嗦。

他格外想念戚南绪，哪怕小戚不能给他出个好点子，但当个树洞总归没问题。

他可真惨，树洞都找不到一个。邵飞在潮湿的寒风中抖了抖，吸着鼻子往宿舍走。

萧牧庭一见他这熊样，立即拧开热水，将他推进卫生间，蹙眉道："明天就要去侦察营参加磨合训练了，赶紧进去洗洗，别感冒。"

热水已经开了一会儿，卫生间里满是热气，邵飞脱掉脏兮兮的迷彩钻进水柱中，顿时从脚板心暖到胸口。他在心里说：哪里惨？队长这么好，担心你感冒，还给你开热水，一会儿洗完了准有热腾腾的姜茶喝！如果打一个喷嚏，队长一定会叮嘱加衣服。小戚有哥，我也有哥！

"嗷！"邵飞越想越兴奋，多动症似的踮了几下脚，还直接蹦起来了。地上没有防滑垫，这一蹦就摔了个四仰八叉。

地板非常硬，好在他反应够快，着地时扭身一转，没摔到骨头，也没撞伤脑袋，只是大腿外侧痛得脑仁一麻。

没敢叫出声来，邵飞摸着摔痛的地方，糗大发了。他想被队长关心，但不想被队长看到出糗的模样。

兵王因为犯傻而摔倒在浴室，这要传出去，脸就没有了。

卫生间传来一声闷响时，萧牧庭正往邵飞的杯子里丢枣——宿舍没有生姜，邵飞滚那一身泥回来也用不着喝姜汤，喝点红枣水暖暖身子就差不多了。

萧牧庭没想到邵飞洗个澡能洗到地上去，可那声音一听就是摔得够呛，后续一声叫唤都没传出来，萧牧庭不免担心。

邵飞近来特别爱撒娇，磕着碰着了经常给他看，可怜巴巴地说："队长，痛。"

这次怎么不喊了？

萧牧庭走到卫生间门口，没听见里面的动静，这不太符合邵飞最近的行为模式，难道是摔狠了，脑袋磕着了？

萧牧庭目光一暗，敲门道："邵飞？"

"啊？"邵飞还坐在地上揉腿呢，突然听到萧牧庭的声音，一下子就紧张了，"队长？"

"摔哪里了？"还醒着，萧牧庭松了口气，但仍有些担心。

"没，没摔哪里啊，"邵飞本以为不叫出声来，萧牧庭就不知道他洗澡摔跤的蠢事，结巴道，"队长您听错了。"

这话前后没逻辑，萧牧庭一听就知道不对，而且从花洒的声音判断，邵飞此时大约正坐在地上。

起不来了？

如果摔到尾椎就麻烦了。

萧牧庭又敲了敲："我要进来了。"

邵飞一惊，赶紧抓起浴巾披上，还没来得及站起身，就看到门锁开始转动。

他现在傻乎乎地坐卫生间地板上，这太丢人了。

于是在门打开的瞬间，他猛地一起身，本想赶快站起来，这样不至于丢人。但人算不如天算，他怎么也没想到自己居然再次脚滑，不仅没站起来，反倒面对萧牧庭跪了下去……

萧牧庭推开门时，一眼看到的就是邵飞的"跪拜大礼"。

萧牧庭："……"

"队长！"邵飞脸全红了，忘了爬起来，难为情地看着萧牧庭，语气里带着几分抱怨，"您进来干吗啊？我真没摔着！"

萧牧庭也尴尬了。开门之前他太担心，浴室滑倒可大可小，没摔着骨没撞着脑袋当然没事，但如果真摔着哪里，就是大事了。

所以他必须进去看看。

不过现在邵飞既然能摆出这种造型，那一定是没伤到筋骨了。

萧牧庭放下心来，咳了一声："没摔着就起来，跪着不嫌膝盖痛？"

邵飞瞠目结舌，知道自己脸捡不回来了，第一反应居然不是马上站起来，而是脑袋往下一埋，把烫死人的脸颊贴在地板上。

萧牧庭彻底无语，"哐当"一声关上门。

两秒后，邵飞拍了自己一巴掌，愤愤站起来，小声骂道："让你脚滑，让你跪！看，把队长吓跑了！"

萧牧庭当然不是给吓跑的，镇定片刻，又朝卫生间道："没事就好，下次多注意。"

"哦。"邵飞应了一声，低头一看，大腿已经青了一块，一碰就痛。

洗完澡，出够洋相的兵王从卫生间出来，都不敢看萧牧庭了，走路贴着墙根，争当隐形人。

萧牧庭指了指杯子："趁热喝。"

邵飞一瘸一拐走近，看到杯子里的大红枣子，表情亮了几分，端起一饮而尽，故作平静道："谢谢队长。"

萧牧庭瞥一眼他的腿，知道问题不大，大约就是撞着肉了，又见他别别扭扭的，还在为刚才的事耿耿于怀，遂开玩笑道："怎么摔的？一边洗澡一边跳天鹅湖？"

邵飞："您就别再笑话我了！"

萧牧庭只好把话题转移到正事上："这次和我们一起去的侦察营的叶朝大队长，过去你有没有跟他打过交道？"

侦察营的大队长叶朝，曾经是枫鹰三中队的队长。邵飞去年刚到枫鹰参加选拔训练时，曾远远见过叶朝一次，后来正式入队，叶朝已经离开。当时据说是转业，后来才听说叶朝被调去了侦察营。

洛枫有次无意间提到叶朝，说叶队以前拿过全队狙击冠军，并且什么位置都能胜任。邵飞等新队员很惊讶，私底下还讨论过一个问题——叶队这么厉害，为什么军衔不高，仅是少校，为什么一直待在三中队？

这问题讨论不出答案，新队员也不敢找洛枫问。选拔训练辛苦，大家讨论完就抛在脑后了，直至几个月后得知叶朝离队，才又想起。那时关于叶朝离开的说法是受伤病困扰，已经无法执行特种任务，洛枫也证实了这一点。

选训时，邵飞本想入队后与这位枫鹰功勋队长过过招，看是否如洛枫说的那样厉害，错过之后相当遗憾，也为叶朝的伤病感到惋惜，但与叶朝毕竟没有接触过，时间一长，也就忘了。

若不是萧牧庭突然说起叶朝，他都没意识到即将与二中队一同执行维和任务的侦察营就是叶朝所在的侦察营。

萧牧庭一看邵飞的表情，就知道他与叶朝不熟，加之刚才突然这么问也只是为了转移话题，便没有继续往下说。

最怕空气突然安静，邵飞咽了口唾沫，又想起在浴室的画面，脖子都僵了一下，生怕萧牧庭也想起来，立即接话道："那您呢？您和叶队熟吗？"

"熟就不用向你打听了，"萧牧庭从容地笑了笑，"我没见过他，只知道他在枫鹰时是位很全面的特种兵，其他一概不知，所以才随口问问。"

邵飞摇头："我只见过他一面。"顿了顿又说，"队长，叶队是不是全能特种兵我不知道，但您一定是！"

萧牧庭莞尔，邵飞接着道："您什么都会，您是少将。"

那神情那语气，跟自己是少将一样骄傲。

萧牧庭在他额头上敲了敲，不知道他还剩一句话没说：而我，是您的小队长！

次日，二中队出发了。

侦察营与枫鹰大营虽都属于息城总部管辖，但距离遥远，特种兵们抵达侦察营时已是中午，正是侦察兵们结束训练前往食堂的时间。

这下热闹了，特种兵从天而降，侦察兵引项围观。邵飞脚还没沾地，就听见一浪高过一浪的起哄声。

最好的侦察兵往往会成为特种兵，侦察营里的很多战士都盼着有朝一日也能穿上特战征衣。这回在自家地盘见到枫鹰的精英，对不少年轻小兵来说，等于看到了"活体偶像"。

还未被枫鹰选中之前，邵飞是常规野战部队的战士，相当理解大家崇拜特种兵的心情。当时听说枫鹰的军官会来挑选尖子，激动得几天没睡好，头一回看到戴着展翅雄鹰臂章的人时，反应比现在这群侦察兵还激烈。

战士慕强，这话一点儿也不假。

如今从围观强者的小兵成了被围观的强者，邵飞还是有几分得意的，摆了张自以为冷酷的脸，其实嘴角都快憋抽了。

二中队的战士大多和他一个表情，就连相对沉稳的陈雪峰也忍不住装装酷，艾心就更夸张了，冷是冷，但并不酷，旁人一看就心疼他年纪轻轻的就患了面瘫……

萧牧庭是一众"面瘫战士"中举止最正常的，笑着与凑过来的侦察兵打招呼，别人若向他敬礼，紧张兮兮地喊一声"萧队好"，他也会温和地回应。

不像邵飞，被一个不小心扑上来的小战士撞了一下，就摆出一副又凶又冷的古怪表情，把人吓跑了不说，自己面部肌肉也抽了筋。

后勤给特种兵们准备了午餐，大家将行李拿去宿舍安顿好后就能享用。

邵飞在宿舍再次见到了叶朝，军衔未变，还是少校，内敛客气，却又不失强硬，锋芒在身，但并不显露，与一年多以前在枫鹰时没什么差别。

萧牧庭与叶朝握手拥抱，未曾谋面，却惺惺相惜。

得到萧牧庭肯定的人，必然是强者中的强者，邵飞又盯着叶朝看了看，忽然发现叶朝身边跟了个"小人儿"。

那人并不矮小，只是看上去很年轻，礼貌地向众人做自我介绍，说姓凌名宴，是叶队的通信员。

邵飞半眯起眼，将凌宴打量一番。

因为维和不以作战为目的，各国派出的步兵人数有一定限制，侦察营将选出50人参加。饭后，两支部队开了个短暂的见面会，邵飞才知道这批维和部队的总负责人是叶朝，分管步兵分队的也是叶朝。

竟然不是我队长？

邵飞看向萧牧庭，未在萧牧庭脸上找到一丝不满与惊讶，再看其他队友，艾心等人却明显有些不忿。

那表情的意思大约是——我们萧队是少将，总负责人为什么不是我们萧队？

之后邵飞才知道，国际上没有让特种兵的队长担任维和营负责人的先例，派特种兵出征理论上也是不妥的。若萧牧庭当了维和营的负责人，那势必会增加几分挑衅意味。

为此，特种兵们的臂章也得暂时摘掉，与侦察兵混编在一起，换上统一的维和臂章。

邵飞不乐意摘枫鹰臂章，捂着臂章不肯动，其他战士也磨磨蹭蹭的，摘个臂章跟摘脑袋似的。

其实如果在特种部队待得久了，特种兵们为任务而摘臂章倒也没什么，只有退伍摘臂章时才会恋恋不舍。但二中队几乎全是新兵，拼死拼活才戴上那枚展翅雄鹰臂章，本想戴着风风光光去维和，哪想都还没出师呢，就被命令摘下来，还要与侦察兵同吃同住同训，差不多就是"打哪儿来，回哪儿去"。

加之维和任务长达三个月，三个月里只能假装自己是侦察兵，对年轻的特种兵来说，这还真是兵哥心里苦，但兵哥说不出。

萧牧庭知道他们在郁闷什么，心觉好笑，而想想自己当年刚戴上战龙臂章时的嘚瑟劲儿，又觉得能够理解。于是他笑着走到邵飞跟前，轻声道："舍不得啊？"

邵飞瞪着眼："自己的儿啊，说丢就丢了啊？"

萧牧庭更想笑了。邵飞平常喜欢跟他装乖，但和队友在一起时又很熊，骂脏话也讲笑话，被他逮住就不认账，很少像今天这样自由发挥，露出不那么乖，甚至有点滑稽的一面。

还"自己的儿"，这话要是让洛枫听见了，准得罚他个10公里越野。

邵飞还捂着那臂章，小队长不带头摘，其他队员也不摘。萧牧庭无奈，只得一手捉住邵飞的手腕，另一只手探去摘。

邵飞苦巴巴地瞅："真摘啊？"

"那不然呢？"

"我的儿啊！"

"暂时由我照顾。"

"啊？"

萧牧庭只是心情好，想逗逗邵飞，陪他演完这出"丢儿"的戏。

于是邵飞乖乖地让萧牧庭摘下臂章，还催促大家都摘了，别闹情绪，别让队长为难。个别还是不肯摘的，他便亲自上阵修理。

不多时，大家都换上了维和臂章。

磨合训练将持续一周，在侦察营过的头一个晚上，邵飞就认齐了营里挑出来的 50 名战士。

最厉害的那个叫荀亦歌，话非常多，立志明年来枫鹰，整晚追着他过招。他怕出手伤着荀亦歌，对抗的时候摆着前辈架子以守为攻，几回合下来还是把荀亦歌收拾得服服帖帖。

荀亦歌也不气馁，特别会给自己找台阶下，笑得大咧咧的："我现在不如你，正常。如果我这会儿就把你撂翻了，那枫鹰也不是我最向往的部队了。"

说完他四处看了看，自言自语道："凌宴怎么又不见了？哥们儿过招呢，也不来加个油喝个彩，成天跟着叶队屁股后面跑，以后还当不当特种兵了……"

邵飞一惊："凌宴不是通信员吗？"就没听说过通信员也能通过特种兵考核。

"通信员就不能当特种兵了吗？凌宴厉害着呢，过去我们营比武，从来都是我第一，他第二。"荀亦歌说完叹了口气，"不过他吧，哎，不说了。"

邵飞来了兴致："他怎么了？"

"他没出息！"荀亦歌恨铁不成钢，"好好的侦察兵不当，非要给叶队当尾巴！"

邵飞差点将刚灌进嘴里的水喷出来："尾巴？什么尾巴？"

"就是通信员啊！"荀亦歌说，"以前我们说好一起去枫鹰，现在他不想去了，跟在叶队身边当通信员。哎，你说说，这通信员和事务兵有啥区别？不都是伺候人的活儿吗？"

邵飞无故被"波及"，脸一黑："哦。"

荀亦歌继续道："叶队惜才，前阵子把他调回来一次，他又去了。算了不说了，说了你也不懂，我就心痛我家兄弟，走了。"

邵飞歪着脖子想：我不也是非要给队长当尾巴吗？我也没出息？

呸，小孩儿懂个屁！

事务兵就是顶级的磨炼，凌小宴，有志气！

他想，凌宴这个兄弟我交定了！

磨合训练和总部联训比起来差远了，说是训练，不如讲是集体观摩。上午全体一起学习国际维和行动的规章制度，听维和前辈讲陀曼卡以及其他战乱国家的现状以及注意事项；下午身体力行，学学战地防御工事如何修建，外出巡逻时在车上以什么阵型警戒……总之非常烦琐，看上去也没什么技术含量，莫说枫鹰的兵，就是侦察兵都觉得无聊。下午练习时情况还相对较好，上午偌大一个会议室，挺直腰板睁大双眼打瞌睡的不在少数，个个坐得纹丝不动，其实魂儿早就云游天外去了。

邵飞也不爱听讲——没加入枫鹰之前，老部队经常开学习总结会，听得他浑身不自在。所谓"上梁不正下梁歪"，一帮特种兵被洛枫惯得跟野孩子似的。邵飞坐在第一排中间，两眼直视前方，表情十分严肃，看上去听得特别认真，心里想的却是队长现在在干吗。

其实萧牧庭就坐在会议室最后一排靠门的位置。

战士们准时开课，萧牧庭、叶朝和其他军官在另一个房间开会，开完才静悄悄从后门进来，半是跟着听一听，半是看看自己手下的臭小子有没有认真听讲。

萧牧庭一看邵飞的后脑勺，就知道这家伙啥也没听进去。

邵飞真认真的时候绝对不会坐成一座雕塑，脑袋也不会一动不动，现在这姿势百分之百是走神了，如果看正面的话，也许眼珠子都不带动的，眼皮也能保持很长时间不眨。

萧牧庭轻声叹气，从笔记本上撕下一张纸，熟练地折了架纸飞机，正要冲邵飞后脑勺飞过去，忽地想起这是侦察营，不是枫鹰。这飞机要是真放出去，那也太目无纪律了，比打瞌睡还糟糕。

萧牧庭只好将纸飞机叠起来夹在笔记本里，又看了看邵飞的后脑勺，想起在特种作战总部时，自己绝对不会有听课时折飞机戳人脑袋的念头。

来枫鹰快一年，他也被洛枫这不走寻常路的副队影响了。

这时，邵飞伸手挠了挠脑袋，大约是回神了，也不知是有心灵感应还是什么，半侧过身子往后一瞄，看到萧牧庭的时候，眼睛都亮了，用嘴型说：队长！

与邵飞目光相触时，萧牧庭唇角稍稍上扬，但幅度太小，且稍纵即逝，邵飞大约捕捉不到。

他向讲台抬了抬下巴，示意邵飞仔细听讲。

从邵飞的角度看去，萧牧庭小半张脸落在阴影中，神情带着几许不怒自威的味道，眼神也很深，似乎将他方才的走神尽收眼底。

邵飞连忙转回去，既紧张又想笑。

第一排的队员此时全都面无表情，唯有邵飞抿着唇傻笑。

正在放战地纪实的维和前辈终于忍不住了，指着邵飞道："是什么让你笑得这么开心？"

邵飞迅速脸红："啊？"

侦察兵还装模作样地忍着，特种兵已经开始笑了。

"答不上？"前辈道，"没关系，那你说说如何分辨藏在难民小孩队伍里的娃娃兵？"

邵飞压根儿没听，但反应快，起身道："看眼神，搜身。"

"搜不出武器是不是就能确定对方只是普通小孩？"

邵飞想了想，不怎么确定："应该可以？"

前辈眼神突然变得凌厉，几秒后道："我来给你们传授经验，是希望能让你们安全度过这 3 个月。自己的命，如果自己都不当回事，那旁人花多少工夫都是白搭。"

上午的课上完，枫鹰众人被萧牧庭带走了。

萧牧庭说话不像那位前辈一般生硬，只讲了一件去年发生在陀曼卡的事：维和部队附近有很多饱受战乱之苦的难民孩子。他们的父母大多已经死亡，幸运一些的孩子还有祖父外祖父，而更多的孩子一个亲人也没剩下。本着人道主义的宗旨，维和战士会在对孩子们进行严格的检查后，拿出食物赠予他们，身体情况非常糟糕的孩子还会被获准进入营区。因为曾经出现过小女孩身体藏炸药，被制作成"人弹"的恶劣事件，一些维和部队会让女兵给孩子们搜身。女兵们爱护、照顾小孩，一切都进行得有条不紊，可临到那批维和战士即将归国时，在最后一次巡逻中，一名长期受女兵照顾的小姑娘举着一把土枪，杀死了给过她无数次食物、救过她命的女兵。

女兵是名优秀的作战步兵，如果不是对这小姑娘没有防备心，不可能轻易遇害。

萧牧庭扫一眼表情凝重的兵崽子，沉声道："那位女兵，是唐谦的未婚妻。"

邵飞微张开嘴，彻底意识到自己的走神是件多不应该的事。

唐谦正是那位维和前辈，在说"对自己的生命负责"时，他眼眶泛红，眼里有条条血丝。

只是讲台上仅有投影仪的光，在场绝大多数人都没有发现罢了。

队伍解散后，邵飞留了下来，脑袋耷着，诚恳地说："队长，我错了。"

邵飞有时熊起来是真熊，尤其是与艾心等人混在一起的时候，但老实的时候也是真老实。他认真为自己做错的事道歉，没有一丝装模作样和敷衍的意思，看得出是真心悔过。

萧牧庭往他肩上一拍，领着他向食堂走，不想说太多指责的话，只道："明白就好，这几天还有其他参加过维和的前辈来给你们上课，听认真一些，别眼睛一眨不眨地出神。"

邵飞震惊："您知道我眼睛一眨不眨？"

萧牧庭说："狙击训练时让你一动不动趴着，连眼睛也不准眨，忘了？"

"哦！"邵飞这才反应过来。他坐如雕塑、两眼不动的本事还是从萧牧庭那里学来的。那时队长比现在严厉多了，守着他练"不动功"，他眼睛酸得受不了，实在忍不住了，才那么轻轻一眨，就被罚了100个俯卧撑……

本以为往事不堪回首，但如今想起来连挨罚都是开心的。

二人行至食堂，时间已经有些晚了，部分侦察兵汤足饭饱后从里面出来，神情都比较严肃。

邵飞想，叶队肯定也教育他们了。

叶朝在食堂里，与萧牧庭打了声招呼，萧牧庭过去坐下，同桌的还有另外两名军官，以及叶朝的通信员凌宴。

萧牧庭本要自己去打饭，被邵飞眼疾手快地阻止了，他飞速端来两荤一素，正要去打自己的，见凌宴也站起身来，手上拿着一个碗。

半分钟后，凌宴端着一碗热腾腾的萝卜汤回来，放在叶朝手边，"叶队，入冬要多吃萝卜。"

叶朝点头，笑道："谢谢。"

邵飞眉梢一挑，马上有样学样也端来萝卜汤，汤是用筒子骨熬的，白生生暖乎乎，邵飞特意撒了一把葱花，看着十分诱人。

汤碗放在萧牧庭面前，邵飞献宝似的说："队长，入冬要多吃萝卜！"

人家凌宴声音压得低，只给叶朝听到就好，他却生怕周围的人听不见似的，如果给个喇叭，他指不定能直接开广播。

萧牧庭既无语又觉得窝心，想说"谢谢"，但邵飞已经跑去窗口打自己的饭菜了。

同桌的两位军官笑道："你俩的事务兵啊，太懂事了。"

叶朝温声纠正："是通信员。"

萧牧庭也道："邵飞是我们队的尖子兵。"

邵飞端着堆得像小山似的饭盘回来就听到萧牧庭夸自己，心里那个美，汤都洒了几滴。

叶朝和两名军官来得早，邵飞还在狼吞虎咽，他们就已经吃完了。叶朝站起身来："萧队，那我们就先走了。"

萧牧庭其实也吃得差不多了，为了等邵飞才留下来，笑道："行，下午训练场上见。"

邵飞嘴里全是饭菜，没办法说话，只好冲叶朝敬了个礼，叶朝笑着回礼，身边的凌宴居然也抬起右臂。

邵飞对他特别好奇，很想找个机会和他聊两句，但又觉得不熟，突然唠嗑太尴尬。

叶朝弯腰拿起放在座椅上的文件夹，正要夹在手臂下，凌宴突然说："叶队，我来拿。"

说着他不等叶朝拒绝，就抢了过去。

邵飞目送他们离开才转回脑袋，然后余光嗖嗖落在萧牧庭的笔记本上。

叶朝拿着文件夹，而萧牧庭拿着笔记本，邵飞往脑门上一拍，皱着眉反省：刚才你看着队长拿笔记本，怎么不抢过来拿呢？

萧牧庭递给他一张纸："下巴沾着一粒米。"

他有点尴尬，接过纸一擦，吃完剩下的饭，道："队长，走？"

"嗯。"萧牧庭将桌子收拾一番，见邵飞还在使劲擦嘴，干脆一手一个盘，帮邵飞一起还了。

等他回来时，笔记本已经在邵飞手里。

"队长，我来拿！"

小小一个笔记本，萧牧庭没跟他争，哪知邵飞走至半路踢到了花坛的坎，趔没摔，笔记本也没掉地上，但毕竟有个险些摔倒的动作，笔记本在空中翻了两转，被捞起时已落到邵飞的小腿位置，里面有东西掉了出来，轻飘飘落在地上。

邵飞捡起来一看，惊讶地看着萧牧庭："队长，你啥时候折的飞机啊？"

萧牧庭总不能说"上午开会时折的，本想拿它戳你后脑"，只好道："以前没事时折的。"

邵飞将那纸飞机展开，拿在手里把玩半天，咧着嘴笑，做了好几个放飞的动作，最后都没扔出去。

萧牧庭看得好笑，"扔出去试试？"

邵飞摇头："舍不得。"

纸飞机不就是折来飞的吗，何来舍不得之说？

萧牧庭拿过纸飞机，理了理机翼，正要飞给邵飞看，又被夺了过去。

"嗯？"

"不能飞！"邵飞特宝贝地握着纸飞机，"这是您折的飞机！"

自从学着凌宴端了回萝卜汤，又在帮萧牧庭拿笔记本时发现了纸飞机，邵飞就盯上凌宴了，打算跟凌宴交个朋友，从凌宴的举止间学点东西。

凌宴虽然名义上是叶朝的通信员，但每天下午仍旧与大家一起参加战地特训。分组时邵飞没能和他同组，才练一会儿就找人换了组，理由也说得过去——艾心和陈雪峰都在那组。

战地特训的强度很低，对体能没有太多要求，主要就是练协作、队形、观察。维和前辈将大家赶上装甲车，一边分发弹匣一边展示车上的警戒动作。动作都比较常规，但前辈说乘车巡逻时一定要高度警惕，半点神都不能分。有了之前的教训，也亲口向萧牧庭承认了错误，邵飞不敢再马虎，听得十分认真，据枪警戒的姿势还被前辈点名夸赞。

虽然"小队长"只是一个带着玩笑性质的称呼，但经过总部联训和边境那一场突如其来的反恐生死战，邵飞已经有了队长的担当，平时与队友闹归闹，正式场合还是相当可靠，反应在行为上就是——自己做好了不算，还要监督大家也做好。

同车的队员大多是特种兵，都是自家兄弟，邵飞"教训"起来一点儿都不客气。艾心太高，有个需要伏低的动作老是做不规范，邵飞纠正了几遍也没纠正过来，一气之下干脆单腿一迈，两腿分别站在艾心两边腰侧，双手撑在对方肩背上狠狠往下按。

"啊！"这一下按得太重，艾心吃痛干号，"飞机，你想搞死我啊？"

邵飞不理他，分毫不放松，直到艾心的姿势终于看得过去了，才放他一马。

自家兄弟指导完了，就剩凌宴和另外两名侦察兵。邵飞和侦察兵说话时客气得多，也不会动粗，最后盯着凌宴看了半天，实在想找个机会说两句，但人家那动作似乎比他还标准，他硬是没在这鸡蛋里挑出半点儿骨头渣。

没练多久，萧牧庭和叶朝来了，看样子来之前应该碰面交流过训练计划。邵飞察觉到身边人影一动，回头便见凌宴换了位置。

之前凌宴一直在车辆侧前方，此时换到了车屁股上，与他几乎并肩。这个位置是乘车巡逻的重点警戒位置，邵飞责任重，自然不会撤去其他位置，而凌宴此时跑上来……

邵飞看看凌宴，又看看不远处的叶朝，心头一乐，暗道：小样儿，你不就是想在叶队面前露一手吗？

因为共同负责车尾的防御，凌宴与邵飞少不得聊上几句，偶尔用眼神与手势交流。一整趟警戒练下来，由于注意力高度集中，端枪的手不免有些发麻。这时，叶朝和另外一名军官走了过来，大约是想给大家鼓个劲。邵飞听见凌宴喊："叶队！"

叶朝笑了笑，伸出右手道："辛苦了。"

凌宴蹲在车上："我自己跳。"

邵飞挑着一边眉腹诽：你要真想自己跳，就把伸出去的爪子收回来，出息！

叶朝握住凌宴的手，借出几分力："手都抖了，回去好生休息休息。"

邵飞立即睁大眼，看见凌宴的手确实在抖。

装，你就装！邵飞想，一会儿我也装！

叶朝并非只接了凌宴一个人，另外两名侦察兵往下跳时，叶朝都搭了把手，还把1米9的艾心也接了下去。

艾心下车后嘿嘿直笑，冲叶朝敬礼道："谢谢叶队。"

"不客气。"叶朝往车里看了看，其余特种兵已经自行跳下去，只剩邵飞还在里面蹲着。

叶朝好心问："脚不舒服？"

"没有。"邵飞连忙说，"叶队您别管我，我累着了，休息一会儿自己下去。"

余光里，邵飞已经看到了萧牧庭。

叶朝并不担心特种兵会在警戒训练中负伤，点头道："那行，一刻钟后还有排雷训练，别迟到。"说完就和其他战士一起走了。

邵飞蹲在车边等萧牧庭，掐着嗓子喊："队长！"

萧牧庭差点起鸡皮疙瘩，站在车下，哭笑不得："怎么还不下来？"

邵飞就着蹲姿捶了捶小腿："警戒太久，腿有点儿麻了，休息一会儿。"

萧牧庭心里想着"这就能麻着你"，右手已经抬了起来，语气有点无奈："别蹲着了，下来。"

邵飞在脑子里过了一遍凌宴装手抖的样子，胸有成竹地开始抖，觉得手抖还不够，腿也要象征性地抖两下。

他注意力都在抖手抖腿上，并未看到萧牧庭复杂的表情。

在邵飞抖第一下时，萧牧庭就看出他在演戏，那演技太浮夸太尴尬，他想配合一下都配合不动。

但邵飞毫不自觉，被萧牧庭扶住时抖得更加带劲，脸上的表情也相当精彩，萧牧庭实在没忍住，笑场了。

一方笑场，一方抖得用力过猛，双方都没控制好平衡，加之邵飞那抖得跟抽筋似的腿突然往后一蹬，效果就是邵飞如狐狸捕食一般栽了下去。

好在萧牧庭虽然笑场了，但腰腿尚未脱力，往后退了一步，硬是将邵飞给稳住了，没出现两人一同摔倒的事故。

邵飞这下尴尬了："我……我不是故意的。"

"嗯。"萧牧庭很给他面子，"你只是训练累了，手抖。"

接下去是"协助排雷"训练。

跟着萧牧庭学习了这么久，拆弹已经算邵飞的强项，但在维和营步兵分队没有排雷任务，所谓的"协助排雷"实际上只是在雷区进行前期标记，以便工兵前来排除。

这是一项细致活，邵飞跟着维和前辈做得一丝不苟，中途休息时恰好看到凌宴进入雷区，便抻长脖子看。他正看得起劲，后脑勺被人拍了一下。

艾心丢来一瓶水："看什么呢，脖子都快拉成长颈鹿了。"

邵飞毫不避讳目光："看人排雷，汲取经验。"

艾心顺着他那目光一看："你不会是在看凌宴吧？"

"啊，"邵飞道，"看他怎么了？"

"不对啊飞机，你跟人家有过节啊？"

邵飞白艾心一眼："你这脑子哪天能正常一些吗？"

"我比你正常多了，起码我不会暗中观察人家。"艾心说。

就这一会儿和艾心插科打诨的工夫，雷场上就传来一声模拟爆炸声，邵飞循声望去，见被"炸"的居然是凌宴。

凌宴退出雷场，回到叶朝身边，叶朝正在与他说什么，似乎是指导加安慰。两人说了几分钟，邵飞见叶朝笑着拍了拍凌宴的头，看口型说的应该是"去吧，再来一次"，凌宴转身回到雷场，后面的协助工作完成得非常好，换下一组时叶朝对他竖起了大拇指。

邵飞又学到了——先犯个小错，被队长安慰，再努力重来，得到队长的夸赞。

凌小宴简直机智。

不过再次进入雷场时，邵飞并未故意出错——长久以来的特战熏陶让他无法放任自己故意踩地雷。但维和前辈在设置雷区时确实花了很大的工夫，在即将顺利完成这一轮时，他踢到了一个位置刁钻的绊发雷。

模拟爆炸声再次响起，但萧牧庭却没有像叶朝安慰凌宴一样安慰他，而是将他叫到一旁，严厉地教育了一通，又让他搓了一个小时用作绊线的蛛丝。

没有摸他的头，也没朝他竖大拇指。

那么冷的天，邵飞手都搓木了，又被萧牧庭带去雷场过了一遍，标记出所有爆炸物才作数。

这工程量太大，完成时已是夜里9点。

去食堂的路上，邵飞肚子的叫唤就没停过。

后勤队员已经回去了，萧牧庭亲自下了两碗面，邵飞接过就吃，呼噜噜的，跟几天没吃饭似的。

萧牧庭道："慢点。"

邵飞可慢不下来，吃完后看见萧牧庭碗里还剩下一半。

萧牧庭见他瞅着自己的碗，随口问："还想吃？"

邵飞等的就是这句，立即点头："队长，要不您分我一点儿？"

萧牧庭夹起一筷子放邵飞碗里，接着把肉全部挑给邵飞。

邵飞埋头就吃，连汤汁都喝完了。

萧牧庭以为他要说"谢谢队长"，不料他擦干净嘴之后，认真地说："队长，有件事我要跟您说。"

"嗯？"

"下午在车上的时候，我不是说我腿麻了吗？"

萧牧庭放下筷子。

"其实我是装的，还故意手抖，但是您接我下车我很开心，一点儿都不内疚。我这点儿小心思，您一定早就看出来了，"邵飞说，"但您没有戳穿我，给我留面子。"

萧牧庭轻轻出了口气。

"其实您戳穿我也行，我就是故意的，"邵飞说得直白，但看得出还是很紧张，声线不像正常时那样稳，多了些起伏，"我不怕被您看穿，我想被您看穿。"

我的所有依赖与亲近，都要您看见！

食堂只开了一盏灯，萧牧庭和邵飞就在灯下。邵飞说完之后低下头，睫毛投下小小的阴影。萧牧庭起身端过两人的碗，沉默走开。不久后厨房传来水声，邵飞转过身子看了看，拿起自己与萧牧庭放在座椅上的物品走了上去。

"队长。"

"嗯？"

"我来吧。"

"不用。"

很平常的对话，就像刚才的事情不曾发生。

邵飞很轻地呼出一口气，压下心头浅浅的失落，朗声道："队长，您现在要回宿舍吗？"

萧牧庭洗好碗筷，一边擦手一边转过身："走吧。"

但离开食堂后，两人却未向宿舍的方向走去。萧牧庭在一处岔路拐了弯，邵飞微怔，旋即不作声地跟上去。

萧牧庭说："刚吃完，消消食。"

深秋的风吹过，将地上还未来得及清扫的落叶卷走，邵飞那些藏得不露痕迹的失落也被一并带走。

虽然队长没有任何反应，但是一起散步总归比直接回宿舍强。

抿着的唇角又翘起来，邵飞快走几步，跑到了萧牧庭前方。

路灯下，呼出的热气变成白雾，邵飞跺了跺脚，将手拢在嘴边呵气。萧牧庭问："冷不冷？"

夜里寒气重，湿度也高，邵飞训练后没有回宿舍加衣服，刚吃完面时一身暖融融的，走了一会儿后确实感到冷了，否则也不会跺脚呵气。

但他不想说"冷"，觉得一旦说了，队长就会回一句"那就回去"。于是他道："不冷，我呵气呵着玩！"

萧牧庭神情一如既往地温和，但也像以往一样叫人看不透。邵飞活动着手脚，突然来了个10米冲刺，蹲下捡起一片黄灿灿的梧桐树叶，又飞快跑回来，手指转着那片树叶道："不冷也不累，队长您还想去哪里散步，我陪您！"

"我看见了。"萧牧庭突然说。

邵飞没反应过来，"什么？"

"你的努力，我都看见了。"这段时间萧牧庭也想了很多，"你说得没错，失去邵羽后，你已经长大，你的依赖和我以为的依赖不同。你懂分寸，对兄长的依赖不会成为束缚你的枷锁。"

邵飞双眼陡然明亮。

萧牧庭看向他："是我还停留在阴影中，轻视了我们小队长的坚毅。"

"队长……"

"我愿意填补你缺失的亲情，"萧牧庭道，"也感谢你，让我有填补的机会。"

邵飞眼眶一热，是他理解的那样吗？队长终于允许他靠近，不再固执地疏远他？

他忐忑又小声地说："哥，哥哥……"

萧牧庭点头："嗯。"

邵飞忍着的眼泪终于落下。再过一天，明天，就是他 21 岁的生日，在 20 岁的尾巴上，他为自己争取到珍贵的亲情！

更让他意外的是，队长竟然知道，并且记得他的生日！

见他站着不动，萧牧庭在他额上敲了敲，转换话题道："明天 21 岁了，想吃什么？上午我去食堂点个菜。"

邵飞跟着萧牧庭往回走："您记得？"

"嗯，记得。"

"我……"

"看到前面那个路口没？"萧牧庭突然打断，换了种语气。

邵飞一愣："啊？"

"平时跑 100 米花多长时间？"萧牧庭笑了，"要不要和队长比比？"

邵飞这回懂了："是小队长和队长比试吗？"

萧牧庭眉间锋芒尽收："对，是小队长和队长比试。"

邵飞深吸一口气，原地来了几次高抬腿，大喊道："跑！"

他从不知道，在夜风里迈步狂奔的感觉如此舒畅，冰冷的空气被身体撕裂，而身体里面，是一颗灼热的心脏！

耳边有呼啸的风声，身边有最亲的人。

终点的路口，邵飞喘着气喊："队长，我先到！"

"你赢了。"萧牧庭单手扶在发际线的位置，待呼吸调整好了，才缓声说，"生日快乐。"

邵飞微微昂起下巴，纠正道："是生日快乐，小队长。"

萧牧庭莞尔："那就生日快乐，小队长。"

回到宿舍时已经快到熄灯时间，邵飞刚走到门口，就被里面冲出来的人扑了个满怀。

额头上"啵唧"一声，特别清脆，特别响亮。

邵飞整个人都傻了，目瞪口呆地看着在他额头献吻的艾心，听这猪队友道："生日快乐，小飞机！"

接着，更多的猪队友撒着蹄冲上来，挨个在他额头上"啵唧啵唧"地亲，他一边挣扎一边骂，手脚却被大家拉着拽着，根本挣脱不开。

每个人都跟他说：生日快乐，小飞机。

去年的生日，因为他刚成为枫鹰的正式队员，二中队的队友没人知道他的生日。20岁那天，他一句"生日快乐"也没收到，过得有点孤单。但他也不在意，反正这么多年下来，生日都是自己一个人过。

没想到今年他会被那么多人强行吻额头。

队长给了他惊喜，队友们也给了他惊喜。他是真的有家了！

第十三章

队长，您吓死我了

次日没有安排训练，维和前辈们能传授的经验已经全部传授，战士们明天就将前往陀曼卡，与上一批维和队员进行交接，此时再抱佛脚已没有太大的意义。

中午，邵飞记着萧牧庭说给他点菜的话，厚着脸皮跑去萧牧庭的宿舍，敲门没人应，只好在门口等着。

过了十来分钟，萧牧庭拿着几个饭盒回来，见邵飞已经候着了，故意问："怎么在这儿？不跟队友去食堂吃饭吗？"

邵飞看到饭盒了，咽了咽唾沫，眼巴巴地看着萧牧庭："队长，昨天您说让食堂给我开小灶。"

"是吗？有这种事？"萧牧庭打开门，"我怎么不记得了？"

"您记得！"邵飞跟着进去，"您这不是去食堂把饭菜都拿回来了吗？"

萧牧庭将饭盒放在桌上，一本正经地说："这是我自己的午饭，不是你的小灶。"

邵飞才不信："但今天是我生日，我 21 岁了，您答应给我开小灶。"

"我没答应，你听错了。"萧牧庭把饭盒挨个打开。天气冷，热气一出来就成了白雾。

邵飞看着一桌子菜，喉结一动，眼珠子都挪不开："全是我喜欢吃的！"

"那可真巧，"萧牧庭说，"也是我喜欢吃的。"

"您不能这样。"邵飞看着豌豆排骨，实在眼馋，伸手就要抓，爪子被萧牧庭的筷子头一敲，立马缩了回来。

他捂着手背道："这么多菜，您一个人哪里能吃完？少将就能浪费粮食吗？"

萧牧庭终于逗不下去了，笑着冲卫生间抬了抬下巴："去洗手。少将不能浪费粮食，寿星也不能不讲卫生。"

昨天已经说了生日快乐，吃饭时萧牧庭就没再说。邵飞胃口好，大冷的天，吃得红光满面，接连说了好几次"谢谢队长，这个好吃"。

桌上的所有菜，他都觉得好吃。

萧牧庭舀了碗热汤放在他面前："这也好吃那也好吃，有没有什么是你不喜欢吃的？"

邵飞一口气喝掉大半碗，毫不犹豫道："老干妈啊。"

萧牧庭一怔："什么？"

邵飞把剩下的小半碗也喝完了："老干妈，就是那种瓶装的豆豉辣酱。噢，队长您可能没见过。"

辣酱萧牧庭当然见过，不仅见过还吃过，味道相当不错，而且老干妈辣酱评价一向很高，不少年轻人都喜欢，以前萧锦程买了好几瓶回来，说这是什么"网红"食物。

萧牧庭对网红不网红没概念，但确实觉得老干妈下饭不错，尤其是在菜品太寡淡的时候。邵飞平时什么都吃，从来不挑食。所以邵飞想也不想就说不喜欢老干妈，萧牧庭有点意外。

"我见过，"萧牧庭说，"种类不少，牛肉猪肉鱼肉沫，怎么，你吃不惯那味道？"

"吃得惯啊，吃了无数罐，腻了。而且我也没买过带肉沫的，"邵飞说，"贵。只有豆豉的最便宜，拌白饭或者馒头的话，一罐可以吃一周。"

萧牧庭目光微收，突然明白邵飞为什么不喜欢老干妈了。

邵飞啃完一个排骨，然后把它规规矩矩摆在桌上。那骨头啃得干干净净，一丁点儿肉都没留下。萧牧庭看了看，邵飞面前已经摆了一排了，整整齐齐的，像列队的士兵。

片刻静默后，邵飞抓了抓头发，脸颊轻微泛红："队长，我好像说错话了。"

萧牧庭往他碗里放了一筷子青菜，不经意道："嗯？"

"您问我不喜欢什么，我条件反射就说老干妈了。"邵飞眼角往下耷着，"我不是故意向您装可怜，也没有抱怨的意思。"

萧牧庭放下筷子，没有打断他的话。

"您给我的钱其实够我过上好日子，但是我穷怕了。我怕万一有一天我也像外婆一样生病，住院要花那么多钱，如果我拿不出，那怎么办？"邵飞叹气，眉头轻轻皱着，"您给我的钱，我只敢用一小部分，其他都存起来。后来年龄到了，能打工了，花钱就大手大脚一些。那个，我也不是每顿都吃辣酱，我也会买菜做饭的。第一次收到您的钱时，我就烧了一大桌子菜……"

萧牧庭心中酸涩——在特种作战总部的时候，他非常忙，虽能按时给邵飞一笔钱，却没有精力监督邵飞过日子。曾经也想过邵飞会不会省吃俭用，舍不得花钱，但他没想到这孩子惯常依赖辣酱，以至于现在说到不喜欢的食物，第一个想到的就是辣酱。邵飞所谓的"大手大脚"，又能大手大脚到哪里去呢？不过就是偶尔吃一顿肉打打牙祭罢了。

一想到邵飞长身体的那几年过得如此辛苦，萧牧庭心底就隐隐作痛。

邵飞抬起眼，小心试探的表情格外招人疼："队长？您不会生我的气吧？"

萧牧庭叹了口气，还没来得及说话，就听邵飞道："今天是我生日，您就看在我是寿星的分上，忘了老干妈这一茬吧，我真不是故意说的，就是一时嘴快。其实老干妈也好吃，只要不是纯豆豉的那种，我都爱吃。"

萧牧庭站起身来，见他碗里已经没多少饭了，拿过来添了大半碗，放回去时说："慢点吃，刚才走得急，还有一样菜没拿回来。"

邵飞侧过身子："还有啊？"

萧牧庭点点头，又出去了。

看着一桌子菜，邵飞放下筷子，心里不踏实。

真不该说以前吃辣酱的事，他往自己脸上揪了一把，心道：看吧，好好一顿生日宴，被你搞砸了。

不久，萧牧庭回来了，手里却没有饭盒，只有一罐老干妈。

邵飞一惊："这是？"

"牛肉辣酱，"萧牧庭拧开瓶盖，舀出一勺，笑道，"要吃吗？"

邵飞眼见辣酱被舀进自己的碗里，有些错愕："队长您？"

萧牧庭挑眉："嗯？"

"您不生气了？"

"我生什么气？"

"我刚才说的……"邵飞突然打住，明白萧牧庭为什么要专门跑去拿辣酱了。

"你刚才说什么？"萧牧庭面色沉静，"尝尝吧，看味道怎样。"

邵飞笑起来，用筷子搅了两下就是一大口。之前的情形在脑子里重放，他着急地跟萧牧庭说"您就看在我是寿星的分上，忘了老干妈这一茬吧"，萧牧庭没有回应，却用行动告诉他——我不记得你刚才说什么了。

"怎么样？"萧牧庭问。

"好吃！"邵飞没说假话，这牛肉辣酱与记忆里的老干妈不是同一种味道了，甚至不会让他想起从前的苦日子。

今后也再不会有苦日子。

"好吃就行。"萧牧庭说，"叶队准备了几箱，到了陀曼卡咱们慢慢吃。"

"吃不腻吗？"邵飞问。

"又没让你顿顿吃，"萧牧庭往他头上一拍，"去了国外呢，这就是稀缺战略物资了，想吃一回还得打申请。"

"跟您申请行吗？"

萧牧庭笑："行。"

第二天，军机搭载着新一批维和战士与他们的战略物资——辣酱，一同前往西北非的战乱国度，陀曼卡。

军机抵达陀曼卡，战士们戴着象征和平的蓝盔，换乘步兵战车前往营区。

邵飞与队友们挤在车窗边，好奇地看着沿途荒凉破败的景象。

陀曼卡内战数年，大部分城市、乡镇已是一片废墟。大规模的内战结束后，临时政府成立，但是各地武装割据极其严重，枪支、毒品泛滥，人人有枪，一家人分属不同反政府派别的情况比比皆是，不同规模的示威游行每天都在进行，临时政府无力自保，即便有各国维和部队协助，也无法保护官员不受伤害。

邵飞生在城里，小时候家里虽然穷，但也没到连衣服都没得穿的地步，所以看到很多赤身裸体的小孩子站在路边时，不免生出几分同情。

但一周以来维和前辈的嘱咐却在脑子里回荡——不要失去同情心，也不可轻易同情看似可怜的人。因为习惯了和平的人，很难看穿战乱地区的人心。你给予的同情，也许就是射向你的子弹。

邵飞叹了口气，从窗边退下来，回到萧牧庭身边坐好，小声问："队长，您以前去过多少国家？"

"这不能告诉你。"萧牧庭帮他拉好歪掉的蓝盔。

"为什么？"

"因为我执行的绝大部分任务都是保密任务啊。"萧牧庭笑道，"怎么，又想当侦探了？"

邵飞缩起脖子，他那"侦探"当得可不体面，不仅闹出"萧队是间谍"的笑话，还被关了小黑屋。如今回想起来，竟然已是半年前的糗事了。

"不想当侦探，"邵飞垂下头，声音压得很低，"想当您的弟弟。"

车队在抵达维和营之前，经过了一个戒备森严的营区。从步兵战车里看去，能看到布满铁丝网的院墙上站着手持枪械的蒙面人。那些人着装并不统一，连手里的枪也五花八门。最令人无语的是，几名没有枪的蒙面人拿着手臂那么长的砍刀，虎视眈眈地瞪着步兵战车，其中一人还与邵飞看了个对眼。

邵飞嘴角抽了抽，问萧牧庭："队长，这是个什么营啊？"

"一支反政府武装势力的据点，"萧牧庭道，"刚好在我们营联络其他维和防区的必经之路上。"

邵飞看到了前方的标志旗，维和营近在咫尺："那个据点和我们的驻地也太近了吧！"

"嗯，不过这些武装力量不会轻易向维和部队出手。"萧牧庭说，"不用担心，以后该巡逻巡逻，该站岗站岗，随机应变。"

虽然他已经在前辈们拍摄的照片和影像中看过了陀曼卡维和营的情况，但真正踏上这片土地，站在干风阵阵的大营门口，一切关于战地的认识才有了实感。

这里的风卷着沙，沙里有硝烟与血腥味，时不时有枪声从远处传来，与在靶场听到的枪声截然不同。

那是死亡的号角。

营区一层叠一层的防御工事看得众人眼花缭乱，单兵掩体、小队掩体、各类路障，那些在军演时经常见到，但不会同时出现的防御工事像开展销会一样，密密麻麻将整个营区围起来。各个哨位上都有战士驻守，下方是防弹沙袋，上面是防弹玻璃，狙击枪架在防弹玻璃上，狙击手时刻待命。邵飞心下感叹，这架势比不远处那个武装据点专业多了。

由于还没有正式接管维和工作，队员们暂时没有任务，整队完毕后就被即将归国的维和战士领着去宿舍安顿。

住的地方说是宿舍，其实就是一个挨一个的集装箱，医疗分队一排，工兵分队一排，步兵分队一排，特种兵和侦察兵混住。

邵飞这阵子和凌宴已经混熟了，在机场就跟对方打过招呼，要睡同一间宿舍。凌宴答应归答应，这会儿却屁颠颠地跟着叶朝去了首长们的集装箱。邵飞撵了凌宴一路，追着喊："凌小宴你睡哪间屋？"

他挺欣赏凌宴的，过去接近对方时只是觉得暂时不能与戚南绪混在一起，有个凌小宴也不错。但两人相处下来，尤其是完成了不少考验配合的训练之后，他单方面对凌宴产生了惺惺相惜的感觉，觉得这小伙儿不错，值得交往，而时常在凌宴身边冒泡的荀亦歌也不错。邵飞经常摆出前辈的架势，搂着二人的肩道："明年来参加选训，哥给你们送鸡腿。"

他比凌、荀二人小半岁，荀亦歌不服气，老是找他打架，凌宴倒是没太大的反应，只说要跟着叶朝，不会参加枫鹰的选训。

邵飞觉得凌宴这想法很危险，想给他纠正纠正——优秀的战士就该来枫鹰，敬慕叶队难道不该到叶队奉献了十年的老部队看看？能否通过选训是一回事，想不想参加是另一回事，年轻人不能没有朝气。

这番话他还没来得及跟凌宴说。

而荀亦歌也成天想说服凌宴去枫鹰，与邵飞一拍即合。两人商量着趁维和这三个月好好劝一劝凌宴，等来年开春一回国，就让他报名参加枫鹰的比武选拔。

邵飞回到步兵分队的集装箱前，和荀亦歌一道将凌宴的行李规整放好。集装箱里是通铺，二人一合计，决定让凌宴睡中间，左右夹击劝凌宴"改邪归正"。

哪知过了一会儿，凌宴回来了，不仅没有去通铺上躺一躺，还拿起行李就要走。

邵飞喊："你去哪儿？"

"换屋，"凌宴头也不回，"叶队让我在他那边加一张床！"

邵飞翻着白眼道："出息呢！"

荀亦歌附和："出息呢！"

一分钟之后，邵飞若无其事地摸到门口。荀亦歌道："干吗去啊？"

邵飞道："出去走走，熟悉一下营区，看看有没什么地方能帮忙。"

荀亦歌立即跟过来："那我也去。"

邵飞额角一跳，走出集装箱就拐了个弯："其实我是去找我队长。"

荀亦歌："出息！"

邵飞转身就跑，嘴角咧着：我也没出息了！

萧牧庭正与几名校官交接工作，邵飞不知道他在哪个集装箱，只好一边踢石头一边等。终于等着了，他出口的第一句话不是早就说顺口的"队长我又来了"，而是有点傻气的"嘿嘿"。

他就那么站在萧牧庭面前，敬着有些顽皮的礼，"嘿嘿"完了自己都觉得好笑。

萧牧庭和校官们聊的主要是当前局势，得知最近陀曼卡的动乱程度又上了一个台阶，哪里都有武装冲突，部分反政府武装势力公开将维和部队看作临时政府的"帮凶"，叫嚣要血洗蓝盔，让蓝盔变红盔。最令人不安的是，这些人不止是说说。就在前天，N国维和营区遭火箭弹袭击，伤亡惨重。

在任何一个战乱国家，针对维和部队发起的袭击都是极少的，足以见陀曼卡此时的局势已经渐渐失控。萧牧庭深知肩上的责任，回来时神色有些凝重。

但是听到邵飞那声"嘿嘿"，看到邵飞的笑容，他皱着的眉眼顿时舒展，不由自主地勾出一个微笑，温声道："怎么了？安顿好了吗？"

"还没，"邵飞问，"队长，您住哪间？"

萧牧庭指了指一旁的集装箱："这间。"

"我来帮您收拾。"邵飞跑过去,又是接水又是整理行李,忙得可欢。萧牧庭也没阻止,见他额头上冒出几颗汗,才道:"自己的窝都没收拾好,倒是先跑我这里来义务劳动了。"

"这是您的窝,我是您的事务兵,帮您收拾是应该的,"邵飞一手扫帚一手簸箕,才扫一会儿,簸箕里面就装了一半沙,"金窝银窝,不如您的狗……不如您的……"

邵飞就是说溜了,这时压根儿找不到其他词来代替狗窝,"您"了半天,索性把"狗"字一丢:"不如您的窝!"

萧牧庭忍俊不禁。

邵飞收拾完,提要求了:"我能在这里加一张床吗?我是您的事务兵,我应该和您住一屋。"

萧牧庭笑道:"不行。"

邵飞没想到萧牧庭拒绝得如此干脆:"为什么啊?"

"在咱们大营时,我是中队长,你是我的事务兵,你住我屋里,这没问题。但在这里,你的主要职责是维和,"萧牧庭一半严肃一半温和,"凡事要分清主次,明白吗?"

邵飞撇嘴:"哦。"

萧牧庭笑起来:"而且我上哪儿给你加张床啊?"

"叶队都给凌小宴加了张床。"邵飞脱口而出。

萧牧庭只道:"凌宴的本职就是叶队的通信员,你的本职是特种兵。"

邵飞哼了一声,嘀咕道:"反正您说得都对。"

萧牧庭:"嗯?"

"我说您教育得是!"邵飞一边敬礼一边说,"特种兵邵飞一定不辱使命!"

萧牧庭乐了,回礼道:"小队长威武。"

磨蹭了一会儿,邵飞回到自己的集装箱。荀亦歌已经把他搬去萧牧庭宿舍的事情说给艾心了,艾心吼:"哟,咋回来了?"

荀亦歌"啧"了几声:"这没出息的!"

"我有出息!"邵飞往通铺上一躺,一人占了两人的位,"有出息极了!"

几天后,新一批维和队员正式接管营区的工作。最忙碌的是医疗分队,当地冲突频发,每天都有大量被误伤的平民被送来接受紧急治疗。不仅如此,陀曼卡疫疾横行,一旦发病,就可能要人命。工兵分队也忙,一部分队员在雷场排雷,一整天下来,防护服里面已经没有一处干的地方;一部分队员在步兵分队的保护下抢修损毁的交通要道，由于装备不如国内齐全，有时候甚至需要用肩挑背扛这种落后的手段。

与医疗分队和工兵分队相比，邵飞所在的步兵分队相对较闲。巡逻、站岗、护卫虽然也很消耗精力，但起码没有争分夺秒的压力。邵飞分到的第一个任务是随工兵一道前往陀曼卡与邻国之间的雷场，工兵负责排雷，他负责警戒。眼睛要看，耳朵要听，一点儿风吹草动都紧张得人浑身肌肉绷紧。由于各方势力混杂，陀曼卡又与邻国不睦，边境是最危险的地方，邵飞一秒都不敢放松，生怕在自己眼皮底下出状况，连将负责的区域暂时交给凌宴，跑去一旁上厕所都安心不下来，身体仍处于高度紧张状态，过了老半天，根本尿不出来。

不敢耽误太久，但确实尿不出来，膀胱又胀得难受，邵飞心急如焚。他折腾好一阵，总算尿出来一些。邵飞黑着脸拉上裤子，飞快跑回岗位。凌宴见他去了那么久，开玩笑道："我还以为你去撒尿，结果是上大号啊。在雷场边埋地雷，真有你的。等会儿他们平安无事扫完雷出来，一脚踩到你的雷，肯定追着你打。"

"我没上大号！"邵飞急着争辩。

"没？"凌宴道，"你撒尿撒了一刻钟？"

"我……"邵飞气急败坏地瞪凌宴，"我"不出下文，于是口不择言，"我肾好行不行？"

凌宴一愣，旋即大笑："行行行，你肾好。"

邵飞脸更黑了。

凌宴很快恢复正经，在邵飞肩上拍了拍："去那边看看，保持警惕，但不要太紧张。"

邵飞"哼"了一声，跑开前说："第一次执行这种任务能不紧张吗？凌小宴，你很奇怪啊，不好奇不紧张，一点儿不像个小孩儿。"

凌宴表情微变，枪托在他腰上戳了一下："谁说我不紧张？刚才那句话又不是我说的。"

"啊？谁说的？"

"昨晚步兵分队开会，你队长说的。"

邵飞一顿："我队长？我怎么没听到？"

凌宴耸耸肩："谁知道，你走神了吧。"

邵飞不大相信，他怎么可能在队长讲话时走神？

不行，得回去问问队长！

不过在雷场外警戒了一天后，这茬已经让邵飞给忘了。为了减少上厕所的次数，战士们都控制着饮水量，邵飞也不敢多喝，加上出了不少汗，从上午到黄昏，一共就上了两次厕所。

而这两次，都让邵飞很难受。

他尿得特别艰难，身体也不舒服，类似的症状若在搜索引擎上问一问，保管是罹患绝症。

回营路上，工兵们抓紧时间总结一天的排雷工作，邵飞本来挺有兴趣，但尿不出来这事儿一直憋在心里，听了一截落下一截，偏生他又喜欢参与讨论，半途插了句嘴，问："既然这么危险，为什么不用整体爆破的方式？"

工兵们眼神复杂地看着邵飞，邵飞疑惑道："怎么了？我说错了吗？"

凌宴叹气："你刚才又走神了？李队已经说了，像陀曼卡这样的战乱国，在边境排雷时不能采取爆破的方式，因为极有可能引发冲突。"

邵飞尴尬了，抱着步枪转到一旁，不再吭声。

赶回营区已是夜晚，邵飞又去了一趟厕所，这次虽然勉强能尿出来，但痛得他发抖。

从没出现过这种情况，邵飞慌了，虽说营里有不少优秀的军医，但没有男性泌尿科的医生啊，如果真有个三长两短，没得到及时治疗的话……

邵飞晚饭都没吃几口，病急乱投医，可劲儿灌水，有点感觉就往厕所跑，一尿就痛，不尿膀胱就胀得难忍，最后一次忍着剧痛尿出来时，邵飞眼角都红了。

这纯属给急红的。

邵飞实在不好意思去找军医，找了能说什么？医生，我撒尿的时候很痛，有时还尿不出来？

太丢人了！

他也不好意思找萧牧庭，怕萧牧庭觉得他依赖过度，又想赶他走。

邵飞不敢喝水了，担心喝多了又想上厕所，上厕所又痛。但不喝水也不行，就算他滴水不沾，也是得撒尿的。

不知如何是好，邵飞很早就睡了。在维和部队没有严格的熄灯就寝时间，不会断电也不会集体休息，局势特别紧张的时候，战士们轮流休息时甚至不能卸下装备。

邵飞没睡多久，又想上厕所了。邵飞祈祷了十遍"千万别痛，一切顺利"，结果还是被痛得闷哼。

痛得受不了了，他还是只能去找萧牧庭。

集装箱里没人，但房门未锁，邵飞知道萧牧庭一定还在忙，只好坐在唯一的一张椅子上，忐忑不安地等待。

萧牧庭回来时已是深夜，打开灯，见邵飞抱着膝盖坐在地上，红着眼睛看他，小声喊："队长。"

萧牧庭连忙走过去："怎么了这是？"

"我，我……"邵飞呼吸有点急，脸也通红，仿佛即将说出的话是惊天大耻辱。

战地凶险，一些维和战士因为不适应，心理上受了刺激，会出现短暂精神障碍，萧牧庭以为邵飞今天出去遇到了什么状况，眉间一蹙，靠近他，轻声道："怎么了？给队长说说。"

"我！我尿不出来！"

"……什么？"萧牧庭怀疑自己听错了。

邵飞喊出这一声后没那么压抑了，索性脸也不要了："我尿尿时很痛，尿不出来，队长……"

尿不出来有很多原因，萧牧庭带了多年的队，知道有的战士在头一次面对真实的战场时会因为紧张、上火而出现排尿困难的症状。有的过两天自己就好了，有的需要药物治疗与医生引导，这些战士都有个共同点：出现问题之后憋着忍着，自己乱想，直到被队友发现异状。

这么些年下来，邵飞是唯一一个跑来跟他说"我尿不出来"的兵，看来邵飞是真的把他当家人一样依靠。

如此一想，他心痛归心痛，也有种窝心的感觉。

萧牧庭把邵飞扶起来："别怕，我带你去看医生。"

邵飞不愿意："这个也太……"也太丢人了吧。

萧牧庭拿来一件厚衣服披在他身上："走吧，这边昼夜温差大，多穿点。"

邵飞还是不乐意，走到门口又缩回去。萧牧庭干脆抓住他的小臂，往身前一带："我不是医生，也没有药，你感觉身体不对肯定得看医生。你现在不去，过几天严重了怎么办？"

邵飞郁闷地抿着唇，心里全是"完了完了"。

人总是这样，一旦身体有点儿异样，就止不住往最坏的方向想，就连一向坚韧的特种兵，生病时也会在依赖的人面前露出最柔软的一面。

萧牧庭跟能读心似的，沉声安抚道："放心吧，不会有事的。"

医疗分队与主营之间有一段隔离地带，走到一半邵飞又不安起来："我要跟医生说我尿不出来吗？"

"当然，"萧牧庭说，"还要描述具体症状，不然医生怎么对症下药。"

"啊……"邵飞泄气，脚步也挪不动了，"那多丢人啊！"

萧牧庭回头："刚才你不是给我说了一些情况吗？照实说给医生听就行。"

"您不一样，"邵飞嘟囔，"您是我哥，我跟您说又不丢人。"

萧牧庭明白邵飞的心思了："那这样，你把具体症状告诉我，一会儿到了你就在一旁坐着，我跟医生说，怎么样？"

天上挂着一轮圆月，清凉的月光洒下来，给万物罩上一层温柔的薄纱。邵飞看着萧牧庭，几秒后终于冷静下来，声音浸满信任："好。"

医疗分队夜里还在忙碌，战地医生见惯了邵飞这种情况，听萧牧庭说完就开了药，嗓门有些大："吃药之后多喝水，刚开始排尿肯定伴有刺痛感，忍着。如果实在排不出来，就找个人来吹口哨。放心，只要顺利尿一次，后面就好了。"

萧牧庭笑着道谢，邵飞瞄到周围有几名医护人员偷偷发笑。

啊！太丢人了！

回到集装箱，萧牧庭烧水兑药，又准备了一大杯白开水，邵飞喝得相当忐忑，那种刺痛的感觉太难受了，他不想再体验一次。

邵飞喝完药和水，时间已经很晚了。他不好意思一直赖在萧牧庭宿舍，但也不想回去，一会儿肯定想上厕所，万一被艾心他们发现了，就更丢人了。

萧牧庭说："去床上躺一会儿吧，想上厕所了叫我。"

邵飞问："那您呢？"

"我还有事要忙，"萧牧庭指了指一旁的电脑，"有些情况要立即传回去。"

"睡吧，"萧牧庭笑着说，"自己盖好被子，有事叫我。"

水喝太多，邵飞钻进被窝没多久，就想上厕所了，尴尬道："队长，我有感觉了。"

萧牧庭哭笑不得："那就去。"

药起了效果，刺痛的感觉不那么明显了，但排尿还是很困难。邵飞急出一头的汗，憋着气用力。

其实他就是生理性紧张。

几分钟后，邵飞居然自己吹起口哨。

口哨声伴着水声，邵飞提上裤子出来时，有些不好意思。

萧牧庭不忍心逗他，只道："不难受了吧？回去好好睡一觉，明早记得兑药……"

邵飞支支吾吾："队长……您，您不许告诉艾心他们。"

萧牧庭莞尔，拍了拍他的肩："行，给小队长保密。"

萧牧庭说到做到，之后再也没提过这事，甚至没有问他是否已经无恙。

邵飞松了口气。

接下去的几日，步兵分队还是各有各的任务。邵飞作为特种兵这边的小队长，每种任务都亲自跟了一回，然后主动揽过了最危险的任务——护送资源车。

各国维和部队与陀曼卡维和总部之间时常需要相互运送物资，其中有武器装备，也有油、食物等必需品。这些东西在战乱国的价值非比寻常，是反政府武装势力与大量贩毒贩枪者觊觎的目标，就连手持土枪的难民也想拦截资源车，抢劫制式枪支或者食物。

邵飞接到一个任务，去军事机场接一批物资，送去Y国防区与总部防区。萧牧庭嘱咐了很多，邵飞一一记下，上车时将"顺来"的纸飞机对折起来，放在迷彩的衣兜里。

那是他的护身符。

从营区前往机场的路上倒是平安无事，但接到物资之后，所有人都紧张起来。邵飞所在的改装吉普在最前方，驾车的是陈雪峰，邵飞坐在副驾上，步枪就没离开过手。

从乡村穿过很危险，那些破败的土屋里随时可能飞出自制火箭弹；从树林穿过也危险，没人能预知林子深处藏有什么。邵飞手心全是汗，注意力高度集中之下，身子显得有些僵硬。方才从一个村子经过，几枚子弹直接打在车身上，一个老汉叽叽哇哇叫喊着，将一个燃烧瓶扔在车队侧前方。

枪是自制土枪，威力不大，准度更谈不上。燃烧瓶更可笑，玻璃瓶里灌汽油而已。

但这种对手最难应付。

他们是饱受战乱之苦的平民，不属于任何一个武装派别——至少看上去是。邵飞不能对他们动手，就连开枪还击，也只能是自卫性质。就算他们的子弹奔着你的脑门去，你的子弹也只能瞄准他们身边，顶多起个威慑作用。

这无法不让人感到憋屈与烦闷。

而这些人自然知道维和部队不敢动他们，燃烧瓶扔得更加有恃无恐。陈雪峰一边骂，一边猛打方向盘。邵飞鹰一般的目光始终盯着那些村民，扳机不停扣动，子弹接连飞出，逼退了好几波疯狂的村民，却没伤着一人。

枪法出众，果敢冷静。

直到离开村庄，驶向一条相对安全的大路，邵飞的右腿才向前猛踹了一脚，小臂搭在全是汗水的额头上，喉结滚了两下，胸口一起一伏，愤愤道："这帮畜生！"

他们还在侦察营时，归来的维和前辈们就曾说过，很多陀曼卡平民将维和部队当作侵略者，来自这些平民的偷袭甚至比反政府武装势力的火箭弹更可怕。

陈雪峰叹气，拿出一瓶水，用牙齿拧开瓶盖递给邵飞："别气了，来喝点儿水，前面还有 100 多公里，咱得撑下去。"

邵飞接过水，喝了一半，另一半浇在头上，用力一甩头，溅了不少水珠到陈雪峰身上。

"飞机！你是狗变的吗？我家老狗洗澡之后就你这样。"陈雪峰骂归骂，余光瞥见邵飞脑袋和胸口、后背都湿了，还是很担心，"你干吗呢？这里气温虽然不低，但好歹是冬天，你这么玩儿自己有意思吗？生病咋办？"

"生个屁病，"邵飞抹掉脸上的水，再次进入警戒状态，"我就是心里有火，随手浇一浇，不然不知道什么时候就炸了。"

"你那是浇花，"陈雪峰道，"赶紧拿毛巾擦擦，别感冒。"

邵飞没去拿毛巾，双眼半眯起来，不放过车外的任何动静。

下午，车队终于将物资安全送到目的地，途中虽然遭到了几次袭击，吉普的车身和防弹玻璃上有不少弹痕，还有砖头、石块砸出来的小坑，但没有人员受伤。

如此一来，运输任务便算是顺利完成了。

回营区的路上，气氛轻松了一些，邵飞这才发现衣兜里的纸飞机湿了。

我的护身符……

把皱巴巴的纸飞机放回兜里，邵飞郁闷地想，不知道队长愿不愿意再叠一个。

回营后，邵飞没跟萧牧庭说纸飞机的事情。萧牧庭和叶朝都太忙，管着整个营区，每天连睡眠时间都不剩多少，他实在不忍心为一架纸飞机去打搅萧牧庭。

但偷偷关心萧牧庭是他必须做的。

邵飞最近发现，凌宴总是悄悄给叶朝"偷东西"——青菜多给叶朝留一份，水也拿瓶子装着带走，被苟亦歌发现了也不悔改，理直气壮地争辩："我是叶队的通信员！"

邵飞顿时得到启发：你是叶队的通信员，我还是队长的事务兵呢。队长已经很累了，压力又大，我给队长多拿些水啊菜的，岂不是天经地义？

但第一次为萧牧庭"偷水"，邵飞就露了馅。

人家凌宴每天只给叶朝多接一瓶，3 升左右，邵飞倒好，一偷就是一桶，还乐呵呵地冲萧牧庭得意："队长，我烧水让您洗澡！"

陀曼卡的基础设施已经被毁，没有成体系的水资源供应渠道，各支维和部队都是自己运水，在营里自行净化，所以用水比较紧张，有严格的规定。

萧牧庭问："这桶水是哪来的？"

邵飞已经撸起袖子准备烧水了："我扛来的。"

"我是问有没有经过批准。"

"这个……"

"没有批准就扛回去。"

邵飞不干了："您每天这么辛苦，还是少将，您多用点儿不行吗？"

"在这里谁不辛苦？"萧牧庭难得严厉，"辛苦不是搞特殊的理由，军衔更不是。"

邵飞瘪嘴，小声嘀咕："我就是心疼您。"

萧牧庭听见了，不愿多做指责："如果谁辛苦谁就该搞特殊的话，你帮我把这桶水送医疗分队去。"

邵飞愣了："医疗分队？"

"论辛苦，他们是全营最辛苦的人。"萧牧庭眼里有很多血丝，拿起眼药水左右滴了两下，语气稍缓，"上次你看到了吧，深更半夜，他们还忙得跟白天一样。"

邵飞确实看到了，想起那次去是因为什么，脸颊忽地热起来，想了一会儿说："他们忙是忙，但并不危险啊。"

我每天负责运送物资、保护工兵，虽然不像他们那样夜以继日，但子弹不长眼，万一……

这么一想，他就觉得委屈。

邵飞眼巴巴地看了萧牧庭一眼，想说"队长，我的纸飞机坏掉了，您再给我折一架好不好"，想说"队长，其实我每次出去都很怕，您安慰安慰我好不好"。

但这些弱气的话，邵飞说不出口，单是在心里想想，都觉得丢人。

小队长不应该这样，小队长得像队长一样勇敢、坚韧、沉着、有担当。

可是眼神泄露了他的心思，萧牧庭一瞥，就明白他心里想的是什么，不忍心再责备他"偷水"的行为。萧牧庭上前几步，温声问："这几天在路上有没有遇到什么危险？"

萧牧庭早就想问问邵飞这些日子过得怎么样，是否遇到危险，怕不怕，但一直没有时间。他管着全营的战士，邵飞是自己的兵，其他战士又何尝不是。萧牧庭脑子非常清醒，在国内训练时，多关心邵飞没有问题，但这是战地，需要操心的事太多，他实在是分身乏术，不可能像以前那样时刻关注邵飞。

不过每次邵飞外出执行任务，他都是记挂着的，虽从未问及路上是否出状况，但每天就寝前他都会确定所有战士的安全。

这个"所有"，必然包括邵飞。

突然被问出任务时的情况，邵飞先是一愣，很快鼻腔酸了一下，声音轻轻发抖：
"队长您放心，路上的事我都能应付，暂时还没遇到特别危险的情况。"

这话既真也假，路上的事他确实能应付，如果不能，现在他也不会站在这里。
但是能应付不等于没有危险，"没遇到特别危险的情况"恰好等于"遇到了比较
危险的情况"，而"特别"与"比较"都不是客观判断。

邵飞用年轻的肩膀扛起了生死之重，那发抖的声音让萧牧庭既心疼又欣慰。

邵飞不愿说的危险，萧牧庭已经在他的眼眸中看到。

但即便如此，萧牧庭也不能把他从前线撤下来。

就算萧牧庭想撤，邵飞也不会退。

再讨论途中的艰辛已经没有意义，使命如此，无须矫情。

邵飞听从萧牧庭的命令，将水送到医疗分队。上次他来得匆忙，心里也有事，
没仔细观察，这回四处一看，又与医护人员聊了聊，才知道萧牧庭为什么说他们
是全营最辛苦的人。

工作量大自不必说，邵飞以前以为他们不用面对突然而至的子弹，比步兵、
工兵都安全，如今才意识到，他们亦每天都处在危险之中。

很难想象那些流血的病人大部分都患有艾滋病，就算不是艾滋病，也可能患
有其他传染病。

医疗分队的营区与主营隔离，而医疗分队里的手术区又被单独隔离，进出一
次必须全身消毒，看起来就像生化隔离区。

离开医疗分队时，邵飞被一名女护士逮住喷药。她是名很漂亮娇小的姑娘，
动作非常麻利，称得上风风火火，抓着邵飞左转右转，手上的力道不轻，喷完后
笑起来："小兄弟，谢谢你的水，回去吧，平平安安的，千万别受伤，我们这里
不欢迎自家兄弟。"

一名男性医护人员道："其实我们谁都不欢迎。"

女护士改口："特别不欢迎自家兄弟。"

回到主营，邵飞有点难受，也确实不想再去医疗分队。

但让他没想到的是，萧牧庭从维和总部回来后，夜里突然发烧昏迷，被紧急
送往医疗分队。

发烧昏迷在陀曼卡这样的战乱国绝不是小事，很多致命传染病的初期症状就
是发烧昏迷。邵飞当天不在营里，正带领部分特种兵、侦察兵与另外两国的维和
战士一道赶赴陀曼卡最大的城市，控制在当地进行的一场示威游行。

说是游行，实际上与武装暴动也差不了多少。陀曼卡临时政府根本无法控制局势，才请求维和部队协助。当步兵战车驶抵目的地时，邵飞双眉紧皱，后槽牙也紧紧咬住。

他从未见过如此混乱的场面——无数衣衫褴褛的人手持各式武器，有自制的土枪，有偷来或者抢来的步枪，有生满铁锈的长砍刀，有一看就极其劣质的手持火箭弹，还有叫不出名的农活工具。这些人有老有少，疯狂地在街上奔走、呐喊，甚至跳舞唱歌，队伍里还不乏孩童。他们高高挥舞着手上的工具，有的将砍刀、铁锹砸出令人头皮发麻的声响。

在三国维和部队赶到之前，已有数十人被打死，他们的遗体——如果残肢也能算作遗体的话——像战利品一样被堆在一起，周围手持武器的人载歌载舞，好似围着的不是人的血肉，而是一堆熊熊燃烧的火。

因为人数众多，维和部队不可能将所有参与杀戮的人抓起来，只能尽力阻止事态进一步恶化，救出更多的无辜者。

但在这样的国家，谁才是无辜者？

邵飞与其他维和战士一样，根本没有精力思考类似的问题。陷在示威大军中，他射出的每一枚子弹都能要人命，有时他甚至恨不得打爆这些暴徒的头，但是理智还在，头上代表和平的蓝盔还在，他就必须冷静。

安全驱散成千上万名平民非常费力，邵飞站在步兵战车上，觉得他们就像电影里一波接一波的丧尸。不，他们比丧尸更危险。丧尸只会冲上来啃噬，一枪爆头就好，这些人有枪，有火箭炮，他们的枪口始终指向维和战士的头颅。

这场动乱从下午持续到晚上，平民死了上百人，其中大半是被自己人"误杀"，维和部队一死多伤。

邵飞后脑出血——被一个青年用石头砸的。这伤要是放在以前，准引来嘲笑，艾心会揽着他的肩膀大笑："飞机啊飞机，你别说是咱枫鹰的特种兵了，石头也能给你砸个包出来，洛队怕是得嫌弃你丢人！"

但现在没人有心情开这种玩笑，邵飞是因为救一名 B 国战士而躲避不及，后脑勺生生挨了那一下子。当时的情况，如果邵飞不出手，今日维和部队的牺牲人数恐怕将上升到 2 人。

伤不算重，但流了不少血，邵飞脑子昏沉沉的，还有点耳鸣。队里还有十几名战士受了不同程度的伤，军医的意思是暂时休整一夜，等天亮再回去。来陀曼卡快一个月了，谁都知道这里危机四伏，别说夜里，就是白天也随时可能被袭击，连夜赶回去很不安全，也不利于伤者恢复。

到底回不回去，这事得由邵飞决定。

邵飞捂着脑袋想了一会儿，最终决定回去。

军医的考虑不无道理，但正因为袭击随时可能发生，所以他们必须回去。

接到任务之后，萧牧庭与叶朝商量，派出了步兵分队最精锐的作战力量。邵飞上午带队离开，这时如果不以最快的速度赶回去，万一哪个武装势力对营区发动突袭，后果不堪设想。

做好决定之后，邵飞还是给萧牧庭打了个电话。当地信号极差，邵飞只听得清萧牧庭说好，听不出声音有何不对。

直到破晓之前赶回营区后，他才知道萧牧庭已被送去医疗分队。

邵飞心中大骇，来不及给头上的伤换药就冲了过去。脚步是颤的，恐惧像铺满前路的石子，绊得他几步一踉跄。脑子里空空荡荡，又像被什么东西填满，不敢想队长有个三长两短要怎么办，甚至不敢想队长现在是不是正经历痛苦。

萧牧庭在隔离病房，三名男性医护人员将邵飞挡在门外。但邵飞特种兵的身子，哪里是他们能挡住的。

关键时刻，叶朝一把将他拉住，眼中是平时难以见到的严厉：“回去，别在这里添乱！”

怎么是添乱呢？邵飞红着一双眼，怔怔地看着叶朝，干得起皮的嘴唇动了动，哑然道：“我没有添乱！叶队，队长他怎么了？晚上我跟他汇报情况时他还好好的，怎么会突然昏迷？夜里营里出了什么事吗？”

叶朝见他满脸惊慌，手足无措，完全没了带队时的冷静沉稳，心头亦是一沉，放缓了语气：“你先去把头上的伤处理了，再吃点东西，补充一下体力。萧队的情况暂时还没个定论，军医们正在里面会诊，国内的专家也会随时提供帮助。你进去没用，反倒让萧队担心。”

叶朝说完叫来凌宴，轻轻往邵飞肩上推了一把：“去吧，这边有我守着。”

邵飞这才稍微显得不那么惊慌，但整个人仍处在紧绷之中。

萧牧庭在他眼中是个绝对不会倒下的存在，如今一日不见，竟然躺在隔离病房里昏迷不醒。

他接受不了。

凌宴没说太多安慰的话，给他打来饭食，又让护士帮忙处理伤口。上药时很痛，为了避免感染，头发也被剃了一块，他一声不吭地忍着，吃饭时却突然哭了。

凌宴安静地坐在一旁，没有问原因。

须臾，他哽咽道：“我以前生病的时候，是队长送我去医务室、给我打饭、陪我。

现在他躺在里面，我什么也不能帮他做，连他现在是什么情况也不知道！"

凌宴轻声叹息，知道任何语言都无法安慰他，索性继续沉默。

邵飞慌忙擦掉眼泪，大口吃饭——萧牧庭对他说过，任务在身时，能吃饭的时候一定要吃，因为万一有什么必须要做的事，体力跟不上，祸害的是朝夕相处的战友。

他记得。萧牧庭的话，每一句他都记得。

其实对于萧牧庭的病情，他不是完全不知，已经听医护人员说过，是发烧、昏迷，伴有间歇性抽搐与浑身肿胀。

出发之前他了解了很多陀曼卡的高致死率传染病，很多种都有相似的症状。邵飞越想越害怕，他不想萧牧庭遭罪。

将自己打理好之后，他又来到隔离病房前，情绪不像之前那样激动，但紧张与恐惧却未减少一分。

病房里陆续有医护人员进出，叶朝将他拉至一边，低声说："已经验过血了，没发现已知的病原，应该不是传染病。军医说，萧队可能是被毒虫叮咬了。"

邵飞心头一紧："毒虫？"

"是这边比较常见的虫子，毒性较强，人被叮咬之后会出现昏迷、抽搐等症状。"

邵飞手在发抖："有人……有人因叮咬而死吗？"

"有，但不多，"叶朝往病房方向看了看，"因人而异，萧队情况在渐渐转好，你再等一阵子，如果烧退了，人也清醒了，你就进去看看他。"

邵飞寸步不离地守候，直到傍晚时分，萧牧庭才从昏睡中醒过来。

医生已经确诊，他的确是被毒虫所伤，用药之后高烧慢慢退去，肿胀的情况也逐渐缓解。邵飞看到他时，他正坐在床边喝水，脸色苍白，看上去比平时虚弱许多，但比之普通病人，仍是多了一分凛然之气。

"队长！"声音一出，眼泪就掉下来，邵飞跑至床边，险些扑了上去。

"没事。"萧牧庭知道让他担心了，想说几句安抚的话，忽然摸到他后脑的纱布，眉间一紧，"受伤了？"

"小伤。"邵飞抬起头，"队长，您吓死我了！"

萧牧庭轻声叹息，看着这全心全意念着自己的家伙，听邵飞说"您吓死我了"，心里很不是滋味，有自责，也有牵挂。

护士在门边喊："别待太久，萧队刚醒，需要静养。"

邵飞连忙压低声音："队长，您难受吗？什么时候发现不对的？昨晚我给您打电话时，您还好好的。昏迷之前是什么感觉？是不是很痛？"

"不难受了，只是没什么力。"萧牧庭其实昨晚就不舒服了，打电话的时候全身发凉，虚汗阵阵，痛倒说不上，但那种连骨头都发冷发热的感觉比痛还难忍。

不过这些没必要让邵飞知道。

"您能吃饭吗？我去打。"邵飞问。

不待萧牧庭作答，护士已经喊了起来："萧队现在不能吃饭，明天开始进流食，咱们后勤烧的菜油盐太重，小哥你记着，明天单独给萧队熬粥。"

邵飞得令，立即起身："包在我身上！"

萧牧庭笑："什么包在你身上，明天没任务？"

"轮到我休息了，"邵飞说，"轮流休息还是您和叶队定的。"

萧牧庭知道邵飞这难得的假期要报废了，也知道不可能说服他别来陪自己，那种被关心的感觉很温暖，但也会勾起些许内疚。

于是他看向邵飞的目光沉了几分。

邵飞以为他要拒绝，立即道："队长，您不能赶我走，我是您的事务兵，我有义务……"

"跟你说萧队需要静养，你瞎嚷嚷啥？"护士又来了，"事务兵是吧？赶紧去烧水，萧队要擦一擦身子，对了，再拿几身衣服过来，出了那么多汗，得换！"

邵飞是跑着去宿舍的，不多时，邵飞提着一袋换洗衣服回来了，往床尾一放，转身又要走。

萧牧庭费力地往床尾挪，打算把衣服给换了。哪知手指刚碰到装衣服的手袋，门外"哐"一声响，邵飞气喘吁吁地探进脑袋，大声喝道："队长！"

萧牧庭被叫得手腕一抖，又听邵飞说："队长，您还没擦身子，不能换衣服。"说着跑进来，认真叮嘱萧牧庭，"您现在先躺一会儿，我这就去烧水，很快回来。"

邵飞的认真让萧牧庭难以拒绝，正犹豫着，邵飞又跑走了。

萧牧庭扶着额头出了会儿神，然后慢慢躺回床上。

打水烧水是件费时耗力的事，邵飞提着温水瓶，接连跑了几个来回，才把热水凑齐。

热水够了还得扛凉水来兑，邵飞又跑了两趟，最后拿来消毒脸盆与毛巾时，已是满头大汗。

萧牧庭说："你去休息一下，我自己来。"说着他从床上下来，利落地拔掉输液针头，还把点滴瓶给关了。

邵飞看得瞠目结舌，萧牧庭拿起棉签蘸了些酒精，在针孔上压了压。虽然针头被突然拔掉，但并没有血被带出。

萧牧庭扔掉棉签："别瞪着我，静脉注射这种基础救护你也学过。"

"那您也不能说拔针就拔针啊。"邵飞想：我得跟护士告状去。

"一会儿接着输就是，不碍事。"萧牧庭走到脸盆边，揭开温水瓶往里面倒热水。

"我来！"邵飞跑过去，伸手就要抢温水瓶，"我帮您！"

萧牧庭把毛巾丢进去，耐心道："真不用，我又没瘫痪，只是昏迷后有点乏力，这种事还是能自己做。"

"可是……"

"我没你们想的那么虚弱。"

房间里安静了一会儿，不久又响起拧毛巾的声响。邵飞语气一变，忽然道："您怎么就不愿意让我照顾您呢！如果在这里的是您亲弟弟，您还这样吗？"

萧牧庭手上一顿，直起身来，一眼瞧见邵飞眸底的委屈。

"以前我生病，您陪我、照顾我，怎么这次换您生病，您就不愿意接受我的照顾了？"邵飞越说越急，"队长，哥，我照顾您一下怎么了？"

萧牧庭微怔，心里一个声音道：是啊，你让他照顾一下怎么了？

"队长！"邵飞又喊。

萧牧庭看了他一会儿，将毛巾递过去："我手刚输过液，不大使得上力，你帮我拧拧，等会儿倒热水、兑冷水也由你来做。"

邵飞一愣，反应过来后马上接过毛巾，在温水里搓洗拧干："队长，给！"

萧牧庭脱了上衣，露出劲瘦的上身。肿胀的痕迹已经消去，但肌肉看上去不如过去有力。

邵飞蹲在一边，转过身，乖乖等着。

过了一会儿，萧牧庭说："帮我把水换掉。"

邵飞这才转回去，半是抱怨半是撒娇："队长，您真倔。"

萧牧庭笑了："多做事，少抱怨。"

邵飞倒掉水回来："我也想多做事，您又不让。"

萧牧庭这次没说什么，直到快擦完时才将毛巾递给邵飞，手也没收回来。

邵飞疑惑地抬眼。萧牧庭说："那就帮我擦擦手吧。"

邵飞乐了，握住萧牧庭的手，一根手指一根手指地擦。萧牧庭忍俊不禁："你刷漆呢？"

邵飞答非所问："队长，您的手真好看，手指比我长，嗒。"说着，他将自己的手贴上去比了比，"手大易使枪，难怪您射术精湛。"

萧牧庭抽回手，拍了拍他的头，笑道：我那是练出来的，和手大手小没关系。"

晚上，探病的战士来了一拨又一拨，邵飞如同最尽职的护卫一般，自始至终站在萧牧庭床边，一会儿要求众人说话小声些，一会儿委婉地表示队长刚醒，需要休息。

待人都走了，邵飞在病房里支了张小床，往床上一躺，以行动表明态度——反正我不走，赶也赶不走。

萧牧庭拿他没辙，夜里见他掀被子，还起来给他掖了两回。

次日一早，军医来查看情况，嘱咐这几日饮食必须清淡。萧牧庭笑着道谢，看向那张空荡荡的小床时，目光变得格外柔软。

邵飞天不亮就轻手轻脚地跑了，忙了接近两个小时，才熬出一锅细腻可口的青菜瘦肉粥。

军医正要走，邵飞刚好端着烫手的粥回来。军医一看，立即笑了："这粥不错，今明两天就吃这个。"

邵飞得意地挑起眉，端到萧牧庭跟前："队长，来，喝粥了。"

第十四章

队长,新年快乐

养病的时日看着清闲,其实未必。叶朝让萧牧庭好生休养,营里的事不用管。但身在战地,萧牧庭无法放任自己万事不闻。

邵飞的两天假期全部耗在病房里,熬粥、监督萧牧庭按时服药、观察点滴瓶、帮萧牧庭洗衣服。第三天因为要归队出任务,他不得不离开,趴在萧牧庭病床边说:"队长,您要好好照顾自己,别让我担心。我回来就立马来看您。"

萧牧庭被他这语气弄得哭笑不得,拍了拍他的头:"赶紧走,不然赶不上集合时间了。"

从病房出来,邵飞压着唇角呼出一口气,回头看了看,还是放心不下。

一个黑人女孩儿走过来,笑呵呵地与他打招呼,他回过神,冲对方笑了笑。

那女孩儿是附近的平民,在反政府武装势力的火并中受伤,前阵子被送进营里接受治疗。与营里不少绝望的平民相比,女孩儿开朗友好得多,见到医护人员会笑着鞠躬,以示感激,有时还会学战士们敬个军礼。

邵飞外出执行任务时见了太多疯狂、不讲理的平民,在医疗分队遇上她,看到她干净的笑容,忽地觉得不远万里赶到这陌生的国度维护和平是有意义的。

那次大规模游行示威后,陀曼卡的国内局势稍微稳定了一些。邵飞能明显察觉到,巡逻路上的气氛没那么紧张了。晚上回到营区,他第一时间就跑去了病房,萧牧庭还没睡,正靠在床头看文件。

"队长,我回来了。"邵飞将头盔放到一边,"您今天感觉怎么样?"

萧牧庭放下文件:"挺好,医生来看过,说明天就不用住这里了。"

"啊?这就出院?"

"怎么,还想我住院啊?"

"您都没彻底恢复,"邵飞防弹背心都没来得及取,"还是多休息几天吧。医生不是说了吗,您这次昏迷虽然主因是被毒虫叮咬,但长期劳累造成抵抗力下降也是原因之一。"

萧牧庭笑着摇头："我累，叶队也累。我再休息下去，营里所有事都让叶队扛着，万一叶队也抵抗力下降病倒了，那怎么办？"

邵飞反驳不了，右脚一跺："哎，真心疼。"

萧牧庭被他这不加掩饰的"心疼"暖了一下，又道："过几天总部要向民众发放一批粮食，我和叶队都得到现场，我们和其他国家维和部队的步兵也得去维持秩序，你跟我一起去吧。"

邵飞眼睛一亮："我给您当保镖！"

发放粮食的日子到了，场面空前混乱，人们互相推挤殴打，生怕抢不到口粮。维和队员们鸣枪示意都没用，一些老弱病幼被推倒在地，后面的人踩着他们就往前奔，伤者不少，死的人亦有。

在这个国家，死亡已经是司空见惯的事。

发放的粮食有限，到最后，粮食已被抢光。愤怒的人们一哄而上，竟然拿出砍刀往步兵战车上砸。

邵飞目光一紧，想到那天在示威游行中被打死的人。有些平民已经疯了，与武装分子无异，他们敢对临时政府的官员动手，就敢以同样的手段对付维和部队的高官。

邵飞猛地回头，看向萧牧庭所在的方向。萧牧庭站在军用卡车边，一群平民已经冲了过去。邵飞立马狂奔而去，用身体挡在萧牧庭面前，表情难得狰狞，一副谁来毙谁的模样。

萧牧庭轻声道："别紧张，我没事。"

邵飞一个字也没说，枪口对着那些人，吓退一波人后迅速转身，一只手搭在萧牧庭背上，一只手保持据枪的标准姿势，挤开难缠的平民，硬是将萧牧庭推进了步兵战车里。

萧牧庭头一次发觉，邵飞的肩背已经如此有力。

步兵战车缓缓驶离人群，邵飞端枪跟在后面，警惕而冷静地倒退，直到战车彻底离开人群，才迅速转身，几步跨上战车，单手吊在后方的车门上，刚要迈腿跃入，就被一双手平稳地接了进去。

萧牧庭理着他的战术背心，沉声道："辛苦了。"

"你有没有事？那些人有没有伤着你？"邵飞抓住萧牧庭的手臂，急切地看向对方的眼睛，话语间连说惯的"您"都变成了"你"，"队长，你刚才从卡车上面下来干什么？你都不知道那些人有多凶残，上次我看到……"

"我怎么不知道？"萧牧庭按住邵飞的肩膀，迫使他坐在墙椅上，拧开水壶递过去，"先喝点水，你看你，嗓子都哑了。"

邵飞接过水壶，喝了两口后情绪稍缓，喘了阵粗气，方才语气中的强势渐渐变味，多出几分依赖与柔软："那些人一点儿道理也不讲的，你这次是以官员的身份过来，就穿了一件防弹衣，万一被他们伤着怎么办？我，我就是担心。"

"我知道。"萧牧庭站在他面前，拍了拍他的头盔，"已经没事了，别担心。"

邵飞抬起头，碰触到萧牧庭宽容的目光时，才意识到自己刚才的举动可能是多余的。

队长什么场面没见过呢？在那种情况下敢下车，他必然有十足的把握。

邵飞眼睫抖了一下，心想：是我多此一举了吗？

萧牧庭与他并排坐下，低声说："刚才谢谢了，今天表现得很好。"

邵飞偏过头，看到萧牧庭唇角很浅的笑意时，更加确定队长刚才其实并不需要保护，是他过度紧张，才"强行"将队长保护起来。

但是队长没有揭穿他，还跟他道谢。

邵飞有点泄气，但心里又有种古怪的满足感，于是也装作不知道，往萧牧庭身边靠了靠。

萧牧庭问："累了？"

"嗯。"邵飞忍不住打了个哈欠，全身骨头散了力。此时已是下午，在那种混乱不堪的环境中精神高度集中地警戒数小时，任谁都会疲惫困倦。

"睡一会儿吧。"萧牧庭说。

邵飞点点头，眼皮都耷下去了，忽地又睁开："队长，你让我枕枕行吗？"

萧牧庭没说话，两秒后帮他取下头盔，搂住他的肩膀，将他摁在自己肩上。

闭上眼时，邵飞两边唇角都是扬着的。

战车颠簸得厉害，邵飞却睡得踏实。他靠在萧牧庭肩上，整颗心都安静了下来。

萧牧庭低头看着身边的人，忽然有些感慨。当年头一次见面时，邵飞又瘦又小，仰着头眼巴巴地看他。再次相遇时，邵飞已是20岁的小伙子，他却仍把邵飞当作小孩儿，无论是当面还是背地里，都叫过"小孩儿""小朋友"。

接近一年的时间里，他时常有小孩儿长大了的想法，但都不如今天强烈。

就算身上只有一件防弹衣，他亦有能力令自己不受那些暴民的伤害，但邵飞突然跑来，不退半步地挡在他身前，后又抱住他的肩膀，一步一步将他毫发无伤地护送进战车。这种被保护的感觉很奇特，也很窝心。

邵飞在倾尽所能，为他挡开可能的伤害。

他轻吐出一口气，又看了看邵飞。小孩儿——也许不该再叫小孩儿了——睡得很安稳，右手还攥着他的迷彩。

明明邵飞刚才还一副铁骨铮铮的模样，现在却又睡得这般乖巧……

萧牧庭发现，邵飞上车之后，好像再没说过"您"。

这事邵飞自己也察觉到了，他并非故意改掉称呼，只是实在太着急，以至于口不择言。也许还有几分责备的意思——你不该从卡车上下来。

如此，若用"您"就少了几分气势。

而后面几次也用了"你"，不知道是说顺口了，还是潜意识里早就想用"你"代替"您"，反正队长也没有指出。

与"你"比起来，"您"还是显得生分了。邵飞想，戚南绪就从来不跟严大队长说"您"，萧锦程也不说您。"你"才好，说"你"的时候，才像一家人。

几天后，数支反政府武装势力联合起来，发动了一连串针对政府军的袭击。距维和营50公里的资源库遇袭，当场就死了40多人，步兵分队立即出击，花了几个小时才将局势控制下来。邵飞带领的精英作战小组建功，生擒了4名头目。

但是己方亦有不小的损失，多名战士受伤，重伤者包括凌宴。

为了防止资源库再次被袭击，邵飞与一部分战士轮流值守，凌晨才赶回营区。

苟亦歌一脸的泪，蹲在墙角说："凌宴受伤了，不知道救不救得回来。"

邵飞奔去医疗分队，在手术室外看到了游魂一般的叶朝。

幸而凌宴还是被救了回来，叶朝却精疲力竭，几乎撑不住。萧牧庭以少将的身份命令他离开岗位，休养几日，随即将全营的安全重任都扛在自己肩上。

这一连串的袭击仿佛将地狱捅开了一道裂缝，黑暗、邪恶再也遏制不住。接下去的一周，各国维和部队连遭重创，陀曼卡临时政府更是不堪重负，在接连不断的袭击下几乎停摆。绝望的民众彻底被煽动起来，自发包围政府机构、维和营区，武装势力趁机发起更多针对"外国人"与本国官员的袭击，毒贩、军火贩浑水摸鱼，趁乱牟取暴利，继而恶性循环，局势越发糟糕。

一些没有派遣步兵的维和部队伤亡惨重，少数具备战斗力量的营区不得不分出一部分作战兵力，前去支援。邵飞上午带队前往最近的B国防区提供援助，吉普差点被火箭弹击中，晚上火速回营，见暴民们正冲击营外的防御工事，一时血液倒涌，目眦欲裂。

暴民足有数千人之多，最外层的防御工事已被攻陷，他们手里几乎全拿着自制武器，一些体格强壮的人不断朝营里抛石块和燃烧弹。有人喊着听不懂的口号，有人疯狂地唱着歌，如同念咒一般。

各个哨位上都站着狙击手，大量装着汽油的玻璃瓶在飞行途中就被击爆，黑色的夜空燃起一团又一团火花，邵飞看着这一切，倏地握紧了手中的步枪。

但他到底忍住了，没有将枪口对向那些不停晃动的头颅。

不为什么正义什么和平，只为萧牧庭曾说过，你是一名军人，你的行动不仅代表你一个人。

队长的话，他一定听！

从丧尸一般的示威人群中劈出一条道，进入营内时改装吉普上已伤痕无数，战车则是肮脏不堪。邵飞从吉普上跳下，直奔指挥中心，以为萧牧庭在那里。

外出一天，保护着那些素不相识的B国军人，邵飞无时无刻不担心着萧牧庭，担心自家营区也遭遇袭击，担心火箭弹飞入营区……终于回到营区，他第一件事就是要确认萧牧庭的安全，哪想萧牧庭竟然不在指挥中心。

队长去哪里了？在医疗分队？还是出去了？

指挥中心里的一名上尉说："萧队拿着狙击枪，到哨位上去了。"

"什么？"邵飞瞳孔一缩，声音发抖，"他去哨位干什么？"

上尉还没来得及答话，邵飞已经冲了出去。

营区的哨位多建在高处，战士们24小时轮流执勤。因为必要时要应付紧急情况，能上哨位的都是射术较好的兵。邵飞也上去执过勤，但近来有更重要的任务，萧牧庭也有意培养他带队的本事，所以他去哨位执勤的次数不多。

凛冽的夜风刮在脸上，耳边是枪声、爆炸声、咒语般的喊叫，邵飞急红了眼，疾步如飞，生怕萧牧庭有个闪失。

哨位那种地方，平时没有危险，出现紧急情况时却是全营最危险的地方——哨位高，等同于一个再明显不过的固定靶子，再蠢的暴民也知道向哨位扔燃烧瓶，有枪的人还会向那里放枪子。

人的臂力不足以让燃烧瓶飞那么远，子弹也会被防弹玻璃与防弹沙包挡下，但如果是火箭弹呢？

邵飞猛一转身，冲回器械库，将自动步枪和狙击步枪挂在肩头，费力地扛起单兵火箭筒与一箱备用弹药，然后头也不回地跑向营区西北方的哨位。

不用问谁，他也能判断出萧牧庭一定在那里。

那是暴民最多、最难以控制的方位。

邵飞爬上下方的一个哨位，趴在沙包上警戒的陈雪峰喊道："飞机，你怎么来了？"

邵飞没有回头，目不转睛地盯着不远处的高区哨位，萧牧庭果然在那里！

燃烧瓶在空中起舞，萧牧庭沉着地扣下扳机，一枪一个，精准无误。

从邵飞的角度望去，只能看到萧牧庭的侧脸，那是他不常见到的队长——眼神冰冷，唇角没有一丝温度，下颌紧绷，眼尾勾出阵阵杀气。

这时的萧牧庭，不是陆军少将，而是一位走过无数战场的特种兵。

从哨位上倾泻而下的子弹逼退了防御工事前的暴民，那些人惊慌地尖叫，毫无章法地互相推挤。

邵飞又看向另一个高区哨位，才知道叶朝竟然也在。

两位长官，竟然都亲自上阵了。

邵飞捏紧火箭筒，心头一横，向更高的哨位爬去。

陈雪峰喊："飞机！你给我下来！上面危险！"

对，上面危险。邵飞想，可是队长在上面。

高区哨位已被占满，在上面的都是最优秀的战士，他们以一种极其强悍的姿势站在最危险的地方，保护着全营的同胞。邵飞上不去高区哨位了，在一个不算低的位置架好单兵火箭筒，深吸一口气，全神贯注地观察着示威队伍的动向。

如果有人向高区哨位发射火箭弹，他必须将火箭弹拦截下来。

时间分秒流逝，密集的枪声中，暴民渐渐退远，邵飞不敢放松警惕，拿起红外望远镜，警惕地观察着黑暗深处。

大约一刻钟后，人潮才有散去之势，突然，远离人群的地方闪过一道光，邵飞心神俱震，迅速调整火箭筒，几乎在那枚火箭弹射出的瞬间，狠狠按下扳机。

令人头皮发麻的呼啸声在空中交汇，火箭弹凌空相撞，炸出令大地震撼的巨响，一时间，黑夜亮如白昼，而刺眼的火光下，是疯狂奔逃的暴民。

火光落在邵飞眼底，映出强烈的震惊。

那不是两枚火箭弹，是三枚！

就在他扣下扳机的一刻，高区哨位也射出一枚火箭弹，三枚撞在一起，爆炸才如此激烈。

他深吸一口气，僵硬地扬起脖子。

高区哨位上，萧牧庭正放下肩上的火箭筒，垂眼沉沉地看着他。

直到人群彻底散去，萧牧庭才从高区哨位下来。邵飞一身硝烟味，站在下方，看着他向自己走来，快速跳动的心脏终于找回本来的频率。

萧牧庭站定，眼中有几缕血丝，身上裹着相似的硝烟味，握着枪的手轻微发抖——那是长时间高频率射击之后的本能反应。他的喉结抽了一下，空着的手突然抬起，猛地按住邵飞的肩，拉入自己怀中。

胸膛相撞时，邵飞呼吸一滞，哑然地睁大眼。

空气中残留着弹药与鲜血的味道，混杂着这片土地上独有的腐烂气息，但此时此刻，邵飞能感知到的只有萧牧庭的气息。

温暖，强势，无可抵挡。

手上的步枪掉落在地，他手指微动，手臂在空中悬了片刻，忽然环住萧牧庭的腰，用尽全力紧紧抱住。

萧牧庭扣住邵飞的后脑，嘴唇动了动，却什么都没说。片刻后，他不轻不重地在邵飞头上揉了两下，轻声说："走，去指挥中心。"

暴乱造成 9 名战士受轻伤，防御工事外一片狼藉，地上不乏哀号的伤者与被踩踏得扭曲变形的死者。萧牧庭和叶朝得及时向维和总部通报情况、派人修理被毁的防御工事，还要对那些受伤的暴民提供人道援助，一刻也不得消停。

邵飞跟着萧牧庭，记着他的每一项指示，不问为什么，也不问怎么办，接到任务就执行，暂时没有任务就安静地站在一旁。

天将破晓，一切才处理妥当。朝阳跃出地平线时，国旗也在晨风中飘扬。

萧牧庭脱力地坐在靠椅上，疲惫地揉着眉心。油料库袭击以来，他已经连轴转了接近一周，休息的时间极少，需要操心的事又太多，这一夜熬下来，几乎快撑不住。

手背忽然被一个坚硬的物体碰了一下，他睁开眼，看见邵飞弯腰站在自己面前，右手拿着透明玻璃杯。

"队长，给，"邵飞将玻璃杯递过来，"蜂蜜水。"

萧牧庭接过杯子，水是温的，应该是烧好之后凉了一会儿。过去他故意让邵飞清晨起来烧水兑蜂蜜，不准用滚水兑，也不准用嘴吹凉，邵飞赶着去晨练，只好提早起来，心急火燎地拿小扇子扇，要不就用两个杯子不停地倒来倒去。

邵飞很讨厌烧水兑蜂蜜，现在却端来温度正好的蜂蜜水，萧牧庭握着杯子，心里有些感动，正要说"谢谢"，邵飞已经催起来："赶紧喝，您忙了一晚，一会儿开视频会议，一会儿让人干这干那，一口水都没喝。你不渴，我看着你都渴。"

萧牧庭笑了笑，扬起脖子一饮而尽。

邵飞这阵子说话一会儿用"您"一会儿用"你"，萧牧庭每次都能听出来，却从来不说破。

他发现自己很喜欢观察邵飞说"您"和"你"时的表情与气场。

说"您"的时候，邵飞是乖巧听话的小队长，语气没那么强，但也不弱，有种想要讨好，又故意藏着掖着的味道。

说"你"的时候，邵飞就成威风凛凛的稳重军人了，强大可靠，令人安心，可也许是因为年龄尚小，这种可靠里又有点强撑的霸道，十分有趣。

近日来压力颇大，萧牧庭最烦闷的时候就和邵飞说几句话，看他的气场在"您"与"你"之间变换，心情竟然也轻松了几分。

邵飞将指挥中心收拾一番，明明已经很累了，精神上却相当亢奋。

萧牧庭看着邵飞忙来忙去，没有出口阻拦。眼里的邵飞似乎高大了许多，举手投足也不像过去那样稚嫩。其实邵飞并没有长个子，身体虽然强壮不少，但从外形上看不出来。这种"高大"的观感只能出于气场。萧牧庭无声地笑了笑，撑着椅背站起来。邵飞连忙回头："队长！"

"嗯？"

"您去哪儿？"

是"您"，萧牧庭想。

"去拿点药，然后睡个觉。"

"什么药？我去拿。"邵飞道，"你先回去吧，我这就去医疗分队。"

这回是"你"，萧牧庭又想，祈使句，会指挥人了。

"安神的就行。"

十分钟后，邵飞从医疗分队回来，萧牧庭已经洗漱过了。

"医生说吃两片。"邵飞倒出药片，又说，"队长，您是现在休息吗？"

"嗯。"萧牧庭接过药片就水服下，"中午要开会，只有现在有时间。"

"我也有时间，"邵飞说，"暂时没有任务。"

萧牧庭抬起头，正想说"那就赶快回去睡一睡"，就听邵飞道："宿舍太吵，我不想回去。"

顿了一秒，邵飞又说："我就在这里休息行吗？和你一起睡，哥，行吗？"

是"你"，萧牧庭半眯着眼，不知是太疲惫还是怎么，忽然就不想再拒绝了，点头道："上来吧。"

床是单人床，但两个人也挤得下，萧牧庭让邵飞躺在里面，不动声色地将大半个床让给邵飞，自己小半身子悬在外面。

邵飞一时睡不着，在床上动来动去，脸颊突然被揪了一下。

"好好睡觉，别老动。"

273

虽然是责备的话，但萧牧庭声线温和，丝毫听不出责备的意思。邵飞福至心灵，居然在里面听到了关爱。

邵飞的后背被轻轻拍打，萧牧庭的声音从头上传来："要睡就好好睡，不准乱动。"语气又带着些许无奈，"乖，睡吧。"

邵飞慢慢静下来，不再动弹。此刻他相当满足，连日的疲惫渐渐消散，剩下的只有得偿所愿的欣喜，他和萧牧庭越来越像一家人了。

邵飞中午醒来时，萧牧庭已经不在了。桌上放着两个饭盒，一个装饭，一个装菜，都是温热的，显然刚打回来不久。

邵飞坐在桌边，盯着饭菜出神。

刚才他睡得安稳，什么梦也没有做。

饭菜的香味散了出来，不算美味，却足以勾起饥肠辘辘的战士的食欲。邵飞拿起筷子，扒了几口饭菜后忽然手腕一顿，几秒后笑容在脸上绽放，有点孩子气。

现实已经比梦更美好，哪里还需要做什么梦？

这场持续一周多的动乱终于在跨年前平息下来，国内一些哗众取宠的人在社交网络上"祝贺"维和营的"胜利"，而真正身在战地的人却不明白有什么可祝贺。

只有经历过或正经历战火的人，才知道所谓的"胜利"并不值得庆祝。

12 月的最后一天，萧牧庭去维和总部商谈来年的行动部署，邵飞寸步不离地跟随，而且不肯站在会议室外，全程守在萧牧庭身后。

会后，总部的官员、其他维和部队的高级军官与萧牧庭聊天，都夸他带在身边的小战士厉害。这厉害包括两方面，一是警惕性出众，二是举动极有分寸。一名女性官员还道，小伙很帅，难道是礼仪队调来的兵？

萧牧庭笑着摇头，只道："是我们步兵分队的战士。"

邵飞英语一般，但别人夸他帅、夸他厉害，他还是能听懂，得意扬扬的，离开总部大楼之前直冲萧牧庭眨眼睛。

萧牧庭老早就注意到他的小动作了，故意没理他，任他一个人表演。

即将走出大楼时，邵飞忽然变得警惕而严肃，从一个演技令人着急的演员变回百无疏漏的保镖，护着萧牧庭飞快进入吉普，回营路上全程握着枪。

抵达营区，同行的队员离开之后，邵飞扯住萧牧庭的衣袖："队长，你怎么不夸我一下？"

萧牧庭佯装不解："夸你什么？"

“刚才在总部，别人是不是跟你夸我了？”

“哦，”萧牧庭笑道，“没有吧？”

“怎么没有？”邵飞说，“我听见了，他们夸我厉害，还有……”

“还有什么？”

邵飞装蒜：“我没听懂。队长，你给我翻译翻译吧。”

我就想听你夸我帅！

萧牧庭一巴掌拍到他脑门上，声音带着笑意：“听不懂啊？”

“听不懂！”邵飞挺胸抬头，“一句都没听懂！”

“特种兵不能不懂外语啊，不然怎么去国外执行任务，”萧牧庭故作沉思状，片刻后语重心长道，“那这样吧。”

邵飞以为他要说“我就给你翻译一回”，正竖起耳朵等呢，忽听萧牧庭清了清嗓子。

“现在维和任务重，我就不逼你了。明年回去好好补一补英语，每天晚上背背单词。嗯，也不用背太多，就一百个吧。”

邵飞慢慢张开嘴，表情十分生动。

萧牧庭笑起来：“不够吗？那两百个？”

“队长，您不能这样！”邵飞吼，“您明明知道我听懂了！”

又是“您”，又要耍赖了，萧牧庭想。

“我不知道啊，你自己说听不懂。”

“我听懂了！”邵飞气急败坏，“他们夸我帅！”

萧牧庭露出惊讶的表情：“我还以为你没听懂呢。”

“我听懂了，我刚才装呢！”邵飞噘了噘嘴，“而且您知道我装！”

萧牧庭笑：“我真不知道！”

“您知道！您还知道我装是因为我想听您夸我帅！”

车里突然安静。

两秒后，萧牧庭摸了摸他的头，温声说：“咱小队长真帅。”

邵飞执意让萧牧庭先下车，萧牧庭拿他没办法，嘱咐了两句就快步朝指挥中心走去。邵飞看着萧牧庭的背影，清了清嗓子，将后视镜拉过来，学着萧牧庭的语气道：“咱小队长真帅！”

三秒后他又转回自己的声调：“队长您，队长你也帅！”

“小队长最帅。”

“不不不，队长你最帅。”

"哎。"这里应该是沉吟加凝视，邵飞想，对了，还要摸头。于是他挺直腰背，右手一抬，在自己发顶摸了摸，一板一眼地说："小队长又帅又可爱。"

说完他保持这姿势定了一会儿，"哎哟"一声抱住头，低声骂道："不行不行，太过了！"

在车里坐了十分钟，邵飞也没能正确山寨出萧牧庭夸他帅时的语气和表情，最后一次摸自己脑袋时还被凌宴看到了。

凌宴前阵子为了保护叶朝，被火箭弹的碎片击中，所幸没有伤及内脏，手术很成功，现在已经回到步兵分队里。虽然他暂时还不能执行任务，但时常在营区里走走看看，哪里需要搭把手，就上去帮个力所能及的忙。

隔得老远，他就看见邵飞在车里表情丰富地自言自语，手上也有动作，一会儿摸头顶，一会儿摸后脑，有次还摸了把额头，看样子似乎在找一个合适的姿势。

至于是什么姿势，凌宴没看明白，想了一会儿觉得邵飞大约是近来压力比较大，躲起来学孙悟空减压。

这么一想，他就扑哧一声笑了出来。

车库很安静，邵飞早就在萧牧庭严苛的狙击训练中练就出极强的感知力，凌宴这一声笑很轻，但他也听到了，猛地转身，正好看到凌宴含笑的眼。

凌宴本来不打算打搅他学猴，但既然被发现了，也只好走上去打招呼，为了不让他尴尬，还特意举起右手在头上一摸，笑道："回来得正好，今晚跨年，食堂做了些好菜，就快上桌了，咱们轮流吃，算是流水席。"

他的本意是好的，邵飞学猴被发现肯定觉得羞耻，他也跟着学一手，两人都学猴的话，邵飞就不会那么尴尬了。

但他没想到的是，邵飞居然目瞪口呆地看着他，惊讶地问："你在干吗？"

他愣了一下，以为自己动作不标准，没让邵飞看明白，于是干脆豁出去，单腿站立，右手呈圆月弯刀状，手掌微拱横在额前，来了个孙悟空标志性的泼猴望远动作。

邵飞震惊，脱口而出："凌小宴你中邪了吧？"

凌宴放下悬着的腿，有点尴尬："我这不是学你吗？"

"学我？"邵飞从车里跳下来，当场就把凌宴刚才的动作复制了一遍，"你这分明是学猴！"

凌宴额角直跳，发现自己可能误会什么了："你刚才摸自己脑袋不是学猴？"

邵飞突然脸红，斜眼看凌宴："刚才你都……看到了？"

凌宴点头："啊，看到了啊，你一会儿摸头顶一会儿摸额头，我还以为你压力大，学个猴放松一下。原来你没在学猴啊？那你躲车里摸头干吗？"

邵飞瞠目结舌，无法解释，索性顺着凌宴的话说："哦，我确实在学猴。"

凌宴这下不大相信了，将邵飞打量一番，总觉得他藏着什么不可告人的秘密。

邵飞最近越来越善于观察，一瞧凌宴的表情，就知道自己还没糊弄过去，干脆也来了个泼猴望远动作，还从车里拿出卸了弹匣的步枪，在手里一转，喝道："呔！"

凌宴乐了，想到邵飞这几日特别辛苦，自己尚在休养中，也帮不上什么忙，现在能陪他散散心也不错，于是抄起另一杆步枪，与他练起泼猴对打。

两人在车库玩得不亦乐乎，邵飞本就心情不错，平时因为紧张的局势与沉重的担子而压抑着的玩心被彻底勾了起来，越玩越入戏，不仅要打，还要喊，整个车库满是他腔调滑稽的"齐天大圣孙悟空来也""哪里跑""吃俺老孙一棒"……

最后那一棒没让凌宴吃上，倒砸进了萧牧庭手中。

萧牧庭去指挥中心待了一会儿，暂时没什么要紧事，正好食堂通知开饭了，便想着叫邵飞一起去。哪想他刚走到车库，就见邵飞和凌宴举着步枪对打，嘴里还喊着孙悟空的台词。

知道他们有分寸，所以萧牧庭也没上前阻拦，站在一旁看了一会儿，唇角渐渐上弯。

正在这时，二人打了过来，邵飞打得专注，显然没注意到他，挥"棒"就朝凌宴招呼去，凌宴闪身躲开，这"棒"正好被萧牧庭擒住。

邵飞刚喊完"吃俺老孙一棒"，这下突然傻了，两眼盯着萧牧庭，半晌后才惊声道："队长你怎么回来了？"

他这会儿是又尴尬又着急又害臊，眸中流着缤纷的光。

萧牧庭温声说："不回来怎么知道你们躲在这里破坏枪支？"

凌宴连忙将步枪挂在邵飞手臂上，转身就走。

邵飞瞪眼："凌小宴！"

凌宴已经快步走远了。

邵飞抱着两把步枪瞄萧牧庭："我们，我们没弄坏枪。"

萧牧庭忍俊不禁，此时，邵飞肚子发出一连串咕噜声。萧牧庭笑道："走吧，开饭了。"

去食堂的路上，邵飞一直跟在萧牧庭后面。他喜欢踩萧牧庭的脚印，喜欢这种步步紧跟的感觉。

要比肩，也要追赶！

跨年宴其实说不上丰盛，毕竟条件有限，有得吃就不错。邵飞与萧牧庭坐在一起，见对面桌叶朝不停地给凌宴夹菜，也有样学样地往萧牧庭碗里塞排骨。他们吃得差不多时，巡逻归来的战士冲了进来，个个饥肠辘辘、兴致高昂，恨不得把食堂扫荡个精光。

　　萧牧庭给邵飞盛了碗汤："吃饱了吗？"

　　邵飞端起碗就喝，咕噜咕噜的，喝完一抹嘴，红光满面："吃饱了！"

　　萧牧庭见他嘴上的油基本糊到右手上去了，拿过一张纸递到他左手上："下巴还有油。"

　　邵飞接过后抬起左手擦下巴，萧牧庭又拿了张纸，帮他擦掉了右手上糊着的油。

　　萧牧庭将用过的纸放在餐盘上，拿起餐盘朝水槽走去。邵飞愣了一会儿，开心地跟了上去，端着餐盘一溜烟地跑去水槽。

　　因为本该在哨位上执勤的战士吃跨年流水席去了，夜里邵飞临时顶替，拿着狙击枪上去守了3小时。和上次紧张、慌乱的气氛不同，这回营外非常宁静，就连经常能听到的枪声也消失了。用夜视望远镜能看到附近的武装据点，平时据点的碉堡、围墙上总是站着手拿步枪和砍刀的人，现在那些人已经不见踪迹，大约也是吃跨年宴去了。

　　邵飞不由自主地走了神，想起小时候和哥哥、外婆一起庆祝新年。那时外婆会做一桌子好菜，他坐在桌边敲碗，等着哥哥将鸡腿夹到他碗里。后来外婆和哥哥都不在了，家里只剩他一个人，第一年他还好好地庆祝了新年，后来就不过这节日了。

　　身边没有陪伴他的人，不管是什么节日，好像都与平常日子没有分别。

　　令他略感诧异的是，战地的人却是要过新年的——不知明天与死亡哪一个先到来，却要凑在一起用暂时的和平迎接新年。

　　这似乎有些荒诞，细细一想，却不无道理。

　　就算身在战地，身边也有想要一同跨年的人。

　　所以他们会暂时放下恩怨，一起等待新一年的第一个日出。

　　邵飞呼出一口白气，很浅地勾了勾唇角。

　　他也有想要一起跨年的人，这种感觉久违而亲切，是憧憬，是希望，是眷念，是所有关于美好的向往。

　　陀曼卡的天空很干净，天幕上挂着闪烁的寒星，时常能看到眨眼即逝的流星。

　　邵飞小时候不相信对着流星许愿愿望就能实现，理由是流星自己都栽了，自顾不暇，哪有工夫实现别人的愿望。邵羽笑着戳穿他："你其实是来不及许愿。"

他嫩声嫩气地哼："我要向不动的星星许愿！"

邵羽和外婆哈哈大笑。

那年许的愿是什么，他早已不记得，长大之后也没再干过向星星许愿这种傻事。现在他却悄悄闭上眼睛，在跨年夜里向自己许愿——

小队长要永远和队长在一起，并肩作战！

　

邵飞抱着狙击枪许愿的时候，萧牧庭正在电脑上与萧锦程通话。

维和营虽然条件艰苦，但因为情况特殊，与国内的联系必须保持顺畅，所以带去的通信设备都比较先进。而战士们也获准隔日和家人通个视频电话，不让国内的亲友担心。不过事实上，几乎没有队员隔三岔五地联系家人，一是太忙顾不上，二是一旦通电话通成了习惯，以后若有紧急任务或者受了伤，几天不往家里打，亲人肯定会担心。

现在过节了，打个电话问候一番是不错的。不少战士在饭后涌进通信室，排队向家人报平安、送祝福。

萧牧庭不必去通信室，在自己的电脑上就能开视频。萧锦程在户外，裹得严严实实的，一说话就吐白雾。两人聊了一阵，那边突然传来一个女孩儿的声音，萧牧庭听不大清，只见萧锦程往后看了看，唇角勾着笑意喊道："等我一会儿。"

萧牧庭问："女朋友？"

"还没谈上，"萧锦程似乎被雪球砸了一下，一边说话一边拍头顶的雪，"我搭档，挺厉害的姑娘。"

萧牧庭笑了："那赶紧去追，我就不打搅你了。"

"哎，别！别挂！"萧锦程冲后面做了个摆手的姿势，示意对方别闹，又问，"小孩儿头一回出国，还适应吗？"

"邵飞？你还挺关心他。"

"还不是因为你总说他。"

萧牧庭莞尔，原来自己对邵飞的关心，连萧锦程都看出来了。

兄弟俩又聊了会儿，萧牧庭说："替我跟老爷子问个好。你自己也多注意身体，出任务细心一些。"

挂断电话，萧牧庭又想到邵飞，小孩儿在夜风中站哨，不知道手有没有冻僵，鼻尖有没有冻红。

从指挥中心靠南的窗户望出去，他可以看到邵飞值守的哨台，夜色很浓，灯光撑出的小片光明中隐约可见邵飞挺拔的背影。萧牧庭驻足凝望，过去相处的片段像胶片一样在眼前掠过。他不禁想：邵羽，你看到了吗，你弟弟已经能够独当一面了。

营里响起两声哨音，换岗的时间到了。

邵飞从哨位上下来，与一名战士互相敬礼。

萧牧庭看了一会儿，正要离开，忽见邵飞抬起头，朝指挥中心看了过来。

隔着冬天干冷的风，萧牧庭看到邵飞咧开嘴，冲他露出一个开怀的笑，然后原地跳起，挥着双臂喊："队——长——"

这一声中气十足，又带着满满的欢喜，刹那间响遍整个营区。

夜已深，部分天不亮就要起床执勤的战士已经回寝睡觉，萧牧庭立即竖起食指压在唇上，示意邵飞住嘴。而安静的营区突然因这一声响亮的呼喊而炸锅，一时间，"队长""张队""李队""臭傻蛋"此起彼伏，睡觉的没睡觉的都跟着号起来了，有人甚至学起狼叫。

压抑太久，兵哥们也需要号几嗓子释放情绪。

在满营的鬼叫里，邵飞将双手拢在嘴边，深吸一口气，大声喊道："队长，新年快乐，平平安安！"

萧牧庭眸光深敛，也道："小队长，新年快乐，健康平安。"

新年之后，陀曼卡的各个武装势力似乎消停了，民众也不再成天上街示威游行，维和部队的工作比起以前轻松了许多。

但战士们可以放松，高级军官却必须时刻保持警惕，因为谁也不知道平静的表面下涌动着什么样的暗流，更不知道下一次袭击何时到来。

邵飞这阵子无需再带队支援其他维和部队，护送物资车的任务也少了，每天乘坐步兵战车外出巡逻一次后就没事干了，回到营区不是跑去指挥中心找萧牧庭，就是和荀亦歌一起怂恿凌宴去枫鹰，有时还去医疗分队帮忙。那位开朗的黑人姑娘出院了，他特意去送人家，收到几个特产水果。

以前有维和战士吃了村民的水果中毒，他不敢马虎，即便知道那姑娘善良单纯，也还是拿去找医生和当地官员鉴定了一番，确认安全之后才分给队友，给萧牧庭也留了一份。

水果香甜可口，是国内没有的品种，萧牧庭问了来历，夸他细心，他心里直乐。刚好遇上轮休日，他就跟着萧牧庭鞍前马后地跑了一天，先去维和总部开会，后去别国营区交流，既当助手又当保镖，回到寝室倒头就睡，内心却很充实。

他喜欢在人潮汹涌时护住萧牧庭，那种感觉简直比拿比武冠军还有成就感。

陀曼卡的反政府武装势力似乎还沉浸在新年的气氛中，各个防区、临时政府办事处、维和总部都没出现恶性事件，连毒贩和枪贩都消停了，乡村城镇上一片和谐，小规模示威游行虽然隔三岔五地上演，但很容易控制，也很少出现人员伤亡。

压力渐小，工作量也减小了，邵飞待在萧牧庭身边的时间变多了。有次他从外面巡逻回来，因为前一晚执勤，白天又全副武装出去累了一天，和萧牧庭说了几句话就眼皮打架。萧牧庭还有不少事要处理，他不肯回寝室，自己搬了两张椅子，蜷上去想眯一眯眼睛，不料才一会儿工夫就睡着了。

萧牧庭召集各个分队的负责人开会，回来就见他缩在椅子上。

那模样有点好笑，又有点可怜。一米八的特种兵，蜷起来睡觉居然是这种样子——双手紧紧抱在一起，膝盖快要挤到胸前，背弓得像个大号虾米。

如果不这样，他大约早就掉地上去了。

萧牧庭站在椅子边，笑着摇了摇头，拿起挂在一旁的军装，轻轻搭在"虾米"身上。

邵飞睡醒时萧牧庭又不在了，他迷瞪瞪地坐起来，愣了一会儿才发现身上盖着的是队长的衣服，还没发多久的呆，门口已经传来熟悉的脚步声。

萧牧庭回来了，手里拿着一个饮料盒子。

邵飞立即放下衣服，搓着满是红晕的脸："队长，你干吗去了？"

刚睡醒的迷糊眼神，有点软的声调，还有傻愣愣抱着衣服的模样，显得他整个人都乖巧起来。

"醒了？"萧牧庭咳了一声，将饮料盒子抛过来，"给你拿喝的去了。"

盒子上的字邵飞看不懂，不是英文，但图案看得懂，应该是一盒橙汁。

萧牧庭说："上次去 B 国维和营，他们后勤送的，那天回来就分完了，你不在营里没分上。"

邵飞特珍惜地捏着盒子："您特意给我留的？"

萧牧庭笑："嗯，听说很好喝，我就藏了两盒给你留着。赶紧喝吧，橙汁解渴，还能补充维生素。你一天天老吃肉，也该多吃些蔬果。"

邵飞心里美死了，打开盒子时特别开心。

可是一口下去……差点被酸死！他震惊地看着饮料盒，又看看萧牧庭，萧牧庭已经偏去一旁偷偷笑了。

"队长？"邵飞艰难地咋舌，刚才他喝得太猛，一盒橙汁被灌下了一半，舌头又酸又麻，激得他眼泪都快出来了，硬生生缓了一分钟，那股酸爽的感觉才稍稍减退，甜味慢慢涌起来，驱散了口腔里的酸麻。

萧牧庭笑完回过头，见邵飞一脸委屈地看着自己，嘴巴都瘪成倒扣的月牙了。

那饮料是很好的维生素饮品，但浓度高，前酸后甜，刚拿回来时很多战士抢，个个被酸得面目狰狞。萧牧庭早就给邵飞领了两盒，一看兵们被酸出眼泪的模样，心思一动，准备逗逗邵飞。

陀曼卡这边蔬菜不足，营区拉了个棚子自己种，但种类少、口感差，邵飞在国内明明不挑食，来了这边也不爱吃蔬菜了。萧牧庭想，整这一回，往后就拿另一盒作为威胁——又不吃蔬菜？那等会儿回去把橙汁喝了。

整之前他就预料到邵飞会被酸傻，但真看到邵飞委屈巴巴的模样，萧牧庭还是心软了，连忙倒来两杯白开水，一杯递给邵飞，一杯用来兑剩下的半盒橙汁。

邵飞喝完白开水，舌头上的酸麻全给冲走，只剩下橙汁的香甜。

委屈来得快去得也快，只一杯水的工夫，就消散一空。

萧牧庭晃了晃兑过水的橙汁，正要拿给邵飞，手腕突然被抓住。

邵飞坐在椅子上，从低处望着他，眼里是装出的生气："队长，您整我！"

那表情太生动，眸子又太干净，萧牧庭揉了揉邵飞的脑袋，温声说："剩下的橙汁我兑了水，还觉得酸就喝慢一些。"

邵飞歪着脑袋看萧牧庭："队长，你去哪？"

萧牧庭已经走到门口，闻言头也不回："你慢点喝，我找叶队商量点事。"

清早，不用执勤的队员在晨雾里集合，前往离营区 10 公里远的山坡。那里有牺牲在陀曼卡的维和战士的衣冠冢，还葬着 9 只军犬。

拜祭仪式很简单，叶朝将从国内带来的酒洒在墓碑上，一些队员在墓前摆上并不漂亮的花。

气氛肃穆而庄严，有悲壮，却没有哀伤。

之后，侦察营、医疗分队、工兵分队的队员先行回营，枫鹰的战士与叶朝、凌宴留下。

没人说话，就连平时最爱闹腾的邵飞和艾心也只是弯下腰，默默垒着石块。

每年新年，枫鹰都会纪念牺牲的战士。他们中的一些人身份特殊，在离开的时候甚至不再拥有父母给予的名字。

但枫鹰会永远记住他们。

风从石块旁吹过，战士们抬起手臂，向曾经与他们戴着相同臂章的前辈敬礼。

时间还早，大家没有立即回去，有人就地休息，有人蹲在军犬的墓碑前，读上面记载的事迹。

萧牧庭看见邵飞独自走远，手里似乎拿着什么东西，悄悄跟过去，见他又垒起几块石头，喊了声"哥"。

他在纪念邵羽。

萧牧庭眸光紧敛，驻足而视。

邵飞声音很低，语速飞快，仿佛想将这一年发生的事全部说与邵羽听。萧牧庭听到很多个"队长"，知道自己是这场"汇报"的主角。

萧牧庭看见他将皱巴巴的纸飞机放在石块边，小声说："哥，你看，这是队长给我折的飞机，他很照顾我，教了我很多……"

萧牧庭转身离开，没再偷听邵飞的悄悄话。

集合返回营地之前，邵飞将纸飞机拿回来，重新放进衣兜，轻声问："哥，我已经是优秀的特种兵了，你会开心吗？"

风是静止的，山坡上的小草一动不动。

邵飞揶了揶眉，自言自语道："我过得好你就会开心对不对，因为我是你唯一的弟弟。

"你会永远站在我这一边。

"因为你曾经是这个世界上，最希望我过得快乐的人。"

下午，邵飞主动申请去哨位站岗。傍晚从哨位上下来，表情都给冻没了，回宿舍时被队友笑骂"面瘫"，张嘴想骂回去，他才发现说话有些困难，还真被冷风吹成假性面瘫了。

艾心等人哄笑，陈雪峰从外面进来，往他脸上一拍："萧队在医疗分队看望伤员，你咋还杵在这儿？"

邵飞"哦"了一声，本能地跑出去，唇角用力向下压着，心里说：你可真是队长的尾巴。

"尾巴"这词是萧牧庭说的。那时萧牧庭来枫鹰不久，顶着"总部闲职人员"的名号教他只有特种兵才懂的特战技能，他好奇萧牧庭的真实身份，成天跟着萧牧庭转。萧牧庭回头说："我掉了个东西。"他茫然地问："什么？我帮您找。"萧牧庭忍俊不禁，说"掉的是尾巴"，他愣了一会儿，才明白自己就是尾巴。队长嫌他黏糊，逗着他玩儿。

但现在，他已经是队长的弟弟了，这条尾巴就是名正言顺的尾巴，想甩也甩不掉的尾巴了。

夕阳落下后，天渐渐黑下来，邵飞跑到医疗分队的地盘时，萧牧庭刚从一间病房走出来，身上还罩着防护服。

邵飞挥手喊道："队长！"

萧牧庭笑着走来，在他的帮助下脱掉防护服，一同用消毒药水洗了手，难得悠闲地在营里散步。

萧牧庭揪了揪他红着的脸："这边嘴角怎么老发抖？"

"看得出来？"邵飞连忙按住嘴角，眉头皱起，又指了指另一边，"这边呢？"

"这边好一些，没那边严重，"萧牧庭问，"怎么回事？"

"下午在哨位上给凉风吹的，"邵飞用力搓脸，"下哨时都冻成面瘫了，回宿舍还被笑了好一阵。"

说完他板起脸，眼皮往下一耷，面无表情地看着萧牧庭，像机器人一样张了张嘴，一字一顿："就，像，这，样。"

他把自己当笑话来讲，装面瘫逗萧牧庭开心，让气氛轻松一些，哪知刚好戳了萧牧庭心窝子。

粗糙而温暖的手伸过来，轻轻捂住他的脸颊，萧牧庭说："下次再上哨位执勤，把脸包起来，队上不是发了围巾吗？别再给冻着。"

"哦，"邵飞一吸鼻子，"围巾早不能用了。"

"弄丢了？"

"这倒没有，"邵飞说，"有次出去巡逻，遇上两伙人火并，我们去救人时，我那围巾糊了不少血。"

萧牧庭皱起眉。

"医疗分队拿去检验过，围巾没问题，后来也消过毒，"一阵风吹过，邵飞有点冷，随手将迷彩的衣领竖了起来，"但我对那围巾有点阴影——这边传染病太多，检验了我也不放心，就没再用。实在冷的时候就跟凌小宴借一借，今天忘了。"

萧牧庭帮他把竖得歪歪扭扭的衣领理好："把我那条拿去用。"

邵飞心头一喜，笑得眉眼弯弯："好啊，谢谢队长！"

围巾在宿舍，要拿的话，免不得跑一趟。

萧牧庭见邵飞缩着脖子打了个寒战，呼出一缕寒气，便转向宿舍的方向，说："走吧，回去拿围巾。"

邵飞一进屋就不想走了。和萧牧庭干净整洁的寝室相比，战士们的狗窝简直是另一种形式的垃圾堆——看着还算干净，但各种臭味混合在一起，十分熏人。邵飞向来爱整洁，但把自己拾掇得再干净，也经不住臭味熏。

他坐在小板凳上，双手捧着萧牧庭泡的枣子茶，热气一上来，脸被蒸得格外舒服。

萧牧庭找来没怎么用过的围巾抖了抖："来试试。"

邵飞一看："这不是队上发的围巾啊。"

发的围巾是军品，质量杠杠的，但是蓝色格子的，和头上的蓝盔一配，整一个大脸蓝皮鼠。萧牧庭手上的围巾却是烟灰色的，没有乱七八糟的格子和色块，羊毛质地，摸起来很舒服。

邵飞摸了一下就缩回去，爪子在衣服上擦了擦，生怕把它弄脏。

萧牧庭笑得有几分无奈："你手又不脏，擦什么。"

邵飞一想也对，喝茶之前洗过手，更早在医疗分队时还消过毒，确实不脏。但围巾看上去太干净了，颜色也不深，好像被他挠一爪子，上面就会留下难看的印迹。

萧牧庭抬起手，将围巾绕到邵飞后颈，又拢到前面，绕了两圈，在背后打上结，再将堆在肩上的往上提，把邵飞的鼻子嘴巴耳朵全给挡住了。

邵飞发痒，动来动去。

萧牧庭一边打结一边说："别动，结要散了。"

邵飞真就老老实实不动了，等到被裹成了"蒙面人"，才瓮声瓮气地说："不对吧？这围巾好像不该这么用。"

他虽然没见过什么世面，也知道这么好的围巾应该搭配西装大衣使用，随意地搭在脖颈上，而不是像现在这样裹成大头菜。

"在这里就该这么用，"萧牧庭又将围巾往上拉了拉，确定两只耳朵不漏风了才罢休，"能挡风沙最重要，只要不阻碍视线就行。"

邵飞在围巾里呼吸，才一会儿就觉得热，伸手要扒，手腕却被萧牧庭抓住。

他扭着脖子挣扎："我热，出不了气了！"

"怎么可能，"萧牧庭笑道，"就一条围巾还能把你闷着？"

邵飞眨巴两下眼："队长，这围巾很贵吧？"

萧牧庭只说："戴着保暖就好。"

邵飞心里高兴，坐回小板凳取下围巾又是摸又是蹭。萧牧庭让他赶紧把枣子茶喝了，他喝完后一边嚼枣子一边举起围巾比画，想学萧牧庭的样子把围巾重新裹上去，但试了几次都不得章法，怎么看都怪怪的。

虽然队长好像也是胡乱裹的，但好歹后面那个结好看，松紧度也正好，不会走着走着就滑下去，也不会勒得喘不过气。

邵飞在把自己勒了三回后放弃了，眼巴巴地瞧萧牧庭："队长，您再帮我系一系好吗？"

萧牧庭刚从开水房提了两瓶热水回来，见邵飞脖子上拧巴的"麻绳"，不由好笑，将他转了个向，解开后背的死结，重新演示了一回："会了吗？"

邵飞居然还没学会。当初学夹豆子学得那么快的优秀特种兵，竟然在系围巾这种没有技术含量的事儿上栽了。萧牧庭耐着性子教了七八遍，邵飞系得最好的一次，那结还歪在耳朵旁边。

萧牧庭笑着揉他头发："这也不错，还挺可爱。"

第十五章

保重，等我回来

　　最近陀曼卡东部接连发生骚乱，但维和营地处北部，局势相对稳定，队员们外出巡逻时虽仍保持着警惕，但心情不再像之前那么沉重。去城里时，大家有时会去商店买烟买饮料，邵飞买得最多的是糖。

　　眼看任务即将结束，2月初的一天，宁珏在电话里慎重地与萧牧庭说："锦程出事了。"

　　新年之后，长剑与萧锦程所在的缉毒支队展开联合行动。萧锦程身为队长，带队深入虎穴，撤退时为解救被困的特种兵而耽误了时间，重伤昏迷，情况极其危急，目前已转院至卫城。

　　萧牧庭眉头深锁，捏紧的拳头显出白色的骨节。

　　宁珏又道："上面的意思是，让你先回来一趟。"

　　萧牧庭瞳孔紧收，心脏像被一只大力的手抓住——在这句看似充满人情味的话中，他已经得到了如同噩耗的暗示。

　　眼眶发胀，咽喉似乎被扼住，沉默几秒后，他沉着嗓音问："你跟我说实话。"

　　宁珏轻声叹息："锦程他，可能撑不下去了。"

　　猜想被证实，萧牧庭只觉周身发寒，脑子嗡嗡直响。

　　所以这个电话，是叫他回去见亲弟最后一面。

　　须臾，宁珏又道："老首长一直不眠不休地守在医院。牧庭，他们都需要你。"

　　萧牧庭深吸一口气，竭力压下弥漫着血腥味的悲哀，声音夹着极轻的颤抖："我明白。那这边……"

　　"你不用担心，下一批维和部队3月就将接替你们。"宁珏道，"你回国这段时间，梁队会代替你，协助叶队工作。这几年梁队一直负责选拔训练，很熟悉二中队的队员。我和洛枫已经与他谈过，他愿意去陀曼卡。"

　　萧牧庭闭上眼，疲惫地靠在椅背上，许久才哑声道："好。"

当天下午，萧牧庭就搭乘军机回国，营里除了叶朝和邵飞，没人知道他突然归国的原因。

去军用机场的路上，是邵飞开的车。萧牧庭看着窗外破败荒凉的景象，半边身子木得没有知觉。

很多年前，他与萧锦程就开过"把每次见面当作最后一面"的玩笑，每回分别也会紧紧搂住对方，互道一声珍重。禁毒工作非常危险，缉毒警察已是殉职率最高的警种，他其实早就有"锦程将来也许会牺牲"的心理准备。这些年在刀尖上行走，他目睹过战友的阵亡，连自己也受过重伤，但突如其来的噩耗还是将他打蒙了，甚至使他难以承受。

那是小他三岁，从小闹他烦他，却与他血浓于水的弟弟。

宁珏此时召他回去是对的，维和营不需要一个失去专注力的长官。而如果萧锦程就此离开，他没能见上最后一面，将落下终身遗憾。何况病房里，还有他年迈的父亲。

他手肘支在窗沿上，手指揉着眉心。

只是就这么离开，他实在不放心邵飞。

近来陀曼卡北部的局势确实稳定下来了，暴乱平息，连以前每天上演的示威游行都少了。医疗分队的负担大大降低，昔日人满为患的病房竟然空出好几间。年前都是步兵分队和工兵分队的战士轮流去医疗分队帮忙，如今医护人员还能跟着后勤、工兵分队打个下手。

可即便如此，战地仍是战地，与和平稳定的国家不可相提并论。

萧牧庭偏过头，认真地看着邵飞。

邵飞眼睛很红，得到消息后就哭了，如今虽然强作镇定，但握着方向盘的手仍轻轻发抖。

不知道是因为唯一一次见面时，萧锦程待他友好亲切，还是因为萧锦程是萧牧庭的弟弟，他对这位堪称漂亮的缉毒警察印象极好。听闻对方危在旦夕，眼泪刹那间就难以控制地涌了出来，胸中悲痛与酸楚杂陈，他竟比萧牧庭更显慌乱。

他还记得当初听了戚南绪的话，跑去萧牧庭宿舍看里面是什么样的"美人"，萧锦程一把捞住他的腰，令他不至于摔倒，笑着跟他说："我也是萧队。"

萧牧庭有次跟萧锦程开玩笑，说飞机才是真弟弟，熊弟弟就不要了。萧锦程哈哈大笑："你的就是我的，小飞机也是我弟弟！"

他听见了，他不要萧锦程出事！

忽然，他想起了邵羽。邵飞对萧牧庭回国没有丝毫怨言，他不是不讲理的人，当年没能见上兄长最后一面一直是藏在心头的遗憾，但那怪不得谁，客观条件根本不具备。而现在萧锦程还躺在重症监护室——或许仍在抢救，队长于情于理，都必须回去。

那种暂时与队长分开的不舍，在或许即将到来的残忍死别面前，几乎可以忽略不计。

一想到萧牧庭正承受的悲恸，邵飞呼吸一滞，情绪突然失控，猛地踩了一脚刹车，伏在方向盘上接连喘息。

都是血浓于水的骨肉兄弟，他不愿意萧牧庭体会他当年失去邵羽时的伤痛。他想萧锦程赶紧醒过来，好好地站在萧牧庭面前，就算醒不来，也不要停下呼吸与心跳。

很多人说，如果一个好端端的人突然成了植物人，不如死了好，省得自己受罪，还连累家人。

其实根本不是。邵飞想，八年前如果邵羽能活下来，就算要他照顾一辈子，他也愿意。

不知为什么，萧锦程与邵羽的影子重合在一起，邵飞怔怔地看着前方，浑身发冷。

直到一双手揽过他的肩，将他拉进温暖、熟悉的怀中。

萧牧庭轻声说：“你在这边保护好自己，不要让我担心。至于锦程，我……我有心理准备。”

邵飞埋在萧牧庭怀中呜咽出声，双手紧紧拽着萧牧庭的军装，既自责，又不知道该怎么办好。

应该是他来宽慰队长的，应该是他将队长抱在怀里。可事实却恰恰相反，竟是队长来安慰他。

“好了，别哭了，”萧牧庭拍了拍他的肩，“还能开车吗？”

“能！”他抹掉眼泪，哽咽道，“队长你放心，我一定照顾好自己。”

萧牧庭点点头：“走吧，不要误了时间。”

吉普停在机场，萧牧庭要走了。邵飞红着眼抱住他的腰，将他按在自己肩上。

这一路，还有之前在营里时，萧牧庭都未流露太多悲伤，但邵飞知道，队长心里一定是痛到难以支撑的。至亲离世的痛，只有体会过的人才懂。他想分担，却知道根本无法分担，亦知道任何言语都黯然失色，只好紧紧搂住萧牧庭——这似乎是他唯一能做的。

两人就这么依偎着，最后是萧牧庭先动了动身子，替邵飞系好松掉的围巾。

片刻后，他拍了拍邵飞的肩膀："等我一会儿。"

邵飞看着他跑向不远处的一支维和部队，与站在步兵战车前的军官说了几句话，又转身招手。邵飞立即跑过去："队长？"

"上去，他们送你回营，"萧牧庭说，"吉普先停在这里，有运送物资的任务时再来这里开回去。"

邵飞心口一下子就酸了，队长这时候还记挂他的安全，拜托别国步兵护送。

"别哭。"萧牧庭的拇指在他眼角掠过，"梁队今天晚上就到，你们要听他的安排。你是队长，一定要保护好自己，懂吗？"

"我不是队长，"邵飞死死盯着萧牧庭，"你才是！"

"我不在的时候，你就是。"萧牧庭笑得勉强，在他肩上重重一拍，"我得走了，来，跟队长击个掌。"

邵飞用力呼吸，以忍住眼眶里的泪水，萧牧庭已经向他伸出手，手指与手掌上都是长年与枪为伴而生出的老茧。

他低头闷哼一声，扬手猛地拍了过去，以为自己能将萧牧庭一把拉入怀中，却在碰到那只手时，向前重重一跌。

萧牧庭拍着他的背，在他颈边呼吸："保重，等我回来。"

军机起飞时，简陋的军用机场回荡着震耳欲聋的轰鸣，邵飞扬起头，将刚才对萧牧庭说的话重复给自己听："队长你放心，我会保护好自己，也会保护好二中队的每个人！"

陀曼卡的天地一如既往没有生气，归国的军机穿入厚重的云层，飞向和平；而地上的步兵战车拉出一道沙尘，与它搭载的维和战士一起，义无反顾地驶向战乱。

回营的路，与去机场时的是同一条，周围的景象也没有任何改变。但邵飞坐在步兵战车里，心绪却与之前截然不同。

队长走了。

分别并未令他心烦意乱，但萧牧庭转身之前的眼神却格外叫他牵挂。队长那样坚强的人，其实也有软肋，也有难掩伤痛的时候。

他既恨自己不能陪队长一起回去，在漫长的飞行中让队长枕在自己肩上，在绝望的等待中与队长一起守在病房、手术室外面。倘若萧锦程真的再也回不来，他想在第一时间紧紧抱住队长，用肩头埋藏队长的眼泪，而不是像现在这样天各一方，你独自承受痛楚，我坚守在岗位上。

但他也庆幸还能留在这异国的土地上，捡起队长暂时放下的责任，用已经能够肩负一切的臂膀，守卫二中队的荣光。

战车行至一半时，他再次抹了抹眼角，然后微微扬起头，任凭眼眶灼热难忍，也未再让眼泪落下来。

快到营区时，他又看到了那个武装据点。围墙上依旧站着手持自动步枪与长砍刀的人，几个墙头堡上支出做工粗糙的火箭弹筒。

距离第一次看到这个武装据点，已经过去接近两个月，当时他坐在萧牧庭身边，惊叹这据点竟然离维和营这么近。萧牧庭笑着解释，说分裂武装势力一般不会对维和部队动手，不用过度担心，而且离得近不算坏事，如果对方意图不轨，维和营这边也方便及时出击。

人都是惜命的，邵飞虽然听进去了，但每次巡逻从据点附近经过时，一颗心都是悬着的。直到相安无事过了大半个月后，那股紧张劲才消退些许。

如今再次经过据点，不知为何，初来乍到时的不安感又涌上心头。他凝视着围墙上的武装分子，心跳越来越快。

安全抵达维和营时，他大概想明白了——不安，是因为队长已经不在身边，亦因为从今往后，压在肩上的责任更重更沉。

深夜，梁正抵达维和营，叶朝当即召集各分队负责人开会。邵飞还未入睡，神经质地扛着狙击步枪爬上碉堡，在微光瞄准镜中观察不远处的据点。

收到开会通知时，他有些诧异，赶过去才知道，让他与会是梁正与萧牧庭共同的意思。

他坐在梁正身边，后背被重重拍了一把。梁正眼中满是疲惫，却压低声音鼓励他："打起精神来，别让萧队失望。"

会上气氛凝重，邵飞头一次明白叶朝、萧牧庭，还有诸位负责人平时的压力有多大。指挥中心烟雾缭绕，就连医疗分队那位看上去文质彬彬的队长手里都夹着烟。叶朝脸上没了平时的温和，眼神狠厉，声音也丝毫听不出惯有的笑意。他们讨论着陀曼卡东部日渐混乱的局势，分析最早什么时候可能影响到北部的维和防区；细致周到地制定应对策略，包括己方步兵的独立行动，以及与其他维和部队的协作行动。

邵飞插不上话，因为来得太急，也没有准备纸笔。不过靠着过去跟萧牧庭习来的记忆方法，他记下了所有重点与细节，甚至将每个人说话时的神态都刻入脑海。

他不禁想，如果队长也在，队长的表情是什么样子？会不会与他们一样严肃，嘴角没有一个笑容？

答案是肯定的。

那个对他、对队员们温柔笑着的队长，在背对他们考虑棘手无比的问题时，一定也像叶朝、梁正一样严肃慎重。

会后，叶朝将邵飞留下来，梁正也在。关上门时叶朝叹了口气，拿起文件在邵飞肩头拍了拍："多的话我也不说了，梁队刚来，最短也需要三五天来熟悉情况。邵飞，你现在是二中队的顶梁柱，萧队不在的这段时间，你必须把队伍撑起来，凡事要细心，做任何决定之前都问自己一句——如果是萧队，他会怎么处理。你需要耐心、细致，绝对不能冲动行事。陀曼卡这种地方来不得玩笑和演习，每次较量都是真枪实弹，明白吗？"

"明白！"邵飞血气上涌，回答得铿锵有力。

但叶朝眼中的担忧并未淡去，还有话想嘱咐，终是欲言又止。

梁正道："枫鹰从不让队徽蒙羞，你是最清楚的。放心交给我们！"

叶朝轻叹一口气，点头道："好。"

从这天起，邵飞成了二中队事实上的队长——白天一半时间带队巡逻，一半时间留在指挥中心学着部署任务，傍晚挨个点名，夜里向叶朝汇报步兵分队的任务执行情况。梁正虽名义上接替萧牧庭的位置，却很少干涉他的判断，只是偶尔提出几个建议，决定权始终放在他手中。

如果在过去，他可能不明白为什么，如今却轻而易举地想到，是队长，还有宁队、洛枫想趁此机会培养他。

维和营与国内的通信很方便，每天他都会定时联系萧牧庭。

陀曼卡的深夜，是卫城的清晨。

萧锦程一直没醒，始终没有脱离生命危险。萧牧庭的声音比以往任何时候都沙哑疲惫，不知已经熬了多久没睡觉，但说话时仍尽量显得轻松，有时还会笑一笑。

邵飞听得出萧牧庭是强行打起精神，每次萧牧庭跟他说"快去睡吧，晚安"时，他都恨不得赶到萧牧庭身边。

但是冷静下来之后，他又将那些七七八八的心情——想念也好，心痛也好，焦虑也好，通通收拾起来，与身为队长的压力一起，沉沉扛在肩上。

东部地区的动荡升级了，中部、南部逐渐受到影响，北部因为有各国维和部队而暂时无事。

萧牧庭离开的第六天，维和营来了一群特殊的客人——曾经在医疗分队接受人道援助的康复病人。

他们端着亲手烹饪的美食，穿着艳丽，载歌载舞地对维和战士表达感谢。

领头者是一名 30 多岁的男子，前不久刚从医疗分队的病房离开，他懂英语，正向营区外围的战士说明来意。

负责警戒的都是步兵分队的战士，不是侦察兵就是特种兵，个个警惕，不如医疗分队的军人那般"爱心泛滥"。男子用英语磕磕巴巴说到一半，一名特种兵就在通信仪里道："飞机呢？让他赶紧过来看看。这边有点情况。"

邵飞刚和梁正一道从埃及营回来，来不及休息，就立即赶过来。男子的目光在两人中扫视一番，最终站到梁正跟前，说来的都是蒙受维和营照顾的平民，如今局势吃紧，大家已经活不下去了，想趁早离开，去别国另谋生路，走之前想向战士们道谢，搞个联欢会。

逃难之前还搞联欢会这种事，在很多人看来不可思议，但陀曼卡民风如此，跳舞唱歌是他们表达心情的方式，别说向曾救过自己的人表达感激，就是上街示威都要趁机跳几段。

邵飞早已熟知这边的风俗，并不感到奇怪，但眉头始终是紧锁着的。

善意应当接受，但如果善意是状似佳酿的毒酒呢？

在陀曼卡这种地方，孩子也能背着自动步枪上街，老妇也能向陌生人捅刀，他早已见得太多。

梁正听完男子的话，未做表示，偏头看着邵飞："你觉得呢？"

邵飞的神情几乎不近人情，声音也有些冷——他并不习惯用这种姿态说话，但却不得不这样做。

他说："祝你们一路平安，感激我们心领了，不过军营有军营的规矩，联欢会就免了吧。"

男子露出着急的表情，不解地看着梁正，那眼神似乎在问：你们到底谁说话作数？

梁正不发一语，甚至退到了邵飞身后。

邵飞向男子点了点头，转身要走，忽听外面传来一声别扭却熟悉的"飞机"。

跑来的是在医疗分队与他有数面之缘的黑人姑娘，他一直记得她，因为她与众不同的乐观与坚强。

没想到她也在这群人里。

姑娘跑近，也是一口磕巴的英语，大致内容与男人说的一致，不过末了又补充说，理解战士们的担心，但是大家真的很想报答维和军人，尤其是医疗分队，如果实在不能进营开联欢会，能不能允许她带几名小女孩，亲手将食物送去医疗分队。

这要求不过分，但邵飞仍在犹豫。

眼前的黑人姑娘诚恳善良，如果放在过去，他会立即将她放进来。但现在一切都不一样了，他答应叶朝要像萧牧庭一样思考问题，就绝对不能感情用事。

队长会怎么做？拒绝还是接受？

邵飞心中有些焦灼，甚至想立即给萧牧庭打个电话。

但很显然，这是需要他自己做决定的时候。

黑人姑娘真诚地看着他，又喊了声"飞机"。

他凝眉思索，还未来得及作答，医疗分队的几名医生与护士已经闻讯赶来。

营外的平民一见到照顾过自己的医务人员，立即将食物顶在头上原地起舞，场面一时有些混乱。

一位护士仗着关系好，开玩笑推了邵飞一把："飞机你干吗？一脸苦大仇深，营里每个月都有军民互动活动，你拦着干什么？"

护士说得没错，各国维和营都会定期与防区平民互动，但邵飞仍是放心不下，考虑再三，在征求过梁正的意见后，放了十多名妇幼进营前往医疗分队。

黑人姑娘感激地朝他鞠了个躬，他勾唇一笑，却在对方转身后拿过通信仪，低声道："通知凌宴，让他马上到医疗分队。各哨位密切监控外围送餐的平民，如果有异动，立即开枪警告。"

吩咐完之后，邵飞并未与那些妇幼一同去医疗分队。她们已经经过搜身检查，没有携带任何伤害性工具。医护人员与作战步兵虽不能相提并论，但好歹是军人，基础防卫没有问题。况且凌宴已经带人赶去，如果真出了状况，也能够应付。

真正令他担心的是门口这群不肯离开的平民，以及不远处的武装据点。

那个据点始终是一团罩在维和营上空的阴云，以前他以为萧牧庭不把据点看在眼里，这段时间参加高层的会议，才知道队长那样说，只是为了让他与其他队员宽心。各位负责人对据点一直极其关注，甚至拟定了捣毁与驱离的方案，但碍于维和行动中"不主动出击"的原则，迟迟没有动手。

在特种兵们带着狙击步枪与火箭筒就位时，邵飞爬上瞭望塔，在瞄准镜中仔细观察下方平民们的脸。

他很想相信他们，更想相信那位开朗的黑人姑娘，但在当前的情势下，除了自己营里的兄弟，他谁也不能相信。

瞄准镜慢慢转动，每一张脸上似乎都是感激之情。这些人就算没被获准进入营区，亦不见生气，自娱自乐地高声歌唱，踏着音乐鼓点扭动身姿。

邵飞抿紧双唇，在人群中发现了两个似乎在哪里见过的人。

严格来说，这些人中的大部分他都见过——萧牧庭在医疗分队的病房住过几日，他24小时看护，只要是在那段时间接受救治的平民，他见过之后都记得。

但那两个人给他的感觉却不似在医疗分队里见过。

人群越来越热闹，鼓点时而激越时而轻松，邵飞看了看营门附近的侦察兵与工兵，发现他们中的部分人竟然已经跟着节奏摇头晃脑，脚也时不时在地上点一点。

邵飞眯起眼，再看哨位上的特种兵。他们与他一样，完全不受音乐的影响，仍旧专注地监视着平民的一举一动。

特种训练有一项专注力特训，要成为枫鹰的正式队员，就必须通过这项考核。所以现在特种兵们对那些鼓点毫无反应，而侦察兵却渐渐放松下来。

邵飞有些恼，在通信仪里喝道："注意力集中！"

侦察兵们这才回过神，但没过多久，又有人开始摇头晃脑。

邵飞不得不命令侦察兵去医疗分队帮忙，空出的位置由特种兵补上。

一刻钟之后，医疗分队的方向传来数声枪声。

邵飞目光一紧，扯过通信仪喊道："凌宴！"

"我能应付。"凌宴声音低沉，话音刚落又传来几声枪响。

邵飞唯恐那些妇幼身体里藏有炸弹——这一招在战乱国家屡见不鲜，但仔细一想又觉得不可能，之前的检查进行得非常仔细，早就排除了她们是人体炸弹的可能。

"放心，不是炸弹。"凌宴似乎知道他在担心什么，但来不及解释，"我处理完就过来。"

邵飞深吸一口气，心脏狂跳不已，既庆幸让凌宴赶过去，又懊恼让那些妇幼进来。

还是感情用事了，他想，如果今天站在这里的是队长，大约一个人都不会放入营中。

但自责并未将他扯入旋涡，反倒让心神更加安静。当瞄准镜再次对准人群，他身子一僵，忽地想起那两人在哪里见过。

那不是什么逃难的平民，分明是站在据点围墙上的武装分子！

邵飞暗骂一声，拉开保险，枪口对准其中一人。

一旦他们有所行动，子弹会立即射出。

医疗分队持续传来枪声，营外的平民势必也听到了，但他们并未露出半分惊恐，仍在高歌起舞，而鼓点亦越来越急促。

"有问题！"艾心在通信仪里说，"飞机，怎么办？"

"继续监视，暂时不要开枪，"邵飞冷静道，"里面有据点的人。"

"啊？"艾心的声音顿时高了几个分贝，"你怎么知道？"

"我认得。"邵飞道，"让人把步兵战车开出去，准备驱散这帮人。我们不能先行开火，但威慑总可以。"

不久，3辆防爆卡车打头，5辆步兵战车带着浓重的烟尘驶出营外，平民们被迫后退了50多米。一些人突然开始发难，将手中的食物扔向战车与防爆车，那些食物中，竟然藏有自制燃烧瓶。

他们哼哼哇哇大叫，说的虽是当地土话，但其中一句几乎所有维和战士都能听懂——滚出去！

邵飞唇角勾起冷笑，他等的便是平民们发难之时。混乱中，有人拿出藏在身上的手枪，毫无章法地对战车射击，早已被邵飞锁定的两名武装分子从背后摸出来的则是手掌那么大的TNT炸药。

邵飞食指压在扳机上，在他们还未来得及点火时，连续两发点射，枪枪爆头。

平民们大叫起来，连特种兵都蒙了。按照规定，维和军人在进行自卫式还击时不能以伤害对方性命为目的，但邵飞这两枪打得太实在，不偏不倚从眉间穿过，几乎有秀枪法的嫌疑。

陈雪峰在通信仪里着急地喊："飞机，你干吗，想挨处分？"

邵飞只回了两个字："该打。"

事态在此之后失控，武装据点方向飞来数枚火箭弹，但皆因射程短，准度奇差，而在营外爆炸。

要想将土制火箭炮射入营内，武装分子必须出击，在近处对准维和营。

这正是邵飞等待的机会。

刚才他冒着挨处分的风险也要将两名武装分子爆头，为的就是激怒据点，引蛇出洞。一旦据点对维和营发起进攻，他便有十足的理由还击，甚至一举将其捣毁，去掉这个心头大患。

武装分子不同于平民，维和军人不能伤及平民性命，但没说不能对武装分子以牙还牙。

此时，凌宴料理完医疗分队那边的事端，已经赶到哨位上："飞机。"

"处理好了？"

"已经全部控制住。"

"看到前面的武装分子了吗？"

"嗯。"

"那我们就帮叶队将他们全部收拾掉。"

枪声与火炮声齐鸣，武装分子在近处发射的火箭弹被当空拦截，特种兵的战车隆隆前行，狙击手的双眼如鹰一般锁定他们的眉心。

枪战持续了20多分钟，叶朝和另外两名高级军官从维和总部赶回来时，营外的动乱已经彻底平息。邵飞带人清点现场，确定击毙27名武装分子，擒获32人，平民无一人受伤。

听完汇报，叶朝在他肩头拍了拍："干得不错。"

但他心情却轻松不起来。刚才他已经从凌宴处得知，放入的妇幼中有7人根本不是平民，而是武装分子训练的"人体武器"，其中就包括那名黑人姑娘。她们行动非常灵活，体内携带病毒，妄图以咬伤女性医护人员的方式传播病毒。

听完凌宴的描述，邵飞连呼吸都有些不畅。如果不是凌宴处理及时，他该怎么向队长交代。

见他神情紧张，似乎还未从刚才剑拔弩张的气氛中缓和过来，叶朝又道："去跟萧队通个电话吧，我听说这两天锦程的情况似乎稳定了一些。"

邵飞一惊："真的？"

"我也不太清楚，"叶朝说，"你自己问问吧。"

此时卫城已是晚上，当熟悉的声音传来时，邵飞紧绷多时的神经终于松了下来。

萧牧庭说，锦程的情况的确好了一些，虽仍在重症监护室，但生命体征渐渐稳定了。

"营里怎么样？等锦程彻底脱离生命危险，我就立即赶回来。"

邵飞松了口气，想说一切都好，但话刚出口，就被萧牧庭听出端倪。

"闯祸了？"萧牧庭问。

"没有！"邵飞声量一提，"我没闯祸。"

萧牧庭似乎在轻声叹息："那给队长说说，今天怎么过的。"

邵飞吞吞吐吐，结巴了两句后发现即便相隔万里，还是无法跟萧牧庭撒谎，便将刚才发生的事一五一十倒出，最后老实承认错误："我不该放她们进来，叶队叫我凡事站在您的角度考虑问题，您肯定不会这么做。"

"我会。"萧牧庭说。

"嗯？"邵飞微怔，"不会吧？"

"怎么不会？"萧牧庭笑了，"我还没冷血到那种份上。"

邵飞手指抖了一下："队长，你是在安慰我吗？"

"不是，"萧牧庭说，"是在夸你。"

邵飞不好意思了。

"如果是我，我也会放她们进来。任何时候，善意都不该被辜负。"萧牧庭慢慢解释，"但我和你一样，也会让人密切注意她们的一举一动，出现不对的情况就立即拿下。咱们营有的是身手出众的战士，而你已经让人对她们做过搜身检查，确定她们身上未藏武器。在这个前提下，我们的战士不可能控制不了她们。"

邵飞抿住唇角，低声道："嗯。"

"要保持警惕，也不要放弃善良，"萧牧庭声线温和，"你都做到了。"

邵飞趴在桌沿，将脸贴在手背上。

萧牧庭又道："而且在对付人群里的武装分子时，你也很聪明，知道先派出战车以激怒平民，引诱他们向战车发起攻击，你再以'自卫反击'的形式开枪打死武装分子。爆头是最好的方式，因为"误伤"不足以激怒据点，只有爆头这种炫技射击，才能让他们立即反扑。如此一来，我们趁势将据点端掉也在情理之中。"

邵飞微张着嘴，听萧牧庭将他近乎要流氓的逻辑逐条分析出来时，脸上更烧了，卡壳似的道："呃，我……"

"你干得漂亮，"萧牧庭道，"心思缜密，值得表扬。"

邵飞僵了一会儿，突然发出一声"嗷"。

萧牧庭笑："说人话。"

邵飞嘟囔道："想听你当面夸我。"

萧牧庭顿了一会儿，温声说："我很快就回来。"

两天后，盘踞在陀曼卡各地的分裂武装势力突然联合发难，于凌晨攻占临时政府各个重要机构，大量官员惨遭屠杀。

此时维和总部才得知，年初发生在东部的动乱，以及北部地区的暂时平静都是表象，武装分子在长达一个多月的时间里按兵不动，不仅是为了休养生息，更是为这突然一击做准备。

令人唏嘘的是，推翻临时政府的不只各路分裂武装势力，还有为数众多的平民，其中老人与小孩亦不少，他们有的扛着抢来的杂牌步枪，有的抄起干农活时的工具，冲在暴动队伍中。邵飞与凌宴跟随叶朝紧急赶往联合国总部，沿途看到成排的尸体。

大地被血洗，子弹穿过同胞的躯体。

陀曼卡目前这种情况已经不是维和部队所能控制，除了少数维和营，很多维和部队根本没有配备作战步兵。祸乱伊始，许多国家的维和部队已经撤离，维和总部虽极力劝说，但仍无法阻止。

上级要求叶朝静观其变，接纳陀曼卡境内的同胞，不要在维和总部对陀曼卡下达决议前轻举妄动。

邵飞与萧牧庭通过几次电话。目前陀曼卡已如炼狱，临时政府被推翻后，各分裂武装势力没日没夜地火并，平民死伤无数。维和营区却是安全的，只要不外出介入争端，队员们就不会遭遇危险。但萧牧庭仍旧放心不下来，恨不得立即赶去陀曼卡。

萧锦程还没有醒，不过已经脱离生命危险。萧老爷子却大病一场，住在特殊病房里。萧牧庭分身乏术，也没有途径去陀曼卡——所有前往陀曼卡的航班都已停飞，军方还专门给特种作战总部和枫鹰打过招呼，一切听从指示，谁也不许有越矩的行为。

邵飞在电话里跟萧牧庭发誓，一定会照顾好自己和队友，保证平安归来。

放下手机后，萧牧庭揉了揉眉心，忽地一拳砸在窗框上。严策敲了敲门，踱步而入，闲聊几句后道："锦程是为救我的队员受伤，这次枫鹰如果出动，长剑一定全力相助。"

萧牧庭摇头，眼里全是红血丝。这段时间他睡得极少，担心锦程又记挂队员，尤其操心邵飞。巨大的精神压力下，他几乎瘦了一圈，脸色也比过去苍白。

"不用太过自责，你看你，都在医院守多少天了？"萧牧庭说，"不管是不是长剑的队员，在那种情况下，锦程都会去救，他就是那样的人。"

严策靠在窗边，点了根烟，望着夜色沉默不语。

倒是萧牧庭又开了口："小戚好些了吗？"

"早好了，都是外伤。"

"我是说心理。"

严策一愣，苦笑道："没再把自己关起来，昨天还趁你不在，偷偷跑来看了锦程。"

萧牧庭揉了揉太阳穴："真的不是他的错。我看过你们当时的行动记录，小戚是为了掩护其他队友才落在最后。当时如果不是他，也会有其他队员断后。他与锦程都……都只是运气不太好而已。"

"但他不这么想，"严策说，"他觉得如果自己再厉害一些，就能在掩护队友的同时全身而退，也不至于连累锦程。"

"小戚已经很厉害了，才 21 岁。"萧牧庭跟严策讨了根烟，深吸一口，在烟雾中眯起眼，"去年在总部参加联训时，他还没什么集体感，独狼一只，现在不仅会配合、指挥队友，还主动担起掩护队友的职责，很不简单。"

严策一向冷厉的目光柔和几分："但就像你刚才所说，他运气不太好，锦程也是。"

之后两人都未再说什么，各自执烟沉默。

普通人时常将"运气"挂在嘴边，打牌输了是运气不好，考试差点及格是运气不好，网上购物没抢到特惠券也是运气不好……

可是对于他们来说，运气不好大约就意味着重伤，或者生死相隔。

烟燃到尽头，萧牧庭拍了拍严策的肩："小戚听你的，你多开导开导他。等锦程醒了，你带他来看看，不用避讳我，我又不会吃了他。看到他没事，锦程一定很高兴。"

严策薄唇微动，片刻后呼出一口气："我明白。还是那句话，有任何需要帮忙的地方，立即告诉我。"

萧牧庭郑重点头："谢谢。"

陀曼卡的动乱持续了一周，维和总部在多方博弈中通过了撤出全部维和部队的决议。B国的空战部队当天就派出轰炸机，炸毁了28处重要据点。而国内并未出兵，叶朝接到的命令有二：一是回国，二是将登记在册的174名同胞一同带回。

陀曼卡虽饱受战争之苦，但矿资源非常丰富，国内有几个采矿企业涉足当地矿业，这些年在官方登记的驻陀人员就有174人。要找到他们不算特别困难，叶朝立即将步兵分队一分为三，一支留在营里警戒，两支前往矿区所在的西北地区。

邵飞与凌宴各为组长，经过三天三夜的搜寻，送回165人，确定41人已在争端中死亡。

生者加上死者，一共206人，远超官方核定的174人。

一名浑身是血、狼狈不堪的企业负责人说，当初为了尽快过审，钻了程序的空子，公司来的共有35人，只上报了17人，这种情况不只存在于他们一家公司，其他采矿企业的真实人数也与官方数字不一样。

艾心看向邵飞："这怎么办？人都散了，哪儿找去？"

"散了也得找，"邵飞拧着眉，"所有同胞都得带回去。"

叶朝和梁正都赞同，人命不是儿戏，虽然说是带回名册上的174人，但剩下的人莫非就要放弃吗？他们的确钻了空子，这不假，但这种错误不该拿命来抵。

此时，第一架救援军机已经赶到，已被救回的员工和工兵分队、医疗分队的部分队员一同上机归国，步兵分队则全员留下，继续搜寻。

不久，邵飞向各个采矿公司的负责人搜集到失联员工的信息，一共49人——如果都还没有遇难的话。

小组再次出发，而这一次，由于B国持续不断的军事打击，很多路已经走不通了。分裂武装势力的武器极差，推翻临时政府靠的是人海战术与出其不意，此时转入地下，将仇恨一股脑倾泻在尚未离开的维和战士头上。

从维和营到陀曼卡西北部，邵飞带领的小组遭遇无数次火箭弹袭击。吉普在枪林弹雨中穿行，若非已经过改造，且战士们各个驾驶技术出众，恐怕吉普早已被轰成一堆烂铁。

这次归来，他们带回18人，凌宴的小组带回16人，仍有15人不知所踪。

几天下来，陀曼卡的局势向着一种诡异又并非不能理解的方向发展——几个外国势力在争抢地盘，对不少据点的打击出自私心，国际雇佣兵、毒贩、武器贩子等亡命之徒非但没有逃离，反倒大肆搅浑水，一时烽烟四起，局势乱成一锅粥。

上级在权衡之后命令叶朝立即撤回，全部队员和找到的员工登机离开。

但没找到那15人，战士们都不愿意走。叶朝争取到一天时间，一天之后，不管找到多少人，都得听令返回。

邵飞再次前往西北，亲眼看到雇佣兵的火箭炮击落一架武装直升机，B国空军的轻型轰炸机低空飞过，震耳欲聋的引擎声中，一枚空地导弹精确冲向一处隐藏的弹药库。刹那间，地动山摇，气浪几乎将吉普与步兵战车掀翻，熊熊火光将半边天空烧成赤色。

邵飞耳鸣得厉害，但不能停下来，更不能原路折返。当晚，特种兵们又找到5人。由于带着他们不方便行动，邵飞匆匆将他们送上步兵战车，让战友先行护送回营。

次日时限已到，邵飞与6名特种兵仍未归来，且失去联系。凌宴慌了，要带人去找，被叶朝一把拦住。

傍晚，军机已无法再等。叶朝强令剩下的战士与最后一批民众一同归国，他则与少数队员留下来，准备必要时支援邵飞。

军机起飞，离开满目疮痍的大地，维和营的旗帜已经降下，象征着和平的蓝色亦不复存在。

叶朝拿起电话，拨出一个号码，在接通后沉声道："侦察营叶朝，请求枫鹰支援。"

重症监护室，各种仪器发出单调沉闷的声响，萧牧庭弯腰站在病床边，轻轻拍了拍萧锦程的手背，低声说："我走了，你休息得差不多了就赶紧醒过来。上次不是吵着想见邵飞吗？我这就去把他接回来。"

萧锦程毫无反应，好在心跳与呼吸都是稳定的。萧牧庭轻叹一口气，又看了他一眼，转身朝门外走去。

萧老爷子坐在轮椅上，腰板虽然挺得很直，但军装换作病号服，看上去还是苍老虚弱了许多。他支开陪在身边的事务兵，看着萧牧庭道："你又要走？"

"是，"萧牧庭站在父亲面前，"我接回我的队友就回来。"

"你……"萧老爷子深皱起眉，右手颤抖着抬起，指向重症监护室，"锦程还躺在里面。"

萧牧庭不语，眼中的光一动不动。

"他还没有醒！"萧老爷子激动地抓住轮椅扶手，想撑起身体。萧牧庭赶紧上前两步，不动声色地将他按回轮椅。

父子两人沉默对视，彼此眼中都布满红血丝。半晌，萧老爷子再次出声："你还记得两年前的事吗？"

萧牧庭唇角微动，低声道："记得。"

"你违抗命令，私自去救你的战友，被抬回来时周身是血。"萧老爷子的声音带着几分哽咽，"有人说你活不成了，医生拼命把你救回来。喏，现在锦程就和你当年一样。但你醒得比他快，脱离危险后不久就醒了。他还在里面躺着，不知道什么时候能醒来。"

萧牧庭胸口又沉又闷，双唇渐渐抿紧。

"你居然又要走，"萧老爷子苦笑，"又是去'接队友'，你想没想过，万一又像上次一样，非但没接回队友，还把自己也搭进去？"

萧牧庭微垂眼睑："想过。"

"想过你还去？"萧老爷子沙哑的嗓音响彻整条走廊，"你们队除了你就没其他人了吗？锦程还没醒，你如果在陀曼卡也出事，你让我以后怎么跟你们母亲交代？"

说完，萧老爷子剧烈咳嗽起来，萧牧庭走近，右手在他背上不轻不重地拍着，片刻后从衣兜里拿出一枚巴掌大的臂章："我带领的中队全员在陀曼卡，只有我中途离开，现在他们中还有 11 人没有归来，我是他们的队长，我有责任将他们一个不少地带回来。"

萧老爷子嘴唇颤抖，头垂了下来，双手转动着轮椅，彻底背过身时哀声道："想去就去吧，反正现在我也管不了你了。你和锦程，我谁也管不了。当初就不该让你们一个入伍一个念警校。算了，你要将你的队员一个不少地带回来，但我只希望你这一趟能平安无事，不要像上次一样。我老了，如果你再给我来一次，我承受不了。"

萧牧庭紧握住双拳，喉咙发紧，喑哑地喊了声"爸"。轮椅却安静地向前滑行，没有停下，更没有转过来。

前往城郊军用机场的车已经在楼下等候，车门打开时，萧牧庭一怔："严队？"

"上来吧。"严策身着迷彩，大半眉目隐在阴影中，显得比平时更加冷酷。

萧牧庭关上门，这才看到后座还有一人。

是戚南绪。

"萧队，您……您好。"戚南绪低着头，比半年前沉默许多，说话时挑起眼角偷偷看了萧牧庭一眼，又很快将目光收了回去。

军车飞驰，窗外光影流动。萧牧庭皱起眉："严队，你们这是？"

"和你一起去机场。"严策道。

"你们也要去陀曼卡？"

"是。"

萧牧庭扶住额头，看了看窗外，几秒后道："真不用这样，我们枫鹰……"

"萧队，你理解错了，"严策打断，"让长剑派一支精英小队与枫鹰一同去陀曼卡，是总部的意思。"

萧牧庭眯起眼，自是不信。

严策见他不信，挑了挑眉，也不竭力争辩，只道："我的队员已经到机场了，精英中队里挑来的，不输你们枫鹰。至于这家伙……"严策说着看了看戚南绪，下巴一抬，"自己说。"

戚南绪终于抬起头，认真地看着萧牧庭，声音虽不大，却字字有力："萧队，我想将功补过。"

碰触到戚南绪那与邵飞有几分相似的目光时，萧牧庭心脏一抽，一直压抑着的恐惧几乎要冲垮他勉强筑起的心理防线，击破那一张名为冷静从容的面具。

当宁珏告诉他，邵飞与另外 6 名队员在陀曼卡失去联系时，他浑身每一块肌肉都倏地绷紧，喉咙难受得几乎说不出话，眼皮不断跳动，眼前一阵黑一阵白，脑子里闪过邵飞笑着喊"队长"的脸，在长达 5 分钟的时间里失去了思考的能力。

放下电话后，他尽力将那些难以控制的情绪通通压下去。邵飞还在陀曼卡等他，他必须镇定下来，绝对不能乱了方寸。

宁珏与洛枫带着从一中队调拨的精英小组赶赴卫城，以最快的速度申请到行动令。同一时间，长剑也向总部递交了申请。

宁珏拨出电话："这次由你带队还是我带队？"

萧牧庭回答得斩钉截铁："当然是我。你和洛枫留下来。"

军车抵达机场，两队身着同样迷彩，臂章却不一样的特种兵分列两头，左边是长剑，右边是枫鹰。

时间紧迫，宁珏拉过萧牧庭紧紧抱住，放开时在他肩上捶了一拳，指着枫鹰排头的二人道："宁城，尹天，年初刚从敢城回来。"

萧牧庭一惊："你把他俩……"

"这次救援行动他俩参与再适合不过。放心，他们两年前能把我救回来，这回也一定能协助你，救回咱们的 11 名队员。"宁珏道，"梁队和叶队也还在那边，再加上长剑，没理由失败。去吧，等你们的好消息。"

军机在料峭春寒中升空，驶向万里之外的纷飞战火。

萧牧庭深深呼吸，努力平整心绪。闭上眼的一刻，他清晰地听到邵飞说："队长，我想听你当面夸我。"

眼眶发酸，他收紧了手指，心里一个声音说："好好等着，千万不要出事。"

位于陀曼卡北部的维和总部人去楼空，两支分裂武装势力在附近交火，子弹簌簌飞行，火箭弹毫无章法地飞，一周前砍杀临时政府官员的平民陈尸街头。

一枚导弹不知从哪里飞来，巨响之后，烟尘遮天蔽日，楼塌了，手握步枪的武装分子被炸得身首异处。

交火停歇，因为已经没有人还能站起来。

一小时之前，失联的 7 人里有 4 人赶回，带回找到的最后 6 名员工。艾心额头的伤口崩裂，血流得满脸都是，发狂般地喊："飞机呢？飞机没回来？"

凌宴手上的医药箱"哐当"一声掉在地上："你们……走散了？"

西北部的矿区如今已被国际雇佣军占领，当地矿工和外国采矿公司的员工四散而逃，邵飞带领的小组好不容易找到 5 人，让 3 名战友护送他们乘步兵战车赶回去，余下 6 人连同他自己继续搜索。

眼看时限已过，再往前就将进入 B 国战机的密集轰炸地带，陈雪峰一把抓住邵飞，厉声道："没人了！"

经过 3 个多小时跋涉，他们又找到 6 人，这 6 人刚从分裂武装势力的激战中逃出，大部分精神恍惚，哭着说"全死了，里面全是死人"。

邵飞咬了咬牙，知道剩下的 4 人肯定已经折在交火中，再坚持找下去，只可能赔上自己的兄弟。

他吐出一口带血的唾沫，转身道："上车！抓紧时间，务必在天黑之前赶回去！"

3辆千疮百孔的军用吉普在已经不能称之为路的道路上飞驰，邵飞亲自驾车飙在最前头，副驾上的艾心目眦欲裂地盯着前方。

这是来时的路，但短短半天时间，周围的景象已经难以辨认，被炸塌的房屋已变成一堆碎砖破瓦，过去危机四伏的树林燃着滔天大火，桥被拦腰炸断，砖石砸入河中，将水流生生截断。

邵飞一拳捶向方向盘，拉过通信仪吼道："倒回去，前面过不去了！"

"怎么办？只有这一条路！"艾心额头被弹片刺伤，纱布就快止不住血。

"凉拌！"邵飞嗓音干哑，猛打方向盘，车轮在地上撕出刺耳的尖啸。他从车斗里翻出一包棉花，看也不看就塞进艾心怀里："自己按着，你那边有止血药，拿出来抹上去。不要慌，有我在，怎么也找得到回去的路。"

艾心忍着剧痛往伤口上药，闷哼道："如果能联系到叶队就好了。"

"别想了，通信全断了，怎么联系？"邵飞一轰油门，带着后面的2辆车拐入一条更加残破的小路，"他们肯定等着我们。"

天色渐晚，周围轰炸声不断，汽油不够了，别说尚未找到回去的路，就是找到了，剩下的油也不够开回去。

邵飞找到一个相对安全的农产品加工厂房，让陈雪峰安顿好大家，自己则与艾心一道去找加油站。

陀曼卡绝大部分油料库不是被毁，就是落入武装分子手中，但邵飞运气不错，靠着经验在破路上摸索，刚开出10公里，就发现一处加油站。

虽然加油站周围站着4名持枪武装分子，但区区4人，对他与艾心这种级别的特种兵来说，解决他们根本不在话下。

冰冷的侦察兵匕首劈开空气，武装分子接连倒下，两人迅速加满油，将剩余的装入后座。

如果一切顺利，这些油能够保证他们赶回维和营。

天已经全黑了，路上唯有火光带来暂时的明亮。邵飞关掉车灯，戴着夜视仪，开得极其小心。吉普上拉着油，一旦遇上袭击，后果难以想象。

快回到厂房时，邵飞没有直接驶进去，屏气凝神听了一会儿，心脏猛跳起来，低声道："有人！"

厂房和离开时没有任何区别，两名特种兵在明处站哨，另有两人藏在看不见的黑暗里，是为暗哨，厂房里只有一名特种兵看护着前不久救出来的员工——这都是邵飞临走前安排的。但此时此刻，一种诡异的气氛弥漫在厂房四周。

艾心并未察觉到异常，蹙眉道："人？什么人？那不是雪峰他们吗？"

"不，有人在外围。"邵飞快速将车泊在一处非常隐蔽的矮树林中，拿过狙击步枪，一边上弹匣一边说，"我们被盯上了，他们想包围这里，打我们个措手不及。"

艾心将信将疑，但时间紧迫，来不及问究竟是哪里不对，也挎上步枪，跟随邵飞下车。

林中全是杂草，稍稍一碰就会传出声响，但两人穿行如鬼魅，偶尔弄出响动，听上去也与鼠类飞奔的杂音类似。

当初在选训营，教官让大家模仿老鼠、鸡鸭、猫狗夜行的声音，邵飞死活学不好，撞上了开训之后的第一堵"叹息之墙"，倒是人高马大的艾心学什么像什么，深更半夜带着他摸索，他憋着一口气苦练，终于摸到了诀窍。

那时费力习来的技巧，在实战里成了最管用的夜行衣。

邵飞爬上一棵枝繁叶茂的树，整个身体伏在枝丫上，冷静地用红外观测仪扫视厂房外围。艾心则伏在另一棵相隔较远的树上，与他互成掩护。

充当明哨的队员一位是陈雪峰，一位是周辛，都是反应极其灵敏的队员。按理说，他们应付突然袭击问题不大。但邵飞不敢掉以轻心，因为厂房里还有 6 名惊恐的员工。一旦枪战打响，大家既要应付外面的敌人，又要保护里面的同胞，情况不容乐观。

最好的办法，便是在火燃起来之前，直接扑灭火苗。

林子里的响动渐渐明显，艾心心脏提到嗓子眼，既惊诧于邵飞的观察力，又为身在明处的陈雪峰、周辛担心。

邵飞枪口对准动静传来的方向，冷静而迅速地转动微光瞄准具。去年萧牧庭说与他和戚南绪的话悄然浮现在脑际——实战下的夜间狙击，没有哪个敌人会在头上顶着 LED 灯泡等你们瞄准，你们得去适应黑暗，以及黑暗里的紧张氛围。

邵飞无声地吸气，突然，瞄准具中暗光一闪，几乎无法被人的视线捕捉到，但对邵飞来讲，那短暂的一闪已经足够了！

子弹上膛，金属擦过浓墨一般的黑，正中那人的心脏。

情势陡变，妄图发起突然袭击的一方阵脚大乱，四人暴露在狙击手的枪口下，邵飞与艾心默契地各开两枪，而后迅速离开藏身的大树，狙击枪换作突击步枪，在夜视仪的辅助下，对敌人进行精准点射。

黑暗里传来数声喊叫，十几人从树林中冲出来，陈雪峰与周辛，还有另外两名暗哨当机立断，子弹梭子般飞出，打进他们的手腕与膝盖。

邵飞仍未放松警惕，刚才他当了一回黄雀，此时握着突击步枪，如猫一般绕到树林之外，寻找趁乱逃脱的鼠。

果然，有人在破路上疯狂奔逃，而另一人正躲在自以为安全的石板后，准备发射救援指示弹。

邵飞先解决了石板后的人，再一枪打向那逃命的人。

残酷的战场教会他绝不能仁慈，这些人是来要他与兄弟们的命的，他一个也不会放过。

厂房的方向传来口哨声，他抹掉汗水望过去，知道艾心和陈雪峰已经料理掉其他人了。

艾心踢着一个还未咽气的武装分子道："居然是咱们隔壁邻居！"

邵飞瞳光微收，抿唇看着一地的死者和伤员。

从着装来看，这些人正是维和营附近那处据点的武装分子，这是他们第二次以实际行动欲置维和战士于死地。

邵飞想，大约也是最后一次了。

陀曼卡局势彻底失控之前，这支分裂武装势力曾经与平民一道冲击维和营，邵飞施技反扑，捣毁据点，却没有追击逃走的小部分武装分子。

一时间，后怕涌上心头，他不禁想，如果自己与艾心回来得晚一些，或者没有注意到周遭的异象，那么战友此时是不是已经负伤？运气再差一点儿，可能已经……

他甩了甩头，将不好的念头全赶了出去。艾心把藏着的吉普开回来，给另外两辆车加好油。陈雪峰突然喊："飞机，过来一下。"

邵飞闻声过去："怎么？"

"你看这个人。"陈雪峰蹲在地上，身边是一个年轻男人的尸体。他从男人脖子上取下一条放着照片的项链，叹气道："人心难测啊。"

邵飞接过，眉头一蹙。照片里的黑人姑娘他再熟悉不过，拍照的时间应该在几年前，那姑娘比第一次在医疗分队里见面时年轻许多，穿着分裂武装势力的衣服，笑得十分开怀。

上次出事之后，他还乐观地劝说自己——她只是离开医疗分队后被分裂武装势力利用了而已。然而事实是，她很早以前就是分裂武装势力的一员，来医疗分队接受治疗是精心准备的骗局，她用开朗与乐观骗了所有人，甚至差一点儿就用她装出来的善良杀了那些救她的人。

邵飞将项链扔在地上，一脚踩碎。

车队再次出发。时值下半夜，路上鬼影幢幢，不停歇的爆炸声与突然降临的安静不知道哪个更让人不安。很多路都走不通了，邵飞不得不反复探路。

他以前没多少耐心，像这样折腾一晚上早就受不了了。现在他却冷静得出奇，一条路走不通，就再找下一条，除了眉间越皱越紧，表情几乎看不出变化。

中途艾心与他换了座位，他已经很累了，这些日子没有睡过一个好觉，眼里的红血丝就没消退过。艾心让他睡一会儿，他抱着步枪靠在副驾的椅背上，绷紧的神经却怎么也放松不下来。

如果是队长，现在会怎么做？

突然想起萧牧庭，本来只是想站在萧牧庭的角度思考问题。但触及这个名字的一刻，心脏就传来异样。

不知不觉间，鼻腔酸得难忍。

是想要哭泣的感觉。

出息！他掐了自己一把，睁大发胀的眼眶，将泪意憋了回去，暗骂道：你哭什么？没死没伤，只是累了几天，暂时找不到回营的路而已，这有什么好哭？

瞳孔在黑暗中收紧，他垂下眼睫，听到了心头的声音——

我就是，就是想队长了而已。

破晓之前，车队停下来休整。眼看油又快不够，邵飞不得已决定丢掉一辆车，7 名特种兵加上 6 名被救员工，挤两辆也不是不行。

但找不到通往北部的路仍是问题。

重新上车之前，邵飞低声与艾心说："我想从山蛇坝绕路。"

艾心喝道："你疯了？那是雇佣兵和军火走私团伙的地盘！"

"除了那里，还有哪条路能回去？"邵飞故作轻松，"他们是雇佣兵，我们还是特种兵呢！"

"拉倒吧！几百名雇佣兵和 7 名特种兵？"艾心指了指吉普，"还是带着 6 个拖油瓶的特种兵！"

"小声点儿，别那么说人家。"邵飞笑了笑，"回去告你的状，让洛队给你上上思想课。"

之前邵飞和艾心的车不带其他人，现在不得不塞上 4 人——陈雪峰和 3 名员工。车向山蛇坝驶去，沿途起火的汽车和房屋倒塌后的废墟随处可见，空中时不时飞过火箭弹，那"嗖嗖"的刺耳声响听得人头皮发麻。

后座的员工说，这次如果能安全回国，以后再也不会为了赚钱来这种地方。

艾心扶着额头，假装没听到，邵飞在后视镜里冲他们笑道："放心，肯定送你们平安回去。"

　　然而话音刚落，密集的枪声突然响起，后方传来尖锐的刹车声，邵飞猛打方向盘，避开从前方笔直冲来的火箭弹。吉普向左边大幅度倾斜，几乎翻倒，艾心与陈雪峰连忙上膛。火箭弹擦着车身飚过，在坑坑洼洼的路面上炸出一个大坑。爆炸令车身猛烈震颤，邵飞咬紧牙关，躲避又一枚飞来的火箭弹，在后视镜中看到紧跟在后的吉普亦竭尽全力飞驰。

　　现在的情况并未出乎他的意料，这一带被军火走私团伙控制，要想通过势必爆发枪战。

　　这是唯一的路，他必须闯！

　　此时尚未抵达山蛇坝的核心地带，邵飞在避过一连串子弹后往右一转，本想开入一旁的废墟中，先迂回，再强行突破。但陈雪峰突然喊道："飞机，有车追上来了！"

　　后视镜里，一辆一看就经过改装的吉普越来越近，站在上面的雇佣兵手持火箭筒，正要发射。邵飞一踩刹车，急速倒车，艾心心领神会，一脚踹开车门，飞身跃出车外，几个翻滚之后一枪击毙敌方的驾驶员。

　　那车歪斜着冲向路边，火箭弹失去方向，撞在侧面的山岩上，顿时，砂石滚落，如同万丈瀑布。

　　邵飞一手握着方向盘，一手拿着手枪，甩枪上膛，在车身原地飞转的瞬间，砰砰两枪，解决了吉普上的雇佣兵。

　　暗处的子弹并未停歇，他踩向油门，趁乱带领另一辆车杀入废墟。心里极度紧张又极度冷静，他低声道："等会儿肯定还有追兵，我们换车。"

　　艾心道："什么？"

　　"你带他们三人去后面那辆车，"邵飞语速极快，"雪峰留下来帮我，让周辛也过来，我们负责开路和引开雇佣兵，艾心，你看准时机，一有突破的机会，就马上给我开出去。"

　　"不行！"艾心喊，"凭什么你去引开雇佣兵？我要留下！我本来就在车上，我不跟周辛换！"

　　"必须换！"邵飞态度不容反驳，"我们七人里，论驾驶技术，我第一，你第二。除了你，谁去开那辆车我都不放心！"

　　"我……"

　　"队长的话，你听不听？"

　　艾心还想再说，却被陈雪峰厉声打断："去，把他们三人带过去，把周辛换过来。

我和周辛玩枪比你厉害，我们保护飞机，你就别瞎操心了。"

两车并排停下，人员迅速转移。艾心眼眶发红，狠狠瞪着邵飞，喊道："飞机！回营见！"

邵飞踩紧油门，沉着地深吸一口气："回营见！"

第十六章

你来接我好不好

　　雇佣兵与军火走私团伙比陀曼卡本土的分裂武装势力更难对付，他们装备精良，手上的枪炮绝非分裂武装势力的土制火箭弹能比。而能跑来这种地方拿命发财的人，在临时政府垮台、多国空军开始轰炸之后仍盘踞不去，可见亡命到了何种程度。

　　不要命的人，最惹不起。

　　但邵飞不得不惹。

　　两辆吉普目前已经呈现不堪重负之态，车身上弹孔密布，一面防弹玻璃已碎，剩下没彻底报废的那面也早已布满裂纹。闯入山蛇坝中心地带后，子弹就未有一刻停歇，像雨一般倾泻而下，火箭弹也毫无规则地飞来，邵飞不停急打方向盘，左避右突，车轮在地上摩擦的声音令人心惊胆战。

　　好几次在猛转车身后，他心脏都紧紧一收，唯恐没能躲开火箭弹，也担心车轮就此报废。

　　而追逐着他们的不只是子弹与火箭弹，还有数辆吉普和跑车。

　　雇佣兵们吹着口哨，嚣张地叫喊，像猎人追逐逃命的猎物一般，一辆车头经过改装的跑车甚至试图撞上艾心驾驶的吉普。由于载人过多，那吉普根本跑不过跑车，若不是车上的特种兵以火力将对方逼退几秒，吉普或许已经被撞下山崖。

　　邵飞急速转向，喊道："雪峰！"

　　"明白！"就在车倒退驰援时，陈雪峰迅速装填好火箭筒，冷静扣发。火箭弹拖出一道硝烟，直刺跑车而去。

　　第一发并未打中，跑车灵巧地加速左拐，成功避开火箭弹。显然跑车的驾驶者也是惯于在生死线上角逐的人，说不定以前还是哪国的特种兵。但车上的人还未来得及高兴，一枚12.7毫米的子弹已从吉普射出，角度刁钻，如冷箭一般飞向跑车的油缸。

　　电光石火间，邵飞竟已与副驾上的周辛互换位置，此时驾车疾驰的是周辛，在椅背上架住重型狙击步枪的是邵飞！

跑车躲过了火箭弹，避闪的角度却刚好将油缸暴露在大狙的枪口下。

邵飞等的便是这一刻！

重狙的威力非同凡响，一击扣发，巨大的后坐力就令邵飞紧皱双眉。一年前的这个时刻，他是二中队唯一接受重狙训练的队员，一次次承受重狙的恐怖冲击。也是在一年前，他在练习射击的楼顶与楼下身着军风衣的萧牧庭第一次对视……

巨大的爆炸声将他拉回现实，子弹飞入油缸的瞬间，跑车炸起熊熊烈火，形同一道绝佳的路障，逼停了追上来的四辆车，艾心驾驶的吉普得以逃过一劫。

陈雪峰抹掉额头上的汗，与邵飞击拳。周辛踩着油门："换不换？"

"你开，"邵飞在重狙上拍了拍，"这玩意儿我还是头一回在实战中用！"

"咱们队也就你能用它了，"陈雪峰快速换上新弹匣，"我、周辛、艾心，谁都使不动。"

邵飞抿住唇，知道陈雪峰这话并非恭维。

去年他被调去给萧牧庭当事务兵之后，艾心等人也爬上楼顶练过重狙，命中率不低，但稳度比不上他。

而他扣发时就知道能不能命中的手感，是通过萧牧庭的特训获得的。

过去的一点一滴再次涌上心头，他捂住心脏的位置，而后轻轻捶了两拳。

队长不在身边，但队长教给他的一切，成了他在枪林弹雨中最坚固的盔甲。

两辆吉普再次并排疾行，邵飞朝艾心喊："快！过了前面那座桥，他们就不敢追上来了！"

艾心喝道："你们跟上！"

陈雪峰竖起拇指："走你！"

艾心一脚轰向油门，而周辛的驾驶速度却慢了下来。

是邵飞的意思。

刚才的爆炸虽然暂时堵住了后面的车，但也彻底激怒了盘踞在此的雇佣兵和军火走私团伙。

一时间，火箭弹齐发，子弹密不透风，无数杀器织成一张天罗地网。

自打闯入山蛇坝，邵飞就不希望与对方硬碰硬。艾心说得没错，这里有几百名雇佣兵，他们只有 7 人，车上还带着 6 名不具备战斗力的普通人。

邵飞不想惹怒对方，在射出那枚子弹之前，几乎能躲则躲，鲜少还击。看得出雇佣兵们还未斗狠，接连不停的追逐仅是玩一场残酷的杀人游戏。对这些嗜血的疯子来说，追杀闯入领地的"猎物"似乎只是闲暇时的消遣。

邵飞有信心从这种消遣中脱身，但如果消遣升级为复仇……

若那辆跑车没有冲向艾心的吉普，若还有其他的办法，那枚子弹绝不会射出。

如今暴怒的追兵已至，他唯有减慢速度，用火力为那一车战友与同胞争取更多的逃脱时间。

吉普上有足够的枪支与弹药，但是吉普本身已快支撑不住。邵飞与陈雪峰一人架着重狙，一人扛着单兵火箭筒，一边躲避子弹一边轰向追击而来的雇佣兵。周辛双眼通红，右臂已经中了一弹，血流如注，却咬牙一声未吭。

只要方向盘还在他手上，他就要把身边的队友带出地狱。

然而，一枚在吉普左前方爆炸的火箭弹将他们逃出生天的愿望化为泡影。巨大的冲击波下，吉普被当空掀起，猛烈撞向地面后，再也无法启动。

前路已是一片火海，所幸另一辆吉普已经驶上桥头。邵飞听见艾心与另外三名队友撕心裂肺的喊声，不顾一切地吼道："走！说好了回营见！"

陈雪峰跃出吉普，以车身为掩护，继续朝越来越近的雇佣兵射击，邵飞将周辛拖出来，沾了一身的血。

天早已大亮，但阳光照不进炼狱。

邵飞鼻腔里全是刺鼻的硝烟味与血腥味，车上有药，纱布和棉花却被艾心用完了，邵飞扯掉迷彩的衣袖扎在周辛的右臂上，忙乱中未注意到一枚子弹当空飞来。

"噗"一声响，子弹闷声嵌入皮肉。

周辛的腿竟然也中弹了。

他们被逼停的地方已在山蛇坝边缘，陈雪峰不甘心地唾了一口，正想说"跑"，回头却见邵飞跪在地上，双手用力压着周辛的腿。

地上是越来越多的血，子弹伤及血管。陈雪峰倒吸一口凉气，脸蓦地煞白，声音顿时带上哭腔："周辛！"

周辛剧烈喘息，气息越来越不稳，未负伤的手推了邵飞一把："你们……快走……"

陈雪峰哭了："我背你！"

"别，"周辛按着自己的腿，喉结抽动，"我点儿背，子弹专朝要害打。你们走，别磨磨蹭蹭。雪峰，把枪给我，我跑不动，但手还剩一只，实在不行了，我这一身肉还能挡挡子弹，我……"

"废什么话！谁要你挡子弹？我要敢把你丢这儿，自己和雪峰跑回去，洛枫得扒了我们的皮！"邵飞突然打断，拉住周辛的手臂往上一提，硬是将这一米八的汉子横扛在肩上，冲陈雪峰喊道，"掩护！"

"是！"陈雪峰拾起突击步枪，且战且退，跑出 10 米之后拉开一枚手雷，掷向油缸破裂的吉普。

"轰！"

爆炸声震耳欲聋，邵飞用萧牧庭在联训时教的姿势扛着周辛一路狂奔。

如果速度再快一些，他们也许能够冲上大桥。

可是恰在此时，一架 B 国轰炸机呼啸飞过，空地导弹正中桥墩。天崩地裂的巨响中，桥体垮塌入水，溅起层层叠叠的水墙。

跑不掉了。

邵飞用身体护住周辛，头、躯干、四肢被无数碎石击中，血淌了一脸，却几乎感受不到痛感。陈雪峰摔倒在石块中，右腿被一块大石压住，痛得面色狰狞。

邵飞耳边嗡嗡直响，其他什么声音都听不到。他甩了甩昏沉的头，眼睛紧闭又张开，短时间的短路后茫然地看着周遭——陈雪峰好像在说什么，但他听不见；身下的周辛已经不动了，但鼻下还有微弱的呼吸；七八辆车驶了过来，荷枪实弹的雇佣兵从车上下来，有的满脸横肉，有的戴着墨镜。

邵飞艰难地吸了口气，被硝烟与粉尘呛出了眼泪。

他剧烈地咳嗽，身子颤抖得厉害，双手却始终按在周辛腿上，能止多少血，便止多少血。

雇佣兵走近了——或许不止是雇佣兵，邵飞抬头看着他们，忽然喉咙泛酸，眼眶胀痛难忍。

可能真的没法"回营见"了，这是对艾心失信。

应该也没机会当面让队长夸奖了，这是对队长失信。

生死关头，军人的责任、特种兵的傲气好像都不重要了，他不后悔前来救那些素不相识的人，但他很难过。

他才刚找到家，刚成为厉害的战士……

视线突然变得模糊，他知道自己现在的样子一定很狼狈，但不知为何，眼泪就是止不住，啪嗒啪嗒地往下掉。

"队长……"干涩的喉咙挤出沙哑的喊声，他喃喃自语，"队长，我……我回不去了。"

悲伤在胸腔里猛撞，他已经看不清据枪对着他的人。

"队长，"他又轻轻喊了一声，声音低得只有自己能听见，"我回不去，你来接我好不好？我想回去，我不想死在这里。"

一声清脆的枪声击破耳鸣筑起的堡垒，邵飞眼皮猛张，意识到子弹并未落在自己和周辛身上后，惊恐地看向一旁的陈雪峰。

陈雪峰咬着牙喊："我没事！"

邵飞尽量平复呼吸，双眼渐渐有了焦距。

刚才那一枪原本正对他的眉心，击发之时却被人迅速打开，子弹飞入灰暗的空中，不知踪影。

那个阻止雇佣兵的男人此时正站在他面前，饶有兴致地看着他。他看不清对方逆光的脸，只能分辨出是黄种人。

几秒后，那人发出一阵怪异的笑声，脚在周辛腿上拨了拨，用古怪的腔调道："老天垂怜，我竟然遇到了掉队的龙！"

邵飞眸光一收，又听那人道："嘿，那我可不能让你们就这么死了。啊！八年了，你们自己送上门来，我正好给死在你们手上的兄弟报仇！"

周辛被抬上一辆车时，邵飞生生压下冲过去拼命的冲动。随后陈雪峰腿上的石块被挪开，一名白人雇佣兵在他的伤腿上猛地一踩。邵飞瞳孔紧缩，却瞥见陈雪峰忍着剧痛投来一个眼神——不要轻举妄动！

半年前在总部，教官们在"战俘营"训练中告诉他们，一旦被俘，就必须认清自己的处境，牢记两个目的：一是不管将经受何种屈辱，也要努力活下来；二是咬紧机密，绝不透露半个字。激烈反抗并不是勇猛，是蠢，害自己也害队友。

如今他们身陷囹圄，却并非卧底，没有必须守住的机密，唯一的要务就是活下去。

陈雪峰那一眼令邵飞找回几分冷静，但眼看陈雪峰被一脚揣进另一辆车，心口仍是抽痛难忍。

自己受苦受辱便罢了，再苦再难，他也要活下去，但亲眼看到队友遭罪却是另一番滋味。

载着周辛和陈雪峰的两辆车启动，引擎嗡嗡作响。它们消失在视野中时，邵飞甚至希望被子弹打中、被石块砸中的是自己。

他是队长，他应该替他们承受这份痛！

"还坐着干什么？"突然，那名黄种人又发话了，"我看你手没折腿没断，难道也想让人抬上车去？"

邵飞还未来得及做出反应，一名棕色皮肤的雇佣兵就一把将他拉起来，惩罚猎物似的用枪托在他后腰狠狠一撞。

"嗞！"突然涌起的疼痛如新鲜的血液一般在体内奔走，邵飞痛得双眉紧拧，却硬是没发出更大的吃痛声。

"哟，你们龙都是这么不怕痛的吗？"那人往后退了两步，睨着邵飞哈哈大笑，"那行，回去后我在你身上做做实验，看看你能承受多大的痛。"

邵飞这才看清楚这人的相貌，估摸30多岁，国字脸，颧骨较高，眉毛极浓，眼神阴骘，肤色较黑，右脸颊上有一条从耳根到下巴的伤疤。

"上车吧，"那人指了指不远处的吉普，"咱俩共乘一车。"

邵飞双手被绑起来，眼睛也被黑布蒙住。失去视觉后，听觉与其他感觉变得格外灵敏，他尽可能地冷静下来，跟随指引上了那辆吉普，被安排坐在两名雇佣兵中间。

吉普发动不久，一人问："王先生，这些人咋整？"

邵飞记住了对方的姓氏。

"慢慢折磨。"王先生阴恻恻地笑。邵飞忽地感觉到下巴被掐住，后槽牙本能地咬紧。

"听到了吗？我要慢慢折磨你们，让你们生不如死。"王先生说完松开手，"我看你年纪挺小，不长脑子，刚才你那队友中枪失血，你如果不救他，他现在肯定已经舒舒服服见阎王去了。你说你救他干吗呢？落在我手上，我先给他治伤，等他好得差不多了，再一点一点，嗯，弄死。"

邵飞紧抿着唇，心跳快得难以承受，脑子里却一遍一遍回放着教官们在"战俘营"时说的话：万事忍耐，不还手，不还口，活下来！

"这不好吧？"另一名雇佣兵道，"他们怎么说也是……"

"也是什么？"王先生讪笑，"你的同胞？小刘，忘了当初是谁救你的了？我捡到你的时候，你的血都快流干净了！谁给你放的血？又是谁给你输的血，啊？"

小刘倒吸一口凉气："王先生，我不是这个意思。您误会了。"

"哦？那你说说，你什么意思？"

"我只是担心他们的战友会找上来。您忘了吗，姆曼老大说过，我们在龙手上吃过大亏，惹谁都不能惹龙。"

车里安静了一会儿，王先生忽然大笑起来，随即一边重重拍着邵飞的头顶一边道："不能惹龙？哈哈哈，老子这不就惹了吗？他能奈我何？咬我一口？"

邵飞一声不吭地忍着，扇在头顶的巴掌又重了几分，王先生似乎转了个向，正对着他道："你能奈我何啊？小龙？"

邵飞听明白了，龙是一个代称，枫鹰、长剑等特种部队的战士，被统称作龙。

他唇角轻轻颤抖，终是未吐一字。他头上本就被碎石砸破了皮，此时被巴掌扇着，每一下都落在流血的伤口上，痛得钻心。

打了一会儿，王先生似乎也没兴致了，伸手在邵飞的迷彩裤上擦了擦："你是木头人吗？你们龙就是这样训练新兵？打不还手骂不还口？嘿，和当年杀我兄弟的不大一样啊。"

他说完在邵飞额头上用力一弹："原来你们龙也不过是仗势欺人而已，人多就横，落单了呢，哎哟，你瞧你这熊样，啧啧啧。"

邵飞被绑在身后的手攥得死紧，指甲嵌进掌心，痛得精神一凛。

"哎，小龙，我说了半天，你倒是搭个腔啊，"王先生歇了一会儿又道，"想不想知道我等会儿准备怎么玩你和你那俩队友？"

邵飞还是没说话，故作平静地摇了摇头。

那个被唤作"小刘"的雇佣兵又开口了："王先生，咱们还是不要做得太过了。万一……"

"没有万一！"王先生突然发怒，声调陡然升高，"你懂个屁！你知道我等这机会等了多久吗？八年！整整八年！八年前龙杀了我所有兄弟，只有老子一个人跑出来，给萨克和他的婆娘当小弟，我……"

邵飞被吼得接连耳鸣，脸颊沾上了王先生横飞的唾沫。之后，王先生像精神病人一般絮絮叨叨，时而高喊龙不让他回家，时而怪声怪气地大笑，两位雇佣兵噤若寒蝉，如雕塑一般紧挨着邵飞。

如此诡异气氛中，邵飞却越来越冷静，从王先生的话语中逐条分析，渐渐猜出此人的身份——军火走私团伙头目之一，二把手或者三把手，曾经盘踞我国边境，八年前其所在团伙被一网打尽，他逃离之后寄于另一支军火走私团伙篱下，而这支团伙在两年后又被国内部队打垮，团伙的老大萨克发誓，再不进入我国境内。如今萨克已死于战乱，王先生是新的当家。

邵飞暗自思索，从地理位置上断定，八年前与六年前的行动不是由北风特种大队执行，就是由特种作战总部执行。

如果是总部执行，那么……

他心口猛地一抽，唇角几不可见地抖动。

小时候他不知道邵羽是哪支特种部队的人，只知道哥哥是特种兵，在执行某个任务时牺牲。这几个月却从萧牧庭处得到一些零散的信息，得知邵羽牺牲时是总部的一员，而那次行动正好是打击北方边境军火走私犯！

八年前，连时间也吻合！

邵飞呼吸急促起来，浑身肌肉紧绷，难以置信地睁大了眼。

黑布绑得很紧，但布料并不厚，隐约能看到些许光亮。

一种难以言喻的感觉涌上心头，他难以相信，自己可能遇上了当年杀害邵羽的人。

理智与冷静烟消云散，邵飞粗重地喘息，杀意像即将喷发的火山，根本无法压抑住。

如果姓王的真与邵羽的死有关，那他一定要亲手杀了他，哪怕不能活着离开这里！

不知是不是被邵飞突变的神情吸引了注意，王先生停下碎碎念，看了一会儿，懒散地说："我刚才是不是说多了？抱歉抱歉，我这人哪，就是管不住嘴。小刘，你处理一下，别让小龙老是竖着耳朵听。"

一秒后，邵飞后脑传来一阵闷痛，意识尽失。

邵飞醒来时已经不在车上，他撑起身子，浑身酸痛乏力，但似乎没有被虐待过的痕迹。

这是一间比队里的禁闭室大不了多少的小屋，没有窗户，也没有灯，门上有一个小窗，外面昏黄的灯光照了进来。他警惕地看着房屋的各个角落，寻找监视器，果然在门上方看到一个指示灯闪动的盒型物。

他凝视着那黑漆漆的镜头，知道镜头后面一定有人看着自己。

外面很安静，连脚步声也没有。他收回目光，低头看着地面。

昏迷前的冲动已经不那么明显，但杀意却分毫未消。失去意识之后，他好像梦到了邵羽，又似乎梦到了队长，但记忆全是碎片，想不起他们在梦里说了什么。

他还是想给邵羽报仇，但不想拿自己的命去赌。

他想好好活着回去，受伤也好，受辱也好，总归想回到队长身边。

心头一个声音说：冷静下来。

须臾，门外传来一阵响动，邵飞抬起头，眼见门被打开，一个高大的男人站在门口。

那人说："出来。"

从声音判断，那人应该是小刘。

邵飞站起身，双手双脚都戴着镣铐，无法走快。小刘没有催促，但眼神却是极寒的。

门外是一条昏暗的走廊，邵飞跟在小刘后面，思索周辛和陈雪峰被关在哪一间。

手对胸前的伞包做最后调整。他的身后，是以宁城、尹天为首的枫鹰一中队精英队员，戚南绪是唯一与他们站在一列的长剑特种兵。

风从舱门灌入，在机舱里撞出令人不安的声响。萧牧庭看了看舱门上的指示灯，站在机舱左边的严策手握方位仪，沉声道："三秒准备。"

萧牧庭眯起眼，双腿曲起，右手空握住牵引绳。

"三，二，"最后一秒，严策干脆利落地喊道，"跳！"

阴沉的天空中绽开长方形的伞花，一盏接着一盏。

萧牧庭带的是能够自由操控方向的翼伞，成功开伞之后，他一手扶着控制杆，一手紧握突击步枪，目光如鹰隼般扫向下方的大地。

在这片蛇蝎横行的焦土上，有他必须要救出的人。

山蛇坝是陀曼卡最特殊的区域，分裂武装势力不敢擅闯，维和部队无暇顾及，临时政府更是不敢越雷池半步。萧牧庭与叶朝带队出发之前，总部曾郑重叮嘱——到陀曼卡之后履行维和任务就行，不要插手当地的派别争端，更不要与盘踞在山蛇坝的雇佣兵起冲突，蓝盔战士的使命是维和，不是引战。

因此，他们从未踏入山蛇坝。在接到叶朝的消息之前，萧牧庭虽极度担心邵飞的处境，亦没想过他会落入山蛇坝雇佣兵的手中。

那一刻，久未体会过的恐惧如兜头浇下的冰水，萧牧庭一拳砸在舱壁上，喉咙紧得难以发声。

严策上前按住他的肩膀，冷声喊："萧队。"

他狠狠甩头，数秒后扯出一个勉强的笑："我没事。"

冷静下来！他转过身，迅速调出山蛇坝地区的地图，尽量放下叫人窒息的焦虑，万分克制地做行动部署。

陆路几乎不通，固定翼军机不是武装直升机，无法想停哪里就停哪里，西北矿区基础设施损毁严重，唯一一处能够让军机降落的机场离山蛇坝有50多公里。时间紧迫，若停在那里，恐怕来不及驰援。

萧牧庭手指在地图上的山蛇坝东部边缘地带来回点着，蹙眉沉思许久，最终道："我们在这里伞降。宁城，尹天。"

"到。"两人背光站着，半边身躯在阴影中，高大俊朗，沉着可靠，与萧牧庭从洛枫那里得来的印象全然不同。

"有没有问题？"他问。

宁城握住尹天的手臂："没有。"

"严队，"萧牧庭不作停顿，转向严策，"你带长剑的战士去机场，梁正将在那里与你们会和，步兵战车加上我们自带的改装吉普，如果我这边进展不顺，剩下的就交给你们了。"

严策紧蹙双眉，还未作答，一旁的戚南绪突然站了出来："萧队，我跟你们一起跳伞！"

萧牧庭与严策对视一眼，转向戚南绪："你跟着你的队长。"

"飞机在那些人手里！"戚南绪逼近一步，神情急切，"他是我最重要的朋友，我想第一时间赶去救他！"

"让他去吧，"严策将戚南绪往枫鹰队员中一推，对萧牧庭道，"既然来了，这家伙就不甘心被划入第二梯队。"

空降是所有敌后突袭中最危险的一种，伞兵在不短的滞空时间中，形如暴露在敌人视线中的活靶子，就算翼伞机动性能比圆伞高出数倍，也可能被连人带伞一同击落。

如果时间充裕，萧牧庭不会选择伞降。

但一旦选择，就必须找到相对安全的降落地点。

他要营救身陷敌营的队员，也要尽全力保护跟随自己的队员。

军机并未掠过山蛇坝腹地，只是擦过山蛇坝东南角。当外围的雇佣兵察觉到异常时，17名特种兵已经卸掉伞包，悄无声息地隐入密林中。

林里危机四伏，却也四处有生机。萧牧庭当年与宁珏一同在国外深山老林中多次应付毒贩，对类似环境再熟悉不过。

当务之急，是找到邵飞在哪里。

山蛇坝由十个以上军火走私团伙占据，不同势力各占地盘，井水不犯河水。邵飞与艾心分开的地方临近东部大桥，萧牧庭虽不知道盘踞东南角的是哪个团伙，却能够凭借不多的信息缩小搜索范围。

兵分两路，宁城、尹天带7名队员沿北道向内切，萧牧庭领着戚南绪与其余6名队员走南路。

同一时间，梁正与艾心已经抵达山蛇坝以南50公里的军用机场。

密林不深，萧牧庭一组以最快的速度赶到树林与一条单行道的相交处。3辆吉普停在路边，十几名全副武装的雇佣兵警惕地沿途搜索。

显然，他们已经知道有人闯入。

萧牧庭无声地朝队员们打出手势，随后闪身以树干为屏障，戚南绪则如豹一般灵敏地跃上枝头。所有人的枪口都对准越来越近的雇佣兵。

半分钟后，萧牧庭扣下狙击步枪的扳机，子弹穿过消音消焰器，发出一声极低的闷响，从一名雇佣兵的咽喉穿过。

不待他周围的同伙反应，林中已然飞过数十颗子弹。子弹闷声嵌入雇佣兵们的身体，没有一人来得及呼救。

战乱地区有个众所皆知的生存法则——任何情况下司机不离开驾驶座，以便随时启动汽车。戚南绪以枝叶为遮挡，在光学瞄准具中锁定左边吉普的驾驶员，余光瞥见下方的萧牧庭手指一动，他立即扣下扳机。

两枚子弹几乎同时射出，一左一右钻入两名驾驶员的头颅。

中间那辆车引擎震响，亡命奔逃。

萧牧庭斜挎狙击步枪，飞速冲向失去驾驶员的吉普，拉开车门，将驾驶座上的人一把拽下。戚南绪从树上跳下，与其他队员一齐赶到。

两辆吉普前后拉开 10 米距离，紧随逃走的吉普而去。

"小戚，准备火箭筒。"萧牧庭踩死油门，目不转睛地盯着前方。戚南绪掀开天窗，扛着单兵火箭筒。后座的三名战士亦各自据枪，在瞄准具中捕捉随时可能冒出的敌人。

"轰！"疾驰约 10 公里后，意料之中的火箭弹从数个方向飞刺而来，萧牧庭冷静从容地扣紧方向盘，且避且进，躲开火箭弹与子弹的同时，竟未被前方的吉普甩得太远。

那辆车必然驶往军火走私团伙的老巢，邵飞、陈雪峰、周辛被囚禁在那里的概率极大。

戚南绪从未在国外执行过任务，头一次来到战乱之地，阵脚却分毫不乱，一枚子弹擦着他的头盔飞过，他猛地压下发射装置，火箭弹临空射出，炸掉火力最强的一个敌方据点。

巨响之后，密集的弹雨稍有停歇，萧牧庭得以腾出左手，在快速行驶的间隙，打掉一辆从左边冲出的改装跑车。

他们已经彻底暴露了，但此时此刻，暴露未必不是好事。

而另一边，宁城与尹天的小队如敌后的幽灵，已经在南路激烈的枪战中，悄然迂回，紧跟一个巡逻小组潜行至疑似军火走私团伙老巢的地方。

通信仪传来接通的声响，宁城压低嗓音报出一个方位点，问："萧队，是否突入？"

戚南绪兴奋地喊："萧队，很近了！"

电子地图显示，宁城目前所在的地方与他们仅有 3 公里，而奔逃的吉普正向那个位置驶去。

萧牧庭并未松气："我们两路合围，你那边先派尖兵探路，我马上就到。"

说完他嘱咐戚南绪："把坐标发给严队。"

越靠近敌方老巢，子弹就越密集，萧牧庭一队几乎将东南角的雇佣兵全部吸引过来。路上硝烟四起，两辆吉普躲过不计其数的火箭弹，前方横着怪异的路障，后方因为爆炸燃起滔天大火。

萧牧庭接连撞开三个品字路障，腾空飞跃壕沟之时，戚南绪对准前方 50 米的围墙，火箭弹呼啸杀去，轰开一条硝烟弥漫的通路。

自打第一个警报传回时，王先生就成了热锅上的蚂蚁。姆曼团伙在山蛇坝占据一席之地以来，还从未出现过今天这种情况。

不久，第二条情报传来，前线雇佣兵说，闯入者极有可能是龙。

一旁的小刘冷汗如雨，不知该庆幸王先生还未来得及对三名被俘军人动手，还是该为自己的小命担忧。

枪炮声中，王先生已经顾不得管抓来的人，此前的蛮横与嚣张被尽数击溃，脸上那道狰狞的伤疤令他记起八年前冬夜的一幕幕。

他打死了一个年轻的军人，而那年轻军人的队友杀死了他的兄弟，只有他一人逃了出来……

虐杀掉队的三名军人，他敢，但对抗人数未知的龙，他不敢！

宁城与另外两名队员在尹天的狙击枪掩护下潜入疑似老巢的四层楼房时，王先生已经带着亲信逃入地道。尹天藏在高处的岩石后，解决掉数名楼内的雇佣兵，却因视角受限，放过了逃命的王先生。

宁城完成对一楼的清缴时，萧牧庭赶到，两辆吉普截住了向南逃窜的雇佣兵，往北奔逃的则落入尹天的火力覆盖中。

雇佣兵不是战士，雇主已逃，没有继续卖命的道理。萧牧庭将他们尽数控制，命令一半队员守在楼外，亲自进楼搜索。

手术室里，床上是昏睡中的周辛。王先生为了慢慢折磨他，让医生给他做了保命手术。而另一间房里，躺着被牢牢绑住的陈雪峰。

没有邵飞！

萧牧庭压在心头的恐惧再次反扑，一阵眩晕感袭来，幸有戚南绪眼疾手快将他扶住。

忽然，隔壁传来宁城的喊声："萧队！"

他冲了过去，看见靠在墙角的血人。

那人腹部有数枚弹孔，身下淌满鲜血——看来是活不成了。

"你们……找……找的人……"血人抬起颤抖的手，指着门外，"追……追进地道去了。"

警报传来时，邵飞已经像陈雪峰一样被结结实实绑在手术床上了。

"战俘营"训练教会战士们为活命忍耐，但一旦被绑上那张床，恐怕就再也没有活命的希望了。邵飞疯狂地挣扎，无奈双手双脚都戴着镣铐，加之精疲力竭，实在不是七八个强壮雇佣兵的对手。他被彻底固定起来时，一滴眼泪从泛红的眼尾滑落，很快浸入耳边的鬓发。

他睁大双眼，怔怔地盯着天花板，心里不停喊着"队长"。

每喊一声，心脏便紧一分。

一想到不久之后自己将以某种惨状呈现在队长面前，就难过得浑身僵硬。

痛，自然是害怕的。死也害怕。

军人也许比普通人坚强，特种兵又比一般军人更能忍受痛楚，但特种兵也是肉体凡胎，并非戴上臂章就成了钢铁之躯，哪能真不怕痛不怕死呢。但事到如今，邵飞最怕的却是让萧牧庭看到自己被折磨致死的模样。

队长一定会内疚自责、心痛如绞。

那情景他实在不愿想象，拼命想将它从脑子里赶出去，挣扎之下，喉咙挤出一声低沉的哀叹。

王先生转过身来，好整以暇地俯视着他，再次勾起他的下巴端详，片刻后笑道："知道吗，我最喜欢杀嫩兵娃子。当年……"

邵飞瞳孔收紧，目光如刀一般盯着眼前的军火贩。

"当年你们要搞我，追到边境，我……"

话音未落，手术室的门突然被推开，两名手持步枪的雇佣兵疾步闯入，低语几句后，王先生脸色大变，迅速离开手术室。

邵飞不知道发生了什么，手术室隔音，刚才那两人说的话他听不懂，此时门被"砰"一声关上，连走廊上的声音他都听不到。

手术室里只剩两名雇佣兵，其中一人是小刘。

邵飞用余光瞥着他们，明白他们是留下来监视自己的。暂时逃过一劫的感觉并不轻松，因为不知道姓王的干什么去了，什么时候会带人回来。

没人说话，邵飞深呼吸几口，一闭上眼睛，脑海里就是那句"我最喜欢杀嫩兵娃子"。

邵羽牺牲的时候不到 21 岁，是比他还小的嫩兵娃子。

十指渐渐握紧，手背上青筋浮动，心脏越跳越快，唇角也止不住地颤动。

"你干什么？"小刘突然走上来，冷声道，"给我老实一点儿！"

邵飞强迫自己放松，咬牙瞪着小刘，从对方眼中捕捉到非常明显的紧张与恐惧。

他不动声色地收回目光，逐渐冷静下来，开始细致地回想刚才王先生的反应。

能让一个亡命几十年的军火头子顿时色变的是什么？

无非两种情况：死对头找上门来；货物出了状况。

后一种暂且不论，反正与己无关。至于前一种，军火贩的死对头要么是竞争对手，要么是各国特种兵。

邵飞轻轻磨着后槽牙，血液的流速似乎正在悄然加快！

队长！

邵飞竭力控制呼吸，胸口却仍旧快速起伏。如果让姓王的惊慌离开的真是特种兵，那队长是不是也来了？

眼眶突然灼热，轻颤的指尖红得不正常。这时，门再次被打开，小刘和另一名雇佣兵被叫走。邵飞听见走廊上一片嘈杂，外国雇佣兵们说着他听不懂的话，有人在跑，有人正将弹匣推入步枪。他屏气凝神，甚至听到了远处传来的枪声。

当初萧牧庭将十几支世界各国的步枪、手枪摆在他面前，逼他用听觉辨别敌人的精确方向与距离，最开始时他听不出来，怎么练都不行，急得都快哭了。萧牧庭没有再拿竹尺打他的手心，耐着性子给他讲方法。时间一长，他终于把这一技巧学了过来，不仅如此，还意外收获另一个技巧——凭枪声辨认枪械。

因为只能准确辨认国产制式枪，分辨其他国家的枪支时经常出现错误，所以他没好意思跟萧牧庭讲，自己悄悄藏着，打算等到以后所有枪声都能辨别时，再秀给萧牧庭看。

此时，枪声虽然还远，但他已经辨认得清清楚楚，那是国产狙击步枪！

血液像辣油一般燃起来，浑身发热。

来的不是什么竞争对手，是他的战友！

外面兵荒马乱，枪声越来越近，邵飞想站起来，但军火贩将他绑得太紧，根本挣扎不开。

十几分钟后，小刘去而复返，脸色铁青，猛力关上门。邵飞看着他朝自己冲过来，心道不好。

他以为对方是来料理自己，或者押走作为人质，不想小刘却突然抽出一把刀，一边割绑绳一边混乱地说："王先生跑了，跑了，他们竟然不带我，都是因为你。"

小刘不停喘息，冷汗浮在额头上："我帮你说了话，那老家伙跑路都不带我。我猜龙会来，他不信。凭……凭什么这么对我，关……关我什么事，我……"

小刘后面的骂骂咧咧邵飞已经听不进去了，积蓄在心头的恐惧与慌张尽数消失。

来了！

他的队长来了！

绑绳被全部割开，脚链却需要钥匙，小刘从裤袋里抓出钥匙，因为太紧张，钥匙掉了一回。开锁之前，小刘急切地盯着邵飞，声音颤抖："是我救了你，你承不承认？"

邵飞坐起来，黑色的背心和迷彩裤上血迹斑斑，头上脸上也全是污血。

小刘连忙拿来酒精与纱布，浸湿就往他头上抹，痛得他一个激灵。

"别动！"小刘喝道，"不能让你的战友看到你这个样子，他们会杀我！"

邵飞明白他为什么会有如此举动了。

果然，他喘着气道："我救了你，你也得救我。等你的队友来了，你告诉他们，是我救了你，我是你的同胞，我想回家，你们不要杀我，带我回去，坐多少年牢都行！"

邵飞没说话，小刘暴喝："你答不答应？"

"我……"

"砰！"

一声枪响，门锁被轰开，闯入的雇佣兵愣了一下，旋即举枪就射。

就在对方发愣的半秒，邵飞已经反应极快地翻身下床，一脚将小刘踹开。子弹从两人中间扫过，小刘倒地后手一松，钥匙正好滑到邵飞脚边。

因为手术床的遮挡，雇佣兵没看到邵飞正在开锁，枪口对准威胁更大的小刘，大骂道："混蛋！你敢背叛老大！"

那人的普通话带着明显的口音，邵飞迅速打开脚链，悄然爬到手术床另一边。

在那里，有小刘割绑绳时用的匕首。

"是他先抛弃我！"小刘跌坐在墙边，失态地大喊，"他把你们都带走了，只留下我！"

雇佣兵唾了一口唾沫，奸笑道："那我为什么回来了？还不是因为老大想念你，让我回来接你。"

邵飞受过无声行走训练，此时已经不声不响地绕到雇佣兵侧前方。在这个位置上使用旋刀，他有十足的把握命中对方咽喉。

小刘笑了起来："我看不是吧。王先生应该是让你回来把他们三个全部杀死，或者杀死两个，带走一个当人质。否则你怎么直奔手术室？难道你知道我在手术室？"

这话提醒了雇佣兵，就在他看向手术床时，邵飞突然站起，匕首凌空飞出，旋转五圈后，正中他的颈部动脉。

小刘跳起来，正欲冲上去，雇佣兵却忽地开了枪，子弹倾泻，全部打入小刘腹部。

两人几乎同时倒下，小刘还剩一口气，而雇佣兵已经气绝身亡。

邵飞拔出匕首，眼神复杂地看向小刘。

小刘两眼空洞，想说些什么，却只挤出一个惨笑。

邵飞问："他们跑了？跑去哪里？"

小刘哑然道："你……想干什么？"

邵飞蹲在地上，拿过雇佣兵的步枪，挂在自己肩上，脱下对方的战术背心，数了数里面的弹匣，道："想跑？没门！"

小刘无力地点头，呵呵直笑："你想追啊，行行行。"说着摘下腰上别着的手枪向前一扔，"给你，都给你。"

一同扔来的还有三个弹匣和两把折叠匕首。

邵飞捡起来，穿好战术背心，看看门外，又看看小刘："你……"

"他们从地道走了，地道在一楼的卫生间。"小刘捂着肚子，"我救了你，我想回国。你跟你的战友说一声，把我带回去，带尸体不方便的话，就把我烧了带回去。"

邵飞不同情雇佣兵和军火贩，但心头却泛起一阵苦涩。离开之前，他切下迷彩裤的一角，塞进小刘手中，狠声道："我带你回去。但你得向我保证，撑到我的战友赶到，告诉他们我没事，让他们立即来接应我！"

小刘艰难地笑，气若游丝："好。"

邵飞起身，毫不犹豫地冲出手术室。

他不能让姓王的就这么跑了，这个人罪大恶极，且极其擅长逃跑。特种部队两次展开行动，都被他逃走，之后两次东山再起，四处作恶。这次是绝好的机会，如果又让他跑了，难保几年后他不会卷土重来。到那时候，他是在哪里犯罪？是不是又要"杀嫩兵娃子"？

想到那句带着诡异笑声的话，邵飞就难以压下一腔怒火。这个人是杀害邵羽的凶手也好，不是也好，总归残杀过与他一般年纪的军人。

记忆里的邵羽已经有些模糊了，但牺牲在高原的徐飞还眉目清晰。

那是他第一次目睹战友离开。

而那个惨死的小战士也是嫩兵娃子！

如果不抓住姓王的，不斩草除根，将来一定还有其他嫩兵娃子牺牲在他们的枪口下。

追上去，为了告慰逝去的英灵，为了保护活着的兄弟！

走廊上已经看不到人，能逃走的全跑了，靠北的窗户边横七竖八躺着几具雇佣兵的尸体，看样子是狙击手的杰作。邵飞谨慎地沿南边的楼梯下行，知道战友也许马上就将杀到，但时间一分钟也耗不起，他不能留在原地等待。

一楼的卫生间果真有一道暗门，邵飞闪身进入，小心至极地往前走。

地道非常狭窄，仅够两人并行，里面光线昏暗，但并非伸手不见五指，有从地面漏下来的浅光。邵飞听不到任何响动，判断那帮人已经离开地道。

他毫不犹豫地跑了起来，速度极快，却并不莽撞，眼睛始终专注地观察着四周，发现任何可疑物都会立即停下来。

他猜想得不错，姓王的果然没有简简单单地逃走，走廊的尽头设置了一枚炸弹，若要打开地道通往外界的门，则必须拆除这枚炸弹。

邵飞心跳加快，蹲在地上蹙眉观察。

炸弹被固定在门与墙壁之间，没有计时器，也没有无线控制装置，说明不是定时炸弹，也不是遥控炸弹。

姓王的不知道特种兵们会不会追上来，更不知道什么时候会追上来，所以定时与遥控都无用，炸得早了甚至会暴露踪迹。

但有一点姓王的一定知道，那就是门与墙分开时，炸弹一定会爆炸！

邵飞站起身来，低头看着炸弹，低声自语道："水平装置炸弹。"

毫无疑问，这枚炸弹内设水平装置，一旦平衡被破坏，就会立即爆炸。刚才那名雇佣兵中途返回，目的恐怕不只是干掉三人，还有设置这枚炸弹。

姓王的太阴险，连自己的亲信雇佣兵都坑，而那雇佣兵心眼也许太实，根本没想过设置好这枚炸弹之后，自己也不可能再由地道离开。

能成功拆除水平装置炸弹的人不多，如果没有经过极其严苛的训练，就算天赋异禀，也不可能保证里面的钢珠不在拆除的过程中撞壁。

而邵飞，正是受过这项训练的人。

他跪在地上，拿出小刘给的匕首，小心将炸弹连同外壳从门锁上剥离，然后端着它转身，如同电影里的慢动作一般，保持绝对平衡，将它放在地上。

做完这一切后，他才长长地吐出一口气。

去年在萧牧庭的办公室外，他被勒令双手端着放满钢珠的玻璃板行走，落下一颗就要挨罚，那时他与萧牧庭的关系已经越来越好，他不相信还会挨打，连摔几颗也不当回事，结果弯腰捡钢珠时，被萧牧庭一脚端到麻筋，痛得不停打滚。

也许所有看似无情的严厉，都带着最深的关爱。

邵飞趴在地上，姿势与当时趴在萧牧庭门口夹豆子无异，手中的刀剥开炸弹外壳，四枚圆润的珠子聚在玻璃板中间，没有一枚撞到四周的触发壁。

邵飞将珠子拿出来，切掉导线，这个死亡装备就成了一盒废物。

但他仍不敢掉以轻心，唯恐门外还有相同的设置，但转念一想，那名死去的雇佣兵是从地道回来的，要通过门，另一边就不可能有炸弹。

赌一把！

邵飞正要开锁，匕首的尖头却被撬断。他皱起眉，心头一紧，"不吉利"的想法突然涌起。

两秒后，他甩了甩头，换用另一把匕首，不料拿起一看，竟发现匕首的手柄尾部闪着红黄双色灯。

手术室灯光大亮，小刘将匕首和弹匣一同扔过来时，他没注意到双色灯，此时身处阴暗之地，才发现这哪里是普通匕首，分明是一个微型爆炸物探测器。

邵飞深吸一口气，想起小刘捂着伤口惨笑的模样，感到几分可悲。

但这绝不是停下来感叹命运和人性的时候，他举起匕首，仔细覆在门上，从上到下扫了两遍，在确认外面没有爆炸物时，果断撬开锁。

门外是一片森林，没有人声。军火贩的老巢被枝叶挡住，但是枪声却从那个方向接连不停地传来。

邵飞回头看了一眼，顺着地上并不明显的痕迹追了上去。

姓王的应该不会跑太远，山蛇坝这种地方遍地是危险，逃入其他军火贩的势力范围，也许比被特种兵抓住更糟糕。

邵飞一边揣摩对方的心理，一边警惕地搜索。突然，前方传来几声枪响，他头皮一麻，立即躲在一棵树后，屏住呼吸听动静。

除了枪声，还有吉普发动的声响，他端起枪，凭借光学瞄准具观察声音传来的方向。

果然有人！

四名雇佣兵打扮的人，每人手里都拿着步枪。

邵飞冷静地继续观察，但瞄准具非常影响视线的广度，要快速从林子里分辨出穿着迷彩的人并不容易。

不要急。邵飞小声对自己说。

他上半身只有一件黑色背心，以及从雇佣兵身上扒下来的战术背心，但此时汗水直下，已经将黑色背心浸透。

那些人没怎么走动，视线却射向各个方向。邵飞为了让视野更加开阔，爬上一棵树继续观察。

这个决定是明智的，在枝丫上，他看到了藏在一处断壁后的王先生。

"一、二、三、四、五、六……"邵飞默数着已经发现的雇佣兵，思考接下来应该怎么办。

他们肯定正在等待救援，可能是车，可能是直升机，否则他们不会待在这里不走。

邵飞有点着急，现在他可以一枪毙了姓王的，但是只要开枪，他就必定暴露自己。眼前的雇佣兵与被留下来的不同，大约都是精英，而且与姓王的不止是雇佣关系，这意味着姓王的死了后，他们不会自行逃命，而是接过军火继续干走私的勾当。目前已经看到的有六人，没看到的不知道有多少。

邵飞眯起眼，杀了姓王的，他可能躲不过对方的子弹。而如果此时不动手，一旦接应的人来了，对方就会逃之夭夭。

怎么办？

邵飞下意识向来时的方向看了一眼，不知道小刘是否还活着，有没有把他的话带给赶来的战友，也不知道战友们什么时候能赶到。

但就是这一瞥，他看到了一根根攀登绳一般的垂藤。这些垂藤是陀曼卡非常常见的植物，很多树林里都有，异常坚韧，能够承受几百斤的重力。

邵飞脑中灵光一闪，登时有了主意。

他藏身的枝丫边正好有两根垂藤，而附近垂藤的密度不低，非常适合荡绳射击。

如果他藏在树上不动，开一枪后肯定会被发现；如果用脚跑，速度肯定跟不上，而且声音大，容易暴露。但是如果他挂在垂藤上，像林间动物一样由一棵树飞去另一棵，则可以最大程度躲避追击。

只是荡绳射击非常难，对体能要求也高，邵飞一身的伤，虽都未伤筋动骨，也不存在失血过多的情况，但绝对称不上状态好。

半年前在总部参加考核，状态最好时他也做不到枪枪命中目标，但现在已经没有别的方法。

推枪上膛，邵飞眼里如有一团安静燃烧的火。枪声震撼山林，子弹穿过王先生的头颅。雇佣兵们在短暂的惊异后迅速还击，七八枚子弹朝邵飞射击的地方飞来，而邵飞已经不在那里。

停在另一处枝头，邵飞猛烈喘息，一手拿着枪，一手紧抓着垂藤，心脏跳得飞快，血液在体内疾驰的声响像海潮一样。

太刺激太紧张，如果没有打中，如果没有以最快的速度远离，那么现在死的就不是王先生，而是他。

但他没有时间休息，雇佣兵已经开始搜寻。他虽然没有暴露，但大致方向已被雇佣兵们发现，必须且战且退，尽早撤离。

他再次荡出时，子弹又一次飞出，打在一名雇佣兵腿上。

枪声越来越密集，宛如催命的鼓点。邵飞在林中荡着 Z 字，迂回狙击，一边射击一边向地道的方向撤退。能打几个便打几个，他料理不掉的大不了交给即将赶到的战友处理。

可是连续飞跃十几次后，他体力越发不支，每次荡出的距离都比前一次短，手也抖得更加厉害。

正在此时，远处传来直升机的声响。

邵飞抬头一看，心脏猛地一收。

不是战友，是来接应王先生的人！

那是一架武装直升机，专门对付地面目标，一旦发现他，他就不可能逃掉。

刚才的兴奋渐渐被恐惧取代，思绪开始混乱，他分不清植物被踩出的"沙沙"声来自前方还是后方。

一个声音问：如果死在这里……

他一怔，用力摇头，轻声否定道："不行！不能死在这里！"

抓紧垂藤，他猛一吸气，再次荡了出去。

然而，不知是体力终于告罄，还是慌张占了上风，这一回，他竟然没能攀上对面的枝丫。

摔在地上的一刻，他听见令人浑身发寒的枪声，而直升机似乎也越来越近。

他想站起来狂奔逃命，但落地时准备不及，右脚崴了，左腿剩下的那点力气根本撑不起身体。

站不起来，他唯有低着头，拼死在草丛中爬动。

有子弹打在离他不远的地方，雇佣兵来了！

他捏紧拳头，知道逃不了了，却闭上眼，继续朝来时的方向爬去。

突然，熟悉的枪声响起。

子弹从前方射来，一枚接着一枚，每一枚都准确打入雇佣兵们的身体。

同一时刻，空中炸开一声巨响，步兵战车的机炮正中直升机，火球栽入森林以西的河坝，爆炸声震耳欲聋。

严重耳鸣中，邵飞听见一阵极快的脚步声。

那脚步声他太熟悉，即便踩在异国的草丛烂泥里，他也能清楚分辨。

望向脚步声的方向，邵飞看到了差一点儿就见不到的人。

萧牧庭提着步枪朝他跑来，他眼眶湿了，看不清萧牧庭的神情。

他艰难地撑起身子，嗓音沙哑地喊了声"队长"，还想再喊，已经被狠狠抱住。

萧牧庭将他搂在怀中，紧密得他几乎无法呼吸。

抬起头时，他感到脸上一湿，不知落下的是自己的眼泪，还是队长的眼泪。

一周后，特种作战总部。

邵飞刚洗完澡，从浴室探出光溜溜的脑袋，悄悄观察了三秒，确定萧牧庭还没回来后，轻手轻脚跑到柜子边，找出衣服穿上。

洗澡忘带换洗衣物这种事有点丢人，肯定会被队长说"丢三落四"。邵飞把长裤背心全穿上才松了口气。

然后他从抽屉最里面抓出一个黑色塑料袋，拿出一块生姜，洗干净后拿侦察兵匕首切成两半，对着镜子往头上抹。

他身上的外伤都结痂了，这两天痒得很，每天被萧牧庭拉着涂药。头上的伤也没有大碍，但挨着颈部的一处伤缝了两针，他担心头发影响清洁，索性把艾心叫来，给自己推了个光头。

这事儿是背着萧牧庭干的，推完邵飞就后悔了，看着那一颗圆滚滚的伤疤头，害怕被队长嫌弃。

但萧牧庭看了笑道："这下不是芝麻馅儿的了。"

"丑吗？"他忐忑地问。

"小队长经受住了光头的考验，"萧牧庭在他头上摸了摸，温声说，"挺好看的，不过长起来之后别再剃了。"

"那您还是嫌弃我，"邵飞撇嘴，"还是觉得丑。"

"部队不让剃光头，忘了？"萧牧庭笑道，"你这次是特殊情况，下不为例。"

邵飞摸着头上的疤，又问："队长，疤掉了之后会不会长不出头发啊？"

"怎么会？"

"毛囊坏掉了。"

"瞎担心。"萧牧庭拿出药，招手道，"来上药了。"

邵飞跑过去，蹲在地上让萧牧庭抹药，忽然心生一计。

这一计就是去食堂偷生姜，然后切片抹在头上。邵飞想，反正没头发，生姜抹着也方便，就算现在不秃，也可以预防预防，省得以后四十多岁时变成秃头大叔。

抹完今天份的生姜，邵飞抖着衣服，将屋里的姜味全赶出去，又做了次小型扫除，忙活得差不多了，才坐下来休息。

这是总部的高级军官宿舍，他能住在这里是因为事务兵的身份。

那天在树林里，待其他战士赶到时，萧牧庭已经将他抱了起来。

他的右脚崴了，身体在高度紧绷后呈现虚脱状态，靠在萧牧庭怀里莫名其妙哭了一路，意识时而清晰时而模糊。

后面的战斗他没有参加，还是回国之后才知道赶来接应王先生的是另一个军火走私团伙。严策在击落他们的武装直升机后趁势追击，押回了7名罪大恶极的军火贩。

一同归国的还有小刘，虽然他没能活着踏上这片土地。

陈雪峰骨折了，好在不算严重，休息几个月便能归队。周辛幸亏得到紧急治疗，被送到医院时体征正常，最让人担心的事也没有发生——他并未因为输血而感染传染病。

因为要向总部汇报情况，萧牧庭与严策得赶往卫城，邵飞和戚南绪同去。飞机刚一降落，医院就传来好消息，萧锦程醒了。

萧牧庭长出一口气，邵飞悄悄拉住他的手，感觉到他的指尖正轻轻颤抖。

而戚南绪突然蹲在地上，哭得特别有声势。

严策站在一旁等着，双眉紧蹙，看上去很不耐烦。

但即便如此，他也没有数落戚南绪，更没有先行离开。

邵飞想，萧锦程昏迷的这段时间里，队长与小戚不知道承受了多大的精神压力。

四人没有立即去总部报到，而是赶去萧锦程所在的医院。

萧锦程住在特殊病房里，走廊上站着荷枪实弹的武警。戚南绪跑得比谁都快，见到萧锦程了却一个字都说不出来。

萧锦程醒来不久，精神状态说不上好，但看到萧牧庭的一刻，眼里泪花一闪，轻声道："哥，我没事了。"

萧老爷子本来也在病房里，但也许仍在生萧牧庭的气，大家一来，他便拂袖而去。

邵飞看着他的背影，心下有些酸楚。

萧锦程看着他们，笑起来，向邵飞伸出手："弟弟。"

邵飞惊讶："萧……萧队。"

"萧牧庭的弟弟，也是我的弟弟。欢迎回来。"

邵飞握住他的手，心中感动："也欢迎你回来。"

邵飞本来以为这次来总部是为了接受表扬，毕竟枫鹰与长剑捣毁了两个军火走私团伙。

但事情却没有他想象得这么简单。

他本人的确受到了嘉奖，还拿到一枚功勋章。但萧牧庭和严策却有功有过，挨了不少批评。

邵飞想不通，问怎么会这样。萧牧庭并不为总部的决定生气，耐心地给他解释，他才明白追击另一个军火走私团伙的行为风险极高，这次没有战士伤亡当然皆大欢喜，万一出了事，他们俩都得受处分。

尽管如此，邵飞心里还是为两位队长打抱不平，戚南绪更是气不打一处来。两人只要凑在一起，就肯定先说总部的坏话，再吹各自队长有多厉害。萧牧庭和严策成天被抓去开会，也没工夫管他俩。

不过戚南绪也挺忙的，每天都主动去医院照顾萧锦程。邵飞有点怕萧老爷子，去得不如他勤快，待一会儿就走，每次去都看见他给萧锦程削苹果。

因为他只会削苹果。

萧锦程恢复得一天比一天好，精神气一上来，就跟俩小兵开玩笑。

一次戚南绪去外面丢苹果皮，病房只剩下邵飞和萧锦程，萧老爷子突然驾到，邵飞有点紧张，萧锦程却笑着跟萧老爷子介绍："爸，他叫邵飞。"

萧老爷子投来一眼，说："你是邵羽那孩子的弟弟吧。"

邵飞立正："是。"

萧老爷子在他肩上拍了拍："你和你哥哥一样优秀，萧牧庭有你这样的兵，是他的荣幸。"

萧锦程笑道："飞机对我哥来说是很重要的队员，也是我们都很喜欢的弟弟。"

萧老爷子点点头："照顾好你们的兄弟。"

邵飞没跟萧牧庭说这件事。一天下午，萧牧庭将他带去一栋两层建筑前，他看着"英魂纪念堂"五个大字，心头猛地一紧。

萧牧庭说："走，去看看你哥哥。"

总部的纪念堂比枫鹰的纪念堂大很多，里面不仅有牺牲的总部战士的遗像，还有特种部队的烈士。邵飞跟着萧牧庭缓步而行，看到照片上那张熟悉的笑脸时，眼泪夺眶而出。

那是他的兄长，他年少时的依靠。

照片已经泛黄，但邵羽的眼睛依旧如记忆中一般明亮。

邵飞抬起手，隔着玻璃抚摸兄长的眉眼，然后将脸颊贴上去，就像小时候依偎在哥哥怀里。

萧牧庭听见他用很小的声音说："哥，我给你报仇了。我很厉害，你不要担心。"

离开之前，两人一同举起右臂，萧牧庭轻声说："邵飞给我当弟弟，你同意吗？"

邵飞转过身，扬起唇角："同意！"

萧牧庭拍了拍他的头，温和地说："我问你哥。"

"刚才他已经告诉我了，"邵飞说，"有你管教我，他一百个放心！"

思绪拉回，邵飞抠了抠光头，疤有点痒，头皮抹了生姜之后辣辣的，不怎么舒服。

萧牧庭和严策又被总部的领导们叫走了，萧牧庭让他在宿舍好好休息，他闲不住，端了个板凳坐在门口，眼巴巴地等萧牧庭回来。

春天阳光明媚，走廊向阳，下午晒一晒，浑身暖融融的，不久就想睡觉。

他快睡着时，萧牧庭回来了。

邵飞跳起来，问领导们又说了什么。萧牧庭叹了口气，但情绪并不见低落："让我和严队各自认罚。"

"啊？"邵飞睁大眼，"不是说只有口头批评吗？怎么还真罚啊？罚什么？"

"禁止带训 3 个月。"萧牧庭说。

邵飞一没忍住就爆了粗。

萧牧庭笑着捏他鼻尖："讲文明啊小队长。"

"怎么又不让你带训？"邵飞急得不行，"那这次回去你又不带我们了？"

"没事，只有 3 个月，一晃就过了。"萧牧庭倒不担心，反正就是走过场，回枫鹰后是洛枫和宁珏说了算，洛枫要逼他带训，他也"没办法"。

"但这是欺负人啊！"邵飞说，"严队是长剑大队长，本来就不怎么带训，但你是我们二中队队长，你歇着了，谁管我们训练？"

"这不还有你吗？"萧牧庭往他肩上一拍，"我回去坐办公室，你去过过当队长的瘾。"

邵飞一想，昂起下巴："那不行！"

"嗯？"

"你在办公室的话，我得在外面给你站岗，毕竟我是你的事务兵。"

"还想当事务兵啊？"

"是啊，事务兵可以吃队长的小灶！"

萧牧庭笑了笑，没继续往下说，只道："这边没什么事了，今天天气好，要不出去走走？"

"是去玩儿吗？"邵飞眼睛都亮了。

萧牧庭摸了摸他的头："对，去玩儿。"

邵飞上次拿着萧牧庭的卡，和队友一起逛过一回卫城，当时还自掏腰包，买了一副墨镜送给萧牧庭。这回再次上街，心情已经完全不一样了。

那时他是队长的小兵，这次是队长的弟弟！

他还会一直成长，越来越强大，成为队长的依靠！

年轻的鹰已展翅，飞向浩瀚青空。

"邵飞？邵飞你耳聋了？"

靶场上枪声震耳欲聋，邵飞猛然回神，抬眼就撞进艾心鄙视的神情中。他赶忙坐起来，不耐烦道："你对着我耳朵吼什么？"

艾心不可思议地看着他："你发一下午呆了，狙击练成个狗样，魂都没有，我不对着你耳朵能把你魂给喊回来？"

邵飞理亏，扛起狙击步枪："不练了。"

艾心追在后面喊："上头马上来挑人，你不练，我就要丢下你远走高飞了啊！"

邵飞交还狙击步枪，准备回宿舍洗个澡，清醒清醒。

这里是西南军校，他十七岁时考入，至今已是第三个年头，他专业成绩优秀，文化课差一点儿，但也没有拉太多后腿，等到毕业，不，不需要到毕业，他就会被作战部队选中，成为真正的军人。

但只是进入作战部队还不够，他向往的是特种部队，尤其是兄长邵羽所在的那一支。

邵羽大他七岁，二十一岁时因为在一场重要行动中负伤立功，被火速提拔，现在已经是少校。当时他才十三岁，发誓要成为和哥哥一样强大的特种兵。半年后邵羽回家探亲，他才看到哥哥身上的伤疤，心痛得直掉眼泪。

"咱家有我一个兵就够了。"邵羽最是疼爱他这个弟弟，一边给他擦眼泪一边说，"我们小飞要好好读书，考上大学，健康平安。"

"我不！"邵飞虽然哭得歇斯底里，但中气十足，"我就要当兵！哥，等我也成了战士，和你在一个队，我就可以保护你了！我……我要当最好的狙击手，只要我在，就没人能伤害你！"

邵飞本来的身体素质并不是当兵的料子，小时候跟个胡萝卜头似的，但靠着"长大后保护哥哥"的信念，从十三岁开始，他每天早晚都会跑步，用沙包、轮胎练肌肉。邵羽将津贴、奖金寄回家，邵飞和外婆过上了顿顿有肉的好日子。营养够了，运动量也够了，邵飞高二就长到了一米八，是校篮球队主力，考上省重点大学没问题，但邵飞铁了心要进军校。

进入西南军校后一切顺利，邵飞上学期还参加了地方军队的比武，和正儿八经的战士较量起来也毫不逊色，领导们都夸，说他是进特种部队的料子。

最近他们这帮尖子在进行射击特训，他主练的是重狙，每天肩背震得跟要散架似的，晚上痛得睡不好，今天中午他太疲倦了，睡得死沉，居然还做了个噩梦。

就是这个噩梦，害他一下午没能集中注意力。

梦里邵羽在二十一岁执行任务时牺牲了，他那全天下第一好的哥哥回来时只剩下一盒骨灰。他哭得崩溃，醒来时眼角还挂着眼泪。

蒙了好一会儿，他赶紧给邵羽打电话，没接通。这种情况再正常不过，别说邵羽是特种部队的中队长，就算是他，训练和出任务时也是不能用手机的。

邵飞心神不宁，热水澡也没把焦虑冲掉，想晚上再给邵羽打几个，结果擦头发时邵羽的电话就来了。

"哥！"他心脏咚咚直跳，直到听见邵羽精神的声音传来，悬着的心才彻底放回去。

"怎么了？"邵羽说，"我下午练新人去了，声音怎么这么紧张？是不是犯错了？"

邵飞笑自己因为一个梦恍惚一下午，绷着的神经一松，语气也带上点和哥哥撒娇的意味："哥，你最近还好吧？辛苦不辛苦？有任务没？"

邵羽被他问乐了："怎么你才像家长？"

邵飞嘿嘿两声："我这不是担心你吗？我还没毕业，不能去你队上保护你。"

兄弟俩闲聊了会儿，邵羽突然说："你可能还真没法来我队上了。"

邵飞震惊："为啥？"

"因为我的部队隶属东部，西南军校的尖子优先供应西部。"邵羽笑道，"小飞，我们说不定将来会在军区比武场上见。"

邵飞急了："不行！我不愿意留在西部！我就要去找你！特种部队怎么也得考虑个人意愿吧！"

邵羽佯装严厉："邵飞，你是个军人，懂不懂服从！"

邵飞吸气，蔫蔫的："哥，你吼我干啥。"

弟弟委屈了，邵羽知道他是想跟着自己，心里很温暖，但去哪个部队确实不由他说了算，而且西部的特种部队是……

"邵飞，你认真听我说。"邵羽语气一沉，"如果有徽章是鹰的领导去军校物色苗子，你一定给我好好表现！"

邵飞知道西部赫赫有名的特种部队枫鹰，艾心说梦话都喊着要去枫鹰，可他不稀罕。

"你哥以前的队长调去枫鹰了。"邵羽继续道，"他手上暂时没兵，枫鹰如果有队长去你们学校选人，很可能就是他。"

邵飞终于有了兴趣，哥哥的队长，那得是怎样厉害的人物？但他又不想表现得太好奇，只问："哥，你队长很强吗？"

邵羽语气中是掩饰不住的崇拜："我当年那个任务，就是他带着我完成的，他是少将，'枫鹰'的队长都只是大校，你说他强不强？"

后来连着几天，邵飞都在想象这位队长，把人想象得至少一米九，虎背熊腰，皮肤黝黑，手臂比自己大腿都粗，一拳能打十个艾心。

亲哥如此崇拜的人，那必然得长这样！

转眼到了暑假。西南军校是不放暑假的，文化课虽然不用上了，但整天都是拉练、比武，刚去某军区比完回来，又得上地方特警队跟警察较量。

这天，教官将二十多个尖子留下来："告诉你们一件大事，枫鹰的一位中队长要来咱们这里挑苗子了，都给我好好准备！"

所有人都振奋起来，没日没夜地苦练，艾心更是激动得睡不着，非要跟邵飞开卧谈会："飞机飞机，你说枫鹰的领导长啥样啊？"

邵飞闭着眼，脑补的形象清晰无比："身高两米，头比盆大，黑如煤炭，脸上有三道深可见骨的刀疤，络腮胡，大腿比你腰都粗。"

艾心惊讶得从床上掉下来："你怎么知道？！"

邵飞心想人家是战神，不威猛点怎么当战神？就这他还嫌不够味儿呢。不过他自然不肯说是自己编的："我哥也是特种兵啊，我哥见过。"

艾心见过邵羽，非常尊敬这位前辈，既然是邵羽说的，那就没问题了。

很快，枫鹰即将来挑人的领导是个两米大汉的谣言在军校传得满天飞，艾心每次跟人传谣都传得眉飞色舞，活像他见过。

一周后，枫鹰二中队的队长来了，穿的是束腰常服，没有两米，更不是黑面凶神，反而是个玉面男人。他叫萧牧庭，连名字都透着一丝风雅。

艾心："……啊这？"

邵飞也愣了，不可能吧？这人看上去就是个文职军人，怎么可能是他哥的队长？他心心念念的两米大汉呢？

萧牧庭一早就听洛枫说西南军校有几个尖子，必须弄到枫鹰来，前阵子和老队友叙旧，又听邵羽说自家弟弟就在西南军校。一打听，邵飞正是尖子之一。

他抱着给洛枫挖苗子的心思而来，但是一到就发现气氛十分不同寻常。这一个个兵崽子看他的神情，怎么像看假冒伪劣产品？

他在靶场观察他们射击，他们不服气地偷瞄他。他去障碍场看他们过障，他们远远地观察他。他到室内看他们格斗，他们汗都要往他的方向甩。

有意思。

尤其是邵羽他弟，毛头小子一个，眼睛贼亮，每次和他视线交汇都一副不服气的样子，想与他较量又不肯主动提出。

因为军衔高，萧牧庭在军校来去自如，校领导也很给他面子。这就让邵飞、艾心更加不爽。

艾心："想不到枫鹰居然是这样的枫鹰，让文职人员冒充我们的两米队长！飞机，想个办法啊，我可不想天天被他盯着，有种被外行指导的不爽！"

邵飞更不爽，本想给邵羽讲讲这"不平事"，结果邵羽执行任务去了，十天半月都联系不上。

"要不咱和他比比？"艾心说，"你是咱们小队长，你带个头！"

邵飞就等艾心这句："行，我带头，你们都跟着！"

另一边，萧牧庭已经发现兵崽子们为什么反感他了。原来有人在他来之前就传播枫鹰来的队长是个两米大汉，脸上三道刀疤，结果兵崽子们一看来的是个玉树临风的军人，立即觉得他是个冒牌货。

这谣还是邵羽他弟造的。萧牧庭微笑着想，那他就要替邵羽教训教训这造领导谣的恶劣弟弟了。

邵飞对萧牧庭的心思一无所知，再次在室内训练场看到萧牧庭时，虎目一瞪，和艾心等人对了对眼神，大马金刀地往萧牧庭面前一站："萧队，我有一个请求。"

萧牧庭对他即将要说什么心中有数："嗯？什么请求？"

"既然您是枫鹰的中队长，想必单兵技能非常了得。但您来这么久，也没展示一下，今天是否能请您和我们较量较量？"二十岁的兵崽，在萧牧庭眼里就是个孩子，邵飞说得极其认真，更是增添了一分孩子气。

"我邵飞愿意当第一个！"

萧牧庭狭长的眼尾勾了勾，漫不经心地扫过众人，笑道："行。"

两人拉开架势，军校生们围成一圈，艾心看着邵飞出手，也情不自禁地挥起拳头。

拳风阵阵，邵飞起初打得十分自信，但几次挥空后忽然疑惑起来，萧牧庭反应怎么这么快？明明没怎么动作，却次次都能准确躲开他的攻击。而他好像是被对方引导着进攻，他的拳要往哪里出都不是他的脑子决定的，是萧牧庭引导的！

浸润着汗水的视野里，萧牧庭竟然微笑着向他勾了勾手指，张狂又温和，他一口热血堵在胸口，飞速出招。

然而电光石火间，眼前一黑，腹部传来如碾碎骨头的绞痛，他没站稳，身子往前扑去，跌入有力的臂弯。汗水从额角滑下，挂在睫毛上，一眨，就掉入眼中，火辣辣地痛。他用力抬起头，看见萧牧庭垂眸浅笑，脸上没有分毫打斗的痕迹。

军校生们在短暂的呆滞后难以置信道："飞机就这么输了？"

邵飞身在其中看得还不够分明，他们可是看得清清楚楚，萧牧庭让了邵飞十招，并且招招诱导邵飞出拳，在第十一次避开攻击后，一记利落的臂击就让邵飞失去战斗力。

萧牧庭冲艾心扬了扬下巴，示意把邵飞扶下去休息，右手扯了两下衬衣领口："下一个是谁？"

既然是集体切磋，怎么能只和邵飞一人切磋？

大家面面相觑，见邵飞都败得这么快，一方面觉得这位玉面少将深不可测；另一方面遇强则勇，都是二十岁的小伙子，谁不想和真正的强者较量？

萧牧庭顺风顺水惯了，除了刚入伍那会儿因为是个纨绔子弟被同届的洛枫嘲笑过，成长起来后就再未遇过挫折，教训起这些和他当初差不多的小兵崽格外得心应手。不到半小时，一群尖子全成了他的手下败将，躺在地上"哎哟哎哟"号得厉害。

邵飞下场后咬牙看着萧牧庭，虽然脑子蒙了会儿，但很快冷静下来，盯着萧牧庭的每次移动和每个动作。最后他得出结论——这个人，有东西！

兵崽不服一个人时叛逆得能上房揭瓦，认可一个人也简单——发现对方比自己厉害，并且厉害很多。

这场架一打，邵飞看萧牧庭的眼神就多了一丝崇拜。这个人是哥哥的队长，那他也要当这个人手下的兵！

萧牧庭重点关注的就是邵飞，洛枫说西南军校那位尖子要是好好调教，就是未来的兵王，邵羽一提弟弟就是老父亲般的欣慰。现下人见到了，手也过了，萧牧庭觉得这孩子还是太稚嫩，必须好好打磨下。

但他这趟来只是提前看看兵崽们的情况，心里大致有个数，谁能进枫鹰还要看正式选拔时的成绩。这下了解得差不多了，本来就该打道回府，但他想到邵飞胆大包天造自己的谣，决定提前"关照关照"邵飞。

邵飞被教官通知萧牧庭有请时，屁颠颠地就去了。他有很多话要跟萧牧庭说，比如邵羽是我哥，我这一身本事都是我哥教的。他还有很多问题想问，比如您为什么不给邵羽当队长了，反而要调来枫鹰。最重要的是，他想知道萧牧庭为什么看上去文质彬彬，出手却这样厉害。

　　但到了萧牧庭的临时办公室，他却发现军校的领导们都在，副校长恨铁不成钢地瞪着他："邵飞，你造萧少将的谣？"

　　邵飞心里咯噔一下，萧牧庭却从容地笑着，那笑容有一丝狡猾，与邵飞心中的特种兵队长全然不符，像只老谋深算的狐狸。

　　领导们正在数落，萧牧庭笑眯眯地听着，不发一语。邵飞垂着脑袋，委屈是委屈，但他确实造谣了。只是没想到邵羽的队长居然这般小肚鸡肠，还告他的黑状。

　　他忽然不想去枫鹰了，也不崇拜这萧牧庭了。

　　领导说够了，问萧牧庭要如何处置邵飞。邵飞竖起耳朵，只听萧牧庭悠然道："那就做三十组障碍跑吧。"

　　邵飞倒吸一口凉气，三十组障碍跑！西南军校的障碍场号称西部第一，集中了特种兵能想到的所有器材，三十组跑下来他的命就没了！

　　但领导们还不解气："就这样？"

　　萧牧庭想了想："邵飞完成了跟着我，我带他见见世面。"

　　邵飞心想完了，自己要交待在这了。

　　到了障碍场，邵飞视死如归地向第一组矮栏跑去。这时障碍场只有他与萧牧庭两人，他跑起来劲风在耳边拂过，憋屈散去些许，暗自想：这萧牧庭还亲自监督呢！

　　一组接着一组，邵飞的作训服已经被汗水浸透。他站在终点，双手撑住膝盖，猛烈地呼吸，汗水大滴大滴地落在沙土地上。

　　忽然，前面出现一道颀长的影子，他不用看都知道那是萧牧庭。

　　"起来。"萧牧庭递上一壶兑了蜂蜜的凉水，"喝完，然后继续。"

　　邵飞累得说话都困难，接过水壶的手都在发抖，用眼神告诉萧牧庭，他不能继续了。

　　萧牧庭嗤笑一声："这就趴下了？知道我为什么说三十组吗？"

　　邵飞盯着他，腰直不起来，胸膛剧烈起伏。

　　萧牧庭的眼神忽地认真："因为那是通过枫鹰考核的最低标准。如果你连这个都达不到，就不用来参加考核了。"

　　邵飞瞳孔急促收缩，最低标准？军校没有一人能做到的三十组，居然只是枫鹰的最低标准？怪物！这是一帮什么怪物？

　　"别发呆了。"萧牧庭解开外套，挂在一旁的双杠上，"我陪你。"

　　邵飞吐出一口干涩的唾沫："我一定能完成，你看着！"

　　三十组，军校生们现今耐力的极限，邵飞在跑完最后一组时栽倒在地上，滚得满身沙土。他说不出话，只顾着大口喘息，肺像是被搅碎了，浑身都在燃烧。但是奇妙地，当这种痛不欲生的感觉过去后，身体竟是特别轻盈。

眼前出现一只手，和萧牧庭的面容相反，这只手可谓饱经风霜，上面不仅有被磨平的枪茧，还有愈合的伤痕。

邵飞看入了神，还是萧牧庭抓住他的手腕，将他拉起来。

他站起的那一刻，有些天旋地转，但流失的力量似乎奔涌着回到了体内。他站稳，想对萧牧庭说句感谢，又有些不好意思。

"回去洗个澡。"萧牧庭说，"收拾好了来找我，带你去见世面。"

邵飞忧心忡忡，但也很是好奇，不知道萧牧庭说的见世面是要怎么收拾他。

洗掉臭汗，又是精神小伙，邵飞敲了敲萧牧庭的门，门打开，邵飞还以为敲错了，定睛一看，萧牧庭居然换了私服。夏日炎炎，萧牧庭穿着黑色衬衣和西裤，手里拿着一副墨镜，要不是身姿仍旧挺拔，看不出是个军人。

邵飞傻了："萧队，我们这是……"

萧牧庭："逛街。"

西南军校管理严格，就算此时是暑假，没有得到批准，学生们也不能离开校园。邵飞从小县城来到 C 市念书，两年多过去，居然还没有去外面的花花世界看上一眼。他比所有人都勤奋，闲暇时间都用在了加练上。

车行驶在繁华的大都市，邵飞隔着玻璃看着窗外的一切，眼里是星星亮亮的光。再过不久，他就将成为守卫这些繁华的军人。

萧牧庭终于在邵飞身上捕捉到这个年纪普通少年该有的兴奋。二十岁，不穿上军装的话，本来就是少年。

C 市美食全国有名，萧牧庭先带邵飞去吃了顿火锅，又带邵飞去商场买衣服。

邵飞八百年没穿过私服了，换上流行的T恤和运动短裤，总觉得哪里都不自在。导购却真心实意夸赞："小哥哥身材真好，咱们家这衣服穿在你身上比在模特身上还合适呢！这要再搭一双白色运动鞋，就更绝了！"

邵飞在镜子前左看右看，越看越觉得自己真帅，但一看吊牌，吓得赶紧想脱。萧牧庭却说："就这套吧。"

邵飞："萧队！我没这么多钱！"

萧牧庭笑道："我让你付了？"

邵飞："您送我？"

"洛枫的钱。"萧牧庭道，"他想要好苗子，总得拿出点诚意。"

此时邵飞还不知道洛枫是谁，见萧牧庭付了款，问："萧队，我哥是您的兵吧？"

萧牧庭："邵羽。"

听到兄长的名字，邵飞顿时振奋："萧队，我让我哥还您！"

萧牧庭笑了声："行吧。"

邵飞这岁数，正是饭量惊人的时候，更别说还冲了三十组过障，之前那顿火锅他吃得有些客气，根本没饱，现在又饿了。

萧牧庭本就打算带他多吃些，于是又领着他进了一家海鲜自助餐厅。这回邵飞是放开了吃，服务员收盘子的速度都赶不上他吃的速度。

"萧队，您是故意给领导们说收拾我，好带我出来吃饭买衣服的吧？"邵飞喝了点酒，胆子也肥了，傻乎乎地笑，"萧队，您怕我被别的特种部队挑走，提前给我抛橄榄枝呢？"

萧牧庭从善如流地笑道："聪明。"这小子意气风发的模样他还挺爱看。

邵飞得意极了："您放心，我肯定会去枫鹰的，我哥是您的兵，我也得是您的兵。"

萧牧庭心想，小兵头子太得意了，等真到了枫鹰，要下力气挫挫他的锐气，省得今后被敌人教育。

这天，把撑得像个球的邵飞送回军校，萧牧庭就回枫鹰了。

一个月后，枫鹰考核正式展开，军校共有二十人被送去枫鹰的秘密基地，和他们一同前往的是数百名优秀战士。经过三个月的地狱训练和考核，只有三十人留下，成为枫鹰的一员，其中就包括邵飞。

但是邵飞自己都快不认得自己了，当初萧牧庭罚他的三十组障碍跑和这三个月的折磨比起来根本不值一提。

"飞机！"艾心也留了下来，和邵飞一起躺在枫鹰的草坪上，"你说咱们会去萧牧庭的中队吗？"

邵飞没说话，看着闪烁的星空，心想他一定会去萧牧庭队上。

半夜，挑选新队员的中队长们就来了，邵飞一眼就看到穿着军礼服的萧牧庭。别的队长穿的是迷彩，他却那么与众不同。

新兵们只有邵飞和艾心见识过萧牧庭的身手，碍于纪律，大家无法议论，心里都对这个身穿军礼服的军官打了个大大的问号。

这人是文职军官？礼仪兵？总之一看就不是特种兵。想通这一点，没人愿意去萧牧庭队上了。偏偏萧牧庭军衔高，第一个挑人。他往台上一站，硬是无人出列。

萧牧庭看到了队列中的邵飞，嘴角勾起微笑。

洛枫散漫地喊："谁愿意来萧队的二中队？"

全场寂静中突然响起一个响亮的声音："我！"

邵飞小跑上前，望着台上的萧牧庭："我！"

身后是一片诧异的声音，邵飞是尖子中的尖子，怎么会到这军礼服的队上？

萧牧庭与邵飞对视片刻，问道："想来我队上？"

邵飞："是！"

萧牧庭转身，说："行，先来给我当一年的通讯员。"

邵飞一怔："什么？"

萧牧庭侧过脸，眼尾上扬，在邵飞眼中又成了狡猾的老狐狸，说："来我身边，我亲自训练你。"

图书在版编目（CIP）数据

幺队 / 初禾，著.
— 武汉 ： 长江出版社，2022.4
ISBN 978-7-5492-8234-0

Ⅰ．①幺… Ⅱ．①初… Ⅲ．①长篇小说—中国—当代 Ⅳ．① I247.5

中国版本图书馆 CIP 数据核字（2022）第 043325 号

幺队   初禾 著
YAODUI

出　　版	长江出版社	
	（武汉市解放大道 1863 号）	
市场发行	长江出版社发行部	
网　　址	http://www.cjpress.com.cn	
责任编辑	陈　辉	
印　　刷	长沙鸿发印务实业有限公司	
版　　次	2022 年 4 月第 1 版	
印　　次	2022 年 4 月第 1 次印刷	
开　　本	710 毫米 ×1000 毫米　　1/16	
印　　张	22	
字　　数	350 千字	
书　　号	ISBN 978-7-5492-8234-0	
定　　价	54.80 元	